PACTOS MORTAIS

STEVE CAVANAGH

PACTOS MORTAIS

Tradução
Laura Folgueira

HarperCollins

Rio de Janeiro, 2025

Copyright © 2023 Steve Cavanagh. Todos os direitos reservados.
Copyright da tradução © 2024 por Casa dos Livros Editora LTDA.
Todos os direitos reservados.

Título original: *Kill For Me, Kill For You*

Todos os direitos desta publicação são reservados à Casa dos Livros Editora LTDA. Nenhuma parte desta obra pode ser apropriada e estocada em sistema de banco de dados ou processo similar, em qualquer forma ou meio, seja eletrônico, de fotocópia, gravação etc., sem a permissão dos detentores do copyright.

PRODUÇÃO EDITORIAL	Renan Castro
COPIDESQUE	Carolina Facchin
REVISÃO	Jaciara Lima, Camila Sant'Anna e Sara Orofino
DESIGN DE CAPA	Angelo Bottino
DIAGRAMAÇÃO	Abreu's System

Dados Internacionais de Catalogação na Publicação (CIP)
(Câmara Brasileira do Livro, SP, Brasil)

Cavanagh, Steve
  Pactos mortais / Steve Cavanagh ; tradução Laura Folgueira. -- Rio de Janeiro : HarperCollins Brasil, 2025.

  Título original: Kill for me, kill for you.
  ISBN 978-65-5511-828-5

  1. Ficção inglesa I. Título.

25-273736   CDD-823

Índice para catálogo sistemático:
1. Ficção : Literatura inglesa 823

Cibele Maria Dias - Bibliotecária - CRB-8/9427

HarperCollins Brasil é uma marca licenciada à Casa dos Livros Editora LTDA. Todos os direitos reservados à Casa dos Livros Editora LTDA.

Rua da Quitanda, 86, sala 601A – Centro
Rio de Janeiro/RJ – CEP 20091-005
Tel.: (21) 3175-1030
www.harpercollins.com.br

Para Marie e Tom.

"*Mais forte que o amor do amante é o ódio do amante. Incuráveis, em cada um, as feridas que causam.*"
— Eurípides

"*Vingança, para a boca, o bocado mais doce já preparado no inferno.*"
— Walter Scott, *The Heart of Midlothian*

I

Amanda

Amanda White levantou a tampa do esterilizador de mamadeira elétrico e olhou para o revólver calibre .22 lá dentro. Parecia que a arma estava suando, o corpo e o cano de aço com gotas de condensação quente, o vapor subindo delicadamente da base. Virando-se, ela encontrou as luvas de couro macio, vestiu-as e cuidadosamente levantou a arma.

O revólver tinha que estar limpo hoje. Sem digitais. Sem traços de seu DNA. Ontem à noite, tinha tido a ideia de usar o esterilizador para remover qualquer traço dela da arma. Parecia apropriado, de certa forma, que uma das coisas de Jess fizesse parte disso. Ela ficou surpresa que o esterilizador ainda funcionasse. Não era usado desde o primeiro aniversário de Jess, quando ela tinha passado a usar copinhos de transição. Amanda e o marido, Luis, haviam decidido ficar com o esterilizador, para o caso de Jess ter um irmãozinho ou irmãzinha mais para a frente.

Agora, nada disso aconteceria.

O calor do esterilizador tinha começado a descolar a fita adesiva que envolvia a coronha da arma. Ainda parecia estranha na mão dela. Todos aqueles dias em que ela dirigira até o bosque para praticar tiro em latas não tinham feito diferença. Ela ainda não estava acostumada a lidar com a arma. Era uma progressista de Nova York. Antiarmas. Pagadora de impostos e cumpridora da lei. Talvez não fosse mais nenhuma dessas coisas. A morte muda as pessoas. Quando essa morte era da sua filha de seis anos e, uma semana depois, de seu marido, havia mais coisas envolvidas do que apenas luto. Esse tipo de morte não andava sozinha. Trazia mais cavaleiros da escuridão consigo — desemprego, dívida, vício e dor, às vezes, grande demais para suportar. A vida de Amanda tinha implodido em perdas.

Ela pôs o revólver na mesa de jantar, secou-o com panos de prato e o carregou com cinco cartuchos de munição cheios de expectativa.

Só precisava de um desses cartuchos para acabar com seu sofrimento. Era um tiro fácil. O braço dela se elevaria, o cano ficaria na altura do topo da cabeça do homem e aí — puxar o gatilho. Olhou o relógio. Seis e meia da manhã. Ele logo sairia de seu apartamento. Ela precisava se preparar.

Às 7h15, Amanda passou pela entrada art déco da estação de metrô da rua 96, no Upper West Side. Começava a cair uma chuva leve. Um homem de cabelo escuro usando um sobretudo preto passou o cartão de transporte na catraca. Amanda esperou um segundo, puxou o capuz do moletom por cima do boné. Mais cinco pessoas passaram pela entrada antes de Amanda deslizar seu cartão pelo sensor e virar à esquerda na direção da plataforma que dizia Centro & Brooklyn.

Ela desceu dois lances de escada saltando. Antes de chegar à plataforma, viu de novo o homem de sobretudo. Visão lateral. Ele tinha uma barba escura, que mantinha bem-feita. *AirPods* nas orelhas e um cachecol grosso em torno do pescoço, enfiado por dentro do casaco. Como as outras cerca de vinte pessoas na plataforma, estava de cabeça baixa, olhando o celular.

Verificação do horário. Sete e dezenove. Eles tinham acabado de perder o trem nº 1, um expresso até South Ferry que só parava nas estações Times Square, Penn Station, da rua 14 e Chambers Street. Se ele tivesse pegado o expresso, teria precisado descer em Chambers Street e fazer baldeação para o nº 2 ou 3 para Flatbush, e então descer em sua parada em Wall Street.

Amanda o manteve em seu campo de visão, mas foi para atrás dele, à sua esquerda. Não diretamente atrás, porque ele talvez visse seu reflexo na janela do metrô enquanto ela se movia. A maior parte do rosto dela estava coberta pelo boné e o cachecol, mas não podia arriscar que ele a notasse — a reconhecesse.

Como tinha acontecido da última vez.

Às 7h22, o trem nº 2 chegou numa ventania gelada de setembro. O trem desacelerou, parou. Amanda deu um passo à frente. Uma voz no sistema de alto-falante anunciou a chegada do trem. Agora havia talvez umas cem pessoas espalhadas pela plataforma. Hora do rush no metrô. Gente cuidando da própria vida, fazendo sua jornada, a cabeça já tomada de pensamentos sobre o trabalho.

Não Amanda. Não mais.

As portas do vagão se abriram e jorraram passageiros. Amanda precisou passar roçando por um adolescente com uniforme de escola e um operário com o capacete preso na bolsa transversal. Ambos falaram alguma coisa quando Amanda entrou empurrando. Ela não ligou. Não podia arriscar que o homem de sobretudo entrasse no trem sem ela, deixando-a largada na plataforma. Isso também tinha acontecido antes.

Ela avançou. Ele estava cinco passos à frente. Os passageiros que saíram tinham deixado espaço no vagão, mas não muito. Dois dos disputados assentos estavam vazios. Como sempre, ele foi na direção deles e, dessa vez, conseguiu um. Amanda deu as costas para ele, segurou uma das barras no centro do vagão e aguardou que enchesse. Deixou que os passageiros que embarcavam a empurrassem um pouco mais para dentro, até estar perto o suficiente para estender a mão e tocá-lo. Continuou de costas para o banco em que ele estava sentado.

As portas se fecharam. Corpos se juntaram em torno dela. Ainda assim, ela tinha espaço suficiente para se virar. E fez isso. Uma meia-volta. Havia duas pessoas paradas lado a lado na frente do homem de sobretudo sentado. Estavam de costas uma para a outra. Havia uma distância de um braço entre elas. O homem de sobretudo começou a abrir as pernas para ocupar espaço. A mulher sentada à sua direita olhou feio para ele e logo voltou a atenção ao notebook equilibrado em seus joelhos. O jovem à sua esquerda estava jogando no celular. Eles ignoraram o homem. Ou tentaram.

Amanda destravou o celular, selecionou o primeiro dos cronômetros pré-programados e apertou *iniciar* bem quando o trem começou a andar.

O timer fez contagem regressiva a partir de um minuto e treze segundos — o tempo médio entre as portas se fecharem na rua 96 e se abrirem de novo na rua 86.

Quando ela ainda tinha emprego, era gerente de uma casa de repouso, tinha começado como cuidadora. Ela tinha percebido que, se tivesse algo a fazer, só conseguia caso se sentasse e escrevesse um plano. Passo a passo. Foi assim que conseguiu seu diploma na faculdade noturna. Foi assim que conseguiu suas promoções a supervisora, subgerente e aí gerente. Era assim que planejava um de seus desenhos ou pinturas, nos quais trabalhava madrugada adentro. Fora assim que planejara o assassinato que estava prestes a cometer.

Amanda deu outra olhada na direção do homem. Não estava preocupada de ele vê-la de costas ou mesmo de lado, quando estavam assim tão perto. Ele não conseguiria enxergar o rosto dela em nenhuma das janelas a não ser que ficasse de pé. Ela estava de tênis, uma calça de moletom preta e larga, um casaco bufante sobre um moletom com capuz. O mais coberta que podia estar sem chamar atenção.

Havia três paradas neste trem que lhe davam a oportunidade necessária. Tinha que ser perfeitamente cronometrado. O tiro vindo assim que as portas se abrissem. O alvo escondido pela massa de corpos ao seu redor. Aí ela gritaria, como os outros certamente fariam, derrubaria a arma e sairia correndo do trem como uma louca. Um tiro num vagão de metrô lotado causaria pânico, uma debandada em busca de segurança. Ela seria uma mulher em meio à massa de pessoas saindo dali, subindo as escadas e deixando a estação, a cabeça baixa na multidão, e ninguém conseguiria identificá-la. Nem testemunhas, nem câmeras de segurança. Ela se esconderia, perfeitamente, à vista de todos.

A parada seguinte era a da rua 86. Dez segundos no cronômetro. Dez segundos até as portas se abrirem.

Amanda inclinou de leve a cabeça, de um lado para o outro, checando quem ia descer. Não queria ficar exposta. Precisava de corpos entre ela e o alvo. Parecia que a dupla entre ela e o homem permaneceria embarcada.

O trem desacelerou e parou. Uma dúzia de pessoas saiu e mais uma dúzia entrou. Um homem de terno e capa de chuva, carregando um guarda-chuva grande fechado pela metade, entrou e parou do lado de Amanda, mas de costas para ela. As portas se fecharam, o trem começou a se mover e ela iniciou o segundo cronômetro.

Um minuto e 22 segundos até as portas se abrirem na rua 79. O tempo médio de viagem mais longo das três paradas até a Times Square. Só tinha um minuto e quinze entre a rua 79 e a 72, mas a 79 tinha saídas melhores. Não adiantava tentar estimar a jornada média entre a rua 72 e a Times Square, já que o trem frequentemente desacelerava para deixar outros passarem, porque era um ponto movimentado.

Ela tinha planejado isso, em detalhes.

Agora era a hora.

O contador mostrou 51 segundos.

Amanda inspirou fundo, soltou devagar e colocou a mão no bolso do casaco. Segurou o revólver. Suas luvas eram de couro fino, mas mesmo assim era uma manobra delicada passar o dedo pelo guarda-mato sem o couro ficar preso.

Os dois passageiros ao seu lado ainda estavam de costas um para o outro, preservando o espaço entre eles. Ela via o topo da cabeça do alvo — o foco dele no celular.

O trem desacelerou.

Quinze segundos até as portas se abrirem.

Quinze segundos até ela puxar o gatilho.

O *click-clack* ritmado das rodas no trilho diminuiu um pouco quando o trem reduziu a velocidade.

Eles emergiram do túnel. O vagão de repente se iluminou. Ela olhou pela janela. A plataforma parecia cheia. Algumas pessoas à sua direita começaram a abrir espaço pela massa de corpos na direção da porta.

Um guincho de aço raspando em aço quando os freios foram acionados com mais força.

Oito segundos.

Click-clack.

Ela se virou para o alvo.

Cinco segundos.

Click—clack.

Ela respirou fundo. Segurou.

Três segundos.

Click———clack.

Amanda puxou o cão do revólver ainda dentro do bolso até ouvir...

O homem levantou a cabeça. Olhou direto para ela.

— Você — disse ele, ficando de pé.

Amanda tentou puxar a arma, mas hesitou. Ele a vira. Falara com ela. E isso chamaria atenção. Se ela atirasse nele agora, as pessoas talvez a vissem. Desde que perdera a família, Amanda às vezes passava dias sem falar com ninguém. Este homem, Wallace Crone, era a última pessoa com quem ela queria conversar. E a voz dele, dirigindo-se a ela, era como ser sacudida depois de um sonho longo. O maquinista do trem pisou forte nos freios e a desequilibrou.

A hesitação desse momento foi suficiente para dar a vantagem a Crone e arruinar a chance dela. Ele ficou de pé, a agarrou pelo colarinho e gritou:

— Socorro! Polícia, socorro!

Ele a sacudiu, e a nuca de Amanda bateu em uma das barras.

— Me larga — disse ela.

O rosto dele estava muito próximo do dela. Ela sentia o cheiro de café em seu hálito. Ele cerrou os dentes e gritou de novo:

— Socorro! Alguém chama a polícia!

Amanda conseguiu puxar a arma. Segurou baixo, fora da linha de visão dele.

— Qual é o problema aqui? — berrou uma voz.

Era grave, autoritária. Um homem. Um policial. Guarda de transporte. Ela o ouviu andando na direção dos dois.

Amanda jogou a arma, sem ninguém notar, dentro do guarda-chuva meio aberto do homem de negócios ao seu lado. Ele imediatamente se afastou, de olhos arregalados para a cena à sua frente — sem saber se deveria intervir e em favor de quem.

Amanda perdeu o equilíbrio e caiu para trás. Crone estava em cima dela.

Ela viu o policial parado acima deles, puxando o braço de Crone, perguntando o que raios estava acontecendo.

Crone a soltou, mas, ao se levantar, falou outra coisa. Algo que ela o ouvira dizer cem vezes. Mas, agora, quando as palavras quebraram o silêncio de sua perda e sua solidão, elas soavam ocas como ossos velhos.

Ela não acreditou naquelas palavras quando as ouviu pela primeira vez. E não acreditava nelas agora.

— Eu não matei a sua filha.

2
Ruth

Ruth Gelman despejou o resto da garrafa de Pinot Grigio em sua taça e instantaneamente se arrependeu. Scott estava sentado à frente dela na mesa, a taça de vinho vazia durante a última meia hora do jantar de sexta. Ele a observou servir o vinho, virando a garrafa de cabeça para baixo até sair a última gota. Mas não reclamou. O olhar de desaprovação era mais do que suficiente.

— Eu tive um dia difícil — disse Ruth, como desculpa.

— Não tem problema — disse ele. — Eu não quero beber muito antes do jogo, de todo jeito.

Ruth notou que ele não havia perguntado sobre o dia dela. Nunca perguntava nessas sextas. Ela empurrou o prato. Mal tinha tocado no salmão, e o aspargo estava inteiro ao lado. Mesmo enquanto preparava a refeição, pensar em sentar para comer estava longe de seus pensamentos. Não queria comer hoje. Não tinha apetite. Só sede. Quando a ideia de beber pegava Ruth, ela não queria comida. A comida era antagônica. Não a ajudava a chegar naquele espaço sereno que a quinta taça propiciava. Scott ia sair hoje. Ele saía sexta sim, sexta não com os amigos. Pôquer. Boliche. Sinuca. Às vezes, eles não se davam ao trabalho de fingir e iam direto a um bar.

— Pôquer? — perguntou ela.

Ele fez que sim e disse:

— Na casa do Gordon.

— Como ele está?

— O coitado passou a semana bebendo.

Gordon era um dos amigos mais antigos de Scott. Outro advogado de Manhattan cuja vida estava se desintegrando. A esposa, Alison, o expulsara na semana anterior depois de encontrar mensagens de outra mulher no celular dele. Gordon vinha tendo um caso e agora estava sofrendo as consequências.

— Como estão Alison e as crianças? — perguntou Ruth.

— Ela se recusa a falar com ele. Melhor você mandar mensagem para ela e descobrir — disse Scott.

— Para você poder contar para o Gordon? Não mesmo. Alison e eu nunca fomos próximas. Se ela me procurasse, seria diferente, mas não vou caçar informações para o Gordon. Ele é seu amigo. Não quero me envolver. E, ei, não me diga que o Jack vai estar lá.

Virando os olhos quando ela mencionou Jack, Scott respondeu:

— Acho que não. Da última vez que tive notícias, ele ainda estava de férias em Atlantic City.

Isso pelo menos era bom. Jack era um velho amigo de quem Scott simplesmente não conseguia se livrar, ou mais provavelmente não queria. Não importava quanto Ruth o pressionasse. Eles tinham sido amigos no ensino médio e, enquanto Scott prosperara, Jack decaíra. Drogas, apostas, golpes on-line. Se fosse ruim e ilegal, Jack estava dentro.

— Bom, se o Jack não vai, pelo menos você não vai estar chapado quando voltar para casa — disse Ruth.

Scott suspirou, se levantou da mesa com o prato e o levou à pia. Passou uma água e o colocou na lava-louças antes de voltar.

— Sem fome, é? — falou.

Havia mais nessa pergunta, e ela sabia. Eles já estavam tentando engravidar havia alguns meses. Aos 39, Ruth achava que não podia adiar por muito mais tempo. Ela queria ter filhos, mesmo. Mas, idealmente, queria estar numa posição mais estável na imobiliária antes de dar esse salto. Não queria ter que depender de Scott e sua renda no direito corporativo.

— Que horas você volta? — perguntou Ruth.

— Não espere acordada. No estado em que o Gordon está, imagino que a noite vai longe. Ele vai querer ficar bêbado e esquecer os problemas, pelo menos por uma noite.

Ela assentiu com a cabeça. Ele pegou o prato da esposa, raspou a comida para dentro do lixo. Ainda não havia perguntado a ela o que tinha acontecido. Naquele dia, não fora nada em particular que a afetara.

Só o estresse de ser corretora em Manhattan. Atravessar a cidade, encontrar compradores em potencial e fazer as vendas. A competição era feroz e ela tinha perdido um cliente durante a semana. Nada de incomum nisso, mas mesmo assim doía. Se ela descarregasse suas preocupações em Scott, ele ficaria culpado de sair com os amigos. Mesmo assim sairia, claro, e isso talvez magoasse Ruth ainda mais. Eles estavam casados havia cinco anos e nada tinha mudado desde que passaram a morar juntos. Scott ainda tinha seus jogos de squash duas vezes por semana, ainda saía com os amigos sexta sim, sexta não como se estivesse na Sagrada Escritura, mas, desde que insistira para Ruth parar o anticoncepcional, tinha começado a olhar feio sempre que ela abria uma garrafa de vinho.

Se abrisse uma segunda garrafa, podia esperar acordar na manhã seguinte com um artigo aguardando por ela, recém-saído da impressora de Scott, ao lado de uma tigela de granola na bancada de café da manhã. Era invariavelmente algum estudo sobre a ligação entre infertilidade feminina e consumo de álcool. Ruth quase nunca saía com amigas. Sempre fora meio fraca nesse departamento. Isso desde o fim do ensino médio. Ruth nunca tinha sido boa em manter amizades. Estava sempre ocupada demais com alguma coisa. Tinha pessoas para quem podia ligar, mas nunca ligava. Deixar velhas conexões desaparecerem e não fazer novas era uma falha. Algo que ela reconhecia. A promessa de ligar para amigos de escola e conhecer gente nova aparecia regularmente em sua lista meia-boca de resoluções de ano-novo. Um drinque depois do trabalho, de vez em quando, com alguns dos sócios de sua empresa era a única vida social que ela tinha.

No ano em que se conheceram, Scott trabalhava na promotoria pública. Desde o começo, era para ser uma coisa temporária. Ficar lá um tempo para ganhar experiência jurídica criminal — devolver um pouco à comunidade. Seus últimos seis meses no cargo tinham sido uma série de entrevistas com firmas de advocacia prestigiosas de gente endinheirada tradicional, cujo negócio agora se estendia por todo o mundo. Ele aceitou um cargo de advogado litigante. Não era um emprego em horário comercial. De início, Ruth não se incomodou — uma corretora também precisava fazer atendimentos noturnos. Mas, com os amigos e a vida social de Scott, Ruth às vezes se perguntava onde se encaixava nos planos dele, além de ser a mulherzinha que um dia carregaria seus filhos.

Ruth pegou uma garrafa de vinho fechada da geladeira, encheu a taça e foi para a sala de estar. Sentou no sofá felpudo e macio e começou a zapear pelos canais. Os braços de Scott se fecharam em torno de seus ombros e ela sentiu a respiração dele em seu pescoço. Primeiro, a barba por fazer roçou em sua bochecha e, aí, sentiu seus lábios suaves naquele ponto gostoso logo abaixo da orelha. Ele passou por cima do encosto do sofá, sentou-se ao lado dela e eles se beijaram. Então ele a abraçou por um tempo e disse:

— Me desculpa.

— Me desculpa também — falou Ruth.

— Não precisa pedir desculpa. Não é você que está sendo escrota. — Ele sorriu, e completou: — Desta vez.

Ruth deu uma risadinha, pegou uma almofada e acertou a cabeça dele de brincadeira, fingindo estar ofendida.

— Eu *nunca* sou a escrota desta relação.

— Lógico que não. Olha, quer que eu pegue uma taça e fique com você? Posso dar um perdido nos caras uma noite só.

— Não, tudo bem. Eu sei que você precisa dos seus amigos. A gente pode fazer algo amanhã, né?

— Podemos ir comer fora e depois ver um filme. Eu pago.

— Encontro marcado. Agora vai lá se divertir.

Ele a abraçou forte antes de se levantar.

Era isso que Ruth sempre quisera. Sentir-se segura e protegida nos braços de um parceiro. A mãe e o pai tinham se separado quando ela tinha só sete anos. Ruth não fazia ideia nem de que o casamento dos pais estava ruim. Tudo estava bem e de repente não estava. Num minuto, eles estavam usando pijamas combinando e abrindo presentes debaixo da árvore de Natal — no outro, ela estava vendo o pai fim de semana sim, fim de semana não. Seus olhos foram para a foto do casamento no aparador. Scott carregando-a até o carro. Confete e imagens borradas de amigos e familiares num foco suave emolduravam a imagem dos dois. Ambos pareciam tão felizes. Havia uma camada de poeira assentada na foto. De certa forma, Ruth achava essa poeira reconfortante. Eles não eram um casal recente, ainda se conhecendo, ainda se perguntando o que o outro realmente estava pensando.

Scott lhe dava amor. Mas, mais do que isso, ele lhe dava segurança e proteção.

E eram esses os sentimentos que Ruth mais valorizava. Mostravam que esta não era só uma relação longa, fadada a um fim melancólico. Eles eram estáveis. Sólidos. Tinham poeira na foto do casamento.

— Tá bom, vou lá. Te amo — disse ele, do corredor.

— Eu também te amo — respondeu Ruth.

Ela pensou em pesquisar um artigo sobre os efeitos do álcool no esperma, imprimir e deixar para Scott encontrar de manhã, como piada, claro. Decidiu não fazer isso. Ouviu as botas dele batendo no piso de taco do corredor, o clique do ferrolho abrindo, a breve explosão de barulho de um carro passando e aí uma batida grave, ressoante da porta de entrada do sobrado geminado deles se fechando.

Ela deu um longo gole de sua taça, a largou e foi para a cozinha. De pé numa cadeira, pegou uma lata rasa e retangular do topo do armário, desceu com ela e a abriu na bancada. Bolou um baseado, parou na porta dos fundos que dava para o jardinzinho. Não dava para realmente chamar de jardim. Um pedaço de grama de dois por 2,5, mas adicionava meio milhão ao preço da casa. Segurou o baseado nos lábios para acender. Ela não cultivava o hábito de fumar maconha. A última vez que fumara tinha sido terça-feira, apenas três dias antes. Tinha saído para o jardim, enquanto Scott estava na cama, para assistir ao Tribute in Light — duas torres de luz projetadas no céu por refletores do topo do estacionamento do Battery Park em tributo às vidas perdidas no 11 de Setembro. Como para muitos nova-iorquinos, aquele marco era difícil e ela precisava de algo para desanuviar.

A maconha ajudava com a ansiedade, e ela achou que um baseado não faria mal. Não estava grávida. O saco de lixo do banheiro do casal estava se enchendo de testes de gravidez negativos. Daqui a um tempinho, com mais alguns clientes de alto valor em sua lista, ela se sentiria melhor de tirar um período de folga para começar uma família. Às vezes, olhava os sapatinhos e as roupinhas de recém-nascido na vitrine de lojas de bebê, e essas coisas só lhe davam uma sensação de animação e carinho. Ruth deu mais um trago no baseado. Era coisa suave, comprada muito tempo atrás. Lembrou-se do segundo encontro com Scott. Conheceram-se brevemente numa festa. Ele tinha sido convidado por uma das amigas de Ruth. Começaram a conversar e ele pediu o telefone dela. Para um segundo encontro descompromissado, ele a levara a outra festa no apartamento de um dos seus amigos, no Brooklyn. Tinham jogado conversa fora, coisa padrão de segundo encontro, descobrindo mais um do outro, aí Ruth vira algumas pessoas com um bong na cozinha. Deu um pega e imediatamente se arrependeu. Embora Ruth já tivesse experimentado baseado enrolado à mão, nunca tinha dado um pega, e aquilo produziu um ataque de tosse instantâneo. Scott a levou até o terraço no telhado do prédio. Ela ainda se lembrava do céu daquela noite. Só algumas nuvens finas contra um céu preto-azulado e mais estrelas do que ela vira em toda a sua vida.

— Respira fundo — disse Scott.

Ruth inalou e, apesar de sua garganta e seus pulmões já não queimarem mais, a entrada de oxigênio provocou uma sensação forte de náusea.

— Acho que vou vomitar — falou Ruth. — Sinto muito, mesmo. Que encontro horrível.

— Não tem problema — respondeu Scott. — Normalmente, as mulheres esperam até me ver pelado para vomitar.

Ruth riu e sua cabeça girou. Ela tropeçou e caiu em cima de Scott, a mão pousando em seu peito sólido para se estabilizar. Ele tinha um corpo bom; estava só sendo autodepreciativo.

Levantando os olhos para o rosto dele, Ruth disse:

— Estamos num *rooftop* em Nova York, estou meio chapada e estamos muito próximos. Você não vai me dar uma cantada brega agora e tentar me beijar?

— Você quer uma cantada brega?

— Quanto mais brega, melhor.

— Acho que seu pai é ladrão — disse Scott —, porque ele obviamente roubou algumas dessas estrelas e colocou nos seus olhos.

— Ai, meu Deus, foi muuuuuito bregaaaaa — falou Ruth. E os dois riram. — Com o que você trabalha mesmo? — perguntou ela.

— Eu te falei, sou promotor.

— Bom, você devia prender a si mesmo ou algo assim, porque foi muuuuuito ruim — disse ela, e levantou o queixo na direção dele, fechando delicadamente os olhos.

— Acho que é melhor levar você para casa — sugeriu Scott.

Meia hora depois, um táxi parou na frente do prédio de Ruth. Eles saíram do carro e Scott se juntou a ela na calçada.

— Quer subir? — perguntou Ruth.

— Quero, mas não hoje. Acho que você precisa de um café.

Ruth lembrava da sensação de decepção. Ela tinha desapontado a si mesma, e agora Scott não queria mais sair com ela.

— Se você não queria ir na minha casa, por que veio comigo no táxi? — questionou ela.

Ele chegou mais perto dela e disse:

— Queria garantir que você chegasse em segurança.

Pela primeira vez, Ruth sentiu uma enxurrada de sensações familiares e há muito desaparecidas. Sensações de conforto e segurança.

— Tem uma sorveteria a dois quarteirões daqui. Vejo você lá amanhã à uma? Eu pago. Eles têm passas ao rum.

Ruth deu uma risadinha e falou:

— Agora acho que você está mesmo tentando me fazer vomitar.

Com a lembrança daquela noite fazendo um sorriso nascer no canto da boca, Ruth apagou o baseado. Quando chegasse a hora de Ruth e Scott terem um filho, ficaria tudo bem. Os pais de seu bebê ficariam juntos para sempre. A criança nunca teria que passar pelo que Ruth suportou. Scott e Ruth eram firmes como pedra.

De volta à sala de estar, ela levou a garrafa de vinho consigo e encontrou um filme antigo no TCM. Estava começando. Ela se acomodou. Terminou a segunda garrafa e aí foi para a cama.

Ruth acordou de um pesadelo na escuridão. O relógio da mesa de cabeceira mostrava que eram 23h45. Ela pôs a mão esquerda para trás. Ninguém do outro lado da cama. Só o lençol frio. Sacudindo a cabeça, ela se sentou. O intervalo entre desligar o filme e ir para a cama parecia meio nebuloso, mas ela lembrava que tinha um copo de água ao lado da cama. Bebeu, tentando forçar os restos do sonho a saírem da cabeça. Momentos antes, ela estava no escritório do chefe, sendo demitida por perder a conta de uma incorporadora, e não queria voltar ao pesadelo. Não era a primeira vez que sonhava com aquilo.

Ela sentou e esticou o braço para o celular. Não estava ao lado da cama. Devia ter deixado no sofá lá embaixo. Ruth terminou a água. O copo bateu na mesa de cabeceira com um estrondo poderoso. Som de vidro explodindo no piso duro.

Ruth se endireitou e tocou na base do abajur para acendê-lo.

Seu copo vazio estava intacto. Perfeito.

Ela ouviu vidro sendo esmagado embaixo dos pés de alguém. Rachando. Vidro sendo arrastado pelo piso frio. Estava vindo lá de baixo.

Silêncio.

Vidro sendo esmagado.

Silêncio.

Vidro triturado.

Sentiu os cabelinhos da nuca ficarem de pé. Sua pele se arrepiou toda, o medo se levantando na carne, mas aí ela escutou algo, uma voz talvez, lá embaixo.

Scott.

Scott estava lá embaixo, bêbado, e tinha derrubado um copo ou prato.

Já havia acontecido antes. Mais de uma vez. Especialmente quando saía com aquele inútil do Jack. Talvez Jack tivesse voltado de Atlantic City e passado a noite toda dando cocaína para Scott.

Ruth jogou as cobertas longe, amarrou o cabelo castanho-escuro e foi até lá de pijama. Regata e shortinhos de seda. Acendeu a luz do patamar da escada, aí desceu até o térreo.

Começou a chamar Scott antes de chegar ao último degrau.

— Você me assustou pra...

A luz da cozinha não estava acesa. Da escada iluminada, ela viu vidro quebrado no chão. Colocou a mão dentro do cômodo, tateando atrás do interruptor. Acendeu a luz.

O chão da cozinha estava coberto de vidro. Ela olhou ao redor e viu que um vidro da porta dos fundos havia sido quebrado. O pequeno logo acima da maçaneta. O restante dos vidros estava intacto. Então, em um deles, Ruth viu um reflexo. Um homem alto, de roupas escuras. Olhos azuis ferozes, um nariz estreito e longo, maxilar quadrado.

Ele estava bem atrás dela.

Um braço se fechou em sua garganta e uma mão abafou seu grito. Havia algo naquela mão. Algo macio. Tinha um cheiro ruim. Um odor químico.

Ruth caiu no chão, os joelhos cedendo.

Sua visão borrou, e então ela ouviu a voz dele. Grave, crepitando numa garganta longa e grossa. Rouca e arrastada, completamente aterrorizante.

— *Olá, querida...*

E a escuridão a engoliu.

3
Amanda

Amanda estava esperando sua advogada há quase três horas no primeiro andar do prédio do Tribunal Criminal de Manhattan na Center Street. Ela tinha sido presa no metrô duas semanas antes e conseguido, de algum jeito, sair com fiança, apesar de ter sido acusada de agressão e desacato ao tribunal.

O banco na frente do tribunal era feito de carvalho e as costas dela estavam começando a doer. Um fluxo contínuo de pessoas tinha entrado no tribunal, sozinhas ou com entes queridos, e algumas tinham saído de novo, outras não. Ela chutava que aquelas que não tinham emergido do tribunal com seus parentes chorosos tinham ido direto para a prisão de Rikers Island ou para o centro de detenção ali do lado. Amanda sabia que podia ser uma dessas indo para a prisão antes do fim do dia. A defensora pública, Gail Sweet, tinha lhe dito isso ao telefone na semana anterior. Ela faria o melhor que pudesse por Amanda, mas também a aconselhou a levar uma escova de dentes, só por garantia.

— Sra. White? — chamou uma voz.

A mulher pairando sobre ela tinha cinquenta e poucos anos. Usava uma blusa vermelho-sangue sobre o terninho azul-claro. Tinha cabelo de permanente, o braço cheio de arquivos e uma bolsa lotada de carregadores, canetas e pedaços de papel enrolados.

Amanda fez que sim.

— Eu sou a Gail Sweet — disse ela.

Elas conversaram por meia hora, aí Gail saiu para falar com o promotor. Voltou com um acordo. Um acordo que Amanda não queria. Não havia dúvida de que, nas circunstâncias, era um bom acordo, e ela tinha pouca escolha a não ser aceitar. A única coisa a fazer agora era ver se o juiz aprovava.

O juiz era um cara branco de sessenta e poucos anos, macilento e com cara de que estava coberto por uma camada de pó fino — como se alguém o tivesse encontrado numa gaveta velha e não espanado direito antes de colocá-lo na cadeira de juiz para passar o dia.

— Sra. White, por favor, um passo à frente — disse o juiz.

Amanda chegou um pouco mais perto do banco. Gail foi com ela.

A voz do juiz era baixa, monótona e sem qualquer emoção. Ele perguntou se ela havia entrado no acordo judicial de livre e espontânea vontade e se estava se declarando culpada por ser culpada, e não por qualquer outro motivo. Amanda disse que sim.

— Esta acusação surge com base em uma medida protetiva que a coloca em desacato ao tribunal caso chegue a 150 metros dos locais de moradia ou trabalho do sr. Wallace Crone, ou se chegar a quinze metros dele em qualquer local público sem um motivo plausível. A senhora violou essa ordem no dia 14 de setembro e admite essa violação. A promotoria pública está retirando a acusação de agressão devido à sua reconvenção alegando que o sr. Crone agrediu *a senhora* no metrô. Ambas as acusações de agressão agora foram retiradas. Concordo em colocar a senhora em liberdade condicional pelo período de um ano. A senhora manterá os encontros com sua agente da condicional e frequentará terapia para trauma. Não pense que este tribunal ignora seu sofrimento, sra. White. A senhora tem 41 anos, e não é hora de começar uma carreira criminal. A senhora precisa parar com essa obsessão com o sr. Crone. Aos olhos da lei, ele é inocente do assassinato de sua filha. Espero que a senhora cumpra esses termos e aprovo o acordo judicial.

E foi isso. Amanda saiu do prédio com o contato da agente. Precisava marcar um horário para conhecê-la e fazer a terapia para trauma ordenada pelo tribunal. Não esperava sair livre naquele dia. Pena. Tinha sido isso. O promotor e o juiz tiveram pena dela por causa de Jess. A história de vida de Amanda agora era uma história de perda terrível.

Não tinha sido sempre assim. A história dela antes era diferente — cheia de esperança e sonhos. Ela pensava, na época, que ela e Luis, e Jess, podiam escrever o próprio futuro.

Jess amava histórias.

— Me conta uma história — dizia toda noite quando era colocada na cama.

As crianças desenvolvem uma rotina noturna. Para Jess, era pijama, xixi, escovar os dentes e então hora da história com Luis. Mas a parte mais importante de sua rotina noturna era localizar Sparkles. Logo antes de ir dormir, se Sparkles não estivesse na cama, ela chamava:

— Cadê o Sparkles? Cadê o Sparkles?

E começava uma caça pelo apartamento. Não faltavam brinquedos para Jess. O quarto dela era cheio de bichinhos de pelúcia, bonecas e até uma casinha para sua crescente coleção de bonequinhos Sylvanian Families. Sparkles, porém, era seu favorito. Era um pequeno unicórnio branco e felpudo com um chifre roxo e brilhante. Jess lhe dera o nome de Sparkles. Tinha cara de barato e não tinha enchimento suficiente, então estava sempre molenga. Jess o havia ganhado numa máquina de pegar bichinhos durante uma viagem de verão a Coney Island quando tinha quatro anos. Era sua primeira tentativa na máquina. Enquanto Luis enchia Jess de elogios por ter ganhado, ela dispensou as palavras dele.

— Eu não ganhei. É que o Sparkles queria vir para casa comigo — dissera naquele dia.

Normalmente, Amanda chamava Luis e ele lia a história da hora de dormir enquanto a esposa limpava as coisas do jantar ou se juntava à caça por Sparkles, porque Jess não conseguia pregar os olhos sem aquele brinquedo ao seu lado. Mas, uma noite, Amanda tinha ficado. Deitada no chão do quartinho de Jess. A filha, os cachos loiros caindo por cima do travesseiro, segurava Sparkles com força embaixo de um braço.

Amanda observou Luis se empoleirar na beirada da cama e pegar um dos livrinhos de Jess. A capa era a imagem de uma garotinha num barco a remo num mar revolto.

— Este? De novo? — perguntou Luis.

Jess fez que sim, virou-se para Sparkles e aí, com uma virada do punho dela, ele fez que sim também.

— Tá bom, então — disse Luis.

Amanda ouviu Luis ler a história de uma jovem que morava numa pequena ilha. Tudo o que ela poderia querer na vida estava bem ali —

todas as frutas, todos os peixes e todos os vegetais que ela poderia desejar —, e sua família inteira era amorosa e protetora. Mas a garotinha era fascinada pelo mar. Seus pais não permitiam que ela saísse nos barcos com os pescadores. Diziam que era perigoso demais. Uma noite, a garota saiu no barco quando seus pais estavam dormindo. Logo, o mar ficou revolto e o barco perdeu a direção. Sem a luz da lua, a garotinha não conseguia ver em que direção estava a ilha.

— Ela ficou com muito medo — contou Luis. — Estava escuro e frio, e ela desejou nunca ter desobedecido seus pais e colocado o barco na água.

Amanda se lembrou dos olhos de Jess. Eram grandes e intensamente azuis, iluminados pelo abajur da mesa de cabeceira e presos em cada palavra de Luis.

— Então, de repente, ela viu uma luz. Alguém tinha acendido uma fogueira na praia. A garotinha remou e remou e remou, com toda a sua força. Ela lutou para atravessar ondas grandes como montanhas e, no fim, voltou à sua pequena ilha e, lá, parados na praia ao lado da fogueira, estavam sua mãe e seu pai. A garotinha nunca mais foi para o mar.

— Uau — falou Amanda. — É uma história muito assustadora. Você está bem, Jess?

— Eu estou — disse Jess. — O Sparkles ficou um pouco assustado, mas eu sabia que a menina ia ficar bem.

— Boa noite, Jess. Boa noite, Sparkles — falou Amanda, e deu um beijo de boa-noite em Jess, indo para a cozinha atrás de Luis. — Você conta história muito bem — comentou.

— É a prática — disse Luis, enquanto tirava a rolha de uma garrafa de vinho tinto barato. — Vocês duas são umas artistas — comentou, indicando com um gesto de cabeça as duas telas que estavam secando no cavalete.

Uma era a última obra de Amanda. Quase finalizada. Uma paisagem impressionista do rio East. A outra era de Jess. Amanda amava pintar, mas, mais do que isso, amava ver Jess pintando. Desde nova, ela adorava colocar os dedinhos gorduchos nas tintas a óleo e espalhá-los por uma tela antiga, dando risadinhas de deleite com as cores vivas.

— Mais uns dois dias e aquela pintura vai estar terminada. Só mais algumas peças e eu vou ter o suficiente para mais uma mostra — disse Amanda.

Ela tinha talento de verdade e chegara até a vender algumas obras em sua exposição de estreia numa pequena galeria no Soho.

— Eu ainda prefiro o da Jess — comentou Luis, com um sorriso. — Olha, vou levar a Jess no parque de manhã. Eu tinha marcado uma reunião com um cliente novo, mas eles cancelaram de última hora. Vai te dar tempo para trabalhar.

Aquela noite se destacava na mente de Amanda porque tinha sido divertida e calorosa e cheia de amor pelo marido e pela filha. Mas ela não sabia na época que seria a última.

Luis a havia acordado com um beijo naquela manhã. Um beijo que ela recebera mil vezes. Luis sempre acordava cedo e comia uma laranja de café da manhã. Sem falha. Ela sentia o cheiro cítrico nas mãos dele, e a fruta deixava seus lábios ainda mais doces. Luis tinha crescido na zona rural do México. Quando criança, colhia laranja-baía das árvores a caminho da escola. O hábito havia permanecido com ele, mesmo depois de os pais se mudarem para Juarez. Os sogros de Amanda não gostavam dela. Ela não era católica, e eles não tinham ido ao casamento. Luis estava planejando levar Jess para conhecê-los na Califórnia quando o negócio de recrutamento digital dele acalmasse um pouco no verão.

Ele lhe deu uma bandeja com ovos, pão torrado e café, a beijou mais uma vez e disse que ele e Jess estavam indo ao parque e voltariam mais tarde.

O último beijo.

Três horas depois, com as mãos cobertas de tinta, ela recebeu a ligação de Luis. Frenético. Apenas trechos de frases eram audíveis. Ele estava tão ofegante que não conseguia falar.

— No lago... a Jess correu na frente... sorvete... vi ela... falando com um homem de cabelo escuro... Ele pegou a mão da Jess... Eu corri... corri... corri... polícia...

O alerta foi disparado rápido. A polícia de Nova York também foi rápida. Os investigadores, Andrew Farrow e Karen Hernandez, seguraram a mão dela, acalmaram o pânico cego de Luis. Farrow foi quem mais falou.

Ele era um homem alto e magro. Não *vestia* de verdade o terno; era mais como se o assombrasse. Ainda assim, tinha uma voz grave e algo nos olhos que mostrava a Amanda que ele entendia pelo que ela estava passando. Farrow já havia estado em salas como esta antes, com pais vivendo a mesma coisa ou pior, e disse isso a eles. O apartamentinho dos dois estava cheio de policiais, mas aqueles investigadores eram a única coisa que impedia Amanda de enlouquecer. Farrow lhe disse que traria Jess para casa. Disse a Luis que traria Jess para casa.

E trouxe.

Três dias depois.

Num pequeno caixão branco.

Jess tinha seis anos quando foi assassinada. Seu corpo foi encontrado nu, jogado numa lixeira no Queens. Isso tinha sido no dia 25 de abril. O dia em que a vida de Amanda mudou. Quando eles contaram a Amanda e Luis que haviam encontrado a filha deles, Amanda não conseguiu falar. Ela chorou alto, e Luis só ficou lá sentado — paralisado. Sem dizer nada. Ele não tentou consolá-la. Não a abraçou. Culpou a si mesmo. Estava com a filha em seu campo de visão, e aí virou as costas por dois segundos.

Luis tirou a própria vida uma semana depois. Encontrou o remédio de dormir de Amanda, saiu do apartamento e comprou uma garrafa de vodca. Alugou um quarto num motel e nunca saiu de lá.

Eles foram enterrados juntos. Amanda não foi ao funeral — tinha sido internada e sedada no Gracie Square Hospital. Enquanto estava sob sedação, os pais de Luis vieram de avião de Juarez, enterraram o filho e a neta, e voltaram para casa.

Três semanas depois, Amanda teve alta e foi colocada em um programa. O primeiro de muitos que ela largou. Ela tentou. Dois terapeutas especializados em luto, um psicólogo e um psiquiatra. Os remédios a deixavam sonolenta, e falar sobre isso piorava tudo. Amanda não pensava na perda da filha e do marido como sua vida *mudando* de forma traumática — era sua vida *terminando*.

O pai e a mãe dela eram falecidos, e ela não tinha mais parentes, então, sobrou para outros tentar confortá-la. Amigos do trabalho, outros artistas em ascensão, velhos colegas de escola — todos foram vê-la. Sentavam-se em seu sofá e tentavam conversar, e a abraçavam enquanto ela chorava, e então ficavam em silêncio.

Eles não sabiam o que dizer. Começaram a duvidar de cada palavra, se perguntando se estavam ajudando a amiga ou a fazendo piorar. Alguns vinham com embalagens de comida, lasanhas e caçarolas que ela podia requentar, mas nunca requentava. Amanda parou de atender às ligações, pelo bem deles. Ainda assim, as entregas de comida continuavam chegando — sacolas de supermercado ou cestas de fruta. Amanda odiava as cestas de fruta. Quando chegavam, ela jogava as laranjas fora imediatamente — o cheiro delas abria um buraco doloroso em seu peito. A única coisa que de vez em quando a animava eram cartas de residentes de longa data da casa de repouso — homens e mulheres de quem Amanda tinha cuidado e que a tinham visto subir na hierarquia até virar gerente. Aquelas cartas, com sua caligrafia antiga e sinuosa, aliviavam seu coração — mas só por alguns momentos. Cartas eram ok, porque ela podia ler sozinha. Ligações de amigos preocupados eram difíceis demais.

Agora, as únicas ligações que Amanda atendia eram as de Farrow, atualizando-a da investigação.

Farrow e Hernandez tinham achado um homem nas imagens da câmera de segurança do lado de fora do parque. Ele caminhara pela Park Avenue segurando a mão de uma garotinha apenas poucos minutos depois de Jess desaparecer. De tempos em tempos, a menina tentava se soltar do homem. Os policiais acreditavam que era Jess. Mesmos shorts azuis, tênis brancos e camiseta de unicórnio. Eles entraram num SUV preto, com placa roubada, mas a polícia havia perdido o rastro do carro nas câmeras de segurança depois de ele sair da ilha e entrar no Brooklyn.

O homem se parecia com alguém nos registros deles. Um homem com um passado. Seu nome era Wallace Crone, trinta anos. Corretor de uma grande firma de investimentos de Wall Street, que, aos 21, fora preso por abusar sexualmente de uma garota de treze anos. Ele tinha um ótimo advogado, pago pelos pais ricos, e foi liberado com uma multa e liberdade condicional, num acordo judicial que reduziu a acusação a fornecimento de álcool para uma menor de idade. Aos 25, ele fora encontrado em posse de imagens indecentes de crianças. Outra multa, mais tempo em condicional, mas dessa vez ele teve que entrar para a lista de criminosos sexuais. Em qualquer outro mundo, isso significaria perder o emprego — mas não quando seu pai é o dono da empresa.

Algumas pessoas, aquelas que têm dinheiro e influência com os poderosos, nunca pagam por seus crimes da mesma forma que as pessoas comuns. Farrow dissera a Amanda que Wallace Crone era o homem que estavam procurando. Ele tinha sido preso e interrogado pelo assassinato de outra criança muito antes de Jess ser morta — uma menininha de nove anos que morrera havia alguns anos. Farrow fora o investigador daquele caso e criara um belo arquivo sobre Wallace Crone. Ele compartilhava suas opiniões sobre Crone livremente e com frequência, quando passava para ver como ela estava e atualizá-la sobre o caso. Crone era um dos predadores sexuais mais perigosos que Farrow já havia encontrado.

— Acredite se quiser, os que são pegos cedo e soltos são os mais perigosos de todos. Crone já tinha sido pego por estupro e posse de imagens ilegais. São duas infrações. Ele sabia que, da próxima vez, não teria como se salvar, independentemente de quantos advogados seu pai contratasse. Então, ele se certificou de não deixar testemunhas. É por isso que nunca encontramos Emily viva.

— Emily? Era a menina de nove anos? — perguntou ela.

Farrow fez que sim e disse:

— Emily Dryer. O pai dela era amigo da família Crone. O pai de Wallace Crone, Henry Crone, tinha uma mansão na Park Avenue, e os Dryer se hospedavam lá de tempos em tempos. A filhinha deles, Emily, gostava de nadar na piscina no subsolo da mansão. Supostamente, Wallace Crone era simpático com Emily. Simpático demais. Ele nadava com ela, lia para ela, eles brincavam de esconde-esconde. O pai de Emily disse que Wallace Crone era como um tio para a menina. Ele não sabia que Wallace era um criminoso sexual. Nós sabíamos. Quando ela desapareceu, ele imediatamente virou suspeito, dado o histórico.

Ele tomou um gole de café, se inclinou para a frente no sofá de Amanda e olhou para o chão.

— Não tinha nada para conectá-lo ao desaparecimento dela, exceto que eles se conheciam.

— Você disse que ela foi assassinada.

Farrow assentiu e falou:

— Nós pegamos Crone, o interrogamos intensamente, e não conseguimos nada. Eu sei que ele matou aquela garota. Vi nos olhos dele. Ele não tinha mudado. Monstros assim não mudam, mas o que eles fazem é garantir que não vão ser pegos. Param de deixar as vítimas vivas. Nós encontramos o corpo da Emily numa lixeira.

Amanda soltou um palavrão, se levantou e começou a andar de um lado para outro na sala.

— Mas o caso da Jess é diferente do da Emily, certo? Tem as imagens da câmera de segurança. Vocês podem pegar ele desta vez.

— Certo. Só espero que seja suficiente.

Era a primeira vez que tinham algo sólido contra Crone. Evidências em vídeo. Vasculharam o apartamento dele, o escritório, sua casa de férias em Aspen. Não encontraram nenhuma evidência forense ligando-a a Jess nem ao veículo que tinham visto na câmera. Ainda assim, tinham tanta certeza de que era ele nas imagens que o prenderam e acusaram.

Por 35 dias, pareceu que Jess e Luis teriam justiça. Naquele último dia, os advogados de Crone fizeram as acusações serem descartadas numa audiência preliminar. Nem teve júri, só um juiz. O promotor assistente se viu soterrado contra um verdadeiro exército de advogados de Wall Street dizendo que a imagem não era nítida o suficiente — e, claro, Crone estava contando com um álibi do pai. Após a audiência, Farrow não ligou para Amanda — ele foi vê-la.

Eles se sentaram no apartamento dela e choraram por Jess e Luis.

Foi a última vez que Amanda derramou uma lágrima.

— O que a gente faz agora? — perguntou, enfim.

— Não tem nada que a gente possa fazer, só esperar até ele tentar pegar outra criança — disse Farrow.

— Mas você não pode observá-lo 24 horas por dia — falou ela.

— Não, não posso. Ninguém pode. Uma certeza que eu tenho é que ele vai fazer de novo. E desta vez não vamos deixá-lo escapar — disse Farrow.

— Eu vou ficar de olho nele — respondeu Amanda. — Não vou deixar isso acontecer com outra criança.

— Amanda, não acho que isso seja uma boa ideia — alertou Farrow.

Ela garantiu ao investigador que não o deixaria vê-la. Ficaria de olho nele a distância. E assim, por meses, Amanda observou Wallace Crone. Montou arquivos sobre ele. Fotografias, reportagens, anotações sobre sua rotina, seu lixo, sua vida social, seu trabalho...

Embora Amanda acumulasse informações no ritmo de uma pessoa obsessiva, ela não tinha habilidades de vigilância disfarçada. Não no início. Crone a viu algumas vezes e a denunciou à polícia. Farrow conseguiu botar panos quentes até Crone pedir uma medida protetiva, que conseguiu num piscar de olhos. Amanda não tinha dinheiro para um advogado. Em vez disso, ficou esperta. Leu tudo o que podia sobre vigilância, assistiu a horas de vídeos no YouTube e parecia conseguir manter sua patrulha na maior parte do dia sem ser detectada. Conhecia a rotina dele até do avesso. Planejava sua vigilância, tomava notas, melhorava. Assim como havia planejado cada grande meta de vida. Ela sabia o que queria e se preparava para conseguir.

As viagens a trabalho dele, onde ele comia, sua academia, suas reuniões e consultas, sua predileção por prostitutas jovens. Ela tinha ligado para Farrow para falar sobre isso. Anotava tudo em detalhes. Observava uma garota, jovem demais para sair sozinha tarde da noite, chegar ao prédio de Crone e esperar no lobby. Às vezes ele saía com as meninas para um restaurante italiano local ou um bar, e então voltavam a seu apartamento. Na maioria das vezes, ele só apertava o botão do interfone e as deixava subir. Se ocasionalmente não saísse com elas para algum lugar, Amanda não teria como saber que elas iam à casa dele. Não tinha como ter visão de sua janela. Uma daquelas meninas podia subir lá e nunca mais descer.

Ela não voltou a seu emprego. No início, os diretores da casa de repouso entenderam, mas depois, conforme os meses passavam, a compreensão acabou. Amanda foi demitida, com uma pequena indenização. As contas e o aluguel atrasado se acumulavam em envelopes que ela enfiava nas gavetas da cozinha sem nem abrir. Ela só ligava para uma coisa: salvar outra família do que ela tinha passado e conseguir justiça para sua filhinha.

E então, em uma noite de agosto, enquanto observava Crone sair de seu prédio de braços dados com uma garota asiática de cabelo escuro, houve uma batida na janela do Volvo de Amanda.

Farrow. Ele entrou do lado do passageiro. Demorou um tempinho. Ele se curvou lentamente, colocando um pé dentro do carro. Depois, abaixou-se ainda mais e colocou o outro pé. Enquanto fazia isso, ele mordeu o lábio e soltou um gemido.

— Como estão suas costas? — perguntou Amanda.

— O que você acha? Deixa minhas costas para lá. Eu acabei de receber uma ligação de um amigo da delegacia. Disse que receberam uma denúncia de você na frente deste prédio, violando sua medida protetiva. O sargento lá é um homem bom e me ligou. Preciso que você vá para casa, Amanda. Desculpa. Eu sinto que a encorajei a começar essa coisa toda, e isso não foi certo da minha parte. Eu cometi um erro. Não jogue sua vida fora por causa desse traste.

Amanda acendeu um cigarro, abriu um pouco a janela e disse:

— Minha vida já acabou mesmo. Eu não estou nem aí se me mandarem para a cadeia. Vou sair e voltar direto para cá.

Ele suspirou e falou:

— Eu não queria ter que te dizer isso, mas eles puseram o caso da Jess na geladeira esta semana.

— Na geladeira? Isso quer dizer que fecharam o caso?

— Basicamente. Não há suspeitos alternativos nem novas evidências contra Crone. Os advogados dele estão pegando no pé do comissário, que pegou no pé do meu capitão, que me mandou enterrar o caso. Amanda, ele não vai pagar por esse crime. E é esperto demais para se arriscar com toda essa atenção nele. A única coisa que podemos fazer é deixar para lá.

— Deixar para lá? Ele matou minha filha!

— E talvez outras também, mas não vai ver um dia na prisão por nada disso. Você precisa aceitar.

— Você sabe que aquela garota com quem ele está hoje provavelmente é menor de idade e está trabalhando como acompanhante.

— A gente sabe, e o departamento responsável também. Tem uma investigação maior por trás disso. Eles querem salvar centenas de jovens e destruir a operação toda. Não vão estragar tudo para fichar Crone por aliciamento, para um juiz amigo condená-lo a nada, mesmo que seja seu terceiro julgamento. Vá para *casa*.

Amanda tinha concordado em ir embora naquela noite e não voltar. Também concordou em passar um tempo fora da cidade, de férias. Limpar a mente. Foi quando comprou uma arma na *dark web* e passou a ir aos bosques do norte para aprender a usá-la.

Se a lei não faria Crone pagar, Amanda só tinha uma escolha. Estava claro em sua mente. Iria matá-lo. Ou se matar. Melhor se ele fosse primeiro. O tiro no metrô era seu melhor plano. Mas tinha falhado.

Agora, parada na calçada da Centre Street, tendo acabado de sair de sua última audiência, Amanda baixou a cabeça. Percebeu que não podia vencer o sistema. Não conseguia chegar perto o suficiente para matar o homem que tinha levado sua filha.

Caminhou por horas no frio, sentindo o vento cortante nas bochechas. Permitiu-se vagar de volta na direção de casa. Na loja de conveniência na frente de seu prédio, comprou uma garrafa de vodca e o remédio prescrito para dormir na drogaria que ficava lá dentro. O sol tinha se posto, e a tarde tinha virado noite. O dia logo terminaria.

Amanda só queria que a dor parasse.

Ela esvaziou sua caixa de correio no lobby do prédio, mais por hábito que qualquer outra coisa. Enfiou a pilha de correspondências embaixo do braço e subiu para seu apartamento vazio. Jogou a correspondência numa mesa, encheu um copo — metade vodca, metade Pepsi — e jogou o frasco todo de comprimidos na bancada. Colocou dois na boca e engoliu com a bebida. Se ia tomar o frasco todo, precisaria engolir mais que dois de uma vez. Senão sua garganta começaria a fechar. Amanda nunca fora boa em engolir pílulas. Se ainda tivesse a arma, não estaria com esse problema.

Lançou um olhar vazio para a correspondência. Em cima da pilha, havia um envelope com o nome de um escritório de advocacia carimbado na frente. Se o proprietário do apartamento estava tentando despejá-la, não precisaria acionar a justiça. Se conseguisse tomar os comprimidos, sairia do apartamento no dia seguinte, dentro de um saco.

Ela rasgou o envelope e leu a carta.

Não era do proprietário.

A carta caiu de seus dedos, flutuou e rodopiou no ar até pousar a seus pés. Ela pisou em cima uma vez, voltou à bancada e começou a pegar os comprimidos na palma da mão e guardá-los de volta no frasco.

Levando a bebida consigo, ela então sentou na frente do notebook. A primeira coisa que viu foi um e-mail dizendo que havia uma nova reportagem sobre Crone. Amanda tinha colocado um alerta no nome dele, para poder ficar atualizada das investigações policiais. Ela clicou no link: um relato sobre o caso dela hoje, detalhando seu acordo judicial. Ela balançou a cabeça, então entrou em sua conta bancária.

Quatrocentos e doze dólares.

Era só o que lhe tinha sobrado. Luis não tinha seguro de vida.

Amanda agora não tinha nada. Nem família. Nem justiça. Nem emprego. Só precisava de um pouco mais de tempo.

Duas coisas a mantinham viva.

Não queria que outra mãe passasse pelo que ela estava passando. Nenhuma família devia ser dilacerada por esse mal novamente. A segunda coisa que a mantinha respirando era o ódio. Renovado e realimentado pela carta dos advogados de Wallace Crone.

Ele estava processando Amanda por assédio. Seus advogados queriam quinhentos mil dólares em danos. Processando *ela*. Pelos danos morais e o trauma emocional que *ela* havia causado a *ele*. Seu coração queria explodir. Queria chorar, mas não conseguia. Tinha perdido essa habilidade. Estava tudo amarrado lá dentro. Em vez de lágrimas, ela soltou uma gargalhada insana. Se não estivesse tão de saco cheio, seria engraçado.

Mas não era engraçado. Amanda não ia de jeito nenhum deixar que ele levasse mais alguma coisa.

Ela se levantou e foi ao quarto de Jess. Estava exatamente como naquela última noite, com Luis lendo a história para as duas. Amanda segurou Sparkles e se deitou na cama.

Quando os pais do marido enterraram Jess e Luis, eles não sabiam que deveriam colocar Sparkles no caixão e, por alguns dias depois de ficar sabendo disso, Amanda ficou tão doente de luto que vomitava constantemente. Pensava em sua filha assassinada, incapaz de descansar até na morte sem o brinquedo.

Cadê o Sparkles?

Cadê o Sparkles?

Ela pegou Sparkles e o abraçou com força. Havia no brinquedo um cheiro que a lembrava de Jess. A lembrava de tempos mais felizes, mas mesmo suas lembranças de dias incríveis com sua filhinha agora doíam como cortes. E ela não conseguia mais suportar.

Tinha que haver um jeito de matar Wallace Crone.

E ela ia encontrá-lo.

4
Ruth

O hospital Mount Sinai foi o lar de Ruth por três dias antes de ela aceitar falar com os investigadores. Ela havia acordado no corredor, com uma dor horrorosa, a barriga e as pernas cobertas com o próprio sangue. Fraca e histérica, tinha se arrastado até o telefone fixo na mesinha do corredor e discado o número da emergência antes de desmaiar.

Só acordou de novo muito tempo depois. Dormiu. E seus sonhos a levaram de volta àquele corredor.

Ela estava parada de pijama, olhando o vidro da janela de sua cozinha, encarando o reflexo do homem que tinha vindo matá-la.

Olá, querida...

Ruth acordou de repente, olhos arregalados, boca aberta. Como se tivesse emergido das profundezas de um oceano escuro para respirar.

Ainda conseguia ver o rosto do homem. Os olhos dele. Sua voz ecoava na mente dela.

Ela olhou ao redor, viu-se num quarto de hospital mal iluminado. Havia um acesso intravenoso no dorso de sua mão. Quando começou a se sentar, sentiu um aperto na barriga e no peito. A dor na perna esquerda foi ainda mais aguda. Aí, veio a onda. Começava lá embaixo no abdome — um fogo gelado que rapidamente se espalhou pelo corpo, fazendo cada membro tremer. A respiração dela vacilou. Sem conseguir respirar fundo, engoliu bocados de ar e gemeu até finalmente ter colocado ar suficiente nos pulmões para berrar.

Uma enfermeira abriu a porta com força e, assim que viu Ruth, aproximou-se muito devagar, as mãos para cima, dizendo que estava tudo bem — ela agora estava segura no hospital.

Já tinha acabado.

Mesmo então, em meio ao pânico, Ruth soube que aquilo nunca estaria acabado.

Mais duas enfermeiras entraram, mas Ruth não conseguia ouvir o que diziam. Por um segundo, perguntou-se por quê, foi quando percebeu que continuava gritando.

— Ela está entrando em choque — disse uma das enfermeiras, e segurou o braço de Ruth.

Ruth sentiu o scalp intravenoso puxando a pele, aí de repente se sentiu zonza e, então, o sono veio.

E o homem de olhos azuis veio junto.

Quando voltou a acordar, levou um tempo para abrir os olhos. As pálpebras pesavam duzentos quilos, os membros não a obedeciam e ela se ouvia falando, mas não conseguia entender uma única palavra. Seus dedos subiram ao rosto e sentiu um tubo no nariz, ajudando-a a respirar.

Com muito esforço, virou a cabeça, e Scott estava sentado numa poltrona ao lado da cama. Estava segurando a mão dela e sussurrando suavemente, dizendo para que ficasse deitada sem se mexer. Ela tentou levantar a cabeça, mas estava pesada demais. Sem conseguir fazer mais nada, deitou em silêncio e ficou olhando o marido. Uma barba por fazer preta e grossa no rosto, e círculos escuros sob os olhos azuis-claros. Ele acariciou e beijou a mão dela, e uma lágrima caiu em sua pele.

— O que aconteceu? Tinha um homem… — começou ela, e sentiu a onda voltando a subir pelo peito.

— Ele não está aqui. Já passou. Você vai ficar bem — disse ele, e repetiu até Ruth começar a se acalmar, e então ela chorou.

Ele subiu na cama e a abraçou, e, juntos, eles choraram até Ruth pegar no sono outra vez.

— Ruth, meu nome é dr. Mosley. Como você está se sentindo? — perguntou o homem de jaleco branco parado ao lado da cama.

Ele tinha um rosto delicado, bochechas redondas e cabeça raspada. Um homem bonito, com uma melodia suave na voz.

— Meu peito, minha barriga. Estão tensos. Minha perna dói. A esquerda — disse Ruth.

Ele chegou mais perto e fez um gesto de cabeça para Scott.

— Eu já conversei com seu marido, mas preciso saber se você se sente bem o suficiente para conversar com a polícia. Eles querem muito falar com você. Como se sentiria se eu os deixasse entrar por cinco minutos?

— Tudo bem, acho — falou Ruth.

A voz dela estava rouca. Sua garganta continuava seca e doendo, não importava quantos copos de água gelada ela bebesse de canudo. Scott havia passado um cubo de gelo nos lábios dela, penteado seu cabelo castanho e lavado seu rosto. Estava se sentindo melhor, mas tinha perguntas. Havia tentado questionar Scott sobre o que acontecera, mas ele só dissera que ela estava bem agora. Que tinha acabado. Parte dela não queria saber — tinha medo de descobrir.

— O que aconteceu comigo? — perguntou.

Scott se levantou da poltrona, a mão estendida, como se não quisesse que Mosley falasse nada. Ela estava fraca demais para começar uma briga, mas Mosley não entrou nessa com Scott — só lhe lançou um olhar, como se estivesse repreendendo uma criança tola.

— Ruth, você deu entrada nas primeiras horas da manhã de sábado, dia 15, com múltiplas facadas e lacerações — explicou o médico. Ruth fechou os olhos, pegou a mão de Scott e apertou o mais forte que conseguia. — Depois que você ligou para a emergência, os paramédicos arrombaram a porta da sua casa e te trouxeram para cá. Você perdeu muito sangue. As facadas eram profundas, mas conseguimos reparar boa parte dos danos. Você passou por um ataque pavoroso. Até onde sabemos, não houve abuso sexual. Vamos precisar conversar em mais detalhes sobre seus ferimentos, mas não imediatamente. O importante agora é falar com a polícia. Você acha que consegue?

Ruth fez que sim, abriu os olhos e disse:

— Obrigada. Vou me esforçar.

Mosley sorriu, aí se virou e abriu a porta do quarto de Ruth. Duas pessoas entraram. Um homem, uma mulher. Ele alto, ela baixa. Ambos usavam terno preto e sobretudo de lã. O alto se apresentou como investigador Andrew Farrow, e sua parceira era a investigadora Karen Hernandez. A mulher tinha uma tatuagem de pássaro no dorso da mão, a mesma mão que segurava uma caneta. Ela se sentou e abriu um caderno, pronta para tomar notas. Farrow se aproximou da cama. Ele andava travado, como se estivesse com dor, e tirou uma mecha de cabelo loiro dos olhos ao baixá-los para olhar para ela. Ainda era um homem jovem. Quarenta e poucos, talvez.

— Sra. Gelman, se importa se eu te chamar de Ruth? — perguntou ele.

Ela fez que não.

— Ruth está bom.

— Obrigado. Já estive ao lado de muitas camas em muitos hospitais. Cada vez é diferente. Muita gente não consegue falar sobre o que aconteceu. Se você conseguir responder algumas das nossas perguntas, será uma grande ajuda. Se precisar parar um pouquinho, minha parceira e eu podemos ir relaxar, tomar café e comer um donut.

Ele se aproximou um pouco e sussurrou:

— Um dos benefícios de ser policial. — Ele piscou. — Então, por favor, não se sinta pressionada para falar por tempo demais. Só quero fazer umas perguntas agora e aí vamos deixar você descansar.

Ruth fez que sim. Farrow pareceu fazer uma pequena careta de dor ao se endireitar, e levou a mão à lombar.

— Quero te perguntar sobre o ataque. Temos aqui gravado como tendo ocorrido na sexta-feira, 14 de setembro. Sua ligação para a emergência chegou pouco antes da meia-noite. O que você se lembra daquela noite? — perguntou ele.

Ela passou a língua pelos lábios secos e lembrou-se de Scott saindo e a deixando sozinha no apartamento. De ver um filme. Vinho. De estar na cama, e era um pouco nebuloso até…

— Acordei tarde naquela noite. Escutei um barulho lá embaixo. Vidro quebrando. De início, achei que fosse Scott. Eu desci e vi que a porta dos fundos tinha sido quebrada. Quer dizer, o vidro. Aí, vi um reflexo…

Farrow assentiu, mas não disse nada.

— Tinha um homem parado atrás de mim. Ele tinha olhos azuis; isso eu sei. Eram muito claros e vivos. Tinha as maçãs do rosto altas. Elas se destacavam, eram muito nítidas. E um maxilar quadrado. Cabelo escuro. Ele me agarrou, colocou alguma coisa em cima da minha boca e eu apaguei. O que quer que fosse tinha um cheiro forte, químico. Eu me lembro de acordar e ele ter ido embora. Tinha sangue por todo lado. Rastejei até a mesinha do corredor e peguei o telefone, mas não me lembro muito como foi.

Fazendo que sim com a cabeça, Farrow perguntou:

— Eu sei que é difícil, mas é importante. Você consegue lembrar mais alguma coisa sobre ele? Alguma cicatriz facial? Marcas de nascença, esse tipo de coisa?

Ruth pensou muito, com a mandíbula tremendo, o olhar fixo no teto.

— Não, acho que não.

— Consegue descrever a roupa dele?

— Era escura, preta. Não sei de que tipo.

— Ele falou ou te ameaçou antes de agarrar você?

A lembrança fez Ruth ofegar.

— Ele falou uma coisa, sim.

Farrow olhou para Hernandez. Trocaram um olhar antes de ele se virar para Ruth.

— O que ele falou, Ruth?

— Ele… ele falou: "Olá, querida". Ou algo assim… meu Deus.

A mão livre dela cobriu a boca, e Scott a pegou pelos ombros, a abraçou, como se estivesse preparando-a para um terremoto.

— Você lembra a que horas desceu?

Ruth fez que não.

— Acha que conseguiria reconhecer esse homem se o visse de novo?

Ela fez que sim.

— Obrigado, Ruth. Vamos precisar fazer mais uma entrevista quando você estiver se sentindo um pouco melhor. Tem mais alguma coisa que você consegue me contar agora?

Ela sacudiu a cabeça em negativa, soluçando contra a palma da mão.

— Vocês encontraram esse cara? — perguntou Scott.

O tom dele sacudiu o quarto. Farrow empertigou-se, chegando a sua altura real, que era de pelo menos oito centímetros a mais que Scott.

— Nós coletamos as evidências que conseguimos na sua casa, sr. Gelman.

— Vocês já encontraram ele? — perguntou Scott, cortando Farrow.

Hernandez fechou o caderno, se levantou, colocou a caneta no bolso interno e abotoou o sobretudo.

— Todos os recursos disponíveis estão dedicados a pegar esse criminoso — falou Hernandez. — Ruth tem sorte de estar viva. Não podemos dizer o mesmo de outras duas mulheres. Esse homem é nossa principal prioridade. Cada policial desta cidade está em alerta. Vocês têm nossa palavra: não vamos descansar até pegar esse cara.

— Duas mulheres? — perguntou Ruth, tirando a mão do rosto.

— Sim, senhora — respondeu Farrow. — Eu sei que é difícil, mas vamos precisar conversar de novo em breve. Se pensar em mais alguma coisa nesse meio-tempo, eu dei meu cartão para o seu marido.

E, com isso, Farrow e Hernandez se viraram para ir embora.

Ruth se sentou e se encolheu, mordendo o lábio por causa da dor ao tentar se mexer.

— Espera, por que ele me deixou viva? — perguntou ela.

Farrow e Hernandez desaceleraram o passo. Hernandez abriu a porta e fez um gesto de cabeça para o parceiro.

Virando-se para Ruth, Farrow disse:

— Estamos trabalhando nisso. É só o que consigo te dizer por enquanto.

— Não enrola. Vocês sabem bem mais sobre esse filho da puta do que estão dizendo.

— Nós não temos muita informação para ir atrás. Nenhuma evidência forense nas cenas de crime. Agora que temos uma descrição, vai ajudar muito. Ficaremos em contato — falou Farrow.

5
Farrow

— Aquela descrição se encaixa em muita gente — comentou Hernandez.

Farrow concordou com a cabeça enquanto entravam na garagem subterrânea do hospital.

— Mas ela disse que o reconheceria se o visse de novo. É um começo. Quando tivermos um suspeito, podemos mostrar algumas fotos para ela. Pelo menos sabemos que ele não gosta que elas fiquem olhando enquanto ele trabalha — falou Farrow. — É algo que a gente não sabia. Ele apaga as mulheres antes de começar a cortar.

— E como isso é útil?

— Ele precisa de substâncias químicas. Clorofórmio. Talvez a gente possa rastrear. Quando voltarmos à delegacia, vamos ligar para o legista, ver se ele consegue testar a presença de clorofórmio no corpo das primeiras duas vítimas. Diz uma coisa, você sabe onde a gente estacionou?

Hernandez apontou para o canto mais longe.

— Em algum lugar por ali.

Farrow deixou que ela fosse na frente. Suas costas doíam mais do que o normal. Isso o desacelerava, e ele piorava progressivamente com o passar do dia. Não tentou acompanhar o ritmo da parceira — só se arrastou atrás dela, devagar. Hernandez tinha cabelo preto comprido, cachos fechados que balançavam a cada passo. Ele a seguiu enquanto ela apertava o chaveiro e prestava atenção ao som do carro destrancando.

Um *tum* encorajador soou à frente, acompanhado por um piscar de faróis.

— Ali — disse ela.

— Que belos investigadores nós somos. Não conseguimos nem achar a porcaria do carro.

— Não fica se culpando por isso. A gente vai pegar o desgraçado — disse ela.

Farrow não respondeu. Ele a seguiu até o carro em silêncio. Abaixou-se com delicadeza até o banco do passageiro. Cerrou os dentes por causa da dor.

— Toma um comprimido — falou Hernandez.

— Já tomei um de manhã.

— O turno vai acabar em quatro horas. Toma a porcaria do comprimido, cara.

— Vou tomar no caminho para casa — garantiu ele.

Ele escutou Hernandez respirar fundo. Ela começou a falar alguma coisa, mas parou abruptamente ao ver a expressão dele. Eram parceiros havia muitos anos. Depois de um tempo, tinha virado algo parecido com um bom casamento. Os remédios ajudavam a dor nas costas de Farrow, mas também embotavam seu cérebro. A maioria dos policiais não pensaria duas vezes: se têm dor e os comprimidos aliviam esse sofrimento, tomam o dia todo. Farrow não era assim. Ele carregava seus casos consigo. Todas aquelas vítimas estavam bem ali nas costas dele. E tomar codeína ou oxicodona sacrificava sua perspicácia. A sonolência e a letargia levavam embora aquela mente afiada como lâmina.

O homem não só trabalhava para ajudar as vítimas da cidade — ele sofria por elas. Por escolha própria. Respirou fundo e levantou os olhos para o teto. Farrow estava pensando, e Hernandez conhecia os sinais e entendia que era melhor não o interromper. Se não tivesse um tempo quieto para pensar, Farrow ficava irritado. Os dois não trocaram palavras — ela simplesmente sabia que algo estava acontecendo dentro dele, e ele falaria quando estivesse pronto. Não demorou.

— Precisamos saber por que ele não finalizou o ataque. As primeiras duas vítimas tinham múltiplos ferimentos de facadas, mas o golpe fatal foi na artéria da garganta. Ele não chegou tão longe com Ruth Gelman. Mas por quê? — disse Farrow, colocando o cinto de segurança.

O motor ligou com algum esforço, e Hernandez sugou ar por entre os dentes ao colocar o carro em marcha ré e sair da vaga.

— Talvez ele só não tenha conseguido? — sugeriu Hernandez.

— Ah, duvido. Duas mulheres mortas e uma terceira atacada. Esse cara não vai parar tão cedo. Aconteceu alguma coisa para ele não ir em frente — falou Farrow.

O carro deles serpenteou pela garagem, subiu a rampa e parou na catraca. Hernandez passou o ticket na cancela e saiu. Policiais nunca precisavam pagar estacionamento. Outro benefício.

— É um milagre ela ter sobrevivido, de qualquer forma. Será que ele achou que tinha feito o suficiente?

— Esse cara não. Não sendo tão meticuloso. Ele se certificaria. Então, por que não fez isso dessa vez? O que tem de especial em Ruth Gelman?

— Talvez nada. Talvez tenha acontecido alguma outra coisa. Pode ser que a gente nunca descubra. Então, para onde vamos, chefe?

— Para a delegacia. Quero saber como fomos no porta a porta.

A casa da delegacia era um pequeno museu antes de ser doada para a prefeitura no fim do século XIX. Desde então, tinham colocado aquecimento central, talvez passado duas camadas de tinta e feito algumas alterações para tornar o prédio mais seguro, mas era basicamente isso. O departamento de investigações ficava no segundo andar, dividido em duas salas grandes, com seis mesas em cada uma, para vinte investigadores. Pular de mesa em mesa era parte natural do trabalho. Uma parte que Farrow detestava. Ele tinha conseguido ficar com uma mesma mesa nunca a limpando, deixando todas as suas tralhas largadas orgulhosamente em cima dela. Ninguém dizia um A para Farrow. Ele estava no cargo havia tempo demais e era alto demais para discutirem com ele.

Havia uma pilha de relatórios na cadeira de Farrow quando ele chegou. Um post-it estava grudado em cima, com o número do patrulheiro Tony Gale.

Farrow pegou o telefone fixo, jogou os relatórios no chão e estava prestes a ligar para Gale quando ele entrou no departamento de investigações.

— O sargento disse que você acabou de voltar. Como está sua vítima? — quis saber Gale, policial veterano com dez anos de carreira, ódio da politicagem policial e braços que lhe garantiram a vitória no torneio de boxe da polícia de Nova York, o NYPD Golden Gloves, por dois anos seguidos.

— Nada bem. Ela não consegue dar nada além de uma descrição básica. Vai sobreviver, mas está bem abalada. Você por acaso ia me dizer que posso arquivar todos esses relatórios sem ler?

— Os primeiros três são depoimentos de vizinhos do outro lado da rua. Uma se lembrava da noite passada até bem demais. O marido dela teve uma suspeita de ataque cardíaco e ela ligou para os paramédicos.

— Foi isso — disse Farrow.

Hernandez concordou com a cabeça e falou:

— As sirenes. As luzes piscando. Isso deve ter parado o bandido. Meu Deus, Ruth Gelman não faz ideia da sorte que tem.

— Não tenho certeza de que ela veria as coisas por esse lado — comentou Farrow. — Eles viram alguma coisa? Alguém fugindo da cena?

— Uma velhinha viu um cara alto vestido todo de preto correndo pela rua. É só o que conseguimos.

Farrow agradeceu a Gale e prometeu pagar uma cerveja no fim da semana. Ele disse que só acreditava vendo e foi embora.

— O que você acha? — perguntou Farrow.

— Temos um cara de preto, uma descrição decente, mas não muito mais. O sr. Gelman também vai dar trabalho. Não fui com a cara dele — falou Hernandez.

— Temos que dar uma folga para ele. Eu já vi esse tipo de reação antes. A esposa é atacada e o marido entra em modo testosterona total. É primitivo: eles sentem necessidade de proteger a mulher e se culpam por não terem estado lá para impedir o ataque. Coitado.

— Que merda mais machista e típica da masculinidade tóxica — respondeu Hernandez. — Acho que ele é só um babaca. Meio controlador também. Tive essa sensação. Não gostei do cara.

— Se a gente for prender todo mundo de que você não gosta, precisariam construir mais duas prisões em Rikers Island. Vamos atrás de saber do clorofórmio.

6

Amanda

Do banco do passageiro do carro, Amanda levantou os olhos para as janelas do primeiro andar do prédio de tijolos vermelhos na rua 43. Os vidros estavam cobertos com papel grosso que havia amarelado com o tempo, como se estivessem pintados com gordura.

— Tem certeza de que é aqui? — perguntou.

Farrow colocou o carro em ponto morto e disse:

— É aqui. Segundo andar. Eu sei que dá medo, mas você tem que dar uma chance.

— Dar uma chance a quê? Eu já falei com terapeutas antes. Não ajuda.

— Olha, isso faz parte da ordem judicial. Não tem como sair dessa. Você precisa ir, então, melhor tentar aproveitar como puder.

Amanda olhou o prédio. Havia uma loja no térreo. Vendia instrumentos musicais, e uma placa dizia que também fazia consertos. A loja estava fechada. Ela não conseguia saber se havia luz no andar acima, por causa do papel nas janelas. A porta ao lado da entrada da loja de música tinha uma campainha vermelha.

— Não estou me sentindo bem o suficiente. Não posso faltar só mais essa vez?

— Você já adiou demais. Era para ter começado a terapia antes do fim de setembro, e já é novembro. A agente da condicional deveria ter apontado a violação um mês atrás. Ela só aliviou porque eu liguei e falei que eu mesmo ia arrastar você até aqui — disse Farrow.

— Desculpa. Olha, eu sei que você foi além do seu dever aqui. É que…

— É que o quê?

Ela ficou em silêncio por um momento.

— Não estou pronta para lidar com isso.

Farrow se inclinou com algum esforço, fazendo cara de dor ao esticar as costas, abriu a porta do passageiro e disse:

— Entra lá e fica quietinha observando. Por enquanto, vamos não violar a droga da ordem judicial.

Amanda assentiu. Farrow só estava cuidando dela, e ela sabia. Agradeceu a ele, fez uma continência de brincadeira e saiu do carro. Tocou a campainha. Esperou dez segundos. Tocou de novo. Pensar em entrar encheu suas entranhas de apreensão. Ela olhou pela rua. Eram quase oito da noite e a cidade ainda estava viva, cheia de turistas, nova-iorquinos e trânsito. Havia uma pizzaria do outro lado da rua, ao lado de uma lanchonete Wendy's. Muitas das lojas nesta rua eram temporárias, armadilhas para turistas, vendendo moletons e bonés escrito "Eu ♥ Nova York", cartões-postais e miniaturas da Estátua da Liberdade.

Farrow ainda estava estacionado no meio-fio. Esperando. Amanda sabia que ele só iria embora depois de ela entrar, mas não parecia ter ninguém no prédio.

Amanda deu as costas para a porta bem na hora que ela se abriu.

— Posso ajudar? — disse uma voz.

Amanda parou e se virou, nervosa.

O homem parado na soleira tinha trinta e poucos anos, usava um suéter cor de vinho e jeans *skinny*. Tinha uma cabeleira castanha com cachos que caíam por sua testa e óculos fundo de garrafa.

— Eu estava procurando o grupo de T e L de pais — falou Amanda.

— Trauma e Luto Parental é ali em cima. É o meu grupo. Oi, meu nome é Matt — disse o homem, estendendo a mão.

Amanda se encolheu dentro do sobretudo preto de lã, tirou uma luva, apertou a mão dele e se apresentou:

— Oi, eu sou a Amanda.

— Eu estava te aguardando. Está frio... por favor, entre.

Ela se virou, acenou para Farrow, que buzinou e saiu.

Amanda subiu dois lances de degraus desiguais e rangentes atrás de Matt, e entrou numa sala grande. Um único feixe de luz, vindo de uma lâmpada sem lustre, recaía sobre um grupo de pessoas sentadas em círculo. Havia caixas, pilhas de cadeiras e grandes itens com formatos estranhos cobertos com lençóis brancos ao fundo. Uma máquina de xerox estava no canto. Matt pediu a identidade dela, e Amanda entregou uma carteira de motorista. Ele tirou uma cópia, explicou que precisava arquivar e devolveu o documento. Os olhos de Amanda se ajustaram à meia-luz e ela percebeu que era a área de estoque da loja lá de baixo. Identificou os formatos de bateria, contrabaixos e violões enfileirados nas paredes. Logo além do grupo, havia uma mesa com uma cafeteira e copos de plástico.

O grupo tinha seis ou sete pessoas, a maioria jogando conversa fora. Mulheres e homens de aparência comum, todos vestidos com suéteres e camisas largas, casacos volumosos pendurados no encosto das cadeiras.

Só sobravam alguns assentos no círculo.

— Antes de irmos lá, gostaria de escolher um nome? — perguntou Matt.

— Oi? — falou Amanda.

Ele falava baixinho, com um olhar passivo.

— Este é um grupo fechado, Amanda. E tem duas regras simples. Número um, não usamos nossos nomes reais. Número dois, não damos detalhes, locais ou nomes que permitam que os membros do grupo identifiquem alguém. Muita gente passou por experiências horríveis e, para conseguir compartilhá-las, quer anonimato. Falamos das nossas emoções aqui. Algumas pessoas não iam querer falar se achassem que os outros membros do grupo vão chegar em casa e dar um Google neles. Entende o que estou dizendo?

Amanda fez que sim. Se tinha que participar do grupo, ela não planejava revelar nada sobre seu passado exatamente por esse motivo. Manter as coisas anônimas fazia sentido.

— Pode me chamar de Wendy — disse ela.

— Nós já temos uma Wendy — respondeu Matt, apontando para uma mulher pequena e magra com cabelo loiro bem claro preso num boné e rabo de cavalo. Ela usava jeans e um suéter azul-marinho volumoso, de um jeito que fazia parecer que estava tentando esconder seu corpo seco. As maçãs do rosto se destacavam, orgulhosas, e a pele parecia não sentir o sol há muito tempo. Era difícil determinar uma idade. Mais velha do que Amanda, mas difícil saber quanto. Wendy tinha uma aparência assombrada. Mas, quando Amanda olhou o resto do círculo, viu o mesmo olhar também em alguns outros rostos.

— Acho que não importa muito do que me chamam aqui. Que tal Jane?

Matt fez que sim e disse:

— Jane está bom. Pode se servir de café e sentar.

Amanda sentou na cadeira ao lado de uma mulher grande com cabelo encaracolado e cardigã rosa-chiclete que se apresentou como Betty. Ela tinha um terço enrolado nos dedos grossos e roliços. Betty sorriu para ela dolorosamente, e, assim que desviou o olhar, o sorriso sumiu de seu rosto como se estivesse amarrado a uma âncora que acabara de cair da lateral de um penhasco.

Alguns do grupo já estavam conversando. Dois ou três falavam de basquete. O resto estava discutindo as eleições para prefeito e a notícia de uma mulher atacada em sua casa que andava aparecendo nos canais de TV locais. Esse tipo de história sempre gerava comentários. Pensar que nova-iorquinos talvez não estivessem seguros dentro da própria casa deixava as pessoas assustadas.

Amanda não entrou em nenhuma das conversas. Betty opinava aqui e ali com um ou dois comentários. A única outra pessoa sentada em silêncio era Wendy. Havia colocado uma perna embaixo da outra e dado as costas para os dois homens ao lado dela, que estavam discutindo o jogo da noite anterior.

Matt entrou no centro do círculo de cadeiras e pediu silêncio antes de sentar ao lado de Amanda. Ela notou o perfume dele pela primeira vez. Rosa e baunilha, talvez da Calvin Klein. Não havia percebido antes, e isso a fez se perguntar se ele tinha ido discretamente até um banheiro passar um pouco para impressioná-la.

— Obrigado por virem, pessoal. Eu sei que está frio lá fora e vai nevar. Temos um novo membro no grupo hoje. Gente, esta é a Jane — disse, e jogou as mãos na direção dela, como se ela estivesse prestes a entrar por uma cortina brilhante no palco de um *game show* televisivo vespertino.

Todo mundo murmurou um oi. Todo mundo, menos Wendy, que estava olhando para seu copo de café. Amanda assentiu em reconhecimento, mas não falou nada.

Matt cruzou os braços, as pernas e se recostou na cadeira. Ainda estava com os olhos em Amanda. Ninguém disse nada. O silêncio começou a aumentar em seus ouvidos, como uma panela de água lentamente entrando em ebulição. Ela tirou os olhos do chão, sentindo o calor subir por suas bochechas. As pessoas a estavam encarando. Sorrindo. Amigáveis. Cheias de expectativa.

Todas menos Wendy, que não conseguia se forçar a olhar.

Será que ela deveria dizer algo? Era isso? Amanda não planejara falar nada na primeira sessão. Tinha torcido para poder ficar de cabeça baixa e só sobreviver àquilo. Não queria falar de Luis nem de Jess. Falar só piorava tudo.

A cada segundo que passava, ela sentia mais olhos encarando-a, tentando ver seu coração — tentando enxergar sua dor. Amanda guardou tudo para si. Era seu luto. Sua perda. Sua dor. E ela queria que continuasse quente e privada. Para poder usá-la. Fazer dela sua arma secreta. Era o nervo que um dia a faria puxar aquele gatilho na cara de Crone.

Ela precisava parar aquilo. Agora.

— Não estou pronta para isso. Ainda não — falou.

Betty assentiu com a cabeça e disse:

— Você é mais forte do que pensa, querida. — E, estendendo a mão, deu um tapinha no joelho de Amanda.

— Ainda estou muito sensível — disse Amanda.

Ela fechou os lábios, abraçou as laterais do corpo e começou a balançar para a frente e para trás no ar frio que circundava sua declaração.

— Você consegue superar isso, Jane. Com ajuda e apoio, e sabendo que tem mais gente como você, que lidou com essa dor e continua a batalhar contra ela todos os dias. É isso que fazemos aqui. Nós somos guerreiros — disse Matt.

Os olhos de Amanda se voltaram para a frente. Ela tinha sentido movimento naquela direção e, claro, era Wendy, que revirou os olhos para Matt, dramática, e balançou a cabeça.

— Wendy, será que você quer compartilhar algo com nossa nova membra? Mostrar como a gente faz? — perguntou Matt.

Wendy colocou a mão no bolso, tirou um maço molenga de Lucky Strike, sacudiu até um sair e aí o pegou e pôs entre os lábios finos.

— Não pode fumar aqui, Wendy. Você sabe disso — falou Matt quando Wendy acendeu e tragou.

— Não estou pronta para falar hoje — disse Wendy.

— Eu não me importo de falar — disse Betty, levantando a mão, o terço barato tilintando.

Matt assentiu, meio relutante. O resto do grupo se mexeu na cadeira, alguns suspiraram alto. Amanda ficou com a impressão de que estavam se preparando para uma longa noite escutando Betty e de que já tinham passado por aquilo mais de uma vez.

— Eu sei que alguns de vocês devem ter pesquisado o meu caso e não os culpo. Não estou julgando. Quando meu menino levou um tiro na rua, jurei que ia matar o responsável. Meu menino nunca machucou ninguém. Dezesseis anos, com a vida toda pela frente. E pensar que aquele bandido puxou uma arma e atirou nele no meio da rua a troco de quê? Os dez dólares que ele tinha na carteira? Quase me matou também. Mas aí fui ao julgamento e ouvi sobre a vida daquele garoto. As surras, a pobreza, o abuso... Ele foi tratado que nem um cachorro raivoso. Se você trata um ser humano assim, o que pode esperar? Eu fui ver o menino na prisão com meu pastor, depois de ele ser condenado. E fiquei ali na mesma sala com ele e o promotor, e o pastor Joe, e abri os braços...

Para enfatizar, Betty fechou os olhos e estendeu os braços como se estivesse esperando um abraço. Houve mais alguns suspiros, e uns rangidos das cadeiras de plástico arranhando o chão quando duas pessoas usaram a oportunidade para se levantar e pegar mais café.

— ... E falei para aquele jovem: acredito no Senhor Jesus Cristo... — continuou Betty. Ela fez uma pausa, respirou fundo, como se estivesse se preparando para revelar algum milagre. — Eu sou da igreja dele, e do povo dele, e perdoo você por seu pecado perverso contra minha família — disse Betty. — E sabe o que ele fez? Aquele menino bandido? Ele chorou. E nós nos abraçamos. Eu encontrei no meu coração um jeito de perdoá-lo. Senti *o Senhor* naquele dia. Ele estava bem ali naquela sala com a gente.

Betty assentiu, fungou para segurar uma lágrima, mexeu no terço. Houve alguns murmúrios de aprovação entre os outros do grupo.

Wendy soprou uma nuvem de fumaça ruidosamente no ar, e Amanda seguiu seu rastro até esta beijar a luz do teto e circundá-la.

— Eu gostaria muito que você não fumasse aqui — disse Matt.

— Por quê? — perguntou Wendy. — *O Senhor* não vai arrastar a bunda até *esta* sala, isso com certeza — falou ela.

— Wendy, por favor — pediu Matt.

Ela balançou a cabeça, olhou para Betty e disse:

— Eu já ouvi sua história antes. Todos nós ouvimos. Que bom que você encontrou um pouco de paz, mas alguns de nós não querem perdoar. Não conseguimos perdoar. E isso não nos torna pessoas ruins. É só o jeito que as coisas são. Alguns desgraçados não merecem perdão. Nunca.

Matt começou um longo sermão apaziguador sobre o perdão e por que ninguém ali estava julgando a reação do outro ao luto. Ele estava aplacando ao mesmo tempo Wendy e Betty, e garantindo que a sessão não virasse briga. Amanda ficou sentada quieta ouvindo, vendo Wendy acender outro cigarro.

Ela estava começando a gostar de Wendy.

Alguns dos outros membros deram um resumo breve de onde estavam em sua "jornada pessoal", como Matt chamava. Ao começar a falar, cada um deles prefaciava sua história com uma introdução macabra.

— Oi, meu nome é Lucy. Perdi meu marido e minha filhinha num acidente de carro...

— John aqui, meu filho foi morto numa briga de bar...

— Terry, minha filha, estava na Torre Norte no 11 de Setembro...

E assim por diante. Amanda imaginou que quase seria melhor eles usarem adesivos de identificação dizendo esfaqueamento, terrorismo, crime de ódio, motorista bêbado...

A vida deles era definida pelos filhos que lhes tinham sido tirados.

— Existe significado na vida de todo mundo — disse Matt. — Seus filhos foram amados. E o amor deles continua aqui. Bem aqui, com a gente, nesta sala. Já chega por hoje. Vejo todos vocês na semana que vem.

O círculo se desfez lentamente, com alguns ficando nas cadeiras para conversar, e outros fazendo uma última visita à estação de café antes de sair para a rua. Amanda se mandou de lá rapidamente. Ouviu a porta da frente batendo assim que começou a descer as escadas. Saiu, olhou para a direita, depois para a esquerda. À sua esquerda, a figura magra, mas inconfundível de Wendy se afastava, deixando rastros de fumaça atrás de si.

Amanda enfiou as mãos nos bolsos e saiu andando atrás dela. Não chegou longe. Havia um bar na esquina, e, com um peteleco, Wendy jogou a bituca do cigarro na direção dos carros e entrou. Diminuindo o passo, Amanda olhou pela janela. Wendy estava sentada no bar, já com uma Miller gelada à sua frente, e mais ninguém em volta dela. Não parecia o tipo de lugar em que se marcaria de encontrar alguém. Era um pé-sujo com música heavy metal e manchas no carpete — visíveis até da rua. Quando chegou à faixa de pedestres, Amanda parou para esperar o sinal.

Ela sentiu aquela coceirinha familiar.

— Foda-se — disse, e entrou no bar. Havia uma banqueta ao lado de Wendy. Ela parou ali e perguntou: — Tudo bem se eu sentar aqui? Seria bom beber alguma coisa.

Wendy parecia levemente desconfortável sem um cigarro nos lábios. Parecia que, sem isso, seu rosto não tinha nada para fazer. Ainda assim, era expressivo o suficiente para dizer a Amanda que Wendy a reconhecera.

— Você é a garota nova, Jane. A que Matt fez passar vergonha — disse.

— Obrigada por me lembrar. Este lugar está ocupado?

Olhando de canto de olho para a banqueta e depois para o rosto de Amanda, Wendy hesitou antes de responder:

— Pode pegar, se me deixar ver sua identidade.

— Identidade? — perguntou Amanda. — Quê? Você trabalha aqui? Eu sei que não pareço ter mais de dezesseis anos, mas pode acreditar, já passei bem de trinta. Enfim, achei que essa coisa toda do grupo era para ser anônima. O Matt me falou das regras.

— Não estamos mais no grupo. Você está vendo um conjunto de regras aqui? Não tem nada a ver com sua idade, querida. Eu só quero ter certeza de que você não é jornalista. Alguns se infiltram em grupos assim, tentando arrancar a história de uma vítima. Acontece. Quase aconteceu comigo e agora eu tomo cuidado *extra*. Então, e aí? — disse Wendy.

Amanda puxou a carteira de motorista da bolsa e a pôs no balcão com um tapa.

Wendy pegou o documento, analisou e digitou o nome de Amanda no Google.

— Não, não faz isso — pediu Amanda.

— Você tem medo de que eu vá descobrir que você trabalha para o *New York Post* ou...

Amanda pegou sua identidade, guardou-a no bolso traseiro do jeans e desviou o olhar. Não queria arriscar ver alguns daqueles resultados da busca. As fotos dela, Luis e Jess. Especialmente aquela tirada no ano passado, durante a trilha no norte do estado. As bochechas de Jess estavam rosadas de frio e ela parecia cheia de vida e alegria.

— Ah, caralho. Desculpa — disse Wendy. — Eu precisava checar. Não queria...

— Tudo bem — sussurrou Amanda.

Se ela tivesse falado mais alto, Wendy teria escutado a voz dela tremer e ameaçar falhar.

— Que tal eu te pagar um drinque? — perguntou Wendy.

Amanda assentiu e respondeu:

— Vodca tônica.

E sentou na banqueta do bar ao lado de Wendy, que fez o pedido ao barman. As duas mulheres ficaram sentadas em silêncio por um tempo, apesar de não parecer desconfortável para Amanda. Era como se Wendy soubesse que a mulher a seu lado precisava de um momento para afastar a dor.

O barman depositou o drinque de Amanda sobre um porta-copos e saiu.

— Você disse algo no grupo que achei interessante — comentou Amanda. — Uma coisa sobre perdão. Que às vezes as pessoas não o merecem.

— É — disse Wendy —, mas não vamos entrar nisso ainda. Nenhuma de nós está bêbada o suficiente para essa conversa.

Wendy levantou sua garrafa de cerveja, Amanda pegou seu drinque e, quando brindaram, Wendy falou:

— Minha sugestão é a gente ficar bem bêbada primeiro. Aí, podemos falar o quanto você quiser.

7
Ruth

O fim da tarde virou noite, mas era difícil para Ruth saber ao certo. Não havia relógio na parede. Ela perguntou a Scott que horas eram, e ele checou o celular. Seu quarto particular sem janelas no hospital era meio que um bunker. Scott ficou com ela depois que a polícia foi embora, mas eles não conversaram. Ela tomou um pouco de sopa, mas ficou enjoada. Devia ser por causa dos analgésicos. Pegava no sono e acordava, mas não sabia por quanto tempo. Era difícil se concentrar depois dos remédios.

— Que horas são? — perguntou.

Só que Scott não a ouvira. A cabeça dele estava virada para um lado na poltrona de couro verde, e seu peito se movia devagar no ritmo do sono.

Ruth enfiou os punhos na cama, ao lado do corpo, e lentamente se empurrou para ficar mais reta. Isso bagunçou os travesseiros em suas costas, deixando-a desconfortável. Com a mão direita, segurou as barras laterais da cama, procurando o controle. Lembrava-se de uma das enfermeiras usando-o mais cedo para elevar sua cabeça para que ela tomasse a sopa, antes de aos poucos deixar a cama reclinar de volta para Ruth poder dormir.

Só com os dedos ela não conseguiu localizá-lo, então, debruçou-se para ver onde tinha ido. Parecia que alguém havia enfiado um gancho de pesca no estômago dela e que ele tinha começado a puxar assim que ela se inclinou. Nem sinal do controle da cama, mas ela viu outra coisa que a atingiu com uma surpresa mordaz. Suspensa da cama, havia uma bolsa cheia de um líquido laranja-escuro. Tinha pontinhos vermelhos naquela bolsa também, como se alguém tivesse mergulhado uma caneta dessa cor lá dentro. Uma cânula saía da bolsa e entrava embaixo das cobertas. Ela se endireitou e tateou entre as pernas. Um cateter. Era essa a sensação desconfortável que ela havia registrado antes.

— O que você está fazendo? Vai estourar os pontos — disse Scott, se levantando.

— Estou bem. Só estava procurando o controle da cama — explicou ela.

Scott levantou os cantos da coberta, achou o controle de plástico branco e ajustou a cabeceira da cama para Ruth poder se sentar de modo um pouco mais confortável. Delicadamente, e sem ela pedir, ele colocou o braço embaixo dela e a segurou enquanto ajustava os travesseiros com dificuldade, e então a inclinou com cuidado sobre eles.

— Assim está melhor — falou ela.

— Não precisa mais se preocupar. Eu estou aqui. Eu... eu nunca mais vou ficar longe de você — disse Scott.

Forçando um sorriso, Ruth sentiu outra onda de medo se aproximando. Ela piscou, e seus cílios derrubaram uma lágrima na bochecha.

— Não foi culpa sua — respondeu ela.

Eles se abraçaram. Ela ficou feliz de tê-lo perto, sentir seus braços a envolvendo.

Ele não tinha como saber que algo ruim ia acontecer. Scott tinha se provado várias e várias vezes para ela. Mesmo quando, no início, ela tinha dúvidas sobre ele.

Eles estavam namorando havia quase um ano. A uma semana do primeiro aniversário de namoro, Scott reservou uma mesa no restaurante favorito dela em Chinatown. Um lugarzinho familiar com mesas baratas e cadeiras bambas que fazia lámen e *bao* de porco, e quase mais nada. Ambos haviam chegado às sete, de terno, direto do escritório. O restaurante só tinha doze mesas, e a última ao lado da janela estava reservada para Scott.

— Você está linda — disse ele.

Ele sempre a elogiava. Sem falha. Eles olharam o cardápio e pediram. Scott ia pagar — tinha deixado isso claro. Apesar de Ruth ganhar bem mais, ele havia insistido.

Scott ficou mexendo com os pauzinhos e o guardanapo.

— Eu queria falar com você sobre uma coisa — disse.

Essas palavras tinham causado uma sensação nervosa que se agitou no estômago de Ruth. A relação com Scott era melhor do que ela esperava.

Ele havia reservado uma mesa — tinha algo claramente rolando na cabeça dele. Estava criando coragem de lhe dizer que estava tudo acabado. Ruth sentia que ia acontecer.

— Eu pedi demissão hoje — falou ele.

— Você fez o quê?

— É, mas fica tranquila. Desculpa — disse, e coçou a cabeça. — Estou cagando tudo, né?

— Não sei o que está acontecendo. Eu fiz ou disse alguma coisa de que você não gostou? — perguntou Ruth.

Ele pareceu parar de focar em si mesmo, estendeu as duas mãos e pegou as de Ruth.

— Meu Deus, não. Não, claro que não. Não tem nada a ver com você. Bom, tem mais ou menos.

— Tem razão — disse Ruth, nervosa. — Você está mesmo cagando tudo.

Os dois sorriram. Riram desconfortavelmente.

— Eu já te contei por que virei promotor?

Ela fez que não.

— Eu era o menor da sala no ensino médio. Foi só no fim da adolescência que qualquer que fosse o hormônio de crescimento defeituoso no meu corpo, que não funcionava antes, de repente entrou em ação. Não importa. O que importa é que eu sofri bullying na escola.

— Nossa, sinto muito — falou Ruth.

— Isso me afetou por muito tempo depois da escola. Foi por isso que me mudei para a cidade e fiz faculdade aqui. Simplesmente não conseguia aguentar minha cidade natal. Olha, não estou me explicando muito bem. Sempre que prendo um bandido, particularmente alguém violento, recupero um pedacinho de mim. Faz sentido?

Ruth pausou por um segundo, aí assentiu com a cabeça, sem entender direito.

— É assim: quando você sofre bullying, não tem poder nenhum. Não pode fazer nada. Quando contei em casa sobre o que estava acontecendo, meu pai só disse que eu devia ser homem e revidar. Mas nunca fiz isso. Não conseguia.

Ruth apertou as mãos dele.

— Meu emprego me dava muito. Era catártico, sabe? Como se eu estivesse finalmente revidando.

— Então, por que você pediu demissão hoje? O que está rolando?

Antes de falar, Scott respirou fundo e soltou as mãos de Ruth.

— Eu pedi demissão hoje porque tive uma entrevista na semana passada no segundo maior escritório de advocacia da cidade, e eles estão me oferecendo um cargo de advogado litigante sênior. Paga cinco vezes mais do que eu ganho agora.

— Puta merda, que incrível!

— Obrigado. Eu não teria conseguido sem você.

— Como assim?

— Eu quero o melhor para você. Isso quer dizer que preciso de um bom salário. Um bônus agora na contratação vai ajudar a dar uma entrada numa casa na cidade. Para nós. Para a nossa família.

Scott se levantou da mesa, parou do lado de Ruth e ajoelhou. Do paletó, tirou uma caixinha de joia, abriu a tampa e disse:

— Quer se casar comigo?

Ruth aceitou. Bem ali. Na frente do restaurante todo, que então irrompeu em aplauso espontâneo. Um verdadeiro momento nova-iorquino.

Scott tinha aberto mão de algo importante para ele. Algo que tinha um significado real. E fizera isso tudo por ela. Ruth não tinha mais dúvidas. Aquele era seu homem.

Ele garantiria que ela estivesse bem cuidada. Que estivesse segura.

E Scott nunca, nunca a deixaria.

Ela soube disso naquele dia.

Sabia disso agora, com o homem em seus braços, inclinado por cima dela na cama do hospital. Ela tinha sorte de tê-lo. Ele a ajudaria a passar por esse pesadelo.

— Podem me dar um minuto? — perguntou uma voz.

Scott deu um passo para trás, e Ruth viu o dr. Mosley na porta. Com um prontuário nas mãos, mas sem sorriso no rosto. Não dessa vez.

— Claro, claro, está tudo bem? — quis saber Scott.

— Tudo, sim. Só preciso dar uma palavra com Ruth sobre a cirurgia que ela fez, se não tiver problema — respondeu Mosley.

— Será que podemos fazer isso de manhã? — questionou Scott.

— Você consegue agora, Ruth? — perguntou Mosley, ignorando Scott.

— Não vejo o que pode ser tão ruim. Estou viva, e é graças a você — disse ela.

Mosley fechou a porta, dando um pouco de privacidade a eles. Ele se aproximou da cama, afastou a coberta. Ruth estava usando uma camisola de hospital. Mosley segurou a ponta da camisola e perguntou se podia dar uma olhada. Ruth fez que sim.

Ela observou enquanto ele levantava o tecido metodicamente, quase até o pescoço dela. Ruth viu uma malha de curativos e gaze cobrindo todo o torso.

Mosley começou a apalpar a barriga dela. Pressionou levemente, aqui e ali, e perguntou sobre a dor. Quando terminou, desceu de novo a camisola e agradeceu a Ruth.

— Você vai ficar bem — disse Mosley. — Os pontos parecem estar segurando bem. Agora, temos que falar de algumas coisas.

— É mesmo necessário? Agora? — perguntou Scott.

Ele a estava protegendo, mas não tinha motivo para ser tão protetor a não ser que já soubesse o que o médico ia dizer.

— Você já sabe, não sabe? — falou Ruth.

Fechando os olhos e apertando os lábios, Scott fez que sim.

— Então me conta, doutor — pediu Ruth.

Mosley se sentou na beirada da cama. Falou daquele jeito como falam os bons médicos — com clareza e empatia genuína.

— Quando você foi trazida, seus ferimentos eram graves e potencialmente fatais. Você tinha várias feridas de faca no abdome e no peito, e lacerações na coxa. Precisamos operar para parar a hemorragia interna.

Ruth assentiu, sem conseguir falar. O quarto pareceu escurecer e encolher, até só haver Mosley e a voz dele.

— Não tem um bom jeito de dizer isso — continuou Mosley, com a entonação mudando, a voz assumindo um tom mais grave e ressonante. Como se estivesse cobrindo cada palavra com mel, tentando suavizar as pontas afiadas, sabendo que o que estava prestes a dizer doeria. — Infelizmente, houve alguns danos que não conseguimos reparar. Uma das facadas abdominais era muito profunda.

As pálpebras dela vibraram, a boca se abriu, mas não havia palavras nem respiração para dar vida a elas.

— Houve dano uterino importante. Sinto muito, mas, por causa disso, é improvável, talvez até perigoso, você conseguir engravidar e gestar um bebê naturalmente.

Ela sentiu Scott apertando sua mão e a acariciando. Depois, sentiu os lábios dele em seus dedos. Era como se algo lhe tivesse sido tirado. Algo precioso que ela não sabia que tinha até ser levado. Um roubo cruel. Seu futuro.

Começou a chorar e pensou que talvez nunca mais parasse.

8
Amanda

O bar só fechava às duas da manhã, mas o porteiro começava seu turno às dez, e expulsou Amanda e Wendy às onze. Apesar de a gerência achar que as mulheres já tinham consumido álcool mais que suficiente por uma noite, nem Amanda nem Wendy podiam ser convencidas disso, e foram ao apartamento de Wendy numa travessa da Broadway para uma saideira.

Elas caíram dentro do elevador, rindo e com frio. Era um bom prédio. Muito maior que o de Amanda. O apartamento também era maior. Uma cozinha grande com espaço para uma mesa de jantar de vários lugares. O sofá para cinco pessoas na sala de estar tinha sido separado da cozinha por uma estante de livros que ia até o teto. Tinha até uma vista do *skyline*.

Amanda se jogou no sofá. Estava se sentindo cansada, mas bem. Wendy era uma diversão. Havia uma estranha liberdade de que a nova amiga desfrutava e que Amanda achava tão intoxicante quanto o álcool. Ela tinha sorrido hoje. E até dado risada. Fazia muito tempo que não fazia nenhuma dessas coisas. Falava com Farrow, mas sempre sobre Jess, Luis e Crone. Não era uma conversa de verdade. Não como hoje.

Wendy voltou da cozinha com dois *bloody marys*, um talo grande de salsão em cada copo alto.

— O jantar está servido — disse Wendy, sentando-se ao lado dela.

Amanda não tinha percebido quanto estava com fome até a primeira mordida no salsão. Ela o devorou rápido, sem sentir o gosto da vodca em meio ao tomate e à pimenta.

— Eu me diverti hoje — falou Amanda. — Obrigada. Não lembro a última vez que…

— Quanto tempo faz? Desde que… sabe?

Amanda deu um grande gole na bebida e respondeu:

— Seis meses desde que eu perdi os dois.

Wendy concordou com um gesto de cabeça.

— Eu me lembro dos primeiros seis meses. E do seguinte. Os dois primeiros anos são os mais difíceis — disse com um sorriso.

Amanda cuspiu uma risada.

— Quanto tempo faz para você? — perguntou.

— Três anos, onze meses e doze dias — respondeu Wendy.

— E está mais fácil? — quis saber Amanda.

Wendy ficou de pé, olhou as luzes da cidade pela janela.

— Fica diferente. Mais distante, acho. A dor muda. Fica embotada. Está sempre lá, mas nem sempre rasga seu coração, sabe?

Amanda não sabia, mas assentiu do mesmo jeito.

— O que aconteceu com você? — perguntou.

Ainda com os olhos na paisagem, Wendy disse:

— Minha filha não voltou da escola um dia. Ela tinha quinze anos, estava acostumada com o metrô. Liguei para a escola. Disseram que ela tinha saído com o resto da turma. Ela não era do tipo que fugia. Andava tendo alguns problemas, mas não queria se abrir comigo. Algumas semanas antes de ela desaparecer, eu tinha encontrado ela no banheiro, cortando o antebraço com uma gilete. Nós conversamos, mas ela falou que não era nada específico. Ansiedade adolescente. Até concordou em conversar com um terapeuta.

"Quando ela não voltou para casa naquele dia, liguei para todos os amigos dela. O celular estava desligado. Então, à noite, liguei para a polícia. De início, eles não se interessaram. Jovens às vezes saem andando por aí, mas quase sempre voltam. Alguns não. Rebecca nunca veio para casa."

Amanda olhou o reflexo de Wendy na janela. Com a contraluz, ela conseguia vê-la claramente, o céu lá fora um pouco obscurecido pelo brilho forte no vidro. Ela focou a expressão de Wendy. Um olhar vazio, amortecido. Só por um momento, Amanda não teve certeza se era chuva escorrendo pelo vidro ou se Wendy estava chorando. Levantou-se e colocou a mão no ombro dela.

— O que aconteceu? — perguntou.

Wendy fungou e secou as bochechas com a manga.

— Eu liguei de novo para a polícia. Desta vez, eles soltaram um alerta. Eu fucei o quarto dela, achei um diário que nunca tinha visto. Era a letra dela. Ela dizia no diário que estava tendo um caso com o professor de música, sr. Quinn. Ele disse para ela ficar quieta e que, se contasse para alguém, ia machucar ela ou eu. Era isso que o diário dizia. Ela estava assustada. Minha bebezinha. Os policiais o pegaram e ele negou tudo. É uma escola católica, e eles têm os melhores advogados. O pai dela se mandou quando ela era pequena, e eu a criei sozinha. Nunca esperei isso. Nunca pensei que fosse identificar o corpo dela. Eles a encontraram num lote abandonado. Tinha sido estrangulada. A polícia tinha o diário, mas, sem Rebecca, não tinha como acusar Quinn sem alguma evidência para corroborar. A promotoria disse que talvez não fosse um diário, mas sim ficção. Uma fantasia adolescente.

— Meu Deus.

— Eu sei que o que ela escreveu era verdade. Era muito detalhado. Ela até mencionou uma marca de nascença na parte interna da coxa dele, perto da virilha. Achei que seria suficiente. Como ela poderia saber disso se não estivesse sendo estuprada por ele? Os policiais queriam prender o cara, mas a promotoria disse que não tinha o suficiente para não haver dúvidas. Quinn nunca foi julgado. Ele matou minha filhinha e ainda está naquela merda de escola. Continua dando aula para jovens, se é que dá para acreditar numa coisa dessas.

— Que horror. Como eles podem fazer isso?

— Eles têm poder. Compraram os conselheiros municipais, até o prefeito. É por isso. E não estão nem aí para aquelas jovens. Nos últimos três anos, tenho me perguntado quando a próxima adolescente vai ser abusada por Quinn e o que ele pode fazer se ela ameaçar contar a alguém. Então, é por isso que não compro essa história de perdão da Betty. Não tem perdão para um lixo que nem ele. Aquele bosta merece m...

Ela parou antes de usar a palavra. Abaixou a cabeça.

— Desculpa — disse Wendy. — Você não precisa ouvir meus problemas.

Amanda chegou mais perto de Wendy e fez algo que não fazia há meses. Abraçou outro ser humano com os dois braços, e Wendy também. Amanda teve vontade de chorar de novo. Só que parecia diferente.

Porque, dessa vez, ela não queria chorar por aqueles que havia perdido. Queria chorar por Wendy. Durante algum tempo, as duas mulheres se abraçaram e aceitaram todo o calor e a decência humana que conseguiam tirar daquele abraço.

Pouco depois, terminaram suas bebidas em silêncio. Foi quando Wendy falou:

— Você pode dormir no sofá, se quiser.

Amanda estava cansada e bêbada demais para enfrentar o metrô, e não tinha dinheiro para pagar um táxi.

— Obrigada, vou aceitar. É muito gentil. Só preciso usar o banheiro — disse.

Ela largou o copo vazio na bancada da cozinha e foi caminhando pelo corredor.

Pôs a mão na maçaneta da porta do primeiro cômodo à esquerda e ouviu Wendy chamando da cozinha.

— *Não* entra nesse quarto, está, hum… um pouco bagunçado lá dentro. O banheiro é a *segunda* porta à esquerda.

Amanda agarrou as laterais do pequeno bote de madeira. Outra onda estava vindo. Alta e escura contra o turbulento céu noturno, como uma montanha rugindo na direção dela, saindo da tempestade ensurdecedora. A água gelada do mar batia na lateral do barco, encharcando suas roupas já molhadas. O barco subiu na onda, cada vez mais alto. O vento, a chuva e a água faziam o cabelo dela bater nas bochechas, levando-as a arder. Quando a embarcação chegou ao pico da onda e entortou, ela percebeu que conseguia ver tudo a seu redor por quilômetros. Um facho de luar tinha irrompido entre as nuvens, e ela viu as ondas pairando além, e depois, a distância, viu de relance uma luz. Terra.

Uma pequena fogueira queimando numa praia. Duas pessoas estavam paradas à luz das chamas. Um homem. Alto e esguio, e, ao lado dele, uma garotinha de cabelo loiro. Não importava quanto ela se esforçasse para chegar àquela praia, as ondas escuras a jogavam para trás, e então Amanda soube o que aconteceria depois. Ela já tinha visto aquilo antes. Vivido aquilo antes. Sonhado esse sonho antes.

O barco virou, e Amanda caiu no mar gelado. O choque tirou sua respiração, a água preta como tinta encheu sua boca e…

Ela abriu os olhos, ofegando em busca de ar. Sua nuca doía, e a cabeça também. Viu a cidade através de uma grande janela e lembrou onde estava. Amanda se sentou no sofá de Wendy, alongando os ombros. O horário em seu iPhone mostrava 7h20 da manhã.

Merda. Ela tinha perdido o trajeto matinal de Crone.

A cabeça dela não doía assim havia muito tempo. Levantou-se devagar, calçou as botas e foi até a cozinha. Encontrou água.

Ela tinha aquele mesmo sonho com frequência. Começou pouco depois de ser hospitalizada após o suicídio de Luis. Tinha contado sobre aquilo a um dos terapeutas, que disse que era seu inconsciente processando o trauma. Pesadelos recorrentes são comuns em quem tem transtorno de estresse pós-traumático. Podem diminuir, com tempo e tratamento. Amanda não queria isso. Ela gostava do sonho. Sabia que, um dia, conseguiria atravessar aquela tempestade e chegar até a pequena fogueira. Sabia que chegaria àquela praia quando Crone estivesse morto. A morte dele a levaria à luz. A levaria a Luis e Jess.

A dor de cabeça começou a pulsar. Estava piorando.

Wendy devia ter um ibuprofeno em algum lugar.

Nada nos armários da cozinha, que ela abriu e fechou sem fazer barulho — relutante em acordar a anfitriã. Havia um corredor saindo da cozinha. Três portas. Duas à esquerda. Uma no fim do corredor, entreaberta. Aquele quarto estava escuro. Cortinas fechadas. Amanda seguiu pelo corredor, espiou a penumbra lá no fundo. Conseguia discernir a sola dos pés de Wendy na ponta da cama, os lençóis amarrotados e caindo no chão. Wendy roncava de leve.

Na noite anterior, ela tinha usado o banheiro. Havia um armário embutido no espelho — talvez tivesse analgésicos lá. Então se lembrou de algo que Wendy dissera no fim da noite. Ela dissera a Amanda onde ficava o banheiro, mas também parecia muito irredutível de que Amanda não entrasse no outro quarto, porque estava bagunçado.

Amanda conhecia a sensação. Depois da morte de Jess e Luis, tinha levado bons dois meses para tentar limpar o apartamento. E, sim, ainda estava vergonhoso. Ela não queria constranger Wendy, apesar de Amanda ser quem mais a entenderia. Os acontecimentos do fim da noite lhe voltaram com um pouco mais de clareza. E ela se lembrou de, na hora, pensar que Wendy estava dando uma desculpa esfarrapada para Amanda não entrar naquele quarto. Agora, não conseguia deixar de ficar curiosa sobre por que ela mentiria.

Amanda tentou a porta mais perto da cozinha, que se abriu em silêncio.

Não era um banheiro.

E com certeza não estava bagunçado.

Um segundo quarto que Wendy tinha convertido num escritório.

Uma mesa e uma cadeira num canto, algumas caixas de plástico empilhadas de forma organizada no canto oposto. As cortinas estavam abertas. Amanda começou a sair do quarto de ré, mas parou. Wendy tinha visto a identidade de Amanda no bar — tinha insistido nisso. Ela sabia tudo sobre Amanda. E Amanda não conseguia resistir a olhar mais de perto o que Wendy tanto queria esconder.

Ela prestou atenção, ouviu o som longínquo de roncos vindo do quarto da anfitriã e entrou devagar no escritório. Havia um mural de cortiça acima da mesa, com documentos e post-its pregados com dezenas de alfinetezinhos vermelhos. Amanda foi até lá pé ante pé, passou os olhos pelo mural.

Havia reportagens sobre a Escola Saint Patrick. Financiamento para um novo prédio de ciências, a nova estratégia para evitar evasão escolar e uma sobre o novo esquema de cuidado pastoral. Talvez uns vinte artigos ou mais, alguns parecendo ser do site da escola. Havia fotos da instituição em algumas das reportagens, com funcionários nos portões da frente apertando a mão de bispos, empresários e outros homens de terno elegante. Havia duas fotos que não eram de jornal. Estavam impressas em papel fotográfico brilhante, mas em preto e branco, e aumentadas de modo que a imagem estava granulada. Eram de um homem, talvez com pouco menos de cinquenta anos e cabelo escuro. Uma fora tirada enquanto ele saía de um carro na frente da escola. Outra, mais de longe, enquanto ele saía do mesmo carro estacionado na frente de uma casa. As imagens estavam um pouco borradas, mas claramente se tratava do mesmo homem.

Embaixo das fotos, havia um mapa de Manhattan, com anotações escritas à mão, pequenas demais para Amanda ler sem chegar bem perto.

Tinha mais uma reportagem, pequena e retangular, pendurada na parte mais baixa do mural de cortiça.

De repente, ela ficou desconfortável.

Era a foto de uma jovem. Adolescente. Cabelo loiro, com uma trança de cada lado, sorrindo com um aparelho ortodôntico na mão. Ela parecia feliz, e seus dentes eram perfeitos. Era o tipo de foto que uma mãe tirava da filha no primeiro dia sem aparelho. A filha de Wendy tinha sido uma garota linda, e teria virado uma adulta ainda mais linda caso não houvesse conhecido um homem mau pelo caminho.

Havia algo embaixo da foto. Outra impressão da internet. Ela pôs um dedo na base da foto e a inclinou para poder ver o que havia embaixo.

Era um obituário do jornal local. De uma garota de quinze anos.

Amanda saiu do quarto e segurou a respiração enquanto fechava a porta suavemente e ia na ponta dos pés até o cômodo ao lado. Essa porta era o banheiro. Mas não havia armário de remédios, quanto mais um frasco de analgésicos. Em vez disso, ela usou a privada, lavou o rosto e as mãos, pegou um tiquinho de pasta de dente e esfregou nos dentes e nas gengivas com o dedo. Cuspiu.

Abriu a porta do banheiro. Dessa vez, não ficou preocupada com o barulho. Escutou Wendy se mexendo.

— Vou embora, Wendy — informou Amanda. — Obrigada por ontem à noite. Foi divertido — disse, com sinceridade.

— Sem problemas. Só fecha a porta da frente quando sair, tá?

— Pode deixar — falou Amanda, pegando a bolsa.

Ela colocou o casaco e estava a caminho da porta quando Wendy apareceu no corredor, passando os dedos pelo cabelo loiro fino, como se estivesse tentando forçá-lo a ficar no lugar.

— Eu não podia deixar você ir assim sem mais nem menos — disse Wendy.

Amanda parou, incerta.

Wendy a abraçou, e Amanda sentiu aquele calor outra vez. Um calor do qual sentia muita falta.

— Eu te ligo antes da próxima reunião do grupo. De repente a gente sai para comer comida chinesa ou ver um filme? — falou Wendy.

— Claro — respondeu Amanda, lembrando que elas tinham de fato trocado telefones ontem à noite, bêbadas e proclamando que agora eram a melhor amiga uma da outra.

Amanda saiu do apartamento de Wendy, chamou o elevador e desceu até o térreo. Quando saiu do prédio, sua mente já estava acelerada. Ela olhou para a torre de vidro atrás de si e se perguntou se devia falar à nova melhor amiga o que vira naquele quarto. Ela agora sabia o nome real de Wendy. E sabia que elas eram mais parecidas do que Wendy jamais poderia imaginar.

9
Ruth

Ruth estava nua na frente do espelho de corpo inteiro do quarto do hotel e deixou os dedos seguirem a linha cor-de-rosa que corria horizontalmente pela base da barriga. Era a cicatriz mais longa e fina, mas a que permanecera resolutamente viva e com queloide. As outras eram uma mescla de curvinhas irregulares e alguns caroços grossos cor-de-rosa. A maioria na barriga, algumas do lado esquerdo, uma na coxa e outras no peito.

Ela as contou.

Todas as dezessete.

A mais comprida, mais baixo na barriga, era a cicatriz que o dr. Mosley havia feito para abri-la. Idem para a que ficava na lateral, para reparar o pulmão. Por algum motivo, ela não se importava com essas. Eram as mais gentis. Eram as que a tinham mantido viva. Pegou um elástico da penteadeira e prendeu o cabelo castanho grosso. Estava ficando comprido demais. De jeito nenhum ela ia enfrentar o salão. Não conseguia enfrentar muitas coisas.

Ela não tinha voltado ao trabalho depois de sair do hospital. Não tinha saído do quarto de hotel. Nem uma vez. E, assim, os dias viraram um único longo miasma de tempo, marcado apenas pelos fins de semana, quando Scott tinha uma folga do trabalho aos domingos. Ela chutava que fazia um mês que saíra do hospital — talvez mais. O aniversário do 11 de Setembro havia sido na terça-feira, e o ataque tinha acontecido naquela sexta, dia 14. Quando Farrow e Hernandez foram ao quarto no hotel para pegar seu depoimento completo, ficavam repetindo aquela data, 14 de setembro, e a chamando de "a noite em questão" ou às vezes "a data do incidente". Ela imaginava que fosse para deixar claro, para qualquer acusação ou policial lendo, exatamente quando havia acontecido, mas causava um efeito estranho em Ruth.

Algumas datas no calendário ficavam assombradas por seus acontecimentos — como 11 de setembro. Tinha significado para o país todo, mas ela sabia que ocupava um espaço no coração daqueles que haviam perdido entes queridos naquele dia. Eles olhavam as torres de luz no céu, vindas do Battery Park, não só com a sensação sufocante de perda compartilhada pela cidade e pelo país, mas com o próprio luto correndo por trás dos olhos.

O 11 de Setembro agora teria um significado adicional para Ruth. Marcaria três dias até seu próximo aniversário sombrio. Não haveria Tribute in Light naquela data. Ela sabia que 14 de setembro não teria luz alguma.

Ruth balançou a cabeça. Quem ela estava enganando?

Até agora, todo dia tinha sido 14 de setembro. Ela não conseguia tirar o rosto daquele homem da cabeça. E ele estava lá toda noite, em seus sonhos. Ruth sabia que os sonhos tinham significado. Como se o cérebro dela a estivesse lembrando dos acontecimentos que quase a tinham matado, para que nunca esquecesse o rosto de seu agressor e nunca se colocasse de novo num perigo daqueles.

Ela checou a data no celular. Estava querendo fazer isso havia dias. Aquela noite era a primeira vez que tinha coragem suficiente. Era quase novembro. Seis semanas tinham se passado desde 14 de setembro, mas não parecia.

Todas as cicatrizes dela ainda estavam em carne viva. Não só as da pele.

Ela ouviu o chuveiro parar e rapidamente vestiu o roupão. Ainda não conseguia usar calcinha — o elástico da cintura roçava nas cicatrizes. Se deitou na cama e pegou o controle remoto da TV.

Scott emergiu do banheiro numa nuvem de vapor, só de toalha. O cabelo dele ainda estava ensopado, junto com a barba curta. Ruth não tinha certeza se gostava da barba. Era uma mudança, mas ela tinha mais no que pensar e não conseguia se opor. A sensação em sua bochecha quando ele a beijava era áspera, pinicava sua nuca quando ele a abraçava de noite depois de ela acordar gritando.

Ela se perguntou se ele traria o assunto de novo hoje.

Scott queria ir para casa. Retornar com ela. Ruth tinha se esforçado para comprar aquela casa com Scott. Era para ser a casa dos sonhos deles. A casa em que iam envelhecer, a casa à qual levariam o bebê recém-nascido, a casa onde Ruth desenharia linhas no batente da porta acima da cabeça do filho para marcar a altura a cada aniversário, como sua mãe fizera.

Agora, era a casa em que ela quase fora assassinada. E o futuro dela, o futuro deles, tinha sido morto a facadas naquele corredor.

Não haveria bebê naquela casa. Nem marcas de lápis no batente da porta. Nem som de pezinhos no chão de taco. A casa tinha mudado. Agora não era segura. Não tinha futuro. Era um túmulo para todos os filhos que ela nunca teria.

E, ainda assim, parte de Ruth não queria deixar aquele monstro ficar com a casa dela. Ela havia decorado cada cômodo, escolhido o piso, o encerava duas vezes por semana, escolhera cada quadro e cada móvel. O monstro não devia poder levar a casa dela também.

Ele já tinha levado coisa demais.

— Quer ver *Jeopardy*? — perguntou Scott.

— Tá bom — disse Ruth, achando o canal certo.

O volume estava muito baixo, e ela aumentou um pouco.

— Tem mais alguma coisa para beliscar? — perguntou Scott, abrindo o frigobar.

— Não muitas. Fiquei com fome à tarde. Deve ter uns pretzels — disse Ruth.

Ele fechou o frigobar, ajoelhou e abriu o pequeno armário ao lado.

— Não, pelo jeito você também pegou os pretzels, amor.

— Desculpa — falou Ruth.

— Não tem problema. Eu saio para comprar já, já — disse ele.

— Mas você vai perder o programa — respondeu ela.

Ela não queria nada. Ainda estava um pouco enjoada dos petiscos que tinha comido no almoço.

— Não tem problema. Eu vou na máquina de vendas automática no fim do corredor.

— Tem uma máquina de vendas? — perguntou Ruth.

— Tem, a gente passou por ela quando chegou.

Ruth não saía do quarto desde que eles tinham chegado. Nem havia deixado ninguém entrar. A camareira deixava toalhas limpas numa bandeja na frente da porta, segundo as instruções de Ruth. Ruth deixava as usadas no mesmo lugar a cada manhã. Duas vezes por semana, ela pedia lençóis novos. Scott não gostava que ela trocasse a roupa de cama. Ela dizia que era um trabalho leve. Ela estava bem.

Ruth não estava nada bem. Pensou no dia em que eles tinham feito check-in ali, no Paramount Hotel. Ter que passar por desconhecidos na rua enquanto ia do carro para o hotel, depois pelo lobby, e todas aquelas pessoas só ali paradas e sentadas. Não tinha nada de impróprio nelas — só hóspedes e turistas cuidando da própria vida. E, mesmo assim, pensar naquilo lhe dava calafrios. Ela agora se lembrava da máquina de vendas. Eles tinham saído do elevador, andado por um corredor comprido, virado à esquerda e chegado a outra sala ampla, com elevadores numa ponta e a máquina, depois ido direto, passando por quatro portas, até o quarto deles na outra ponta.

Ela olhou para Scott, bonito, com um corpo bom. Forte. Ela se sentia bem melhor quando ele estava junto. Ele precisava trabalhar durante o dia, e o chefe dele tinha sido compreensivo depois do ataque — deixando que ele tirasse um tempo de folga. Ele agora tinha voltado em tempo integral. Algumas noites, Scott só voltava ao hotel depois das sete ou oito. Essas eram as piores. Ela o queria junto antes de escurecer.

Ele secou o cabelo com a toalha, sacudindo gotículas de água por todo lado. Ela escutou o tamborilar oco daquelas gotas caindo na pilha de caixas de remédio na mesa de cabeceira dela. Outra nova adição à sua vida. Ruth agora tinha que tomar comprimidos todo dia. Dois de manhã — antidepressivos, para afastar os demônios. Um de tarde, um antipsicótico leve, e um de noite para ajudá-la a dormir.

— Vou até a máquina em um segundo. O que você quer? — perguntou ele.

Ruth pensou na máquina. No corredor. A uns doze, quinze metros do quarto deles. Os corredores estariam em silêncio. Não como no rush da manhã para descer ao café da manhã. Comida do serviço de quarto e a pizza ou comida chinesa que Scott trazia eram só o que Ruth comia ultimamente.

A máquina de vendas ficava logo ali. Ela podia manter a porta aberta com seu livro. Conseguir ver a luz do quarto.

Doze metros. Um minuto na máquina de vendas. No máximo.

Ruth se levantou e vestiu a calça de moletom solta de cintura alta — que Scott tinha comprado na Macy's para ela ter algo confortável para usar ao sair do hospital. Pôs uma das camisetas de Scott, aí os chinelos brancos de tecido atoalhado.

— Você tem umas notas de um? — perguntou. — Eu vou até a máquina.

Scott parou de esfregar o topo da cabeça com a toalha, olhou para Ruth. Ele sorriu, mas tentou esconder. Sabia que era algo grande para a esposa. Seus primeiros passos fora do conforto daquele quarto em duas semanas. Importante. Muito importante. Mas ele não devia agir como se fosse. Se desse bola demais, Ruth podia perder a coragem. Todos esses pensamentos passaram pelo rosto dele como numa tela de cinema. Após cinco anos de casamento, Ruth sabia como lê-lo.

— Claro, no meu bolso — disse ele.

Ruth encontrou a calça no fundo do armário, vasculhou os bolsos e achou doze dólares em notas de um. Virou-se para a porta.

O livro. Quase tinha esquecido. Pegou o romance de Patricia Highsmith da cama, parou na frente da porta. Dinheiro em uma das mãos. Dobrado. Livro na outra.

Ruth conhecia cada veio da madeira daquela porta. Os redemoinhos escuros no verniz de carvalho logo abaixo do olho mágico. O aviso de evacuação pendurado acima dele, em uma moldura de plástico pintada de dourado. A seleção de placas de porta pendurada na maçaneta.

Ela havia estudado aquela porta como uma prisioneira olha a porta da cela. Só que Ruth não queria liberdade. Não queria dar um passo além. Ela amava a porta, como era sólida. E a odiava.

Ruth respirou fundo. Soltou devagar. Então abriu a porta, deu dois passos à frente e espiou lá fora. Ninguém no corredor. Ela se virou, colocou o livro na base, para a porta não fechar, depois se endireitou rapidamente e deu meia-volta, fixando os olhos no corredor, com medo de a situação ter mudado.

Não havia ninguém.

O carpete estampado ali era mais opulento. Mais fofo. Seus chinelos atoalhados afundaram nele. Outra inspiração.

Expiração.

Deu um passo à frente, sabendo que em algum momento Scott provavelmente viria até a porta observá-la pela abertura. Isso a deixava nervosa, mas também um pouco mais corajosa. Ele não deixaria que nada lhe acontecesse.

Ruth continuou se movendo à frente, devagar, percebendo os sons de TVs ao passar por uma porta, depois outra. Ela desenvolveu um ritmo. Inspirar, passo, expirar, outro passo. Suas mãos estavam rígidas ao lado do corpo, tensas, os punhos fechados. Notas de dólar em um punho, e no outro ela sentia as unhas enfiadas na palma.

Chegou ao fim do corredor, olhou devagar para a esquerda, para os elevadores. Ninguém ali. Logo à frente e dois passos à direita, estava a máquina de vendas. Tinha água, refrigerante, chocolates, salgadinhos e nozes. Ela ficou parada ouvindo. Vozes distantes, o baque abafado de uma gaveta batendo, uma porta fechando, os ecos fantasmagóricos de alguém gritando, a música de um comercial de TV.

Quando chegou à máquina, Ruth passou a alimentá-la com notas de um dólar. Todas as guloseimas estavam à mostra atrás do vidro, presas por molas de plástico preto que as jogavam em queda livre quando eram selecionadas. Ruth digitou os códigos dos itens favoritos dela e de Scott. Inseriu outro dólar e selecionou uma Fanta laranja, que caiu com um baque na gaveta. Agora havia uma coleção de itens atrás da portinha de alumínio. Ela bateu na tecla do troco, ouviu o tilintar de moedas de dez e 25 centavos batendo no compartimento. Quando se debruçou para pegar o troco, a luz do teto refletiu no vidro da máquina de vendas.

Ela viu uma coisa. Algo que petrificou seu corpo.

No vidro, ela viu o próprio reflexo. E o rosto distorcido de um homem. Parado atrás dela.

A boca dela se abriu, sugando ar numa grande arfada. E aí ela não conseguiu expirar. O oxigênio virou cimento em seu peito. Seus olhos estavam arregalados, fixos, seu corpo, incapaz de se mexer, a voz, estrangulada em pânico total.

De repente, a parte primitiva de seu cérebro assumiu o comando. O fundo do cérebro. Para Ruth, começava com tremedeira, enquanto o medo latejava por cada veia, fazendo seus batimentos cardíacos acelerarem, gritando para ela *se mexer*.

Ela deu um pulo e um meio giro. Seu peito se abriu e ela soltou um guincho que rapidamente encheu o corredor num longo grito agudo.

Ao se virar, viu o velho se afastando. Ele tinha mais de oitenta anos, usava um cardigã marrom e chinelos. Levantou o andador ao cambalear para trás, a surpresa estampada claramente no rosto.

Só havia o velho. Nenhum agressor com feições afiadas e olhos azuis-elétricos.

Ela sentiu mãos fortes a segurando e guinchou de novo, arranhando-as. Mas, então, focou os olhos e viu que era Scott. Ele estava se afastando dela, como se caindo na direção do teto — mas aí ela percebeu que não era ele que estava se movendo. Ela desabou, o carpete do corredor ondulou a seu redor.

Em minutos, havia gente por todo lado. Ela reconheceu uma das recepcionistas que tinha feito o check-in deles no hotel. A loira com grandes lábios vermelhos que mal se moviam enquanto ela falava.

Ruth sentiu o cheiro de algo fétido e poderoso. Sais de amônia. Sentia-se zonza, mas os sais a fizeram acordar. A ajudaram a focar.

— Tinha alguém atrás de mim. Me desculpa, eu entrei em pânico.

— Era só o sr. Perkins — disse Scott, apontando atrás de si para o idoso acanhado de cardigã.

Alguém tinha trazido uma cadeira para o homem. Havia mais gente ao redor dela. Funcionários do hotel, outros hóspedes. A cabeça dela doía e havia um gosto terrível em sua boca. Ela pediu desculpa ao idoso.

— Fica tranquila, querida. Eu ando devagar e em silêncio com este andador. Não queria te assustar.

— E eu não quis assustar o senhor — falou Ruth.

Ruth nunca tinha se sentido tão insignificante. E, ainda assim, o sr. Perkins conseguiu fazer com que ela se sentisse bem com a situação. Ela estava assustada. E não tinha problema.

Ela tinha Scott para protegê-la. Era a única coisa que importava.

10
Amanda

Amanda não conseguiu pensar em mais nada por três dias.

No terceiro, aquilo ficou demais. Ela colocou o notebook barato na mochila e saiu do apartamento. Havia um Starbucks a uma quadra. Em Manhattan, como na maioria das cidades grandes, o Starbucks nunca parece estar a mais de uma quadra de distância, independentemente de onde se esteja. Amanda passou por ele e desceu os degraus para o metrô. Andou por cinco paradas, desceu na Grand Central e saiu para a rua. Encontrou um Starbucks na Lexington, a meia quadra da estação de trem.

Demorando-se com um café, ela pegou um assento num banco de frente para a janela e pesquisou na internet usando o wi-fi da loja. Não achou o que estava procurando de primeira. A segunda busca, porém, com termos mais refinados, deu muitos resultados. Na quinta página, ela encontrou o que estava buscando.

Era do *USA Today*. A data era a mesma que Wendy tinha dado. Havia mais de três anos. As datas e os nomes também eram iguais.

> *Rebecca Cotton, de quinze anos, foi encontrada morta num lote vazio por um transeunte ontem à noite. Seu desaparecimento tinha sido reportado pela mãe dois dias antes.*
>
> *A mãe de Rebecca, Naomi Cotton, falou: "Minha filha foi estuprada pelo professor. Ele a ameaçou, disse para ela ficar quieta e, antes de ela poder falar a verdade, a estrangulou. Eu sei. Aquele homem matou minha bebê".*
>
> *A escola soltou um comunicado dizendo que sentia muito pela morte trágica de uma de suas alunas, e que o sr. Frank Quinn*

> nega todas as alegações feitas pela falecida Rebecca Cotton. Um porta-voz da polícia se recusou a comentar o caso.
> A missa para Rebecca Cotton acontecerá em...

As três fotografias que acompanhavam a matéria eram interessantes. Uma da escola; uma do homem que ela tinha visto nas fotos no escritório de Wendy, de novo, não muito boa; e uma de Rebecca.

Na cabeça de Amanda, Naomi ainda era Wendy. Ela queria manter o nome em mente para não a chamar de Naomi sem querer. Isso não seria bom. Pelo menos ainda não. Por enquanto, Amanda fez busca após busca e encontrou reportagens similares do *New York Daily News*, *Metro New York*, *Queens Chronicle* e mais. Notou que não havia menção da história no *Catholic New York*. A maioria das matérias eram bem parecidas. Não tinha muitas informações novas sobre Naomi, Quinn ou Rebecca.

O último resultado que ela encontrou se mostrou interessante.

Mãe enlutada de adolescente é presa por post no Facebook.

A matéria do *New York Post* contava o que tinha acontecido com Rebecca e dizia que Naomi havia feito um comentário na página de Facebook da Saint Patrick dizendo que Quinn era um pedófilo e assassino, e que devia levar um tiro. Ela não foi indiciada pela polícia, mas concordou em não fazer posts similares nas redes sociais. Amanda colocou a página nos favoritos e fez uma anotação mental para imprimir mais tarde, junto com o resto. Ali a foto de Quinn era um pouco mais clara e colorida. Ele tinha um rosto bonito. Um rosto de que ela se lembraria.

O horário no canto da tela dizia 13h05. Ela puxou o boné bem para baixo, colocou óculos de sol e levantou os olhos do notebook.

Varreu a rua. Havia obras sendo feitas na esquina, e os operários estavam compartilhando o café e os donuts com um morador de rua que parecia não comer nada em muito tempo. Mulheres de casacos compridos e botas passavam andando rápido, o cachecol voando ao vento. Homens de terno com guarda-chuvas e iPads enfiados embaixo do braço. Subia vapor dos dutos na rua e táxis amarelos buzinavam como se estivessem conversando um com o outro.

A qualquer momento agora...

E lá estava ele. Wallace Crone de terno escuro, casaco preto, *AirPods* nos ouvidos, uma bolsa pendurada no ombro. Ele saiu da Grand Central e atravessou a faixa de pedestres. Amanda o observou entrando no prédio diretamente à sua frente. Ele estava atrasado. Normalmente chegava lá às 13h10. Já eram quase 13h20. Amanda sabia que ele vinha aqui toda semana, mesmo horário, mesmo dia, mas, até agora, só conseguia conjecturar o que estava fazendo no prédio. Havia mais de sessenta locatários.

As visitas semanais descartavam várias dessas empresas. Não era trabalho, porque às vezes Crone chegava de roupa de academia e saía para correr depois. Ela duvidava que ele precisasse de uma consulta para algo físico uma vez por semana. Era mais provável uma consulta com um psiquiatra. A família dele tinha dinheiro. O pai era uma lenda de Wall Street, e Crone trabalhava na empresa do papai. Tinha se formado em direito em Harvard com honras. Sua ficha criminal nunca era problema, porque o pai não deixava que fosse.

Ela supôs que a sessão semanal na poltrona do analista fosse algo em que o pai de Crone insistia. Se o filho estivesse indo regularmente ao psiquiatra, isso talvez coibisse suas tendências.

Amanda ficava enjoada toda vez que via Crone andando livremente pela cidade enquanto sua filha e seu marido estavam precocemente em seus túmulos.

Antes, Amanda amava andar por essas ruas com Luis e Jess. No ano anterior, no verão, eles tinham caminhado dez quadras nesta mesma rua. Oitocentos metros. Uma caminhada grande para uma menina de cinco anos num calor de 32 graus. Jess não tinha reclamado, mas seu rostinho ficou vermelho sob o chapéu e ela disse que estava com sede. Nas últimas duas quadras, Luis havia pegado Jess pela cintura e a colocado nos ombros. Quando chegaram na Mary Arnold's, uma das lojas de brinquedo mais antigas da cidade, Jess tomou quase todo o suco dela antes de entrarem.

Jess amava aquela loja de brinquedos. Luis também. Enquanto Jess estava puxando Amanda para os fundos da loja, onde ficavam as massinhas, Luis apontou os antigos brinquedos da Fisher Price — infantis demais para Jess na época.

— Eu tinha esse — falou Luis, apontando para um telefone de disco branco com rosto e rodas na base. Tinha um bocal vermelho e olhos que balançavam quando você virava as rodas.

— Acho que eu também tinha — respondeu Amanda.

Jess puxou a mão de Amanda.

— A massinha é pra cá, mamãe — disse.

Eles passaram uma hora na loja. Jess saiu com sua massinha, alguns quadrinhos e uns minióculos de sol baratinhos de boneca, que torcia para servir em Sparkles. Voltando ao sol no Upper East Side, com sacolas cheias de brinquedos, Jess se virou e olhou para os dois, abraçou as pernas deles com seus bracinhos e falou:

— Vocês são a melhor mamãe e o melhor papai do mundo todo.

Luis e Amanda se olharam. Ela nunca o vira tão feliz.

Naquela noite, enquanto Jess dormia, Amanda e Luis jantaram na frente da TV, viram *SNL* abraçados e foram para a cama cansados e felizes.

Tinha sido um dia perfeito.

Não havia mais dias para Jess e Luis.

E, apesar disso, os dias de Crone se estendiam à sua frente.

Ela não podia deixar para lá. Nunca deixaria para lá.

Amanda fechou o notebook, pegou o celular e digitou uma mensagem para Wendy.

Quer ir tomar um café ou um drinque?

Tinha tido uma ideia. Uma ideia louca.

E podia muito bem dar certo.

II
Ruth

O investigador Farrow estava sentado na cadeira da escrivaninha do quarto de Ruth no Paramount Hotel. Sua parceira, Karen Hernandez, continuava de pé. O suor grudava o cabelo de Farrow na testa, e Hernandez não parecia conseguir levantar o queixo do peito por mais do que um segundo. Scott estava sentado ao lado de Ruth na cama. Uma das mãos segurando a da esposa, a outra no ombro dela. Scott tinha recebido a ligação do investigador Farrow no dia anterior para marcar a reunião.

Ruth já dera um depoimento completo no quarto de hotel. E depois tinha trabalhado com um retratista que sentara diante dela por uma hora, desenhando um retrato falado. Fora a última vez que tivera notícia da polícia, até o dia anterior.

Era 14 de novembro. Dois meses, exatamente, desde o ataque.

— Então, como andam as coisas? — perguntou Farrow.

— Nada bem — respondeu Ruth. — Eu tenho pesadelos. Não durmo direito desde… bom, desde que acordei no hospital. Fico ansiosa o tempo todo.

— É compreensível. E você andou se consultando com algum médico? — quis saber Farrow.

Ruth sabia o que o investigador queria dizer. Ele tinha usado a palavra "médico" quando queria dizer "psiquiatra".

— Não, na verdade. Não consegui ver ninguém regularmente. Tive uma consulta. Ele me deu uns remédios — disse ela.

— Posso te passar umas recomendações — falou Farrow.

— Não precisa. Eu conheço psicólogos. Vendo apartamentos para eles. Não quero ver ninguém no momento. Está tudo tão recente.

Até vocês pegarem esse cara, eu me sinto muito exposta. Não saio deste quarto, na verdade.

Farrow franziu as sobrancelhas e perguntou:

— Você não sai deste quarto desde que teve alta do hospital? Quanto tempo faz...?

— Umas seis semanas — respondeu Scott.

— Seis se... Olha, Ruth, eu acho mesmo que você devia falar com alguém. Estamos preocupados com você. Tem um processo pelo qual cada vítima passa, e tem estágios. Dá para passar por isso, sabe? Com a ajuda certa.

— Eu estou bem — disse Ruth, esticando os lábios fechados num sorriso trêmulo.

— Se você puder me deixar uns contatos, ou me mandar por e-mail, podemos dar uma olhada — falou Scott.

— Claro, ótimo. Vou mandar — respondeu Farrow, endireitando-se na cadeira. Ao fazer isso, fez uma leve careta, estendeu o braço para trás e segurou as costas. — Queríamos atualizar vocês sobre o caso. Levou um tempo, mas temos os resultados forenses. Infelizmente, a notícia não é boa. Não conseguimos encontrar nenhum material genético que possa ter vindo do criminoso.

Ruth sentiu os dedos de Scott apertarem os dela.

Farrow não falou mais nada. Só ficou lá sentado com os olhos grandes focados em Ruth.

— E digitais? Ou imagens de câmera de segurança, coisas assim? — perguntou Scott.

Hernandez já estava balançando a cabeça.

— Infelizmente não. Tem algumas câmeras na área. Só que não pegamos nada útil nelas. O que descobrimos é que o ataque vem depois de um período prolongado de vigilância. A primeira vítima relatou um homem alto de capuz seguindo-a do trabalho para casa. Essa denúncia veio cinco semanas antes de aquela vítima em particular ser atacada. É provável que ele soubesse onde ficavam as câmeras do quarteirão e como evitá-las — disse Hernandez.

— O que vocês têm sobre esse cara? — quis saber Scott, levantando a voz.

Farrow esfregou a barba por fazer e cruzou os braços.

Ele olhou para Scott e disse:

— Fizemos uma análise mais detalhada nas nossas primeiras duas vítimas e encontramos traços de clorofórmio, então agora temos certeza de que esses ataques estão conectados e estamos montando um perfil do agressor. Temos uma descrição, temos o retrato falado, graças a Ruth ter trabalhado com nosso retratista. Estamos conversando com nosso departamento de mídia sobre divulgar o retrato para o público. Sabemos que ele persegue as vítimas; Ruth também ouviu a voz dele. Estamos pedindo para as pessoas serem vigilantes.

Scott soltou a mão de Ruth. Ele se levantou rápido, antes de ela poder puxá-lo de volta.

— Vocês ainda não divulgaram o retrato? Por que já não fizeram isso?

— Bom, tem prós e contras. O retrato é bom, mas pode ser parecido com muita gente, sabe? A gente divulga e recebe uma enxurrada de ligações. Basicamente todas vão ser pistas falsas e, no momento, não temos pessoal para ir atrás de quinhentos caras que se parecem um pouco com o homem do retrato.

— Então coloquem mais policiais no caso. Vocês pelo menos já têm um suspeito? — falou Scott.

Farrow olhou para Hernandez. Ela deslizou a mão nos bolsos da frente do jeans e o encarou por um segundo antes de voltar a atenção ao carpete.

— Não, ainda não temos um suspeito — respondeu Farrow.

— Mas ele está por aí, agora — disse Ruth.

— Eu sei. E, quando ele cometer um erro, vamos pegá-lo. Descobrimos que teve uma ligação para os paramédicos irem resgatar alguém no seu quarteirão mais ou menos na hora do ataque naquela noite. Foram aquelas sirenes que o assustaram, o fizeram fugir. Da próxima vez pode ser que ele não tenha tanta sorte.

— Da próxima vez? Quer dizer que vocês estão torcendo para ele cometer um erro ou ser pego quando tentar matar outra pessoa? Isso não é o bastante — disse Ruth.

Hernandez deve ter sentido que precisava defender Farrow. Ela deu um passo à frente e falou:

— Nós vasculhamos o bairro. Foi assim que descobrimos sobre a ambulância. Checamos as imagens de segurança e passamos por cada centímetro da sua casa e do terreno. Não tem nem sinal do invasor.

Assim que ela falou essa palavra final, Farrow lhe deu uma olhada.

— O invasor? É assim que vocês o chamam? — perguntou Scott.

— Não, é como alguns dos jornais estão chamando — disse Farrow.

Ele não contou que Hernandez e alguns dos outros policiais da delegacia agora tinham outro nome para o criminoso. Tinham começado a chamá-lo de Sr. Olhos Azuis.

— Então, é isso? Vou para casa, consulto um psiquiatra, rezo para ele não vir de novo atrás de mim e só tento esquecer tudo isso? É isso que vocês estão me dizendo? — falou Ruth, com lágrimas nos olhos.

— Vamos pegar esse cara, só temos que ser realistas. Mesmo que você o identifique, a evidência de identificação sozinha provavelmente não seria o bastante para uma condenação certeira. É só o jeito que a lei funciona. Sinto muito. Estamos fazendo todo o possível para encontrar esse cara. Olha, estamos preocupados com você, Ruth. Você não sai deste quarto há quase dois meses e eu acho que você deveria…

Ela o interrompeu:

— Eu deveria o quê? Ver um psiquiatra? Não preciso de psiquiatra. Você acha que eu não quero sair? Acha que não quero voltar para a minha vida? Meu emprego?

Farrow continuou em silêncio e simplesmente assentiu com a cabeça enquanto ela falava.

— Eu quero que isto acabe, investigador — disse ela. — A verdade é que estou assustada. Estou com um puta medo. Ele está lá fora em algum lugar agora mesmo. Tem alguma ideia de como isso faz eu me sentir? Não quero mais ter medo. Quero que vocês peguem o homem que tentou me matar. É isso que eu quero. É *só* isso que eu quero de vocês. Nenhuma terapia ou medicação vai atenuar esse medo até ele estar atrás das grades.

12

Farrow

Hernandez saiu do estacionamento do Paramount Hotel e se juntou à turba do trânsito de Nova York. Nem ela nem Farrow falavam desde que tinham saído do quarto de Ruth. Havia pouco a dizer.

— Foda-se esse cara — disse Hernandez, quebrando o silêncio.

— Que cara? O invasor?

— É, desculpa por ter falado esse nome lá.

— Sr. Olhos Azuis teria sido *bem* pior, acho.

— Não consigo acreditar que ainda não temos uma evidência forense. Nada mesmo.

Farrow concordou e falou:

— Acho que, se tivesse algum traço, nosso pessoal teria encontrado. Não é uma falha no departamento de tecnologia. O Sr. Olhos Azuis é muito cuidadoso, mas, mesmo assim, é incrível ele ainda não ter nos dado uma única fibra. Como ele trabalha de um jeito tão limpo? Não é uma cena de crime controlada. Ele mata na casa da vítima, então, é território desconhecido. Ele não sabe o que raios vai encontrar lá dentro. E mesmo assim nunca nem derrubou um único fio de cabelo da merda da cabeça.

— Será que ele faz uma limpeza? — perguntou Hernandez, e enfiou a mão na buzina quando um táxi parou de repente na pista à frente para pegar um passageiro.

— Como ele poderia se limpar? Tem sangue por todo lado. Ele deve ficar coberto de respingos.

— Traje de proteção?

— Não se encaixa na descrição dada pela Ruth.

— Mal dá para chamar de descrição. Será que é por isso que ele abate as mulheres com clorofórmio, para poder se trocar e colocar o traje antes de começar a trabalhar?

— Parece plausível — disse Farrow. — Infelizmente, esses trajes são vendidos por todo o país, e com certeza tem um mercado clandestino para isso também, que nem para clorofórmio. Eu já vi esses trajes sendo usados em laboratórios de metanfetamina. Não vamos conseguir encontrá-lo assim.

Hernandez falou um palavrão e deu um tapa no volante.

— O que foi? — perguntou ele.

— A sra. Gelman, isso que foi. Ela parece tão indefesa. Só espero que ela melhore.

— Ruth Gelman nunca vai se recuperar. Não completamente. Imagine só você em casa, seu espaço seguro, e um monstro invade, mutila você com uma faca... sério, como é possível voltar a funcionar?

— Eu funcionaria — disse Hernandez. — Encontraria o filho da puta e colocaria uma bala no meio das pernas dele. Aí, abriria os trabalhos.

— Nem todo mundo é psicopata que nem você, Karen.

— Não fale mal dos psicopatas. A gente pode ser útil.

— Você faria mesmo isso? Se achasse o cara e soubesse que ele era culpado, mas não conseguisse provar? Você apagaria ele? — perguntou Farrow.

Hernandez suspirou, desviou para a pista ao lado para contornar um táxi e pisou no acelerador.

— É uma pergunta oficial? — quis saber ela.

— Você não está falando com a corregedoria aqui. Vai, nós somos parceiros. Pode me falar.

— Então, em off, hipoteticamente, sim. Se eu tivesse certeza de que era o cara e a gente não pudesse acusar, não tem chance de eu deixar ele ir embora e fazer isso com outra pessoa.

— Então, você está dizendo que, se acharmos o Sr. Olhos Azuis, mas não conseguirmos montar um caso contra ele, você mataria o cara?

— Pode ter certeza que mataria. Com um sorriso na cara enquanto aperto o gatilho.

Eles ficaram em silêncio por muito tempo, e os sons da cidade açoitaram o carro que rodava na direção leste.

— E você? — perguntou Hernandez.

— O que tem eu? Quer saber se eu faria isso?

— Claro.

Farrow ficou olhando pela janela. Na calçada, dois moradores de rua estavam brigando por uma caixa de papelão. Cada um segurava uma ponta, e a rasgavam no processo. Com cada rasgo, os protestos e a raiva cresciam.

— Você está falando do Sr. Olhos Azuis? Ou na verdade está falando de Wallace Crone?

— Qualquer um — respondeu Hernandez.

— Eu já me fiz essa pergunta — disse ele. — Ainda não sei a resposta.

13
Amanda

Elas já tinham tomado dois drinques, passado por todo o menu e com um negroni na coqueteleira, quando Amanda começou a desviar a conversa.

— Você sabe que ele está me processando por assédio, né?

— O cara que matou sua filha, o Crone? — perguntou Wendy.

— É, filho da puta.

Wendy bateu de novo no aquecedor externo e acendeu um cigarro. O bar ficava no *rooftop* do hotel Pod 39, na rua 39. Estava frio, mas o aquecedor era surpreendentemente poderoso. Amanda precisou tirar o casaco na mesa.

— Que coisa horrorosa. Por que ele está te processando? O que você fez? Algo ruim, espero.

— Eu estava seguindo ele. Observando os movimentos dele, onde ele comia, onde dormia e com quem. No início, achei que talvez encontrasse alguma coisa. Algo que pudesse ajudar com o caso da Jess, sabe? Mas nunca achei. Aí, tive outra ideia.

— Qual foi?

— Se eu não ia achar nada para tirar ele de circulação, a segunda melhor coisa era achar uma forma de acabar com ele.

Wendy não falou nada. Tirou um momento para analisar Amanda. E ela sentiu o olhar de Wendy enquanto tomava o restinho do drinque de sua taça.

— Acabar com ele? Quer dizer…

Amanda fez que sim.

— Você está falando sério? — perguntou Wendy.

— Eu tinha um plano. Ia fazer num metrô lotado.

— Meu Deus, você *está* falando sério — disse Wendy, inclinando-se à frente.

Amanda assentiu e acendeu um cigarro. Usou o tempo para estudar Wendy, que estava sentada, controlada, engajada. Amanda tinha que julgar a situação com muito cuidado. Ir devagar.

— Isso fica só entre nós, certo? — perguntou Amanda.

Wendy levantou rápido as sobrancelhas, só por um segundo, aí voltou a se acomodar. Estava ou nervosa, ou intrigada com a direção que aquela conversa podia tomar.

— Com certeza — respondeu Wendy.

— Tipo, só entre nós, você já pensou nisso? — perguntou Amanda.

Wendy tragou o cigarro, distraidamente bateu no filtro com o polegar, fazendo voar uma cascata de cinzas no piso pavimentado com tijolos. Seus olhos vagaram pelo céu e então voltaram para Amanda enquanto falava.

— Quer dizer se já pensei em matar o homem que estuprou e assassinou minha filha? — perguntou Wendy, seca.

No início, Amanda não sabia como responder. O tom de Wendy era difícil de interpretar.

— Não me diga que você não pensou nisso — falou Amanda.

Wendy analisou de novo o horizonte, respirando fundo e prendendo uma mecha de cabelo loiro atrás da orelha. As luzes das janelas do prédio da frente refletiam naqueles olhos castanhos. Fazia Amanda lembrar de Jess. Ela a levava para ver a árvore de Natal no Rockefeller Plaza. Todas aquelas luzes lindas dançando em seus olhos arregalados. Amanda tragou de novo o cigarro e admirou a vista. Prédios que eram monólitos pretos se elevavam contra uma pincelada de nuvens rosadas. O silêncio permaneceu enquanto elas fumavam os cigarros e Wendy revirava aquela pergunta na cabeça.

Então o sorriso de Wendy sumiu e ela focou a atenção em Amanda.

— Você viu meu escritório naquela noite que passou no meu apartamento. Eu tinha pedido para você não entrar lá — disse Wendy.

Era uma afirmação. Não uma pergunta. Se ela negasse, estaria corroendo as próprias camadas de confiança que estava se esforçando tanto para construir.

— Desculpa. Não consegui lembrar em qual porta era o banheiro. Só entrei lá e não consegui resistir a dar uma olhada. Peço desculpas por isso, mas não tem problema, não vou contar para ninguém o que vi lá — falou Amanda.

— E o que você viu? — perguntou Wendy. Havia uma nova dureza em seu tom.

Amanda sabia que precisava tomar cuidado; era um equilíbrio tão delicado. Ou ela faria uma nova amizade com Wendy para sempre, ou Wendy sairia correndo e nunca mais falaria com ela. As duas coisas eram possíveis. Amanda decidiu que não se arrependeria se simplesmente falasse a verdade.

— No início, eu não tinha certeza — disse Amanda —, mas, quando vi o mural de cortiça, fez sentido. Se encaixava com o que você tinha me contado na noite anterior. Lembra? Você tinha me falado da sua filha. E do Quinn. E, na sessão em grupo, você disse que alguns de nós não conseguimos perdoar as pessoas que mataram nossos filhos. É *exatamente* assim que eu me sinto. E eu soube, naquele momento, o que estava vendo. O mapa, as fotos, as reportagens… você estava observando o Quinn. Talvez estivesse planejando como ia matar ele.

Wendy não falou nada. Fixou os olhos nos de Amanda. E elas ficaram assim por um tempo.

O garçom trouxe as bebidas, e as duas agradeceram. Havia uma fatia de laranja em cima dos negronis. Amanda tirou a de seu drinque, embrulhou no guardanapo e jogou no cinzeiro. O cheiro da fruta fez sua garganta apertar. Trazia imagens e cheiros de Luis e suas laranjas de café da manhã. Era uma pequena pontada de luto que ela não estava esperando. A tristeza é às vezes uma dor embotada que não vai embora, e outras vezes é como furar o dedo numa agulha escondida numa sacola de compras. Amanda se forçou a dar um gole. O tempo todo, Wendy a olhava inquisitivamente — pesando com cuidado suas próximas palavras.

— Só estamos conversando, certo? — perguntou Wendy.

Amanda fez que sim.

— Eu pensei em matar o Quinn. É só um pensamento, tá? Uma fantasia de vingança. Isso não é crime — falou Wendy.

— Imaginar sua vingança não é crime. Eu já pensei muito. Demais, talvez. *Você* pensou muito. Planejou também. Assim como eu.

Wendy deu um longo gole em seu drinque, colocou o copo delicadamente de volta na mesa, estalou os lábios e perguntou:

— Até onde você chegou com o plano do metrô?

Amanda notou que Wendy tinha ignorado a questão implícita e disparado uma dela. Lembrou-se de que não devia pressionar Wendy — precisava ser paciente. Mas mesmo assim tinha que tomar a liderança. Precisava mostrar a Wendy que confiava nela o suficiente para contar a verdade.

— Eu estava lá, no vagão do metrô, com a arma no bolso. Estava toda pronta para ir em frente, e o filho da puta deve ter sentido que eu estava lá ou algo assim. Não sei. Ele levantou a cabeça, olhou direto para mim e falou. Depois de ele ter chamado atenção para mim, não pude continuar. As pessoas estavam olhando. Teriam me visto puxar o gatilho. Eu teria sido pega na hora. Então parei. Ele chamou a polícia e eu fui presa. Foi sorte eu ter conseguido esconder a arma, senão estaria enfiada na cadeia agora, em vez de fazendo terapia por ordem judicial e em condicional.

Wendy se sentou mais para a frente e disse:

— Eu não fazia ideia de que você tinha ido tão longe.

— Eu teria ido bem mais longe se ele não tivesse me notado primeiro — falou Amanda.

Wendy sacudiu a cabeça e virou metade do drinque num gole só. Olhou para o lado por um momento, pensando.

— Caralho, eu já me imaginei nessa posição. Me diga, hipoteticamente, se ele não tivesse te visto, você teria mesmo puxado aquele gatilho? — perguntou.

Amanda havia se feito aquela mesma pergunta, várias e várias vezes, de madrugada, deitada na cama com o brinquedo de Jess, Sparkles, a seu lado, sem conseguir dormir. Sempre chegava à mesma resposta. Achava um estranho conforto naquela certeza.

— Sim — respondeu.

Wendy assentiu.

— Eu acredito em você.

— É uma coisa estranha, isso de justiça. Parece pessoal, sabe? Como se fosse algo que eu devia ter por direito. Quando a Jess foi assassinada...

pareceu que meu mundo inteiro virou de ponta-cabeça. A Jess não deveria ter morrido. O Luis não deveria ter morrido. Você passa a vida toda pensando no que vai acontecer em seguida: quando vamos comprar um apartamento maior? Como a Jess vai ser quando for mais velha? Será que ela vai ser popular na escola? Meu Deus, eu tinha pensado até em como me sentiria vendo ela se arrumar no dia do casamento... E aí tudo simplesmente *some*. Não está certo. E quando o homem que matou sua filha se safa... Isso *também* não está certo...

Wendy concordou com a cabeça e Amanda continuou.

— Nada disso era para acontecer. O mundo está tão fora de ordem que a única coisa em que consigo pensar é em colocar ele de volta nos trilhos. Corrigir as coisas. Nada disso vai trazer Jess ou Luis de volta, eu sei. Mas talvez faça a porra do mundo parar de girar descontrolado.

— Eu entendo como você se sente — disse Wendy. — Quando te contei que fica mais fácil... eu menti. Eu me sinto exatamente do mesmo jeito que no dia que encontraram o corpo da Rebecca. O luto é um processo, né? É o que o Matt e o resto dos terapeutas dizem. Mas o que eles não dizem é que não dá para começar o processo quando o assassino da sua filha ainda está andando por aí como um homem livre. Pelo menos eu não consigo.

As palavras de Wendy pareceram ecoar em algum lugar bem no fundo do peito de Amanda. Ela não apenas ouvia Wendy, ela a sentia.

— Nem eu — disse Amanda. — Eu sei que o luto está lá. Está esperando. Ficando maior a cada dia, mas ele não vem até mim. Não consigo mais chorar pela Jess. Não consigo processar até acertar as coisas. A cada dia que passa, me sinto pior.

— Não precisa ser assim. A gente podia só ir até esses filhos da puta e pá! Meter duas na cabeça deles no meio da Quinta Avenida. Às vezes acho que é isso que eu devia fazer — falou Wendy.

— Eu também já pensei a mesma coisa. Mas, aí, seria presa. A família de Crone ia ter a justiça que foi negada à minha filha. Eu passaria a vida toda pagando por esse assassinato. Não acho que seja justo.

Wendy assentiu e disse:

— *Não é* justo.

— E se... — começou Amanda, aí pausou, engoliu, puxou um cigarro novo para fora do maço. Ela estava criando coragem, tomando seu tempo. O silêncio ficou desconfortável, e Amanda disse a si mesma para desembuchar logo. — E se a gente se ajudasse? E se eu te ajudasse a matar o Quinn? E aí você me ajudasse a matar o Crone?

Wendy deixou aquela pergunta pairar no ar noturno por um tempo antes de agarrá-la.

— Se alguma coisa acontecesse com o Quinn, com minha vingança pública contra ele, os policiais cairiam matando em cima de mim num piscar de olhos, a não ser que... — disse Wendy, pausando para acender seu Zippo e oferecê-lo a Amanda.

— A não ser que o quê? — perguntou Amanda, encorajando-a enquanto levava o cigarro à chama e inalava.

— A não ser que não fosse eu que o matasse. E eu tivesse um álibi perfeito — completou Wendy.

Amanda soltou a fumaça. Era isso que estava na cabeça dela havia dias — as duas trabalhando juntas, mas não exatamente assim. Amanda tinha pretendido dividir o peso — unir a mente delas. Este era um plano que ela não havia previsto.

— Você costuma assistir a filmes antigos? — perguntou Wendy.

— Claro, de vez em quando — respondeu Amanda. — Tipo filmes em preto e branco? Humphrey Bogart, Audrey Hepburn?

— Eu estava pensando em filmes do Hitchcock. *Pacto sinistro*?

— Sim, eu vi. Faz muito tempo.

— O que é fascinante é o arranjo — disse Wendy. — Dois estranhos se encontram num trem, por acidente. Eles começam a conversar e descobrimos que um deles quer matar o pai e o outro tem fantasias secretas de matar a mulher. A questão é que os dois têm um bom motivo para matar. Mas, se o marido matar a ex-mulher, automaticamente se tornará suspeito. Idem com o filho se tentar matar o pai. Aí, um deles tem a ideia...

— Eles trocam assassinatos — falou Amanda, sorrindo e assentindo.

— Isso. Assim, cada um deles pode montar o álibi perfeito, e eles não podem ser ligados ao crime. Não há conexão entre os dois homens.

Ouvir aquilo em voz alta fez a pele de Amanda vibrar de empolgação.

— Meu Deus, que ideia maravilhosa — disse.

Nunca antes Amanda tinha desejado fazer mal de verdade a ninguém — não antes de o mal desmantelar sua vida. Era isso que Amanda sentia — que Crone tinha o mal dentro de si. Senão, como seria possível matar uma criança? Só podia ser o mal. E esse tipo de doença precisava ser parada. Pelo bem da criança que ele havia matado e das crianças que agora estavam correndo perigo. Ela queria tanto matá-lo que aquilo havia dominado sua vida, a isolado ainda mais. Ela nunca falava com amigos, ex-colegas — ninguém, na verdade, fora Farrow. E aqui estava alguém imbuída do mesmo tipo de ódio que a mantinha viva.

As duas amassaram os cigarros.

Amanda não queria ser a primeira a falar em voz alta. Afirmar com todas as letras. Seria como placas tectônicas se movendo sob a terra — inevitavelmente resultaria numa erupção vulcânica. Uma vez que ela falasse, não haveria como voltar atrás.

— Podemos fazer isso de verdade. Podemos trocar assassinatos — disse Amanda.

— Quais são as chances de nós duas nos conhecermos? É para o grupo ser anônimo, então, não existe conexão entre a gente.

— Somos desconhecidas que fazem terapia — falou Wendy com um sorriso. — Mas vamos deixar isso claro. Estamos falando de eliminar a escória que matou nossas filhas. Se o Quinn for atropelado por um caminhão na Quinta Avenida, os policiais vão ficar na minha cola por uma semana. Vão achar que eu tive algo a ver com isso. Idem para você se algo acontecer com Crone. O único jeito de fazer isso é garantir que a gente tenha um álibi sólido. Eu mato Crone por você, enquanto você está em algum lugar bem longe, com dezenas de testemunhas como álibi...

Amanda a interrompeu:

— E eu mato o Quinn enquanto você está em algum outro lugar, com as suas testemunhas como álibi. Ninguém sabe que somos amigas. Eu quero justiça para a coitadinha da minha filha e meu marido. E vou conseguir ou morrer tentando.

Wendy se encolheu na cadeira, como se tivesse sido atingida. Ela inflou as bochechas e virou o resto do negroni. Sentada ali por um momento, deixou os olhos vagarem. Amanda a via analisando a ideia. Pensando em todos os ângulos. Todas as maneiras possíveis como podia dar errado. Enfim, Wendy se endireitou e se inclinou à frente.

— Vai funcionar — disse Wendy.

— Eu sei que vai — falou Amanda.

Wendy estendeu a mão e disse:

— Vamos continuar conversando. Foda-se essa merda de Wendy. Você sabe que meu nome é Naomi, então, vamos seguir com ele. Podemos fazer isso, mas vamos precisar fazer direito. Me conta tudo o que você sabe sobre Wallace Crone.

— Ainda estamos só conversando? — perguntou Amanda.

Wendy puxou a cadeira mais para perto e abaixou a voz.

— O que você acha?

14
Scott

Scott não colocava os pés no escritório da promotoria desde o dia em que parara de trabalhar lá. Antes de ir para a faculdade de direito, ele tinha vagado por vários empregos, ido viajar, e então conseguido um trabalho no escritório do tribunal. Foi lá que viu advogados com ternos de mil dólares e decidiu que queria participar daquilo. Ele deu duro, se formou em direito e passou direto no exame da Ordem. Foi assistente de um juiz por um tempinho antes de garantir um cargo na promotoria. Foi quando a atração inicial do dinheiro passou. Depois de uma semana trabalhando na promotoria, Scott soube que não era como os outros promotores assistentes, que estavam só gastando um tempo para poderem fazer conexões suficientes a fim de pular para um salário anual de seis dígitos num escritório grande. Para Scott, era uma vocação. Ele estava corrigindo as coisas — para a sociedade.

E para seu eu mais novo, a parte dele que ainda conhecia o medo mesmo quando estava só pensando num vestiário ou num corredor escolar silencioso. Se não fosse por querer ter uma vida melhor com Ruth, Scott ainda estaria naquele escritório prendendo bandidos.

Às vezes ele jogava *racketball* com um dos promotores assistentes de sua época, mas até aquele cara agora tinha saído do cargo. Havia alguns promotores de carreira que ele reconheceria se visse de novo, mas que nunca eram muito amigáveis. Ele os conhecia o suficiente para jogar conversa fora — só isso.

O lugar não tinha mudado muito, ainda que a equipe tivesse. Era o mesmo piso frio, os mesmos móveis de couro na pequena recepção, o mesmo cheiro úmido no ar. Era um prédio velho, e os canos rangiam tarde da noite com o esforço de mantê-lo aquecido.

— O sr. Rush vai te atender agora — disse a recepcionista.

Scott seguiu a recepcionista por um corredor com painéis de carvalho até o último escritório. Ela bateu, abriu a porta e disse:

— Scott Gelman está aqui.

O homem na cadeira de couro verde, atrás de uma mesa ampla de mogno, com pilhas de arquivos, era David O. Rush, o promotor assistente responsável pelo caso de Ruth. A sala dele era simples, pintada de um bege industrial, com algumas aquarelas de gado e castelos espalhadas pelas paredes.

— Sr. Gelman, prazer em conhecê-lo — disse Rush, dando um passo à frente com um sorriso e a mão estendida, pronta para um cumprimento viril.

— Por favor, pode me chamar de Scott.

— David. Idem — disse ele, sacudindo o braço de Scott num aperto aprendido em sessões de *media training*.

Rush parecia ter a idade de Scott. Era um homem pequeno com ar de autoridade não merecida e um terno barato mal ajustado.

— Igualmente — falou Scott, soltando a mão do homem.

— Você trabalhou aqui, né? — perguntou David.

— Trabalhei, sim, há muito tempo. Obrigado por aceitar esta reunião. Que bom que conseguimos marcar.

— A Ruth está com você? — quis saber David.

— Não — respondeu Scott, fechando a porta do escritório atrás de si. — Ela não conseguiu vir. Não consegue sair... Quer dizer, ela não estava se sentindo bem.

David assentiu, disse que sentia muito e convidou Scott a se sentar do outro lado da mesa enquanto voltava à sua cadeira de couro verde.

— Então, o que posso fazer por você? Sei que o investigador Farrow falou com você e sua esposa há três dias.

— É por isso que estou aqui — disse Scott, antes de pigarrear. — Eu não fiquei feliz com o jeito como Farrow deixou as coisas. Olha, eu entendo. É um policial sobrecarregado. E conseguir uma condenação num caso assim não é fácil só com evidência de identificação. Eu entendo isso, mas pareceu que Farrow e Hernandez nem chegaram a tentar, sabe?

David assumiu uma expressão que era para ser de empatia. Scott não conseguiu deixar de notar que, quando disse que Farrow e Hernandez não haviam feito nenhum esforço, David descansou o tornozelo no joelho e começou a balançar a cadeira de um lado para outro.

— Eu conheço o Farrow há quase dez anos. Ele é um oficial dedicado, casado com o emprego. As veias dele têm sangue azul da polícia. O pai dele foi policial por mais de vinte anos. Farrow é um dos malucos que me liga às quatro da manhã porque o laboratório está demorando demais para entregar os resultados. Não que ele a essa hora esteja no turno. É que ele simplesmente não dorme. Se eu tivesse feito algo de errado, o único homem que não ia querer atrás de mim é o Farrow.

— Então ele é dedicado, mas talvez tenha achado que não ia conseguir nada no caso de Ruth e largou rápido demais, sem olhar direito os suspeitos.

— Ele conversou comigo sobre o caso da Ruth. Eu revisei o arquivo. A descrição provavelmente corresponde a umas dez mil pessoas só neste distrito. Mesmo que ela apontasse ele numa linha de suspeitos, o advogado de defesa acabaria com ela, porque só viu o agressor por o que... meio segundo? E, mesmo assim, só viu um reflexo num vidro. Uma imagem espelhada. Não é um bom caso para identificação.

— Ela viu os olhos dele. Viu o rosto dele. Mas o importante é que ela disse ao Farrow que reconheceria o homem se o visse de novo.

— Scott, sério. Você trabalhou aqui. Não temos um suspeito. E, mesmo que encontremos o cara, sem alguma outra evidência para corroborar, não vai dar em nada. Sinto muito. O que eu mais queria era pegar esse filho da puta, pode acreditar.

— Então, mesmo que vocês peguem esse cara, e Ruth o identifique, não é bom o suficiente? A não ser que ele confesse abertamente, não tem como Ruth conseguir justiça, é isso que você está me dizendo?

Rush ficou de pé, sinalizando o fim da reunião.

— Eu sinto muitíssimo pelo que aconteceu com a sua esposa, mas preciso olhar as evidências com imparcialidade. Você sabe como é. Não temos um caso.

De início, Scott não se mexeu. Ficou no mesmo lugar, se inclinou à frente para descansar os cotovelos nos joelhos e olhou para o chão.

— Sinto muito, Scott.

— Eu também. Nunca deveria ter deixado ela sozinha naquela noi...
— Scott não terminou a frase. Não conseguia.

Ele fechou as mãos em punhos, sacudiu a cabeça, inspirou e expirou em curtas explosões entrecortadas, e aí, depois de se acalmar — uma longa expiração. Acalmou-se antes de acabar explodindo.

Levantou-se e apertou a mão de Rush. Estava preocupado de talvez surtar na frente dele. Queria sair daquele escritório imediatamente.

— Olha, Scott, eu queria ajudar. Vamos divulgar o retrato falado no noticiário local, alguns dos jornais e o site. Ver se algo surge, sabe?

— Obrigado.

Em cinco minutos, Scott estava na Foley Square, indo para o metrô. Parou numa barraca de cachorro-quente e comprou um café. Precisava voltar ao trabalho. Tinha limite para quanto de tempo de folga seu chefe toleraria antes de virar um problema. Mas não conseguia enfrentar o escritório. Ainda não. Deu um gole na bebida e vagou por um tempo, deixando os pés o afastarem do tribunal, para o caso de algum outro advogado de seu escritório o pegar lá vagabundeando.

Seu peito estava apertado de um jeito que não conseguia aliviar. Pela primeira vez desde o último ano do ensino médio, ele se sentia completamente impotente. Scott havia crescido em Hartford, Connecticut. Um bairro de classe média alta e uma boa escola. Mas uma escola cheia de jovens ruins mesmo assim. Naqueles anos, Scott era pequeno. Ele se desenvolveu tarde, segundo a mãe. Sua altura o fazia se destacar, e seus braços magrelos eram o assunto da turma. Ele tinha sido obrigado a aguentar uma provocação após a outra, e nunca fizera nada para se defender — até um dia. No último ano, ele surtou com o grupo de atletas que estavam lhe tratando como sempre no vestiário. Se impôs e disse que eram um bando de veadinhos.

A surra que levou aquele dia, pelado no chuveiro, o deixou tremendo. Ele não sabia se era por causa do frio ou da surra, mas não conseguiu parar de tremer por dias. Foi quando largou seus halteres e entrou numa academia, usou parte de suas economias para uma sessão com um personal trainer. Durante toda a graduação em Nova York, se Scott não estava estudando, ou na aula, ou em alguma festa, estava se dedicando à academia.

O esforço valeu a pena. Hoje, ele parecia um atleta. E tinha tido um pico de crescimento nos anos finais da adolescência. Seus ombros se alargaram, os braços ficaram grossos, musculosos. O que o impulsionava era a sensação que tivera deitado nos ladrilhos brancos gelados do chuveiro da escola. Sentira-se impotente. Absolutamente fraco. Mandar bandidos para a prisão tinha lhe dado uma sensação de realização, até de vingança. Mas, por algum motivo, a parte de Scott que tinha sido espancada no chão daquele chuveiro nunca mais se levantou — não importava o que ele fizesse.

Aquela sensação de impotência estava sempre com ele.

E tinha voltado com força agora. Dessa vez, ele sabia que não ia conseguir se livrar dela se torturando na academia, e já não era promotor, então, não podia se curar indiretamente punindo outros caras escrotos. Ele teria que lidar com isso de alguma outra forma. E esconder de Ruth o máximo que conseguisse.

Scott jogou o café fora e voltou à Foley Square e ao metrô. Ele vagou pelas ruas, de cabeça baixa, sem olhar direito por onde ia. Com a mente em outro lugar. Passando pelas pessoas na rua, não conseguia deixar de analisar alguns dos homens. O assassino que tinha atacado Ruth estava à solta.

O homem que quase assassinara sua esposa.

Scott queria uma família, uma família perfeita. Nunca havia estado tão longe de conquistar aquele sonho, pois um homem o tinha tirado dele. O assassino podia ser qualquer um desta cidade. E estava livre para caminhar por aí enquanto Ruth ficava num quarto de hotel como uma prisioneira.

E ele não podia fazer nada.

15
Ruth

Uma semana depois da visita da polícia, Ruth entrou no elevador do hotel com Scott. Apertou forte a mão dele. Eram sete da noite, e eles estavam vestidos para o jantar. Não havia mais ninguém no elevador, que desceu suavemente até o lobby.

O elevador desacelerou e parou.

Ruth inspirou e endireitou os ombros.

Scott disse:

— Você consegue.

Ruth fez que sim.

As portas se abriram no lobby.

Scott deu um passo à frente. Ruth não se mexeu. Ele se virou de novo para ela.

Ela manteve os olhos nos dele, lutando contra as lágrimas e aquele pânico familiar que tinha começado a girar em sua barriga como um saca-rolhas. Parecia que os saltos de seus sapatos estavam cimentados no chão.

— Está tudo bem, amor. Eu estou aqui. Vem, vamos comer — disse ele.

Tinha três pessoas esperando que eles saíssem para poderem pegar o elevador. Um jovem casal e uma criança pequena. O homem parecia ter a idade de Scott. A mulher era um pouco mais nova do que Ruth. Estava se levantando de uma posição ajoelhada, ainda segurando a mão do filho.

— Vamos esperar a moça boazinha — disse a mulher ao filhinho. Ele estava tentando atravessar as portas e entrar no elevador, mas ela o segurou.

Ruth fechou os olhos e deu um passo. Depois outro. Estava no lobby; a família tinha passado por ela. Ouviu os cilindros da porta se fechando.

Acima desse som, uma melodia tocava no sistema de alto-falantes do hotel. Um piano. Um jazz suave, lento. Ela mal conseguia escutar por cima do som de sua pulsação latejando nos ouvidos.

Sentiu a mão de Scott puxando-a delicadamente à frente e abriu os olhos.

O lobby do hotel estava à meia-luz, iluminado por uma série de lâmpadas fracas e um enorme lustre de vidro pendurado acima do piso de mosaico. Havia gente por todo lado. Jovens, velhos, negros, brancos, asiáticos, alguns altos e alguns baixos. Homens e mulheres.

Desconhecidos.

A pele de Ruth ficou toda arrepiada.

— Nenhuma dessas pessoas te conhece. Não tem ninguém olhando para a gente. Estamos seguros. Prometo — disse Scott.

Ela o segurou com mais força e caminhou com ele, que virou à direita. Juntos, seguiram por um corredor acarpetado. Um homem alto de jaqueta de couro preta vinha da outra direção.

— Está tudo bem — falou Scott.

E estava. A cada passo, Ruth lembrava a si mesma que estava segura. Ninguém ia machucá-la. Não enquanto Scott estivesse ali.

Mesmo assim, suas mãos não paravam de tremer. Aquela sensação de ser observada era como uma lâmina fria na nuca.

No fim do corredor, uma jovem hostess os recebeu no restaurante e os acomodou numa mesa de canto, como Scott havia pedido. Ruth sentou-se de costas para a parede, com todo o restaurante à sua frente. Havia uma boa quantidade de gente, mas algumas mesas ainda estavam vazias. Era um restaurante bom para um hotel. A comida ótima e bem servida garantia ao Paramount uma clientela leal. Toalhas de linho branco, luz suave, velas e prataria, tudo servido por uma equipe atenciosa e eficiente. O garçom colocou água para os dois enquanto Scott avaliava a carta de vinhos.

— Não vou querer, mas pode pedir o que você quiser — disse Ruth.

— Nem uma taça com a comida? — perguntou Scott. — Pode te ajudar a relaxar.

Ruth fez que não. A última vez que tinha bebido fora naquela noite. E nunca mais queria tocar em álcool. Além do mais, sentia que talvez interferisse com os remédios. Até aqui, eles a estavam mantendo de pé, e ela não queria testar esse efeito colateral.

Scott fechou a carta e pediu:

— Vou querer só uma taça do Malbec, por favor.

O garçom agradeceu e os deixou com os cardápios do jantar e uma promessa de que alguém viria em breve explicar os pratos do dia.

— Você está indo superbem — disse Scott. — E mencionei que está linda?

Ela tinha passado tempo cuidando do cabelo castanho-avelã, enrolando a ponta de modo que roçasse em seus ombros expostos. O vestido tinha sido comprado online e entregue no hotel. Era do tamanho dela, mas parecia um pouco grande. Apesar de ela não estar se exercitando, também não estava comendo direito. Seria seu primeiro jantar de verdade desde...

Dia 14 de setembro.

A noite do incidente, como chamava Farrow.

Dali a dois dias, seria Ação de Graças. Mais de dois meses desde o ataque. Aqueles pensamentos agora vinham com frequência. Sua vida de repente era dividida entre a mulher que tinha sido antes daquela noite e a mulher que era agora. Era uma linha. Uma vida antes e não exatamente uma vida depois. Parecia muito com a morte. Ou outra punição igualmente ruim. Ela tinha medo de tudo — de pessoas, de barulhos, de ficar sozinha. Porque sabia que o homem que tinha feito aquilo com ela ainda estava por aí em algum lugar.

Outro garçom apareceu, explicou tudo sobre os pratos do dia e os deixou pensando.

— Como você está se sentindo? — perguntou Scott.

— Minha cabeça está um pouco mais clara — respondeu Ruth. — No início, eu só queria que tudo voltasse a ser como era antes. Reiniciar. Agora, eu sei que não dá para isso acontecer. Não acho que exista mais um normal. Não para mim.

Scott assentiu com a cabeça e falou:

— Eu sei.

Mas ela percebia, pelas rugas em sua testa, os olhos indo para a esquerda e então voltando para ela, que ele não sabia. Não de verdade. Não que não estivesse tentando, e havia cuidado tão bem dela, mas nunca ia entender completamente.

— É como se alguém que eu amasse tivesse morrido, mas eu não pudesse ficar de luto. Não direito. Então, a dor só continua. Desculpa. Eu não devia estar falando disso agora. É para ser uma noite especial.

Ele estendeu a mão e a colocou delicadamente em cima dos dedos esguios da esposa.

— Acho que podemos chegar perto do normal. Olha a gente agora. Estamos em público, prestes a desfrutar de uma boa refeição. É isso que pessoas normais fazem. Precisamos aproveitar esses momentos. Vamos ter mais deles. Podemos ir devagar, pouco a pouco. Talvez a gente possa voltar aqui no Dia de Ação de Graças, na quinta, que tal?

Ruth resistiu à vontade de dizer para Scott não a pressionar.

— Ainda podemos ter uma vida ótima — disse ele.

Os lábios dela se curvaram num sorriso, mas não dava para apagar o traço de tristeza e medo em seus olhos. Já tinha visto no espelho. Um temor ansioso, congelado em seus olhos castanho-claros como um mosquito preso para sempre numa esfera de âmbar.

Scott falou de alguns amigos — Gordon e suas eternas dificuldades conjugais. Ruth sabia que ele estava tentando estabelecer uma conversa normal. Ela assentiu, e ele mudou de assunto para falar do trabalho. Era sobre isso que casais normais conversavam, e tudo parecia tão frívolo. Scott suspirou e olhou o cardápio, talvez intuindo que Ruth não estava absorvendo nada. Ele estava tentando. E isso fez Ruth querer tentar também, mas era tão difícil.

Ruth já sabia que não conseguiria comer. Até olhar a comida no cardápio a deixava um pouco enjoada. Colocou os cotovelos na mesa e apoiou o queixo nos dedos entrelaçados. Isso os fez parar de tremer. Se ela nunca conseguisse se livrar deste pânico, pelo menos podia fingir não ter medo. Tanto por Scott quanto por ela.

Famílias com filhos pequenos tinham se arrumado para a noite — meninos usando gravatinhas e meninas com vestidos bonitos. Um grupo de mulheres no canto era quem falava mais alto, brindando com as taças antes de jogar a cabeça penteada para trás numa risada falsa. Havia alguns casais, dois grupos de homens que falavam quase tão alto quanto as mulheres e um homem sentado sozinho.

O coração de Ruth começou a acelerar.

Ele estava sentado a quatro mesas de distância.

Tinha cabelo escuro penteado de lado, uma blusa de gola alta preta por baixo do blazer cor de carvão. O braço dele se mexia num movimento de serrar, cortando um pedaço de bife malpassado, que ele pôs na boca rubra. A pele pálida de suas bochechas acentuava seus lábios úmidos e vermelho-sangue. As maçãs do rosto se projetavam como uma pedra saliente e, embaixo delas, um maxilar quadrado. Destacando tudo, um par de olhos azuis terríveis que nunca se desviavam do prato.

O homem levantou a cabeça, olhou direto para Ruth, enfiou a faca no bife e começou a cortar.

Uma garçonete se aproximou da mesa dele, carregando uma taça de vinho tinto numa bandeja. Ela pôs um guardanapo na mesa e a taça em cima dele.

Ruth se inclinou à frente. O barulho de fundo diminuiu quando a conversa nas mesas deu uma trégua.

O homem olhou para a garçonete, piscou para ela e disse:

— Obrigado, *querida*.

Aquela voz... era...

Ela não podia dizer. Não podia pensar. Ruth de repente precisou usar o banheiro — sua bexiga estava prestes a ceder e ela sentia a pulsação latejando na grande veia das têmporas. Ela se levantou, ficou zonza, tropeçou, se endireitou.

— Eu... eu preciso ir ao banheiro — disse.

Scott ficou de pé e falou:

— Fica atrás de você. Vamos, eu vou junto.

Ruth se afastou da mesa de ré, os olhos presos no estranho.

Porque ele não era um estranho. Ruth tinha sentido algo apertar seu estômago e roubar seu fôlego quando viu aqueles olhos. Imaginou que era a sensação de um antílope ao ver um par de olhos de leão em meio à grama alta. Algo profundo e antigo em seu cérebro, passado de geração em geração, que gritava com ela alto e bom som — tem *perigo* aqui.

Scott pegou o braço dela, que se virou e viu a placa dos banheiros. Tinha um recuo a poucos metros, levando a um corredor curto. Duas portas à esquerda. A das mulheres era a última.

— Você está bem?

Ruth fez que sim, mas não conseguiu falar, o peito bombeando ar para os pulmões. Scott soltou o braço dela quando chegaram ao banheiro feminino, mas Ruth o agarrou, empurrou a porta e entrou rápido.

O banheiro era bem iluminado, e o azulejo branco no chão e nas paredes deixava tudo mais claro, um forte contraste com a luz tênue do corredor lá fora. Uma parede de espelhos acima das pias à esquerda, uma fileira de cabines à direita. Cinco delas, todas com as portas abertas. Mais ninguém no banheiro.

— Me dá um segundo. Por favor, espera aqui — disse.

Ruth entrou na cabine mais próxima, se virou e girou a tranca, ofegando, as mãos pressionadas contra a porta como se estivesse desesperadamente tentando segurá-la com firmeza contra um animal. Cabeça baixa.

Foi aí que ouviu um *plic* longínquo. Líquido batendo no azulejo. Ela focou o chão, viu outra de suas lágrimas cair na direção do piso branco entre seus pés.

Plic.

Ela nem tinha percebido que estava chorando. Foi só quando secou o rosto que sentiu as linhas molhadas nas bochechas.

Ela o reconhecera na mesma hora. Nunca tivera tanta certeza de nada na vida e estava morta de medo. Ele também a tinha visto. Tinha olhado direto para ela ao enfiar a faca na carne.

E aí a frase que ele havia falado para a garçonete. Ruth tinha certeza de que ele dissera aquilo só para *Ruth* poder escutar.

Ele a encontrara. Viera atrás dela. Para matar a única pessoa viva capaz de identificá-lo.

Sentou na privada bem a tempo. Não teria conseguido segurar por muito mais tempo. A respiração estava ficando mais difícil, como se alguém estivesse apertando seu pescoço ou — pior ainda — cobrindo sua boca com um pano. Não tinha oxigênio suficiente neste hotel inteiro para ela — precisava de ar ou ia sufocar e morrer.

E aí se lembrou de algo que o terapeuta havia falado.

Ela estava no controle de seu corpo. Inteiro. Sua respiração, seus batimentos cardíacos, tudo.

Fechando os olhos, Ruth começou os exercícios de respiração que havia aprendido. Uma grande inspiração — segurar por cinco segundos —, expirar e repetir. Ela endireitou os ombros e tensionou o abdome.

Não adiantou. O pânico inundou suas veias, e duas palavras ressoavam em sua cabeça como uma sirene num túnel.

É ele. É ele. É ele...

— Ruth, você está bem? — perguntou Scott.

Os exercícios não estavam funcionando. Ela escondeu o rosto nas mãos. Soube que precisava se mandar do restaurante. Ir embora rápido, e precisou de toda a sua força para ficar de pé e se recompor para conseguir pensar e se mexer.

Ela saiu da cabine, viu Scott apoiado nas pias à frente e segurou a mão dele.

— Você está bem? — perguntou o marido.

— N-n-nós precisamos ir embora, a-a-agora mesmo. Tem um homem sentado sozinho numa mesa. Vem ver.

Scott pegou a mão dela, e eles saíram do banheiro para o fim do corredor, até o homem ficar visível.

— Ali — disse ela, apontando.

O homem estava terminando seu bife, mastigando aquele último pedacinho. Era o único cliente sentado sozinho. Scott se virou para Ruth, com uma expressão confusa.

— Ele não me é familiar — falou Scott.

Ruth apontou de novo, e as duas palavras que gritavam dentro de sua mente agora se derramaram dos lábios — e ela nunca tinha dito nada com tanta certeza e convicção antes.

— É *ele*. É o homem que me atacou.

16

Amanda

Amanda passou pela entrada da loja de instrumentos musicais e apertou a campainha da porta que levava até o espaço do grupo de apoio lá em cima. Seu celular começou a tocar.

Achou que talvez fosse Wendy, ou Naomi, como ela insistia em ser chamada agora.

Não era Naomi. A tela dizia *Farrow*. Ele já havia ligado mais cedo naquele dia para lembrá-la de ir ao encontro de hoje. Ela atendeu.

— Me diga que você está agora na rua 43 indo para sua sessão — disse ele.

— Acredite se quiser, é exatamente onde eu estou — respondeu com algum orgulho.

A porta se abriu e Matt a cumprimentou.

— Oi, Matt — disse ela, e voltou para o telefone: — Quer dar um oi para o terapeuta?

— Não é necessário. Só estou contente por você estar seguindo. Se precisar de mim, sabe como me encontrar. Fique firme. Você está indo muito bem.

Amanda subiu, passou pela estação de café e olhou alguns do grupo reunido. Betty estava lá, além de uns outros.

Nem sinal de Naomi.

Ela olhou o relógio. Eram quase oito. Amanda pegou café e se certificou de escolher uma cadeira com outra vazia ao lado. Colocou o casaco naquela para guardar para Naomi.

Só fazia três dias desde a noite delas no *rooftop* do Pod 39, e elas tinham ficado até bem tarde. Haviam tomado um monte de drinques, muita cerveja e acabado numa pizzaria 24 horas com o resto dos bêbados e viciados que só pareciam se aventurar pelas ruas de Manhattan durante a madrugada.

Mesmo depois de terem acabado com uma pizza de pepperoni grande, Amanda ainda estava alta da conversa e da bebida. Naomi não calava a boca, fazendo perguntas sobre Crone. A rotina dele, o histórico, o caso contra ele, se a polícia tinha mesmo certeza de que ele era o assassino da filha de Amanda. Queria saber como ele vivia, onde trabalhava, sua vida social. Cada detalhezinho.

Foi só do que falaram naquela noite. Até o finzinho, quando Naomi terminou o resto de sua Coca de baunilha, engoliu uma borda de pizza e disse:

— Não acredito que estamos mesmo falando disso. É algo que eu não esperava no início da noite. Sabe, você consegue ser bem convincente.

— Eu preciso disso — falou Amanda. — Não penso em mais nada há meses.

— Você acha que conseguiria? Acha que seria capaz de matar o Quinn? — perguntou Naomi.

Amanda sabia que era capaz de matar alguém. Não havia dúvidas da força daquele desejo — mas era direcionado a um alvo específico. O homem que tinha assassinado sua filhinha. Ela sabia que Crone não era o único monstro. Havia mais como ele. E Quinn parecia igualmente mau. Será que ela conseguiria matar alguém *como* Crone? Não sabia se era o álcool, a companhia ou as duas coisas, mas a resposta veio rápido.

— Claro que sim.

Naomi assentiu, mas não parecia convencida.

Amanda viu a dúvida em seu rosto na hora, e se agarrou àquilo. Terminou o refrigerante, pôs o copo na mesa e disse:

— Vamos fazer uma promessa. Não vamos esquecer esta noite, o que falamos. Podemos fazer isso mesmo. Juntas. Como irmãs de verdade.

E, com isso, Amanda estendeu a mão trêmula. Naomi sorriu, pegou a mão dela, e Amanda ficou surpresa com a força do aperto da amiga.

— Prometo que não vou dar para trás — disse Amanda. — Agora você.

— Prometo — falou Naomi, e relaxou o aperto.

Amanda não soltou. Segurou firme.

— Não, não, não, você precisa fazer de verdade. Promete que não vai dar para trás. Fala.

— *Prometo* que não vou dar para trás — disse Naomi.

Nenhuma das duas falou mais nada. Levantaram-se da mesa, saíram para a rua, se viraram e se abraçaram. Palavras não eram necessárias. A força do abraço delas, ali, juntas, dizia tudo.

Nos três dias desde então, elas não se falaram e, quanto mais tempo se passava, mais envergonhada Amanda se sentia daquela noite. Aqueles três dias tinham passado rápido na nova rotina dela. Amanda se encontrou com a agente da condicional, como exigido, começou a tomar alguns comprimidos, faxinou o apartamento e se esforçou para ficar em casa à noite. Com Crone a processando por assédio, precisava maneirar na vigilância. Ele era mais alerta à noite, então, ela ficava em casa. De manhã, quando a cidade pulsava cheia de carros e gente na hora do rush, Amanda o observava de longe em seu trajeto diário. Era mais fácil se esconder durante o dia.

Se Amanda não estivesse focada em pegar Crone, não havia mais nada para ocupar sua mente. Só havia sua perda. Incessante. Um vazio que ameaçava consumi-la. Vê-lo alimentava seu ódio. Sua raiva da injustiça era um sentimento real. Eletrizava seus sentidos, fazia com que se sentisse viva. Ela sentia que havia algo pelo qual valia a pena viver — mesmo que fosse só o simples ato de desejar assassiná-lo. Imaginar a morte dele era *algo*. Sem isso — não havia *nada*.

O fato de que Naomi não havia entrado em contato desde aquela noite a levava a crer que estava envergonhada da conversa. Pareceu uma ótima ideia na hora, mas agora Amanda via que provavelmente era só uma fantasia para Naomi — só a bebida falando. É fácil imaginar o que se pode fazer com alguém com a barriga cheia de álcool. Talvez fosse melhor assim. Amanda não tinha tanta certeza de que conseguiria matar um homem que não conhecia — mesmo que ele fosse um monstro.

Agora, não parecia que teria esse problema. Naomi tinha sumido, e Amanda se resignou ao fato de que teria que matar Crone sozinha, quando fosse a hora certa.

Amanda havia mandado uma mensagem naquela manhã, perguntando se Naomi ia ao grupo à noite, e recebido apenas um emoji de joinha como resposta.

Ela olhou o relógio. Passavam cinco minutos da hora de início. Matt estava prestes a começar a sessão. Pegou o celular para mandar mensagem para Naomi e encontrou uma nova mensagem esperando ser lida.

Você está na sessão de grupo?

Amanda respondeu:

Estou, guardei um lugar para você.

Uma resposta chegou rápido.

Desculpa, não posso ir. Tive um imprevisto. Te ligo amanhã. Bj

Amanda suspirou e guardou o celular. Torceu para não ter estragado o que podia ser uma boa amizade com Naomi. O pensamento se perdeu assim que Matt abriu a reunião e apresentou alguém novo ao grupo. O resto dos pais olhou para Betty. Amanda percebia que ela estava empolgada, pronta para contar sua história de redenção a um novo ouvinte.

Amanda saiu da reunião às nove, foi para casa e passou mais uma noite inquieta na cama. O sonho de novo — à deriva num furioso mar escuro, uma fogueira na praia a distância.

Duas figuras naquela praia de mãos dadas à luz do fogo.

Luis e Jess.

O sonho terminou com o barco virando de novo.

Amanda sabia que nunca venceria aquelas ondas.

Nunca chegaria àquela praia.

Seu alarme a acordou às seis da manhã. Hora de ir para seu turno de observação de Crone. Tomou banho, se vestiu e foi até a porta pensando no primeiro café do dia.

Meia hora depois, Amanda soprava uma nuvem de vapor sobre seu café com leite. A pequena delicatéssen na esquina da rua 96 sempre estava cheia a esta hora da manhã. Caras de calça cáqui e suéter pegando sanduíches quentes, mulheres de terninho e salto comprando croissants e frutas, e mesinhas ao ar livre regularmente cheias, só com lugar para ficar de pé em torno do aquecedor. Naquela manhã, ele não estava funcionando, então, ela tinha algum espaço.

Amanda observou a entrada da estação da rua 96, de olho em Crone. Estava ansiosa para vê-lo. Antecipando a amarga visão dele caminhando em liberdade. Era algo para encher o nada. Até conseguir achar uma forma de matá-lo.

Pessoas passavam, algumas entravam na estação e outras seguiam em frente.

Amanda deu mais um gole no café para afastar o frio, aí checou o relógio no banner da Miller Lite na vitrine da delicatéssen.

Sete e vinte e cinco.

Não podia estar certo.

Ela tinha estado observando diligentemente a entrada. E Crone não havia entrado na estação. Ele nunca se atrasava tanto. Amanda pensou que estava sendo boba. Que obviamente tinha um motivo para ela não tê-lo visto. Talvez não estivesse prestando atenção e ele tivesse passado batido.

Isso quase acontecera ontem. Ela estava parada no mesmo lugar. O mesmo café, da mesma delicatéssen. E só o vira de costas, desaparecendo lá dentro.

— Foda-se isso — disse Amanda.

Passou pela estação mais uma vez. Eram 7h30. Nem sinal dele. Devia tê-lo perdido na multidão. Hoje era dia do compromisso dele. Ela podia ir ao Starbucks de tarde, observar da janela. Daquele ponto, não ia perdê-lo. Precisava de sua dose. Precisava sentir o ódio. Precisava saber que algum dia o eliminaria da face da Terra.

Amanda foi para casa, ligou o jornal pela primeira vez em semanas e se sentou na frente da TV para gastar algumas horas sem pensar. O tempo passava, mas algumas coisas permaneciam iguais: celebridades eram pegas em escândalos sexuais, crianças levavam tiros na escola, o presidente continuava fazendo papel de trouxa em entrevistas coletivas ou sempre que por acaso abria a boca — o mundo ainda estava em conflito. A diferença era que Amanda sentia que não fazia mais parte dele.

Ela olhou o relógio, pôs o casaco e pegou o metrô.

Havia um lugar sobrando na janela de seu Starbucks. Era quase uma da tarde. Amanda segurou seu café preto com as duas mãos enquanto olhava para o outro lado da rua.

Eram 13h10 e nem sinal de Crone.

Às 13h30, ela sabia que ele ia faltar no seu compromisso regular. Faltavam dois dias para Ação de Graças, e ela se perguntou se ele tinha viajado para passar o feriado em algum lugar. Saiu da banqueta, ainda pensando em Crone, quando seu celular começou a vibrar. Pegou o celular a caminho da porta. O identificador de chamadas dizia *Naomi*.

— Alô — disse Amanda, atendendo a ligação.

— Como está o café? — perguntou Naomi.

Amanda congelou, se virou e viu Naomi nos fundos do café acenando do sofá. De início, não conseguiu entender por que Naomi estava ali. Então lembrou-se de que tinha contado na noitada delas sobre aquele lugar e como lhe dava uma visão perfeita de Crone entrando no prédio.

Ela se aproximou de Naomi, elas se abraçaram e Amanda se sentou no sofá ao lado dela. Sem desconforto, sem vergonha entre as duas. Isso a deixava feliz, porque talvez Naomi pudesse ser algo em sua vida também. Uma pessoa real, uma amiga — outra distração do vazio. Havia gente ocupando a mesa à frente, mas longe o bastante para elas não precisarem cochichar.

— Você sabe que podia só ter ligado e dito que queria me encontrar, né? — falou Amanda.

— Não sou boa ao telefone. Além do mais, tenho uma coisa para te contar e queria falar pessoalmente.

Amanda sentiu as bochechas corando de vergonha.

— Olha, eu sei que nossa conversa talvez tenha ido um pouco longe demais naquela noite. Eu queria que a gente fosse amiga. Confiasse uma na outra. Talvez eu tenha me deixado levar, mas não sou maluca.

Naomi interrompeu Amanda:

— Você definitivamente não é maluca, porque vai dar certo.

— O que vai dar certo?

— Trocar os assassinatos — disse Naomi.

— Sério? Quando não tive notícias suas, só imaginei que você tivesse perdido a coragem.

Naomi segurou a mão de Amanda e cochichou baixinho:

— Eu estava falando sério. Espero que você também. Eu acreditei pra cacete que sim. Você me fez prometer, lembra? Foi por isso que eu vim aqui. Para te falar pessoalmente. Crone não apareceu no trabalho hoje. Não vai aparecer para o compromisso hoje à tarde. Não vai trabalhar amanhã também. E o processo dele contra você vai desaparecer.

Amanda segurou os dedos de Naomi com mais força.

— Do que você está falando? — perguntou Amanda.

— Eu matei ele ontem à noite. Enquanto você estava no encontro. Cumpri minha promessa. Agora é sua vez.

17
Ruth

— Como você sabe que é ele? — perguntou Scott.

Ruth fechou bem a boca. Rangeu os dentes, fazendo barulho. Estava tentando desesperadamente não chorar. Não aqui, parada no recuo, exposta para o restaurante. Queria gritar e correr o mais rápido que podia. Cada instinto lhe dizia para se afastar, ir para o mais longe possível daquele homem.

— Porque eu *sei* que é ele. Eu reconheceria aquele rosto em qualquer lugar. Vejo aquela cara toda porra de noite antes de dormir e está bem ali, me esperando de manhã, aqueles olhos me encarando assim que acordo. Nunca vou me esquecer dele. Eu estava *lá*, Scott, lembra? Ao contrário de você — disse Ruth, e na mesma hora se arrependeu.

Uma coisa que ela tomava cuidado de não fazer era culpar Scott pelo ataque. Sim, ele não estava em casa quando acontecera, mas o homem, o invasor, também sabia disso. Scott não era responsável. Não podia ficar 24 horas por dia com ela. Os dois tinham vida e carreira.

Pelo menos antes.

Suas últimas palavras o machucaram. Ele as recebeu como uma bala no peito. Abaixou bem a cabeça, e ela viu sua mão direita se fechar em punho.

— Me *desculpa* — disse ele, um pouco alto demais.

— Não posso ficar aqui. Ele me encontrou — falou Ruth.

O garçom de repente apareceu ao lado deles e perguntou:

— Está tudo bem, pessoal?

Ruth soube que a voz de Scott tinha sido carregada pelo restaurante, e quem sabe a dela também — alguns clientes se viraram e olharam naquela direção.

— Não estou me sentindo bem. Desculpa, mas precisamos ir embora — respondeu Ruth.

— Ah, sinto muitíssimo. Posso fazer alguma coisa? — quis saber o garçom.

— Não, está tudo bem. Só precisamos ir — disse Scott.

— Sem problemas. Por favor, voltem para nos visitar. Eu coloco o vinho na conta do quarto, como vocês indicaram — falou o garçom, e seguiu rápido para outra mesa, que estava fazendo sinal pedindo mais água.

Ruth se certificou de manter Scott entre ela e o assassino de olhos azuis-elétricos. Enquanto se encaminhavam para a porta, Ruth começou a sentir como se fosse perder os sentidos. Não podia desmaiar agora. Precisava sair dali. Por pura determinação, colocou um pé na frente do outro e segurou o braço do marido.

Ele sussurrou que ela estava segura, que ele estava ali e que tudo ia ficar bem. Ela queria que fosse verdade, desesperadamente. Logo antes de chegarem à porta, Ruth olhou de relance para trás, esticando o pescoço por trás do ombro de Scott.

O homem na mesa estava observando os dois indo embora, um meio sorriso no rosto. Seus olhos pareciam tomados de um conhecimento secreto quando ele pegou a faca de carne. Ainda havia sucos cor-de-rosa na lâmina que ele deslizou entre os lábios, lambendo a ponta — os olhos azuis fixos em Ruth.

Ruth se virou, acelerou o passo e praticamente arrastou Scott pelo corredor até os elevadores. Não conseguia respirar e lágrimas corriam por seu rosto, borrando a maquiagem. Teve que se segurar para não parar no meio do andar e gritar por socorro.

— Me leva para o quarto, por favor — pediu Ruth.

Eles esperaram pelo elevador no lobby. Não havia outros hóspedes na fila. O espaço ia ser só deles.

— Precisamos chamar a polícia — disse Ruth.

— Não — respondeu Scott. — De que adianta? Eles não querem saber. Mesmo que a gente falasse que você identificou o cara, não iam acreditar. Não tem mais nada que ligue ele ao crime. Não tem literalmente nada que eles possam fazer. São inúteis.

O elevador chegou, e eles subiram até seu andar. Os dedos de Ruth começaram a doer — Scott estava apertando muito sua mão. Não estava olhando para ela, só observava os números dos andares no mostrador digital. As portas se abriram e ele foi rápido até o quarto, abriu a porta e entrou primeiro.

Ruth só respirou quanto a porta se fechou atrás deles e ela agarrou a cadeira da mesa e enfiou embaixo da maçaneta. Quando se virou, Scott estava parado no meio do quarto com as mãos no topo da cabeça.

Ela começou a falar, mas Scott a interrompeu:

— Me dá um minuto, estou pensando.

Ruth fechou bem os lábios. Scott estava exasperado. Ela não o via assim havia muito tempo. No começo do relacionamento deles, possivelmente no quarto encontro, algum babaca aleatório tinha passado a mão na bunda de Ruth numa boate. Ela tinha sentido a mão e virado rápido para reclamar com o cara, mas, antes de conseguir abrir a boca, viu um punho voar à sua frente, e o rosto do escroto balançou para trás antes de ele desaparecer num amontoado no chão.

Scott era temperamental.

— O que você vai fazer? — perguntou Ruth.

— Se os policiais não vão fazer nada, então eu vou ver o que esse filho da puta quer. Por que caralhos ele está aqui? Neste hotel?

— Não chega perto dele. Ele é perigoso — disse Ruth.

— Ele é durão quando tem uma mulher sozinha e uma faca na mão. Olha, eu só quero saber quem ele é. Você tem *certeza*...

Ele não terminou a frase. A resposta estava nos olhos dela se arregalando antes mesmo de falar.

— Você parece o Farrow. Estou te falando que esse é o cara que me atacou, e ele está no nosso hotel, Scott.

— Tá bom, eu acredito em você, amor. Desculpa. Não quis...

— Eu *nunca* vou conseguir esquecer o rosto do homem que fez isso comigo.

— Então me deixa ir descobrir umas coisas. Talvez ajude. Quem sabe a gente consiga informações suficientes sobre ele para chamar a polícia? Olha, eu preciso pelo menos tentar fazer alguma coisa.

— Por favor, toma cuidado, Scott. Eu não ia suportar se algo acontecesse com você. Não chega perto dele — pediu Ruth.

— Não vou chegar. Só quero ver aonde ele vai, o que ele está fazendo. Por que você não toma um remédio? Você está tremendo.

Ela se sentou na cama, o coração e a mente acelerados. Scott pegou o remédio para dormir, um comprimido ansiolítico e um copo de água. Ruth os engoliu, e Scott se sentou ao lado dela. Por um tempo, não falou nada. Acariciou o cabelo da esposa e esperou que ela se acalmasse.

— Não vai lá fora. Ele está me procurando. Não sei como ele encontrou a gente, mas não importa. Ele é um monstro. E se você acabar machucado? O que eu ia fazer? Quem ia me proteger? — falou Ruth.

— Está tudo bem. Ele nem vai me ver. Só vou dar uma olhada. Ver o que ele está fazendo e aí eu volto. Eu te amo e não vou deixar ninguém te machucar nunca mais. Prometo.

As pálpebras de Ruth estavam pesadas. Sua respiração desacelerou. Os medicamentos estavam começando a fazer efeito. Ela segurou o braço de Scott cada vez mais firme, como se ele fosse um bote salva-vidas, mas os remédios eram fortes demais e ela sentiu os dedos se soltando. Deitou-se na cama e logo caiu num sono profundo.

18

Amanda

— Você está brincando, né? — disse Amanda.
— Eu estou com cara de quem está brincando? — perguntou Naomi.

Ela se sentou mais para a frente, os cotovelos na mesa e cara de pura determinação.

Amanda pensou no abraço de despedida daquela noite na pizzaria. A promessa embriagada. Não era só conversa.

Era real.

— O que você fez? — questionou Amanda.
— Com certeza não tentei apagar o cara num metrô lotado. Isso nunca ia dar certo. Não, eu encontrei o ponto fraco dele e usei. As prostitutas...
— Quê?
— Eu segui ele até o prédio dele ontem à noite, vi ele subindo até o andar dele, aí peguei o elevador até lá e esperei. Não demorou muito. A menina saiu, uma loirinha, ridiculamente nova. Eu entrei logo depois, usando uma peruca ruiva, saia curta de couro preto, blusa de frente única e bota. Porteiros não questionam prostitutas. Não ganham para isso. Fui até a porta dele e bati. Ele abriu na hora, provavelmente achando que era a garota que tinha acabado de sair, que ela havia esquecido alguma coisa e voltado para buscar.

Amanda analisou o rosto de Naomi, absorvendo cada palavra, cada expressão. Ela não estava só escutando uma história — estava vivendo.

— Assim que a porta se abriu, joguei spray de pimenta nele — contou ela, pegando a bolsa.

De lá, tirou uma lata de aerossol pequena e fina encapada por um plástico preto com um lugar para encaixar o dedo na lateral.

— Esvaziei a lata toda na porra da cara dele. À queima-roupa — disse Naomi, antes de guardar o frasco de volta na bolsa. — Fechei a porta, então fui até a cozinha, peguei a maior faca que consegui encontrar. Quando voltei, ele ainda estava no corredor, rolando no chão, gritando. Nessa hora tive medo. Achei que alguém fosse escutar.

Amanda começou a sentir uma dor fraca no maxilar. Ela se endireitou, abriu e fechou a boca — estava apertando os dentes com mais força que uma prensa industrial.

— Mas não veio ninguém. O apartamento é enorme, e chuto que tenha isolamento acústico de primeira pelas merdas dos motivos dele mesmo. Fiquei parada em cima dele com a faca na mão. Ele estava de barriga para baixo, com as mãos no rosto. Eu cometi um erro. Tinha jogado spray demais. Meus olhos começaram a lacrimejar. Fiquei sentindo o gosto daquela porcaria. Não conseguia focar, e minha garganta começou a queimar. Me ajoelhei ao lado dele para não ter como errar e levantei a faca bem lá em cima.

Ela parou de falar e engoliu saliva. Parecia estar ficando mais difícil fazer as palavras saírem.

— Pensei na minha amada Rebecca e pensei na sua Jess. E foi só do que precisei para enfiar aquela faca nele. Bem na nuca. Ele parou de se mexer. E os gritos cessaram. Tirei a faca, precisei puxar com muita força. Estava bem presa lá dentro. Até o cabo. Quando a faca saiu, vazou muito sangue. Eu virei ele de barriga para cima e enfiei a faca na garganta. Depois, fui embora.

— Mas tem todo um sistema de câmeras de segurança no prédio dele. Eles teriam te visto.

— Não, eles viram uma mulher de peruca ruiva que não se parece com você, que é mais alta que você, usando um casaco preto, uma minissaia, botas e luvas. O porteiro nem me olhou duas vezes, juro. Rolava muita coisa no apartamento do Crone. Aquele porteiro era pago para fazer vista grossa. E, quando viu o que pensou ser outra prostituta, foi exatamente o que fez. Ele não me reconheceria, mas, mesmo que reconhecesse, o principal é que ele não reconheceria *você*.

— Eu?

— Você estava na sessão de grupo ontem à noite. Com testemunhas. Quando os policiais olharem a gravação, vão ver Crone me deixando entrar no apartamento e eu saindo sozinha, disfarçada. O horário da morte vai coincidir com minha visita. Você tem um álibi sólido para quando os policiais chegarem. Eu não preciso de um, porque não tenho ligação com Wallace Crone e ninguém me reconheceria. Estou te dizendo: foi perfeito.

— Jesus Cristo — disse Amanda, levando os dedos trêmulos aos lábios. — Ele está morto mesmo?

— Ele está morto mesmo, mesmo, pra caralho — respondeu Naomi.

— Os policiais já… É que, porra… Os policiais vão me procurar.

— Claro, assim que alguém achar o corpo de Crone. A empregada dele provavelmente vai ver amanhã quando for fazer a limpeza. Então, não fique surpresa se os policiais forem atrás de você.

Amanda sentiu um baque no estômago. A náusea estava piorando.

— É por isso que você precisa devolver o favor hoje à noite…

— Espera, espera, espera… como assim? Hoje? — disse Amanda.

Naomi se recostou e olhou sério para Amanda.

Amanda sentiu aquele olhar até a ponta dos sapatos.

— Vai ter que rolar — disse Naomi. — E você não vai me decepcionar, Amanda. Eu fiz isso por você. Pela Jess. E pelo Luis. Você precisa fazer isso por mim e pela Rebecca. Você que me convenceu disso. Você me fez prometer. E eu mantive minha promessa. Agora é sua vez.

Amanda engoliu em seco e pensou na ausência de Crone da estação da rua 96 e no fato de ele não ter aparecido de tarde também. Não havia dado as caras porque estava morto. Amanda inspirou, fechou os olhos e pensou que o próprio ar tinha um cheiro mais doce.

Ele se fora.

Não podia machucar mais ninguém e tinha morrido sentindo dor. Uma amiga havia feito isso por ela e, apesar de suas mãos não pararem de tremer, uma estranha paz a dominou. De repente, ela se sentiu livre. Apavorada, mas, ainda assim, livre de um demônio que assombrara seus pensamentos a cada segundo por meses. Não importava ela não ter estado lá para vê-lo morrer. Não importava que não tinha sido ela a matá-lo. O que importava era que ele estava morto. Era um presente. Ela podia negar esse presente a quem lhe dera tanto?

— Eu consigo sentir — disse Amanda.

— Consegue sentir o quê?

— A morte dele. Meu Deus, estou tão aliviada e ao mesmo tempo assustada pra cacete.

— Você devia se sentir bem. Tem um monstro a menos neste mundo. Hoje, você vai fazer com que sejam dois. Mas não vou mentir: vai ser mais difícil do que o Crone.

Amanda estava voltando a si. Em vez de processar a morte de Crone, ela agora tinha que pensar. Naomi havia vingado o assassinato da filha de Amanda. O homem que tinha torturado e matado sua garotinha de seis anos. E isso era uma libertação. Mas ela sabia que vinha com um preço.

— Por que tem que ser hoje?

— Precisa ser hoje porque eu acabei de pôr o meu na reta por você. Arrisquei uma prisão perpétua. Agora estamos juntas nessa, em sangue. Minhas mãos estão sujas e não vou descansar tranquila até você ter sangue nas suas também. Aí vou saber que você não vai procurar a polícia. Aí vou confiar em você de novo. Você vai matar o homem que estuprou e assassinou minha bebê. Quanto mais esperar, mais difícil vai ser. Além do mais, você não está no radar da polícia agora.

Amanda sentiu o mundo virando. Agora, era como se toda a cafeteria estivesse começando a girar. Aquele plano embriagado criado no bar do hotel na outra noite. Não era só a bebida falando. Estava acontecendo mesmo. E agora Amanda precisava matar um total desconhecido.

— Espera, para. Não estou pronta para isso — disse ela.

— Você estava pronta da última vez que falamos do assunto. Estou nessa até o pescoço. E chegou sua vez.

Amanda precisava de mais tempo. Para organizar tudo em sua mente. Algumas noites atrás, num bar, ela tinha jogado uma bola de neve morro congelado acima e agora essa bola estava rolando de volta, com seis metros de altura, e ia esmagá-la.

— Eu preciso de um tempo. Não estava esperando por isso...

— Você não tem tempo. É simples. Você só precisa puxar um gatilho.

— Eu não tenho arma. Não mais. Me livrei dela logo antes de os policiais me pegarem no metrô.

Naomi apoiou a cabeça na mesa. Soltou um palavrão, pensou por um momento, aí olhou para Amanda.

— Tá bom, então vamos fazer do meu jeito. Mas tem que ser hoje.

— Por que raios tem que ser hoje? Não entendo.

— Porque o Quinn precisa estar morto antes de acharem o corpo do Crone. Deve levar mais um dia, no máximo, para a empregada encontrar ele. Mas saiba do seguinte, quando o corpo do Crone for encontrado, os policiais vão cair em cima de *você*. Vão te levar para a delegacia, pressionar o máximo que conseguirem e, quando te soltarem, vão ficar te vigiando 24 horas por muito tempo. Nosso plano vai pra puta que pariu se os policiais seguirem você até a casa do Quinn semana que vem e te prenderem antes de conseguir acabar com ele. Sério, você não está pensando direito.

Isso com certeza.

— Tá, só um minuto. E se esperarmos até os policiais falarem comigo sobre o assassinato de Crone, estabelecerem meu álibi e me deixarem em paz?

— Não — disse Naomi, um pouco mais alto do que queria. Algumas pessoas em mesas próximas viraram a cabeça para olhar as duas, aí voltaram a cuidar da própria vida. — Eles vão ficar atrás de você por muito tempo. O pai do Crone é um dos homens mais ricos desta cidade. Homens poderosos assim garantem que a polícia faça o trabalho completo. Os policiais podem ficar em cima de você por meses antes de desistirem. Não, você precisa fazer isso antes de começar a ser investigada. Eu tenho outro grupo hoje à noite. Minha sessão de luto infantil. Fico lá por uma hora a partir das nove. É sua janela. Agora, me diga: como você se sente?

— Como assim?

— Ele está morto. Me conta como é a sensação.

Amanda se endireitou na cadeira e disse:

— Sinceramente, não sei o que sentir. Meio feliz, meio vazia. Livre. Como se alguém tivesse apertado um botão de reiniciar nessa parte da minha vida.

— E eu quero isso também. Mais que tudo. Você pode me dar isso. Esses homens são um câncer. É a coisa certa a fazer. Quinn estuprou e matou minha filha. E pedófilos não param de repente. Eles não podem ser curados. Ele vai fazer de novo. Você sabe que é só questão de tempo para ele estuprar outra menina e, se ela tentar gritar ou contar para alguém, vai matar ela. É isso que acontece. Você sabe e eu sei.

Amanda assentiu com a cabeça, porque Naomi estava falando a verdade. Enquanto estava investigando Crone, Amanda tinha lido todos os artigos e livros que conseguira achar sobre assassinos de crianças e serial killers. O cenário que Naomi pintara era familiar demais. Estava de acordo com o que Farrow lhe dissera sobre como esses pervertidos viram assassinos. Já tinha acontecido antes. Muitas vezes.

— Foi gostoso matar aquele babaca do Crone — disse Naomi, com lágrimas se formando nos olhos ao encarar a janela, sem enxergar nada, sua visão interna repassando a lembrança com perfeição. — Ele gemeu e gritou, e juro por Jesus na cruz que senti Rebecca do meu lado, me dando força para esfaquear aquele filho da puta do mal. Acabar com ele. Saí daquele prédio me sentindo melhor do que me sentia há anos. E parte disso era porque eu tinha uma amiga. Eu tinha você. E você ia fazer a mesma coisa por mim.

Amanda abaixou a cabeça. Entendia o que precisava acontecer. Sabia que Naomi tinha razão e, mesmo assim, não conseguia pensar. Não conseguia se concentrar. Por muito tempo, só tinha sentido uma coisa — ódio pelo homem que matou sua filha. Agora que isso tinha acabado, ela não conseguia se adaptar. Ainda não. E tinha medo do que precisava fazer, apesar de saber que era a coisa certa.

— Não sei se vou conseguir. Estou com medo — disse Amanda.

— Você precisa ter coragem, menina. Você consegue. Quanto você queria Crone morto?

— Ah, caralho, mais que tudo. Queria que aquele homem sofresse pelo que fez. Só pensei nisso por *meses*.

— Eu me sinto assim há *anos*. Você consegue. Ele é exatamente igual ao Crone. Talvez seja até pior. Eu sei que você consegue.

Levando os dedos trêmulos aos lábios, Amanda cedeu. Agora, não tinha escolha.

Naomi esticou o braço e segurou a mão dela.

— Estou te pedindo, por favor. Faça isso por mim. Como eu fiz por você. Você é mais forte do que imagina. Eu sei que consegue. Só precisa levar Jess com você. Luis também. Coloque os dois bem ali do seu lado, na sua mente. E no seu coração. Tem monstros neste mundo, e as leis não se aplicam a eles. Precisamos fazer o que fazíamos milhares de anos atrás, quando vivíamos nas cavernas. Se um lobo vinha até a entrada da caverna, as primeiras que o atacavam eram as mulheres, defendendo os filhos. Nossas filhas se foram...

Uma lágrima caiu na bochecha de Naomi. Ela a secou com o dorso da mão, fungou e disse:

— Chegamos tarde demais para salvar nossas filhas. A única coisa que podemos fazer agora é matar o lobo.

19
Scott

Scott só saiu do quarto depois que Ruth estava dormindo profundamente. Não demorou muito. Dez minutos depois de ela ter engolido o remédio para dormir. Levaria horas para acordar.

Ele entrou no lobby veloz, com propósito, seguindo pelo corredor até o restaurante. Antes de alcançar a entrada, desacelerou. Parou. Tirou o celular e parou na porta aberta.

O homem de olhos azuis estava examinando a conta enquanto dava um gole numa xícara de café.

— Posso ajudar, senhor? — disse uma voz.

Era a hostess na porta.

— Ah, sim, minha esposa passou mal antes de conseguirmos fazer nossa refeição. Eu tomei uma taça de vinho que foi cobrada no meu quarto, mas não assinei a conta para deixar gorjeta. Você poderia pegar para mim?

— Sem dúvidas, senhor. Qual é o número do quarto?

Scott adentrou o restaurante com a hostess, que falou com um dos garçons e lhe disse que iam pegar a conta. Scott deu o número do quarto, agradeceu e esperou ao lado do caixa. O garçom voltou em menos de um minuto. O homem de olhos azuis ainda estava à mesa.

— Encontrei. Adicionamos automaticamente uma gorjeta de doze e meio por cento. Está satisfatório, senhor?

— Está ótimo. Eu só queria garantir que não esqueci a gorjeta.

— Tudo certo — disse o garçom.

Scott fez um meneio de cabeça e saiu do restaurante, abotoando o blazer e seguindo de volta para o lobby. No meio, havia uma grande mesa redonda, com o tampo de vidro e um enorme vaso cheio de flores exóticas no centro. Dispostas ao redor da mesa, pilhas de jornais gratuitos para os hóspedes. Scott pegou um exemplar do *New York Times*, achou uma poltrona de frente para os elevadores e se acomodou.

Não precisou esperar muito.

O homem de olhos azuis passou por Scott, olhou de relance os jornais na mesa e apertou o botão para chamar o elevador.

Scott dobrou o jornal, levantou-se e casualmente parou um pouco atrás do homem. Não prestava muita atenção em tendências da moda, mas sabia que o homem usava sapatos feitos à mão. Tinha pés grandes. Tamanho 46, pelo menos. Um indivíduo alto e esguio. O terno lhe caía perfeitamente, e Scott imaginava que também era sob medida. Uma mescla de lã cor de carvão. Seu cabelo escuro era dividido ao meio, e sua pele, muito pálida.

Ping.

As portas do elevador se abriram. Scott apertou os dentes e entrou atrás do homem, que pressionou o botão do 12º andar e olhou para Scott.

— O doze também — disse Scott.

O homem assentiu e uniu as mãos na frente do corpo, abrindo um pouco as pernas. Manteve uma postura larga e as costas retas. Scott tinha visto alguns parceiros do escritório que eram ex-militares pararem do mesmo jeito.

Os olhos dele. Era como se tivesse uma lâmpada de quarenta watts atrás de cada orbe, iluminando-as para o mundo admirá-las. E, embora fossem impressionantes, Scott os achou frios. Olhos de assassino. Fora arriscado entrar no elevador com ele. O assassino devia saber como Scott era. Tinha observado a casa deles antes de atacar Ruth.

Scott engoliu o medo que subia em seu estômago.

As portas se fecharam. Scott foi mais para o fundo no elevador.

— Está aqui a trabalho? — perguntou Scott.

O homem se virou um pouco.

— Algo assim.

Ele era de Nova York. Scott sabia pelo sotaque.

— Você parece nova-iorquino — comentou Scott.

O homem sorriu, revelando uma fileira de dentes pequenos e brancos, mas não falou mais nada.

O elevador desacelerou, parou.

As portas se abriram.

Antes de estarem totalmente abertas, o homem deu um passo à frente, e então se virou para dizer:

— Desejo melhoras à sua esposa. Ela parece uma querida.

O comentário fez Scott balançar nos calcanhares. Como ele sabia? Devia estar observando os dois no restaurante. Ele não disse nada quando estavam parados no elevador, como uma pessoa normal teria feito se estivesse sinceramente preocupada. Estivera observando e agora dava um tiro de despedida em Scott. Ele podia jurar que tinha um rastro de sorriso no rosto do homem ao falar.

E aquela palavra.

Querida.

A mesma coisa que ele tinha dito a Ruth durante o ataque. Ruth tinha toda a razão. *Era* ele.

Filho da puta arrogante — dizendo isso ao marido de sua vítima.

Scott saiu do elevador. Olhou para a direita. Nem sinal. Olhou para a esquerda. O homem estava uns cinco metros à frente, andando pelo corredor, passando pelos primeiros quartos daquele lado.

Deu alguns passos rápidos à frente, só para diminuir a distância entre eles. O homem balançava os braços ao andar. Casual. Destemido. Como se fosse dono do lugar. Dava passos compridos, confiantes, e Scott se viu andando bem mais rápido que o normal só para acompanhá-lo.

Sentiu as bochechas queimando. Uma onda de adrenalina estava escaldando sua pele, disparando seus músculos, fechando seus punhos. Como se o corpo dele efervescesse de substâncias químicas, sua mente começou a ferver com perguntas. Como ele ousava vir a este hotel? Esse filho da puta doente — ele achava que era um jogo. Disse que não estava ali exatamente a trabalho — era *algo assim*? O que isso queria dizer? Por que uma pessoa que mora na cidade reserva um quarto de hotel?

A não ser que fosse para ficar perto de alguém.

E aí Scott quase parou. Um pensamento lhe atingiu como um martelo de dois quilos. *Ele veio aqui atrás da Ruth. Ele quer matá-la.*

Claro que o invasor ia querer acabar com Ruth. Ela era a única vítima que tinha conseguido sobreviver. E a única vítima, a única pessoa do mundo, capaz de identificá-lo como o invasor. Ele estava lá para matá-la.

Scott acelerou o passo. Imaginou o homem esperando na frente de casa. Observando enquanto Scott saía naquela noite, e então seguindo para os fundos da casa e quebrando uma janela. Entrando. E esperando Ruth no escuro.

De repente, Scott percebeu que sua respiração estava irregular. Um ponto de suor grudava as costas da camisa dele à pele, e ele estava tremendo.

O corredor tinha luzes fracas, brandas, com uma luminária de parede a cada três metros mais ou menos e, a cada quinze, uma luz de teto no formato de um grande domo pendente. Scott começou a olhar as portas pelas quais passavam. Os quartos 1242, 1243, 1244 passaram rapidamente. Estavam chegando a um corredor à esquerda. Só mais duas portas antes de dobrar para lá.

Esse homem tinha destruído a vida de sua esposa. Arruinado qualquer esperança de Ruth carregar seu bebê. E, quando isso acontecera, Scott não estava lá. Tinha deixado Ruth sozinha. Ele devia ter estado lá. Podia ter impedido.

O homem começou a desacelerar, só um pouco, e enfiou a mão direita no bolso da calça. Parou na frente da última porta à esquerda antes do corredor. Quarto 1248.

A visão de Scott se estreitou. Ele se moveu mais rápido, mas tudo a seu redor pareceu desacelerar.

O homem tirou o cartão-chave do bolso, levantou-o na direção da fechadura de sensor da porta. Colocou a outra mão na maçaneta. Houve um bipe da porta se destrancando, e ele empurrou a maçaneta para baixo.

O homem fez uma pausa, talvez sentindo algum movimento.

O quarto 1246 devia estar comemorando alguma coisa. Numa bandeja do lado de fora, havia duas taças, um balde prateado de gelo e uma garrafa de vinho vazia. Ao passar, Scott se abaixou bem e pegou a garrafa pelo gargalo.

Então bateu com ela na cabeça do homem com toda a força que tinha.

20

Amanda

Amanda passou duas horas com Naomi, repassando a rotina de Quinn e a disposição dos fundos da casa dele. Naomi tinha um plano. Um plano que ia funcionar. Um plano que havia coreografado cuidadosamente vigiando a casa de Quinn e observando seus movimentos.

— Eu também não tenho arma — disse Naomi. — Se você vai matar alguém maior e mais forte do que você sem arma ou veneno, precisa de algo que vai fazer um dano enorme. Precisa pegar a pessoa de surpresa...

Isso tinha sido horas antes. Amanda agora estava em seu carro, estacionado a três quadras da casa de Quinn. Tomou um pouco mais de café. Era de duas horas atrás e estava completamente frio. Ela não estava nem aí. Precisava da dose de cafeína.

Aliás, precisava de uma dose de algo mais forte do que cafeína — mas sabia que não podia arriscar. Um Jack Daniels com gelo ajudaria a acalmar os nervos. Mas podia ser sua ruína. Em vez disso, ela acendeu um cigarro.

As luzes da rua estavam acesas e não havia ninguém na calçada. Frio demais hoje. Uma névoa cobria a lua, como se estivesse escondida atrás de um fino véu de seda. Carros se alinhavam dos dois lados da rua por quatro quarteirões. Ela já tinha passado na frente da casa de Quinn. Uma casa geminada de tijolos vermelhos e três andares em uma das partes mais antigas de Greenwich Village. Tinha passado duas vezes. Uma para checar se as luzes estavam acesas e se os vizinhos estavam em casa. Nessa passada, viu que as cortinas estavam fechadas, abafando a luz da luminária acesa dentro da casa de Quinn. Uma luz baixa e amarela. Ele devia estar vendo TV.

A segunda passada foi para checar o tráfego de pedestres. Era uma área residencial tranquila. Imóveis de classe alta. Como Quinn pagava por aquela casa, ela não sabia, mas não era com o salário de professor. Talvez ele fosse de uma família nova-iorquina tradicional e rica.

Enquanto Amanda seguia sua rota, a dezesseis quilômetros por hora, viu alguém olhando diretamente para ela. O rosto de um homem refletido no retrovisor lateral do carro dele. Estava estacionado à direita, sentado no banco do motorista de um Chevy Escalade escuro. Ela viu o rosto dele só por um segundo, refletido em algum tipo de luz interna no carro — talvez um celular.

Seguiu dirigindo e checou o retrovisor.

O homem observou o carro dela subindo a rua. O Escalade estava parado a quinze metros da porta de entrada de Quinn, do outro lado da rua.

Amanda não estava muito preocupada com o cara. Provavelmente um vizinho, checando o celular antes de sair do carro e entrar em casa. De todo modo, ela não iria pela entrada principal — estava só se certificando de que não tinha uma viatura na frente da casa.

Dirigiu três quarteirões antes de achar uma vaga para estacionar. Eram 21h30, e Naomi estaria no grupo de apoio. Ela tinha mais meia hora antes de Naomi estar de novo na rua e seu álibi ser inútil.

Trinta minutos para matar um homem.

Amanda tomou mais um gole de café, jogou a bituca de cigarro na rua e pensou em Wallace Crone. Naomi o tinha eliminado. Ela o tinha arrancado deste mundo com uma lâmina fria. Amanda já tinha ultrapassado o choque inicial da notícia.

Ela imaginara esse momento muitas vezes. Tinha uma estranha sensação de paz. Como se algo lhe tivesse sido devolvido. O mundo, tirado do eixo, estava lentamente se endireitando.

Uma vez tendo superado a bomba da notícia de Naomi, ela se sentiu grata. Verdadeiramente grata. Sentou-se no carro, pensando em sua menina. Seu marido. E, pela primeira vez em meses, sentiu lágrimas quentes escorrendo pela bochecha. Seu luto estivera contido por uma represa de ódio e fúria, e agora não havia nada para segurá-lo.

Ela secou o rosto e soube naquele instante que não tinha como negar isso a outra pessoa. Especialmente a uma mãe. E uma mãe que dera a ela esse mesmo alívio.

Havia um trabalho a ser feito. Ela faria isso por Naomi. Mataria outro monstro, e aí parte desse pesadelo acabaria. Mas não era só por Naomi. Era também pela filha de Naomi. Assim como a amiga matara Crone por Jess e Luis.

Olhou a foto de Frank Quinn da reportagem que tinha imprimido. Ele era alto, mas robusto mesmo assim. Bonito. Quinn parecia fisicamente poderoso. Ela precisaria ser rápida e rezar para o plano dar certo.

Amanda colocou um par de luvas, saiu do carro, fechou e trancou a porta. Seguiu pela rua por três quadras na direção sul, aí viu o beco à sua direita.

Naomi lhe passara as instruções havia apenas poucas horas. Tinham-na repassado várias e várias vezes. Ela se lembrava do plano de Naomi palavra por palavra.

É um quarteirão antigo. Tem um beco fechado com portão, mas o portão nunca está trancado. Você entra pelo pátio dos fundos. Quinn não tem porte de arma. Ele não vai estar armado. Não tem cachorros na casa, mas, duas casas acima, tem um pastor-alemão. Fica quase sempre dentro de casa. Chegue pelo sul que vai ser improvável o cachorro latir.

Naomi tinha feito um bom reconhecimento da propriedade. Planejado tudo meticulosamente. A única coisa que Amanda precisava fazer era seguir as instruções.

Não tem como chegar até ele pela frente. Você precisa pular o muro do pátio pelo beco. O muro tem 2,5 metros. Tem uma lixeira no canto que dá para usar para subir.

Amanda viu a lixeira no canto do beco, como Naomi tinha dito. Abriu a tampa. Estava cheia de vidro. Se ela empurrasse, ia fazer muito barulho, como arrastar uma caixa de sinos por concreto duro. Ela a deixou lá e viu que o portão do beco estava destrancado, como Naomi tinha dito. Contando as casas a partir dos fundos, ela foi na direção norte e parou quando chegou aos fundos da casa de Quinn. Amanda encostou as costas na parede oposta e correu até o muro do pátio de Quinn. Saltou, conseguiu se agarrar ao topo e se arrastou para cima, mas bateu o joelho direito com força no tijolo. Escalando com dificuldade, subiu rastejando e passou as pernas para o outro lado. Suas botas bateram na grama. Ela ficou abaixada, observando a casa.

Nenhuma luz nas janelas dos fundos. Amanda ficou agachada, mas não conseguiu deixar de gemer quando seu joelho estalou, causando uma onda de dor na articulação. O joelho direito — o mesmo que ela tinha batido no muro. Olhou agora e viu que o jeans tinha rasgado naquela altura.

De início, o joelho não suportou seu peso. Ela pensou que fosse ceder a qualquer momento.

Merda.

Timidamente, deu um passo, testando a articulação. O joelho latejou e ardeu quando ela tentou usá-lo. Ela tinha duas opções. Continuar ou se lançar de volta por cima do muro e ligar para Naomi, dizer que algo tinha dado errado.

O galpão de ferramentas estava logo à sua frente.

Ela pensou por um momento.

Ainda podia dar certo.

Mancando, ela alcançou o galpão. Um antigo cadeado mantinha a barra deslizante na posição trancada. Como Naomi tinha dito.

A tranca no galpão de ferramentas é um cadeado com um cilindro único. A moldura está enferrujada e os parafusos também. A madeira é velha. Aquele galpão de ferramentas provavelmente está lá desde os anos 1970. Só tem algumas camadas de verniz segurando aquilo de pé. Uma chave de fenda deve resolver a tranca.

A barra estava presa na madeira por oito parafusos. Todos enferrujados. Amanda pegou a chave de fenda no bolso. Tinha trazido o tipo errado. Uma de fenda simples teria sido mais fácil. Conseguiu enfiá-la entre a barra e a madeira, e puxou. Os parafusos saíram da madeira com um estalo seco. A barra caiu no gramado, o som abafado pela grama.

A porta se abriu para fora. A janelinha lateral do galpão estava coberta de teias de aranha, mas a mesa de trabalho estava limpa. Ferramentas pendiam de pregos, havia tábuas de madeira empilhadas no chão. Até monstros têm hobbies.

Como eu disse, se você não tiver arma, vai precisar de outra coisa — algo bem pesado para derrubar o cara. Ele é grande e muito forte. Uma faca não vai resolver. Não como resolveu com Crone. Dentro do galpão, você vai ver um machado. Eu vi pela janela. Ainda vai estar lá. Pegue. É isso que você vai usar. Só vai precisar de um bom golpe...

Amanda achou o machado na prateleira mais alta e o pegou.

Você só vai ter uma chance de acertar. Precisa fazer valer. Se ele não tiver caído depois disso, sai de lá, porque ele vai te matar. Se você fizer o que estou te falando, vai ter todo o tempo do mundo para dar esse golpe. Pegue estes celulares descartáveis...

Amanda pegou o primeiro celular do bolso, o ligou e colocou na bancada. Depois deixou o galpão com a porta entreaberta.

Agora era a hora.

Até este ponto, ela podia simplesmente desistir. Só ir embora.

Em poucos segundos, seria tarde demais.

Ela hesitou, o machado pesando nas mãos. Mas não era só o machado que a sobrecarregava. Ela estava prestes a atacar um homem. Uma pessoa real. Acabaria com a vida dele num assassinato sangrento e horrível.

Ficou lá parada, imóvel, paralisada por sua humanidade inata. É muito difícil matar alguém. Seres humanos em crise não conseguem pensar direito; seu instinto de preservação fica de escanteio no mar do desespero. Na ausência de um transtorno ou crise psicológica, ou de um prejuízo ao pensamento racional causado por álcool ou drogas, é muito difícil matar outra pessoa de carne e osso. Ela sabia de tudo isso. Tinha pensado muito nessas coisas.

O sonho de Amanda voltou a ela. O mesmo que tinha quase todas as noites desde que saíra do hospital.

À deriva num mar tempestuoso, num barquinho.

Luis e Jess ao lado da fogueira acesa na praia, a guiando para casa, mas impossíveis de alcançar. Com Crone morto, Amanda sentia essas águas se acalmando. Havia uma última tempestade a atravessar, e aí ela poderia pisar na areia e desfrutar daquele fogo acolhedor.

Ela baixou os olhos para o machado.

Tinha racionalizado a morte de Crone muitas vezes. Passara a acreditar que matá-lo não era um ato de assassinato: era um ato de clemência — ela estava salvando a vida de suas futuras vítimas. Outros pais não teriam que sentir a dor dela, a perda. Agora disse a si mesma que era o mesmo caso com Quinn.

Amanda fechou os olhos. Lembrou daquele dia no metrô. Logo antes de Crone olhar para ela. Dava para sentir o cheiro das outras pessoas ao redor no vagão — perfume, pós-barba e suor, e o leve odor de óleo de motor quente e graxa que permeava o trem. Dava para sentir a vibração dos freios sob seus pés. O suor nas mãos enluvadas. O punho fechado ao redor da empunhadura da arma. Viu a si mesma, já não em memória, mas a fantasia do que poderia ter acontecido, tirando o revólver do casaco e apontando para a cabeça de Crone, e puxando o gatilho, ouvindo a explosão...

Seus olhos se abriram de repente. O som de seu tiro imaginário ainda estava nos ouvidos. Na mente de Amanda, ela não ia matar um homem chamado Quinn que tinha estuprado e assassinado uma garota que ela não conhecia. Não, Amanda ia matar Crone hoje.

Ela bateu com o machado na janela da cozinha da casa, que se quebrou com mais barulho do que ela estava esperando. O vidro explodiu a seu redor, mas a maior parte caiu dentro da casa. Amanda pegou o machado e mancou para trás do galpão, se abaixou e esperou.

Levantou os olhos para a casa ao ver um facho de luz bater no gramado. As luzes da cozinha.

Pegou o segundo celular. Outro descartável. Ligou-o.

Uma voz no escuro, murmurando, indistinta. O som de botas pisando em vidro.

Amanda segurou firme o machado, mas não conseguia fazer as mãos pararem de tremer.

A porta dos fundos se abriu. Amanda pegou o segundo celular descartável, clicou para ligar para o único número pré-programado. Ouviu o homem chegando mais perto, passo a passo.

Amanda ficou de pé, de costas para o galpão, o joelho gritando.

A porta do galpão rangeu ao abrir. Quinn devia ter visto a luz do celular descartável lá dentro e ido investigar.

Quando ele chegar ao galpão de ferramentas, vai querer descobrir que merda está acontecendo. Vai ver o telefone tocando e dar um passo naquela direção. Você vem dos fundos do galpão e o atinge por trás. Mira na cabeça ou na nuca. É só isso que vai precisar. Toma cuidado. Se você foder essa parte, vai estar bem encrencada...

Amanda contornou rápido o galpão, o machado acima do ombro esquerdo. Quinn já estava na frente e à direita, parado na porta do galpão, olhando lá dentro. Bem quando ela se virou para a frente do galpão, viu suas costas expostas. Ele estava de calça de moletom, tênis e uma camiseta. Era ele, sim. O mesmo homem que ela vira em fotos — sem dúvida. Estava segurando um taco de beisebol.

Esta era sua chance. De costas. Exposto.

Ela ia matar o lobo.

Amanda respirou fundo. Segurou.

Apertou os dentes.

Tensionou os músculos.

Segurou o cabo do machado com mais força.

Um passo à frente e ele estaria ao seu alcance.

Um golpe.

Em vez do pescoço de Quinn, ela visualizou o de Crone.

Imaginou o aço afiado e pesado cortando a carne dele.

Amanda deu um passo à frente.

Hesitou.

O machado tremeu em suas mãos.

Seu corpo inteiro tremeu.

Ela respirou.

E deixou o machado cair... a seu lado.

Deu um passo para trás e esvaziou os pulmões.

Esse não era o homem que tinha matado sua filha, não importava quanto ela quisesse que ele fosse. Era um desconhecido. Uma vida.

Ela não conseguia. Seu coração não permitia.

Apesar de esse homem ser um monstro, ela não podia matá-lo a sangue frio.

Amanda piscou. Sua mente vagou, indecisa.

Sua visão pulou de volta à realidade.

O homem chamado Quinn tinha se virado. Ainda estava no galpão de ferramentas, o rosto na sombra. Mas agora ela via a luz da cozinha refletida em seus olhos ferozes.

Luas gêmeas que ardiam olhando para ela da escuridão.

— Desculpa, eu cometi um erro — disse Amanda, dando um passo para trás e levantando a palma esquerda para ele.

Ele avançou, saindo do galpão escuro. Sua voz era suave, mas mesmo assim tinha um sibilo sinistro.

— Ah, com toda a certeza você cometeu um erro — disse Quinn, indo para a frente no mesmo ritmo do recuo de Amanda.

Esse homem não tinha medo dela. Amanda se sentiu como alguém cambaleando pela selva e de repente encontrando uma onça. Os olhos de Quinn eram tão grandes e inquietantes que pareciam não ter pálpebras. Eles não se mexiam. Estavam fixos em Amanda. Sua boca, grande e larga, se abriu num sorriso, expondo dentes afiados e amarelados.

Amanda de repente tornou-se hiperconsciente do mundo a seu redor. Estava muito longe do portão dos fundos, e seu joelho dava uma pontada dolorida a cada passo.

— Quem te mandou aqui? — perguntou ele.

— D-desculpa. E-e-eu cometi um e-erro. Estou indo embora — disse Amanda.

— Você não vai a lugar nenhum — respondeu ele e, de repente, estava indo na direção dela com uma velocidade tremenda, o taco de beisebol na mão direita.

Amanda se jogou para trás o mais rápido que conseguiu, instintivamente segurando o machado à sua frente.

O taco de beisebol bateu com um *crack* no cabo do machado, arrancando-o da mão dela e fazendo taco e machado darem piruetas no ar noturno.

O impacto fez Amanda se encolher. Antes de conseguir abrir os olhos, ela sentiu a garganta se fechando, estava caindo. Caiu de costas, e o gramado foi implacável.

Quinn caiu em cima dela, as duas mãos em seu pescoço.

Amanda não conseguia respirar. Não conseguia se mexer.

Ele era tão pesado. Estava sentado no peito dela. Os olhos esbugalhados, a boca bem aberta num deleite violento, as veias saltadas nos braços musculosos que apertavam sua garganta.

— Dorme, agora — sibilou ele. — *Doooorme...*

21

Scott

O som de uma garrafa vazia e pesada batendo num crânio humano era um *tum* seco e ecoante. A garrafa não quebrou, mas o homem soltou um grunhido abafado ao cair no chão dentro do quarto.

Ele caiu de cara para baixo e imediatamente colocou os braços abaixo do corpo, para se empurrar para cima, dobrando as pernas e tentando se arrastar à frente até ficar sentado.

Scott foi mais rápido.

A porta tinha batido na parede com um baque e agora estava se fechando. Scott já estava meio dentro do quarto, então, entrou abaixado e fechou a porta com um chute para trás.

O homem começou a gritar ao ficar de joelhos.

— Que porra é essa?

Levantando a garrafa acima da cabeça, Scott a lançou para baixo e para a frente. Dessa vez, ela explodiu ao bater no topo do crânio do homem. Scott ainda estava segurando o gargalo da garrafa, que continuava intacto. O homem caiu para a frente, rolou para o lado e agarrou o topo da cabeça.

Naquele momento, Scott não era o advogado bem-sucedido de Manhattan, casado, com uma casa grande e um salário enorme. Era o menino, pelado e sangrando no chão do chuveiro depois de os atletas acabarem com ele aos chutes. Scott sentiu que seu coração estava pulando para fora do peito. Estava irado e com medo e cheio de uma raiva que não conseguia controlar. Não havia pensamento. Só ação. Como se seu corpo estivesse assumindo as rédeas.

Ele se ajoelhou em cima do homem.

— Você machucou minha esposa.

O homem não respondeu. Estava com os olhos bem fechados e as mãos no topo da cabeça.

De repente, os olhos se abriram e a mão direita voou para cima, o punho atingindo a lateral do rosto de Scott, fazendo a cabeça dele ricochetear para trás. Sua visão ficou borrada, e outro golpe feroz bateu em seu queixo, fechando a boca com força e chacoalhando o maxilar como uma vidraça antiga num tornado.

Outro soco. Esse pegou Scott na garganta. O homem embaixo dele estava enlouquecendo, chutando e arqueando as costas e socando. Scott começou a entrar em pânico. Tinha cometido um erro. Tinha provocado um assassino. Esse homem ia dar uma surra nele até deixá-lo inconsciente, e então mataria Ruth.

Scott ainda estava segurando o gargalo da garrafa. Girou-o em sua mão, colocando a boca da garrafa perto do polegar e transformando os restos afiados de vidro em uma adaga.

A cada soco, sua visão ficava turva. Scott levantou a garrafa e fez um movimento de esfaquear. Bem no rosto do homem.

Ainda assim, o assassino revidou.

Scott levantou a garrafa e abaixou de novo. Dessa vez, ouviu vidro se quebrando.

Para cima e para baixo de novo, com mais força desta vez. Scott fechou os olhos.

De novo.

De novo.

De novo.

Scott engoliu ar. Parecia denso como sopa. Levou as mãos ao pescoço e tossiu. O golpe do assassino quase estraçalhara sua traqueia. Ele saiu de cima do homem rolando, se deitou de costas, o peito arfando, e deixou os pulmões se encherem.

Ficou lá deitado pelo que devem ter sido alguns minutos, e o homem a seu lado não se movera durante todo esse tempo.

Scott ficou de pé e baixou a cabeça para olhá-lo. O gargalo da garrafa ainda estava coberto de alumínio dourado. Estava tingido de vermelho. O rosto do homem estava cortado e ensanguentado, e um único olho azul perfeito mirava o teto. O outro olho havia desaparecido. Em seu lugar, havia dez centímetros de garrafa de vinho na posição vertical, como uma chaminé na cavidade ocular.

Cambaleando para trás, Scott bateu as panturrilhas na cama e caiu sentado nela. Então, viu-se no espelho. O sangue do homem tinha ensopado a jaqueta, camisa e cós da calça de Scott. Sangue escorria daquela cavidade ocular rompida, espalhando-se por todo o carpete.

Estava nas solas do sapato dele.

Merda, pense.

Tinham feito barulho, mas não muito. Ele prestou atenção e não ouviu som algum. Nem passos apressados no corredor, nem uma voz urgente e em pânico no quarto ao lado falando com a recepção e avisando da comoção.

Nada.

Scott foi até o banheiro e acendeu a luz. Olhou horrorizado sua imagem no espelho.

Tinha sido promotor assistente por anos antes de aceitar o emprego de advogado na cidade. Conhecia a polícia de Nova York e como seus agentes pensavam. Como pegavam pessoas. Sabia o que a polícia procuraria e, até ali, tinha sido burro.

Hora de começar a trabalhar com inteligência.

Ele ficou nu, pôs o celular e a carteira no chão e jogou as roupas ensanguentadas na banheira. Um banho rápido. Não usou toalha — melhor se secar ao ar livre enquanto vasculhava o armário do homem.

Dois ternos, um jeans preto, algumas camisetas pretas lisas e um sobretudo. Não tinha sapato.

Scott vestiu a camiseta e a calça. Era comprida demais, então, fez umas dobras na barra.

Foi rapidamente até o corpo. A poça de sangue embaixo da cabeça tinha aumentado, mas, por enquanto, não passava dos ombros. Os sapatos do homem não estavam manchados, mas eram dois tamanhos maiores que os dele. Scott pegou os últimos três pares de meia do homem, calçou todos e aí pôs os sapatos e o sobretudo. Colocou a própria carteira e celular no casaco.

Uma última coisa. Olhou pelo chão, tomando cuidado para não pisar no sangue.

Ali, embaixo do aparador.

A chave do homem.

Scott engatinhou até lá e passou o braço por cima das manchas de sangue para pegar o cartão. Lavou as gotas de sangue na pia do banheiro e o guardou no bolso. Precisou passar por cima da cama para chegar até a porta sem pisar em sangue, mas conseguiu.

Apesar de ter acabado de tomar banho, Scott estava suando por causa do sobretudo. Passou a mão pelo cabelo ainda úmido, afastando as mechas do rosto, então abriu a porta com cautela. Olhou para cima e para a direita, depois para a esquerda.

Respirou. Soltou um grande suspiro.

Havia uma câmera de segurança a pouco mais de quatro metros à esquerda da porta, no teto, apontando para o corredor. O ataque ao homem não teria sido pego por câmeras. Elas podem tê-lo filmado seguindo o homem, mas não veriam Scott pegando a garrafa.

A câmera ficava depois do quarto 1246. Isso lhe dava uma chance.

Scott saiu virando à direita até onde o corredor fazia uma curva fechada para a esquerda. Nesse corredor curto e na porta que levava às escadas, não havia câmeras. Os degraus eram de concreto, com corrimão de ferro pintado. Era uma longa descida, mas não tinha câmeras. Ao pé da escada, havia duas saídas. Esquerda e direita. Uma para o lobby e uma para a garagem subterrânea. Scott virou à direita, atravessou a garagem, subiu a rampa e saiu para a rua.

Estava batendo os dentes. Seu corpo continuava cheio de adrenalina e medo. Mas pelo menos agora ele estava pensando direito. E sabia o que tinha que fazer.

Tinha que fazer umas compras.

22

Amanda

—*D*oooorme...

Amanda tinha sido dominada pelo pânico.

Os saltos de sua bota estavam enfiados na terra e suas pernas se debatiam. Ela puxou desesperadamente os pulsos de Quinn, mas foi em vão. Ele era muito pesado, e as mãos em seu pescoço empurravam a nuca contra a grama. Uma pressão enorme se formou em sua cabeça. Ela sentiu que os globos oculares iam estourar e pular do crânio. Até a pele das bochechas ardia — como se os minúsculos vasos sanguíneos do rosto estivessem rompendo de tensão.

Sua visão escureceu.

Ela só tinha alguns instantes antes de apagar — e nunca mais acordar.

Com um esforço enorme, conseguiu virar de leve a cabeça. O braço direito deslizou, tateando pela grama.

Tateando em busca do machado.

Ela se contorceu o bastante e o localizou a pouco menos de um metro de onde estava.

Daria na mesma se estivesse no estado vizinho.

Naquela hora, soube que ia morrer. Não conseguia tirar aquele homem de cima dela, e seus membros começaram a parecer de chumbo.

Amanda conseguia fazer tudo com planejamento.

Tivera pouco tempo para planejar hoje.

Mas finalmente, em meio ao choque, ao medo, ao puro terror que agarravam seu corpo e sua mente, algum instinto primitivo de sobrevivência entrou em ação.

A mão direita de Amanda mergulhou no bolso da jaqueta. Tateou com as luvas até encontrar uma coisa dura.

No segundo seguinte, algo quente espirrou no rosto dela.

O aperto de Quinn em seu pescoço relaxou e ele olhou para baixo, para o cabo da chave de fenda saindo de seu bíceps.

Ele a soltou, e Amanda abriu bem a boca, engolindo enormes arfadas de ar, enchendo os pulmões. A boca de Quinn também estava aberta em um grito. Amanda tinha enfiado a chave de fenda pela parte de trás do braço. Ele saiu rolando de cima dela, que conseguiu se ajoelhar.

Ela tossiu, respirou e ficou de pé.

Quinn já estava de joelhos, se levantando, o braço direito pendurado inutilmente ao lado do corpo. Estava parado entre Amanda e o portão dos fundos. Assim que ficou de pé, ela sentiu a dor aguda no joelho.

Não seria rápida o suficiente para ultrapassar o homem. Virando-se com o joelho bom, disparou na direção da casa.

Pés pesados moveram-se rápido atrás dela.

Também não ia conseguir chegar à porta dos fundos.

Amanda girou, o joelho agora uivando de agonia, e mancou e pulou na direção da porta aberta do galpão de ferramentas. Saltou no último momento, agarrando a maçaneta e fechando a porta atrás de si.

Um segundo depois, um estrondo alto e um golpe do machado fizeram a porta tremer.

Amanda ficou de pé, o joelho cantando de dor, e puxou a maçaneta, mantendo a porta fechada enquanto Quinn berrava e puxava do outro lado. Ele conseguiu abrir um centímetro.

Mais um centímetro.

Ele era forte, mesmo com uma só mão. Amanda puxou a maçaneta com mais força, apoiando o pé na porta e se inclinando para trás.

Ele soltou e a porta bateu.

Então outro baque quando um painel se abriu no canto superior direito, e Amanda viu a cabeça do machado aparecendo entre as tábuas. A arma balançou para a esquerda e a direita, Quinn tentando soltá-la, depois desapareceu e reapareceu de novo com um *tum*, dessa vez no meio da porta.

Ele conseguiria atravessar e agarrá-la com mais um bom golpe.

Amanda olhou pelo galpão. Havia serras, chaves de fenda, dois tornos e, no canto, exatamente o que ela estava procurando.

Um martelo de bola.

A madeira rangeu quando Quinn afastou o machado para se preparar para o próximo golpe. Amanda estendeu a mão para o martelo. Ainda estava a um bom meio metro de distância. Teria que soltar a porta para alcançá-lo.

Bam.

Um buraco do tamanho de uma cabeça apareceu no centro da porta, e dessa vez o machado se soltou com facilidade.

O som de sirenes policiais chegou até ela. Ainda a distância. Mas se aproximando.

Amanda soube o que precisava fazer. Lágrimas e suor cobriam seu rosto. Ela os afastou dos olhos. Aquilo precisava ser cronometrado perfeitamente. Senão, ela acabaria morta.

Bam.

O machado dessa vez prendeu na madeira. Ela viu a lâmina se remexer e então, quando se soltou, ela largou a porta, agarrou o martelo e segurou a maçaneta outra vez.

Bam.

O machado bateu na viga central da porta e ficou lá. Assim que viu a lâmina de novo sendo retorcida, numa tentativa de libertá-la da madeira, ela jogou todo o peso do corpo na porta.

Quando se abriu, o machado, ainda enterrado, foi arrancado da mão de Quinn. Ele se virou para ela bem quando o martelo bateu na lateral de sua cabeça. Ele caiu sem fazer nenhum som.

As sirenes estavam ficando mais altas.

Quinn estava deitado de costas, um grosso fio de sangue saindo da cabeça. O braço direito dele estava ensopado de sangue, que parecia preto como petróleo contra o céu da noite.

Ele sacudiu a cabeça, fazendo o sangue jorrar em cascata do ferimento. Virou-se de costas para ela rapidamente e começou a se levantar.

Amanda largou o martelo, soltou o machado da porta.

Segurou a ponta do cabo com a mão esquerda e levou a direita para perto da cabeça.

Quando voltou a olhar para seu agressor, Quinn estava lá de pé. Ele levantou o braço direito e, com a mão livre, puxou a chave de fenda do bíceps com um silvo escarrado e venenoso vindo da garganta.

— Vou enfiar isso aqui na sua barriga — disse, brandindo a chave de fenda enquanto corria até ela, um olhar maníaco, enlouquecido, assassino no rosto ensanguentado.

Ela não podia correr.

Não tinha outra saída. Não havia escolha.

Era revidar ou morrer.

Amanda levantou os braços, desenhando um arco com o machado e ao mesmo tempo deslizando a mão direita pelo cabo. Usando o impulso do movimento para conseguir potência, puxou, guiando a arma, contorcendo o quadril, usando toda a sua força.

O machado se enterrou no meio do peito de Quinn, derrubando-o no chão. Ele caiu de costas. As pernas e os braços tiveram espasmos e, então, ele ficou imóvel. Seus olhos mortos encaravam o céu. Amanda não ficou lá para dar outro golpe.

O trabalho estava feito.

Ela pegou o martelo, mancou até o portão dos fundos e deu duas batidas na tranca para quebrá-la, o que permitiu que ela saísse de volta para a escuridão fria do beco. Derrubando a ferramenta, Amanda cambaleou, afastando-se rapidamente, as sirenes ficando cada vez mais altas.

Ao chegar ao fim do beco, ela se endireitou e caminhou na direção do carro. Mancou pelos quarteirões até ver seu veículo estacionado à frente.

E o carro estacionado atrás dele.

Um Escalade preto. Virado para o lado oposto ao de onde ela vinha e estacionado do outro lado da rua, bem atrás de seu Saab. Ela viu o contorno de uma figura no banco do motorista.

Amanda parou no meio da calçada. As sirenes também foram suspensas, de forma igualmente abrupta. Imaginou que os policiais tivessem chegado à casa de Quinn.

Amanda olhou pela rua. Havia muito espaço para estacionar. Uns bons dez metros de espaço livre atrás do Escalade. Seu velho Saab estava talvez a cinco metros da entrada de um prédio residencial. Havia vagas na frente. Não tinha motivo para alguém estacionar tão perto do carro dela. Era o mesmo Escalade que vira mais cedo, perto da casa de Quinn.

Amanda deu meia-volta e saiu andando por onde tinha vindo. Não estava gostando nada daquele carro, mas não fazia ideia de quem poderia estar lá dentro. Talvez um amigo de Naomi? Alguém para garantir que Amanda fizesse o serviço. Ou talvez alguém que estivesse vigiando Quinn. Ou quem sabe só um Zé Ninguém normal, cuidando da própria vida. De todo modo, não tinha importância. Amanda não queria arriscar que o motorista a reconhecesse como alguém que tinha passado de carro na frente da casa de Quinn duas vezes.

Ela estava a quatro quarteirões do metrô. Amanda levantou as mãos trêmulas, puxou para cima o colarinho do casaco e saiu andando. Olhando o horário no celular, viu que acabava de passar das dez.

Ao virar a esquina, escutou, atrás de si, o som de uma pesada porta de carro se fechando.

23
Scott

Aquele pânico elétrico ficou com Scott o tempo todo enquanto comprava o que precisava. Duvidava que um dia fosse se acalmar. Parecia mesmo uma corrente fraca passando por seu corpo, fazendo-o tremer e só lhe permitindo respirações superficiais.

Scott sabia que a maior parte do que precisava para se safar de um assassinato podia ser comprado sem dificuldades na Target. Estava andando até a loja na esquina. Pensando a cada passo. Pensar ajudava. Sempre havia sido assim. Independentemente do tipo de situação em que se encontrava, se ele pensasse sobre o assunto, conseguia achar uma saída. Era um racionalista com uma raiva ofuscante. A parte lógica de seu cérebro sempre o salvava.

A primeira coisa de que ele precisava era uma mochila. Escolheu a maior, não a mais barata. Capacidade de trinta litros. Sessenta dólares. Ele tinha 160 em dinheiro e precisava guardar cinquenta para o táxi. Não queria de jeito nenhum que qualquer uma dessas compras aparecesse em seu extrato bancário.

O próximo item da lista era um rolo de sacos de lixo, uma caixa de luvas de látex descartáveis e dois galões de dez litros de água sanitária forte. Um moletom com capuz, jeans, cueca, meias e tênis.

Ele pôs tudo na mochila e pagou em dinheiro. A moça do caixa nem piscou com as compras dele. Eram inocentes o bastante.

Dez minutos depois, ele estava subindo as escadas do hotel e fez uma pausa no meio. O 12º andar era bem longe. Quando ele empurrou a porta do corredor que dava para aquele andar, estava coberto de suor e ofegante. Depois de checar se não tinha ninguém por perto, afastou a placa de *Não perturbe* para o leitor poder reconhecer a chave. O bipe permitiu a entrada, e ele se certificou de que a placa estava bem pendurada antes de fechar a porta.

Havia um cheiro vindo do morto no chão. Sangue, principalmente, mas Scott achava que o intestino e a bexiga também tinham se esvaziado.

Scott abriu a caixa de luvas e colocou um par antes de fazer qualquer outra coisa. Não precisava espalhar mais ainda suas digitais e seu DNA pela cena do crime. Abaixando-se, checou o bolso do homem e achou uma carteira.

Cinco notas de cem dólares, uma pilha de cartões de crédito e uma carteira de motorista do estado de Nova York.

Patrick Travers.

O nome não significava nada para Scott. Ele memorizou o endereço, pegou o dinheiro e deixou os cartões antes de jogar a carteira no chão ensanguentado. Scott passou por cima do corpo, largou a mochila na cama e pôs-se a trabalhar.

Suas roupas manchadas foram da banheira para um saco de lixo. Ele abriu a tampa de um dos galões de água sanitária e espalhou um pouco do produto no chão do box. Então ligou o chuveiro para garantir que não sobrassem traços dele. O resto daquele galão foi despejado no carpete e em Travers. Ele se certificou de encharcar a garrafa que saía da cavidade ocular do homem. Haveria muito rastro de DNA e digitais ali. Ele sabia que a água sanitária faria o trabalho de erradicar vestígios. Não havia suficiente para cobrir Travers, então, Scott abriu o segundo galão.

Quando achou que tinha coberto todas as superfícies que sua pele tocara, Scott entrou no banheiro, tirou as roupas do morto, colocou-as no saco de lixo junto com as roupas ensanguentadas e se vestiu com os novos itens da Target. Amarrando bem o saco, Scott o enfiou na mochila. Quase não coube, mas conseguiu.

Scott checou os próprios bolsos. Estava com o celular e a carteira. Não dava para deixar isso para trás. Olhou de relance a carteira vazia de Travers no chão.

Com alguma sorte, a polícia de Nova York acharia que se tratava de um roubo.

Não importava. Desde que ele não deixasse nenhuma evidência forense, ficaria tudo bem. Scott estava satisfeito com a limpeza. Abriu a porta, arrumou a placa de *Não perturbe* no lugar, e deixou que ela se fechasse atrás de si enquanto ia para a escada.

Dois andares acima.

Scott estava no corredor, indo para seu quarto, quando de repente percebeu que não sabia o que dizer a Ruth.

Não podia contar a verdade. Pelo menos por enquanto.

Pensar em Ruth vivendo com medo daquele homem pelo resto da vida também não era uma opção. Ele teria que contar em algum momento. Pelo bem dela. Para ela saber que o pesadelo tinha acabado — que aquele homem nunca mais poderia machucar nem ela nem ninguém.

Ela estava frágil. Agora mais do que nunca. Se ele entrasse no quarto e contasse que acabara de matar o homem que a atacara e que eles precisavam fugir por um tempo até tudo passar — talvez fosse demais para Ruth suportar. Ela ia sucumbir. Ele podia causar mais danos ainda.

Não, ele decidiu que agora não era a hora certa. Teria que esperar. Pelo menos até ter certeza de que os policiais não o pegariam. Ruth também precisava estar num estado mental melhor. Precisava estar longe desta cidade — em algum lugar bem distante onde não conhecesse ninguém e ninguém os conhecesse. Se a merda fosse jogada no ventilador e emitissem um mandado de prisão para Scott, ele pelo menos podia entrar em contato com seu antigo amigo, Jack. Se a coisa era ilegal, Jack estava conectado de alguma forma ou conhecia um cara que conhecia um cara. Seu amigo de escola podia arrumar umas identidades falsas para ele e Ruth, e tirá-los do país.

Esse era o plano B.

Ele sacudiu a cabeça, tentando clarear a mente. Tinha coisas mais urgentes a considerar. Tipo dar o pé daquela porra de hotel assim que possível.

Usou a chave para abrir a porta do quarto deles. Ruth estava na cama, dormindo, mas se mexeu quando a porta fechou.

E então ela gritou.

Scott largou a mochila no chão, acendeu o abajur ao lado da cama e sentou ao lado dela. Segurou seus ombros e sussurrou baixinho que ela estava bem. Estava num hotel. Estava segura. Ele estava ali com ela.

Os olhos de Ruth estavam arregalados, o peito arfando e, ao olhar o quarto e se orientar, ela pareceu se acalmar um pouco. Mas só por um segundo. Lembranças do restaurante claramente inundaram a cabeça dela, e ela estendeu as mãos para agarrar os braços do marido.

— O que aconteceu? Aonde você foi? Descobriu alguma coisa sobre o homem no restaurante?

— Relaxa. Está tudo bem. Eu segui ele um pouco e voltei para cá. Mas consegui descobrir o nome dele. Escutei o cara falando ao telefone.

— Cadê sua jaqueta? Essa roupa é nova? O quê...

— Está tudo bem, eu segui ele pela cidade e fiquei molhado de chuva. Por sorte estava com a mochila da academia lá embaixo, no armário da academia do hotel.

Ruth olhou primeiro a mochila no chão e então para a janela. Parecia uma noite de céu limpo, mas Scott achou que seria difícil ela saber, no escuro e pela janela imponente que não abria. Não era como se ela tivesse estado lá fora.

— O nome Patrick Travers significa alguma coisa para você?

Ruth olhou para o lado, os olhos movendo-se rápido como se passasse por uma lista mental de contatos.

— Não, nunca ouvi esse nome.

— Com certeza não é um cliente?

— Com certeza não. Não conheço o nome. Meu Deus, será que a gente fala para o investigador Farrow?

— Não, como eu disse, amor, eles não podem fazer nada. A gente só ia perder tempo.

Ela então o agarrou e o abraçou com força, e ele a segurou. Ficaram sentados juntos e imóveis, agarrados um ao outro.

Pela primeira vez desde 14 de setembro, a noite em que Scott tinha recebido a ligação da polícia contando que a esposa tinha sido atacada, ele soube que ia ficar tudo bem. Se saíssem agora dali, tudo ia dar certo. Ele sentia.

— Precisamos fazer as malas e sair deste hotel. Não gosto de ele estar aqui. Não é seguro. Precisamos ir. É melhor a gente ir agora, tá?

Ela o soltou e assentiu, com lágrimas nos olhos. E um sorriso. Isso quase fez Scott desmoronar. Nos últimos noventa minutos, ele tinha desejado algum alívio, e aquilo quase o desarmou. Não se arrependia de matar Patrick Travers. Não agora. Não depois de ver a cara dela. A morte dele — a morte merecida — tinha devolvido alguma esperança a eles, além da promessa de uma vida no futuro.

Atrás de Ruth havia duas malas grandes e duas menores.

— Vamos arrumar as coisas — disse Scott.

Não demorou para jogarem os pertences nas malas. Ruth se vestiu rápido com jeans, botas e um suéter.

— Para onde a gente vai? — perguntou.

Scott olhou o relógio; eram quase dez.

— Vamos começar saindo da cidade. Podemos ir para qualquer lugar, mas, por enquanto, só vamos embora. Quero ir para um lugar onde ninguém nos siga e ninguém pense em nos procurar. Está tudo bem agora, amor. Vamos ficar bem. Vamos pegar um táxi até a estação Grand Central e pegar um trem.

24
Amanda

Amanda passou o cartão de transporte na catraca da estação de metrô Christopher Street e seguiu para a plataforma. Ao dobrar a esquina, olhou por cima do ombro.

Havia algumas pessoas atrás dela. Uma mãe e uma filha adolescente. Um idoso de bengala. E um homem que entrou correndo, olhando ao redor. Ele estava a pelo menos dez metros de distância e parecia robusto. Cabelo castanho-claro. Virou a cabeça de um lado para o outro e parou ao ver Amanda. Então andou rapidamente na direção dela.

Amanda apertou os dentes para aguentar as reclamações do joelho e se apressou em descer as escadas até a plataforma. Um trem acabava de chegar. Ela conseguiu ouvir o guincho dos freios e as portas se abrindo. Alcançou a plataforma, entrou no trem e foi para os fundos do vagão. Já havia um punhado de pessoas sentadas. Ela não ousou olhar para trás.

O sinal de alerta soou e, em poucos segundos, as portas se fecharam. O trem começou a se mover assim que o homem chegou à plataforma. Amanda se abaixou no banco, se escondendo, mas sem nunca perder o homem de vista.

Ela não o reconheceu. Mesmo assim, tinha certeza de que era o mesmo homem do Escalade na frente da casa de Quinn. O mesmo Escalade que tinha estacionado atrás do carro dela e o mesmo homem que saíra daquele carro e a seguira.

E ela não tinha ideia de quem poderia ser.

Um policial? Segurança pessoal de Quinn?

Não importava. Não voltaria para pegar o carro tão cedo. Olhou pelo vagão e notou que algumas pessoas estavam prestando atenção nela. Rapidamente desviaram o olhar quando ela encontrou seus olhos.

Foi só então que percebeu que estava ofegando — sem fôlego —, mas mais do que isso. Tocou o rosto. A mão voltou molhada. Havia pontos de sangue secando na bochecha. Ela os limpou com cuspe.

Amanda se recostou no banco, rangendo os dentes ao estender o joelho machucado. Quando o trem entrou na estação Times Square, a respiração não tinha voltado ao normal. Ela estava dopada de adrenalina. E aquilo não ia passar tão cedo.

Sem querer chamar atenção, fez baldeação e entrou no trem nº 7 em direção à Grand Central. Era um bom lugar para desaparecer. Na Grand Central, ela desceu, subiu a escada rolante e entrou no saguão principal. Os corredores quentes de mármore sempre a lembravam do Natal. As estrelas pintadas acima da cabeça, os grandes lustres reluzentes, o sólido relógio de bronze de quatro faces que fica sobre a cabine de informação. Havia gente ao redor da cabine, esperando, checando o celular. Todo nova-iorquino conhecia o relógio. A frase "te encontro no relógio" sempre se referia a ele.

À frente estava a escada rolante que ia para o prédio Metlife e a rua 45 além dele. Ela ficou parada à direita, olhando para cima enquanto subia.

Um casal entrou na escada à direita dela, descendo para o saguão. Tinham mais ou menos a idade dela — um homem e uma mulher. A mulher tinha cabelo castanho macio e olhos arregalados, temerosos. Aqueles olhos eram tão redondos, tão vigilantes que a lembravam das faces opalinas do relógio pelo qual acabara de passar. Ela deu o braço ao parceiro.

Quando se cruzaram na escada, Amanda olhou a mulher de relance. Ela olhou de volta, e as duas rapidamente desviaram o olhar. Naquele meio segundo, Amanda conheceu o conforto. Lá estava outra pessoa igualmente temerosa e incerta. Angústia e trepidação se derramavam de seus olhos. E, naquele momento em que o olhar delas se encontrou, Amanda não se sentiu sozinha. Numa cidade de 8,5 milhões de habitantes, a solidão é comum. A maioria das pessoas estava sozinha. Sozinha ao viajar pelas entranhas da cidade em vagões de metrô lotados. Sozinha ao serpentear pelos cânions de tijolo e aço de Manhattan, por calçadas cheias de desconhecidos. Sozinha ao se deitar na cama à noite com seus problemas e suas dores.

Bem nesse momento, Amanda conheceu o companheirismo que se encontra no medo e na solidão dos outros.

Ela chegou ao topo da escada, fez uma pausa e virou-se para ver se estava sendo seguida pelo homem do Escalade. Esperou um minuto. Nem sinal dele.

Atravessando o lobby do Metlife e saindo para o ar frio da rua 45, Amanda relaxou os ombros, a tensão diminuindo um pouco.

Pegou o celular. Ligou para Naomi.

Não foi atendida. Também não queria deixar mensagem. Talvez fosse melhor não conversarem hoje. Só queria chegar em casa. E sabia que, quando entrasse no apartamento e fechasse a porta, o peso do que tinha feito hoje a atingiria como um trem de carga.

Eram 2h30 quando Amanda chegou em casa. Ela jogou as chaves na mesa da cozinha e foi direto para o banheiro.

Vomitou uma vez, e seu corpo queria mais, mas não tinha nada no estômago. Com a garganta em carne viva e um gosto repugnante na boca, Amanda encheu a banheira de água quente, tirou a roupa e a colocou num saco de lixo, junto com o casaco. Não havia olhado com muita atenção, mas imaginava que haveria respingos de sangue nelas. Definitivamente nas luvas. Aquelas roupas precisariam parar numa lixeira aleatória mais tarde. Conseguiu baixar o corpo até a água usando os braços. Estava quente. Bem mais quente do que seria confortável, mas sua pele logo se acostumaria. Ela precisava do calor.

O joelho parecia uma bola de futebol. Um corte o atravessava e ardia pra caramba, mas não era fundo e já tinha fechado. Não parecia grave em comparação com o hematoma roxo e preto que se formava na altura da rótula. Amanda massageou os músculos e tendões do joelho, depois a canela, que tinha começado a doer por estar arrastando aquela perna. Seu pescoço continuava vermelho e sensível, e ela sabia que haveria um hematoma lívido ali no dia seguinte. Ela poderia cobrir com base.

As coisas tinham degringolado na noite anterior, e ela sabia que tinha sorte de estar viva. Essa frase se formou em sua mente.

Você tem *sorte* de estar viva.

Não era sua mente consciente falando. Era seu processo mental interno, que não podia muito bem ser categorizado como consciente ou inconsciente, porque, quando esse pensamento ocorreu, ela percebeu que era verdade — para sua grande surpresa.

Eu tenho *sorte de estar viva.*

Há poucos dias, Amanda não tinha absolutamente nenhum sentimento forte em relação a estar viva. Se estava respirando, era com a única intenção de fazer Wallace Crone parar de respirar.

Agora, ele estava morto.

E outro monstro também.

Ela sabia que tinha feito a coisa certa. De algum jeito. Amanda estava começando a aceitar a ideia de que o legal e o certo muitas vezes eram coisas diferentes. O pai dela tinha sido sindicalista e ativista de direitos civis. Isso queria dizer que a ficha criminal dele era maior que a de um estivador de Jersey com problema de alcoolismo. E ele se orgulhava disso. Ela o vira ser arrancado pela polícia de piquetes e marchas mais vezes do que seria necessário.

O que ele teria a dizer sobre o que ela acabara de fazer?

Amanda sabia a resposta. Ele diria que ela cometera um erro terrível. E que, sim, tinha sido forçada a se defender de um assassino, mas...

Ela sabia que nunca deveria ter pulado aquele muro. Nunca deveria ter se enfiado naquela situação em que precisara lutar pela própria vida.

Pensou nos banhos que dava em Jess naquela mesma banheira. Enchê-la de espuma, ouvir os gritinhos de alegria dela, jogando água e brincando com o barquinho amarelo que agora estava parado sem uso no parapeito da janela.

Amanda deslizou mais para baixo e deixou a cabeça entrar na água. Sob a superfície, era silencioso. E quente. O contrário de ser jogada num mar gelado no fim de seu sonho recorrente. Para Amanda, estar embaixo d'água era como entrar num mundo diferente. Ou ver o antigo por outro prisma — uma visão alterada e apaziguada pela água calma e rodopiante.

Ela subiu para respirar e estendeu o joelho, que estava começando a melhorar. Com os braços apoiados nas laterais da banheira e uma toalha atrás da cabeça, Amanda se permitiu pegar no sono.

Quando voltou a abrir os olhos, o sol ameaçava o céu com uma névoa vermelha irada, e a água da banheira estava quase fria. Ela não tinha sonhado com aquele barco no mar escuro e feroz, tão longe da fogueira da praia.

Era quarta-feira, véspera de Ação de Graças. Neste horário no ano passado, ela já estava de pé, preparando a comida para o dia seguinte, fazendo salada de batata e bolinho de milho.

Não faria nada disso hoje. Não tinha nem comprado peru para amanhã. Pensar nisso a deixava enjoada.

Ela ficou de pé, tirou o tampão do ralo e abriu o chuveiro para devolver o calor ao corpo.

Encontrou ataduras e fita microporosa no armário de remédios e enrolou o joelho. Não estava tão dolorido quanto na noite anterior, e o curativo ajudou a estabilizá-lo. A última coisa de que ela precisava era uma visita ao pronto-socorro depois de cair de uma escada porque o joelho tinha cedido.

O estômago também estava melhor. Ela estava com fome. Colocou um jeans e um suéter preto de gola alta para esconder o hematoma e seguiu para a delicatéssen na esquina da rua 96. Tinha ficado fã dos *wraps* de café da manhã de lá, e o café sempre era bom. Levou a comida lá para fora e achou uma mesa vazia embaixo do toldo. Sentou-se e começou a comer.

Tentou o celular de Naomi. Foi direto para a caixa-postal.

Olhando para a placa da Miller Time, viu que eram 7h09. Talvez Naomi ainda não tivesse acordado. Não tinha motivo para Amanda estar ali além dos *wraps* de café da manhã e do café quente, e perceber isso lhe deu uma sensação de calor. De repente, a vitalidade voltava aos poucos. Ela sentia algo que não era dor, solidão e raiva. Havia vida lá fora, afinal.

Ela terminou seu *wrap*, amassou o papel e olhou ao redor, procurando uma lata de lixo.

Seu olhar passou pela entrada da estação de metrô da rua 96, e algo no fundo de sua mente registrou um alerta. Ela focou a entrada da estação, olhou bem e...

Lá estava ele.

Usando seu sobretudo, mochila, *AirPods*. Entrando na estação como fazia seis dias por semana.

Não, não podia ser ele.

De início, Amanda não conseguiu processar a imagem do outro lado da rua. Levantou-se da mesa, derramando o café e deixando o embrulho ser levado pelo vento. Não olhou para a esquerda para atravessar a rua, e só uma buzina irritada a salvou de ser atropelada. Ela deu um passo para trás, deixou o carro passar e então correu para o outro lado. Conforme suas pernas ganhavam velocidade, a dor dava pontadas em seu joelho, mas ela ignorou e se forçou a seguir. Passou o cartão de transporte na catraca, virou à esquerda para Centro & Brooklyn, onde passavam os trens 1, 2 e 3, agarrando o corrimão, escorregando as mãos por ele para aliviar o joelho enquanto descia mancando, primeiro um lance. Depois o outro.

Quando chegou à plataforma, ouviu o silvo familiar de portas de metrô se fechando. Amanda desceu os últimos três degraus tropeçando, mordeu o lábio para mascarar o tranco que isso causou em seu joelho, mas conseguiu ficar de pé. Precisava olhar mais de perto. Precisava saber. Talvez fosse um engano. Ela só o vira de longe. Só tinha que dar uma boa olhada. Amanda conhecia o rosto daquele homem melhor do que conseguia se lembrar do rosto da própria filhinha.

Não havia ninguém na plataforma. Pela janela do trem, ela o viu sentando-se no vagão, de frente para a porta. Com o celular na mão.

Amanda se aproximou da janela bem quando o metrô começou a andar.

Wallace Crone levantou a cabeça e a encarou. Só por um segundo. O trem estava se movendo, mas ela não precisava de mais tempo.

Crone estava vivo.

Naomi tinha mentido.

25
Ruth

O trem os deixou na rua 45. Eles pegaram a bagagem e entraram no prédio Metlife. Atravessaram o lobby e desceram a escada rolante que levava ao saguão principal da Grand Central. Ruth se agarrou a Scott, o braço enganchado no dele.

Havia uma pedra de medo sólido em suas entranhas. Ela odiava estar na rua. Cada porcaria de segundo roubava seu fôlego. Ela era esperta, inteligente. Parte de seu cérebro lhe dizia que aquilo não estava certo — era uma doença. Não havia necessidade de ter medo. Ela não ia ser atacada em público, não com o marido ao lado.

E, ainda assim, ela sabia que era certo ter medo. Estava sendo perseguida por um assassino. Ele tinha ido ao hotel dela. O homem que colocara uma faca em sua carne sabia quem ela era e, para se proteger, fazia sentido ele terminar o trabalho.

Não é paranoia se houver um bom motivo para estar com medo.

Isso a lembrou de quando tinha doze anos. Seus pais haviam se separado naquele ano e nenhum dos dois conseguia concordar sobre com quem Ruth passaria o verão. No fim, nenhum dos dois podia cuidar dela, então ela passou as férias na casa decrépita dos avós no lago. Era uma casa colonial com assoalho que rangia, uma varanda que contornava todos os lados e portas que chiavam. Quando o vento aumentava à noite e chacoalhava as janelas, ela tinha certeza de que era um vampiro batendo no vidro, querendo um convite para entrar. Ruth se sentia sozinha, desprezada e perdida. Seu medo e sua solidão transformavam aqueles galhos de árvore nas unhas de um vampiro em sua janela. Mas era mais do que isso. Na época, à noite, cada canto escuro guardava um fantasma ou rosto assustador. Scott tinha tirado todos os seus medos quando se conheceram.

Até o homem de olhos azuis ir atrás dela em 14 de setembro.

O medo que ela havia sentido na casa dos avós estava com ela agora. Só que ela não tinha doze anos. Não estava na velha casa sinistra. Seus pais tinham morrido. Ela era uma adulta com medo de cada rosto nas sombras, cada canto escuro e o que podia estar ali à espreita. Agora, não era trauma juvenil e imaginação infantil o que alimentava seu medo. Ele era real. O perigo era real.

O monstro era real.

Ela olhou ao redor, sem conseguir pensar em nada além do homem de olhos azuis que tinha visto no jantar. Patrick Travers. O monstro agora tinha nome. Ela olhou para trás para ver se ele estava atrás deles, mas não tinha ninguém lá.

Quando se virou de novo, viu alguém na escada ao lado. A que subia para a rua 45. Era só uma mulher. Não era ele. Respirou rápido algumas vezes.

Quando chegaram ao fim da escada, Scott disse:

— Precisamos nos apressar. Nosso trem está saindo.

Quando chegaram à bilheteria, o atendente disse a eles que haviam perdido por pouco. Ela notou Scott sem fôlego, embora eles não estivessem exatamente correndo.

— Não tem problema, a gente pega a balsa — disse Scott.

Outro táxi e uma curta espera até embarcarem na balsa para atravessar o rio. Ruth se sentou no andar de cima, encolhida em seu casaco para se proteger do frio, balançando suavemente para a frente e para trás com Scott acariciando suas costas. A temperatura quase congelante mantinha o resto dos passageiros lá embaixo, na cabine aquecida. Scott falou que precisava de ar.

Ele levantou do banco ao lado dela enquanto a balsa navegava pelo canal Buttermilk, entre Governor's Island e o Pier 12. As luzes da ilha brilhavam na água negra como fantasmas néon. Ela se sentia melhor. Mais calma. O cheiro fresco da água, o vento no cabelo, o isolamento no deque, o balanço suave do barco — tudo isso ajudava. Ainda estava tremendo, mas não sabia se era de ansiedade ou por estar no frio ao ar livre. Eles iam atracar em Red Hook em cinco minutos, e o medo de passar pelas multidões cresceu, mas Ruth fechou os olhos e o suprimiu.

Tinha observado atentamente o pequeno grupo de passageiros enquanto embarcavam. O homem não os estava seguindo. Disso, ela tinha certeza.

Scott se apoiou na amurada, olhando a ilha. Ela viu os ombros dele subindo e descendo enquanto ele olhava a água lá embaixo. Era difícil ouvir com o barulho do vento e do motor, mas ela achava que ele estava soluçando.

Seu marido também havia passado por uma experiência traumática. Nada como o horror que ela sentira, mas Ruth sabia que nem sempre compreendia o efeito que tudo aquilo estava tendo em Scott. Ele tinha se mantido firme desde o ataque, mas isso estava cobrando seu preço. Às vezes o pegava olhando para ela com algo como pena.

Ou culpa, talvez.

Apesar de não haver mais ninguém no deque, ela não gostava de estar longe de Scott. Não assim. Não a céu aberto.

Ela se levantou e foi na direção dele. Parou de repente quando ele vomitou no mar, um longo rastro de cuspe marrom ainda pendurado nos lábios, ao vento. Ele o limpou com o dorso da mão, abaixou o tronco por cima da amurada e manteve a cabeça baixa. Ela deu mais alguns passos e pôs a mão nas costas dele.

— Você está bem? — perguntou.

Ele se virou, assustado, e então amoleceu.

— Só enjoado. Estou bem, amor. E olha você. Está indo superbem. Viu, não é tão ruim estar aqui fora.

Ela fez que sim e fitou a água.

— Eu sei que ele não está neste barco. O Travers, quer dizer. Eu sei que ele está me procurando. É que… — O pânico começou a aumentar, o peito dela ficou apertado, seu lábio superior começou a suar. — Ah, Scott, o que a gente vai fazer?

Ele a pegou nos braços; de início, ela resistiu. Mas sentiu a força dele. Sólida. Certeira. Seu protetor.

— Vamos primeiro para algum lugar seguro. Aí podemos conversar. Vai ficar tudo bem — disse Scott.

26

Amanda

Fechando com força a porta do apartamento, Amanda mancou até o armário da cozinha, abriu-o, agarrou a garrafa de vodca e bebeu direto do gargalo.

A queimação foi gostosa.

Ela precisava daquilo. Não conseguia pensar direito. Naomi tinha mentido para ela sobre matar Crone, e vê-lo naquele metrô, são e salvo, a tinha machucado de uma forma que Amanda jamais experimentara. Ela conhecia a dor. Era um animal que já vivia dentro dela havia meses. E ainda assim isso, essa traição, era um tipo de criatura diferente cujas garras rasgavam sua pele de um modo totalmente novo.

Ela tinha sido libertada — ao saber que Crone estava morto —, e acreditado nisso. Em cada palavra. Mais do que isso, tinha sentido. E, ao vê-lo, essa paz lhe fora cruelmente arrancada.

Agora que tinha tido um gostinho de como seria se Crone estivesse morto, ela sabia que queria aquilo, precisava daquilo, mais do que nunca. Precisava acalmar aqueles mares turbulentos de seus sonhos. Amanda fechou os olhos, desfrutando, só por um momento, da lembrança daquela tranquilidade que tinha vindo com a notícia da morte de Crone. Prometeu então a si mesma que ia matá-lo. Ela mesma o faria. Precisava fazê-lo.

Mas ainda não.

Ela pôs a garrafa de vodca na mesa, foi até o quarto e encontrou as páginas que tinha imprimido da internet. Era o artigo que encontrara ao pesquisar Naomi, sentada naquele Starbucks enquanto esperava que Crone saísse de seu compromisso. Era do *New York Post*. Tinha imprimido em casa porque era a única reportagem com a maior e mais clara foto de Quinn. Ainda era só metade do rosto dele, com a outra na sombra.

A foto se parecia com ele. Sem dúvida, era o homem que ela matara ontem à noite.

Ela foi para o notebook e digitou de novo os termos da busca. Dessa vez, focada em Naomi.

Nada.

Nem um único resultado relevante.

Ela clicou na barra de favoritos no navegador. Tinha salvado os sites importantes. O primeiro era a foto de Quinn junto com a reportagem do *USA Today*. Ela clicou no link favoritado.

Os resultados sugaram o ar de seus pulmões.

Error 404 "Page Not Found". Página não encontrada.

Ela clicou nos outros favoritos do *New York Daily News*, depois do *Metro New York*, do *Queens Chronicle* e do *New York Post*.

Mesma mensagem de erro para cada um.

Balançando a cabeça, Amanda digitou uma nova busca por "notícias" e viu que todos os sites desses veículos estavam no ar. Fez uma nova busca por Naomi, Quinn e a escola.

Zero resultados relevantes.

Aí, uma ficha caiu. Amanda pegou o artigo que tinha imprimido e examinou a URL no topo.

https://www.usetoday.com/ny/frankquinn/naomi...

Ela não precisava ler mais. Não era USATODAY, era USETODAY. Uma letra havia sido mudada.

As reportagens eram falsas.

Todas elas. E agora tinham sido deletadas.

Amanda havia feito um curso de uma tarde sobre como criar um site para suas obras de arte. Hoje em dia, era fácil. Dava para fazer em algumas horas. Qualquer um conseguia.

Naomi tinha armado uma arapuca cuidadosa e convincente para Amanda. Uma que quase a matara e a levara a tirar uma vida só para sobreviver.

Ela pulou da cama. Com uma pontada quente e aguda de dor na articulação, seu joelho a lembrou de que não estava funcionando direito ao mandar um choque quente de dor através de sua articulação e a jogou no chão.

Amanda se levantou com cuidado, foi até a cozinha e encontrou uma caixa de ibuprofeno. Engoliu os comprimidos com mais vodca barata, pegou as chaves e saiu para o metrô.

Durante todo o caminho até o apartamento de Naomi, tentou falar com ela no celular. Nem tocava. Ou tinha sido desligado, ou estava sem sinal. Quando chegou ao prédio de Naomi, encontrou a porta da frente entreaberta. Eram quase nove, as pessoas deviam estar saindo do prédio com pressa nas últimas duas horas, indo para o trabalho. A última não devia ter fechado direito. Era a primeira sorte que tinha naquela manhã. Saiu do elevador no andar de Naomi e bateu com força na porta dela.

Ninguém atendeu.

Amanda ficou ouvindo na porta, mas não escutava nada. Só as batidas do próprio coração.

O apartamento mais próximo do de Naomi ficava no fim do corredor, talvez a uns seis metros. O apartamento de Naomi era o do canto, o que significava certa distância dos vizinhos. Ela imaginou que qualquer um que tivesse condições de morar naquele prédio precisava de um bom salário para pagar. Talvez até dois.

Era provável que os vizinhos mais próximos de Naomi não estivessem mais no prédio, já teriam saído para trabalhar.

O corredor fazia uma curva antes de revelar o resto dos apartamentos. Na parede, antes de virar um corredor longo, tinha uma mangueira vermelha pendurada. Abaixo do rolo da mangueira, dois extintores de incêndio grandes. Amanda se aproximou, levantou um deles e testou o peso.

Parecia pesado o suficiente.

Ela voltou ao apartamento de Naomi, segurou o extintor com uma das mãos no corpo do cilindro e outra na base, e golpeou o ponto logo abaixo da maçaneta.

O primeiro golpe derrubou o extintor de suas mãos, e ele caiu no chão com um *tum* metálico alto. Parecia que alguém tinha tentado arrancar seu pulso esquerdo. Ela o sacudiu e pegou o extintor antes de ele sair rolando. Ficou de pé outra vez. Correu para a porta. A base do extintor bateu dois centímetros abaixo da maçaneta, e a moldura soltou um estalido alto. Mais um. Dessa vez, a porta se abriu.

Ela entrou e soltou o extintor. Quando ele bateu no chão, houve outro *clang* alto. Ela olhou para baixo, confusa. O extintor devia ter pousado silenciosamente no carpete do apartamento.

Mas o carpete tinha sumido.

Amanda passou rápido pelo lugar. Sala de estar, cozinha, banheiro, quarto, segundo quarto.

Não tinha nada, exceto uma privada e uma banheira.

Nenhuma foto nas paredes, nenhum móvel, nenhuma cama, nenhuma mesa, nenhum mural de cortiça com fotos de Quinn, nenhum carpete, nenhuma cortina, nenhuma persiana, nem mesmo uma lâmpada.

Era como se Naomi nunca tivesse estado ali. Amanda voltou à porta do apartamento, checou duas vezes para garantir que era o lugar certo.

E era.

Amanda estremeceu. Naomi tinha mentido sobre tudo. Tinha enganado Amanda para matar alguém, e ela não fazia ideia do motivo.

Antes de o pânico roubar seus sentidos, ela saiu correndo do apartamento para o elevador. Enquanto descia, tentou pensar. Precisava entender o que acabara de acontecer.

Crone teria que esperar.

Amanda tinha corrido um risco enorme. Um risco que poderia levar à prisão perpétua. Havia perguntas que tinham que ser respondidas.

Quem era Naomi?

A segunda pergunta criou um nó na garganta dela — quem era o homem que Amanda tinha assassinado na noite anterior?

27
Ruth

Scott conseguiu para eles um táxi do porto de balsas de Red Hook até a estação Jamaica, e depois um trem para Huntington, Long Island. Ruth não soltou o braço de Scott enquanto iam da estação até o trem e depois desembarcavam em Huntington.

— Aonde a gente vai? — perguntou enquanto estavam na plataforma.

— Vamos pegar um trem para Port Jefferson. Com todo mundo indo para casa passar o Dia de Ação de Graças, eles colocaram uma travessia da madrugada. A gente pega a balsa da meia-noite até Bridgeport e outro trem para Hartford — disse Scott, arrumando a mochila no ombro.

— Por que vamos para Hartford?

— Porque morei lá por um tempo com meus pais antes de eles se mudarem para a Flórida. Conheço o lugar e é fora do caminho o bastante para ninguém nunca nos procurar lá.

Ruth sentiu um arrepio ao pensar em alguém os procurando.

Havia uma dúzia de pessoas na plataforma, todas caminhando na direção do saguão principal. Ruth notou que Scott manteve a cabeça baixa, escondendo o rosto embaixo do boné.

— Se vamos para Hartford, não dava para ter pegado outro trem da Grand Central? — perguntou Ruth.

— Sim, mas teríamos que esperar horas. Eu queria que a gente continuasse em movimento. E gosto da balsa para atravessar o estuário de Long Island. Vai dar por pouco para pegar a última travessia. É muito tranquilo à noite.

Eles tomaram café e comeram um sanduíche no Starbucks da estação ferroviária enquanto esperavam o trem para Port Jefferson. Scott abriu o notebook e começou a trabalhar. Estava sentado na mesa de frente para Ruth, então ela não conseguia ver o que ele estava olhando, só o brilho da tela iluminando seu rosto sério. Ruth só deu algumas mordidas no sanduíche. Estava com fome, mas seu estômago estava todo revirado de ansiedade.

Ela notou que Scott também não tinha tocado na comida. Suor cobria a testa dele, embora não estivesse calor no Starbucks. Scott ficou de pé e olhou pelo café. Ruth ficou tensa e seguiu a linha de visão dele pelo salão. Tinha um casal jovem do outro lado, muito apaixonado, rindo e tirando fotos de si com o celular. Um barista atrás do balcão.

— Amor, preciso ir ao banheiro — disse ele.

Ruth mordeu o lábio, agarrou a beirada da mesa com as duas mãos.

— Só vou demorar um minuto, no máximo. Prometo. Não tem como Travers saber onde estamos. Você está segura, tudo bem?

De início, Ruth não conseguiu falar. A boca tinha ficado seca como um bloco de concreto. Ela tomou um gole de café e, trêmula, colocou o copo de volta na mesa.

— Tem certeza? — perguntou.

Ele se debruçou à frente e pôs as mãos no ombro dela.

— Tenho. Ele não poderia ter seguido a gente. Vou levar um minuto só.

De perto, ela via a tensão no rosto dele. Um pequeno tremor nos músculos do canto do olho esquerdo e a pele que tinha ficado pálida, da cor de um osso.

— Você está se sentindo bem? Não está com uma aparência boa — comentou.

— E-eu estou bem. Só um pouco nauseado do barco. Vou ser rápido.

— Por favor — pediu Ruth, implorando com os olhos para que ele não a deixasse sozinha.

— Está tudo bem, amor. Você vai ficar bem. Vou levar um minutinho só — disse ele, secando o suor do rosto.

Ela assentiu e o viu desaparecer no banheiro. Ruth disse a si mesma que estava segura. Não havia janelas no Starbucks, e eles estavam sentados bem no fundo. Ela ficaria bem por só um minuto, mas isso não impedia a sola de seu sapato de martelar o chão enquanto ela agarrava a mesa com as duas mãos.

Ficou olhando o jovem casal que estava rindo e se beijando de novo. Por algum motivo, isso fez com que ela se sentisse melhor. Virou o notebook de Scott, só para ver o que ele estava fazendo. Qualquer coisa para sua mente não acabar nos pensamentos ruins. Pensamentos que a dominariam, a fariam entrar em frenesi.

Ele estava checando o noticiário local. Havia duas abas abertas. Ambas de notícias urgentes em Nova York. Ruth evitava ler notícias desde o ataque. Não queria saber de ninguém sendo esfaqueado, ou levando tiro, ou sendo assassinado. Era demais para ela. Virou o computador para onde Scott estava sentado e desejou que ele voltasse — rápido.

Quando Scott retornou para sua cadeira, estava com o cabelo molhado e parecia um pouco mais calmo.

— Vou reservar um Airbnb, tá?

Ruth assentiu e Scott continuou a digitar no notebook.

O trem para Port Jefferson não demorou, e eles pegaram mais um táxi até a balsa. As ruas dessa cidade de Long Island eram pequenas, escuras e basicamente desertas. Era uma transição muito brusca em relação a Manhattan, onde todo mundo caminhava ou pegava metrô. Aqui, ninguém andava a pé. Só de carro. Compraram os bilhetes para a última embarcação da noite, e Scott sugeriu que fossem de novo para o deque superior. O ar era reconfortante. Frio pra cacete, mas pelo menos só tinha um punhado de pessoas embarcadas, todas lá embaixo, no calor.

Enquanto a balsa fazia sua travessia do estuário de Long Island, as luzes de Port Jefferson desapareceram atrás deles, deixando só o reflexo de uma boia ocasional e, a distância, o brilho tênue da vida vindo de Bridgeport. A balsa tinha mais passageiros do que Ruth esperava. Dali a dois dias seria Ação de Graças, e as pessoas estavam indo passar o feriado em casa.

Scott olhou por cima da barreira, se virou e piscou para Ruth com um sorriso. Ficou lá parado, apoiado na amurada pintada de branco, emoldurado pelas águas escuras ao fundo.

Naquele momento, ela o amou. O estresse de toda a situação estava começando a dar as caras. Ruth lembrou a si mesma que ele estava fazendo aquilo por ela. Para protegê-la, garantir que se sentisse segura. Ele estava agitadíssimo e preocupado com os dois, mas mesmo assim tentando fazê-la sorrir — tentando transformar aquilo numa viagem divertida. E, por um instante, pareceu que era mesmo. Só por um segundo, eles não estavam fugindo de um monstro — estavam fugindo de si mesmos e de toda a dor daquelas últimas semanas.

Ruth baixou os olhos para os pés, tentando fazer seu próprio sorriso aparecer. E, quando ele veio, ela levantou a cabeça para Scott.

Só que ele estava de costas.

E já não estava com a mochila nova. Não estava aos pés dele. Não estava na frente dele.

Por um segundo, ela se perguntou o que teria acontecido.

Foi quando ouviu o barulho suave de algo caindo na água.

28
Farrow

Quando o carro da polícia de Nova York chegou na casa geminada, os técnicos forenses estavam embalando o equipamento na porta traseira da van.

Hernandez desligou o motor e saiu do Crown Vic ao mesmo tempo que Farrow. Apesar de os pés dele tocarem o asfalto em conjunto com os de Hernandez, Farrow levou muito mais tempo para endireitar o corpo. Seu problema de hérnia de disco lombar, que vinha piorando continuamente, agora estava quase incontornável. Tinha dias bons e dias ruins. Nos últimos tempos, quase só ruins. Ele esperou até a dor passar. Os primeiros movimentos foram lentos, mas ele sabia que ia relaxar quando começasse a se mover.

Karen Hernandez já estava tagarelando com os técnicos forenses quando Farrow deu o primeiro passo na calçada. Uma viatura branca e preta e outro carro à paisana estavam estacionados no meio-fio em frente à casa. Sem emitir nenhum som, o giroflex do topo da viatura piscava e projetava luzes azuis e vermelhas pela rua. Não havia ambulância e ainda nem sinal do médico-legista. Em qualquer cena de assassinato em Nova York, o médico-legista era o que chegava no carro mais caro. Mercedes ou BMW, às vezes um Audi.

Sem nenhuma marca além à vista, Farrow achava provável ter chegado antes do ML. Deu mais alguns passos e sentiu a queimação nas costas como apenas uma leve distração, e a dor na perna direita tinha sumido. Quanto mais tempo ele ficasse de pé, mais fácil seria.

Ele escutou portas metálicas batendo e viu os técnicos forenses indo até a frente do veículo, as portas traseiras agora fechadas. Hernandez voltou para dar uma atualização.

— Quem era o técnico da cena? — perguntou Farrow.
— Belucci — respondeu Hernandez.
— Que bom. Ele é cuidadoso. Eles conseguiram alguma coisa?
— Não muito, ao que parece. Só vamos saber quando chegarem os resultados do laboratório.
— Não vou criar grandes esperanças. Vamos entrar.

Havia um patrulheiro de uniforme parado na porta de entrada da casa segurando uma prancheta. Hernandez e Farrow passaram por baixo da fita, subiram os degraus e mostraram a identidade ao oficial. Ele inseriu o nome dos dois no registro da cena e disse:

— Statler e Waldorf estão lá no fundo.

Hernandez revirou os olhos, e o patrulheiro segurou um sorriso.

Farrow e Hernandez entraram na casa. Um corredor organizado, com uma prateleira de sapatos e um suporte para guarda-chuvas. Só tinha um par de botas e um de tênis na prateleira. Eles chutaram que, pelo tamanho e pela cor, ambos pertenciam a um homem.

Passaram por uma sala de estar à direita. A TV estava muda na frente de um sofá de couro. À esquerda, encontraram a cozinha e a copa. Uma fileira de panelas de cobre estava pendurada numa instalação no teto acima de uma ilha com fogão embutido. Parecia uma cozinha cara, com fornos duplos, muito espaço de armazenamento e uma parede tomada de prateleiras de livros de culinária. Mesmo assim, a decoração e os livros tinham um toque decididamente masculino. Uma fileira de facas de cozinha estava à mostra, presa a uma fita magnética.

— Pelo jeito, alguém gosta de cozinhar — disse Hernandez enquanto iam na direção da porta dos fundos aberta.

Ela parou.

Vidro quebrado da janela estourada da cozinha estava no chão. Eles passaram por cima com cuidado.

— Parece familiar? — perguntou Hernandez.

Farrow ainda não tinha certeza. O Sr. Olhos Azuis entrava na casa das vítimas pelos fundos, quebrando uma janela da cozinha para ganhar acesso. Dessa vez, uma das janelas acima da pia estava quebrada. Cacos afiados de vidro ainda se agarravam à moldura. A janela ao lado continuava fechada e intacta.

— Não parece que a pessoa entrou pela janela — comentou Farrow. — O vidro não foi quebrado para dar acesso à casa.

Abrindo a porta dos fundos, Farrow deixou Hernandez ir primeiro, então a seguiu.

O pátio era grande. Talvez o maior que Farrow já tinha visto em Manhattan. Um gramado de quinze metros ou mais por nove de largura, com roseiras do lado esquerdo. Um muro de tijolo nos fundos. Um pequeno galpão de ferramentas à direita, na grama.

Foi lá que encontraram Statler e Waldorf. Não era o nome real deles, claro. Os investigadores Donnelly e Carter, da delegacia da rua 86, eram conhecidos da maioria dos policiais da cidade. Tinham começado a carreira quando Reagan era presidente. Dois homens de cabelo branco que zoavam com a cara um do outro, e com a de todos os outros, havia quase quarenta anos.

— Olha o que temos aqui, são Judas e sua apóstola — disse Donnelly.

Farrow assentiu. Tinha ganhado aquele apelido havia alguns anos, e na verdade não se importava.

— Se cuida, Carter. A polícia *de verdade* chegou — continuou Donnelly.

— Se eles são policiais *de verdade*, então eu devia ter me aposentado dez anos atrás — respondeu Carter.

— Você se aposentou mesmo dez anos atrás. Eles só esqueceram de te falar — disse Donnelly.

— Querem contar para a gente o que está rolando? — pediu Hernandez.

— Você está me chamando para sair, mocinha? — devolveu Donnelly.

— Eu até chamaria, mas o asilo quer você na cama às onze — respondeu Hernandez.

Os dois velhos riram com vontade e, naquele momento, Farrow viu que os marcadores de evidência policial no gramado destacavam uma poça de sangue. Ainda estava molhada e, no escuro, parecia preta.

— Fiquem tranquilos — disse Farrow. — Não vamos nos meter no caso de vocês. Temos um alerta para qualquer ataque ou homicídio em invasão domiciliar. A central avisou a gente quando vocês informaram da cena. Parece nosso cara?

Os velhos se olharam. A competição tinha acabado.

— Acho que não. Parece uma briga doméstica feia — disse Donnelly. — Os vizinhos ligaram quando ouviram gritos aqui fora. Parecia um homem e uma mulher brigando, foi o que um deles falou. A vítima é homem.

Um homem não batia com o perfil deles, mas não era inédito um suspeito mudar a seleção de vítima. Ou porque queria uma novidade, ou para despistar os policiais.

— A vítima foi esfaqueada? Vocês têm a arma? — perguntou Hernandez.

— Ah, nós temos a arma, sim — respondeu Carter, com uma risada rouca, cheia de catarro. — O bandido deixou no peito da vítima. Um machado arrombador. Ou pelo menos parece. Vamos conseguir ver melhor quando os médicos o tirarem da costela dele.

— Meu Deus — disse Hernandez. — É uma briga doméstica e tanto.

Farrow passou por cima da poça de sangue e olhou o galpão de ferramentas. Parecia que alguém tinha batido com o machado pelo lado de fora da porta antes de enterrá-lo no peito do dono da casa. A tranca do galpão estava jogada na grama. Tinha sido arrancada. Farrow entrou no galpão e olhou as ferramentas bem-dispostas. Era bem mais organizado do que a garagem de Farrow, exceto que os dois tinham um problema com teias de aranha. Cada ferramenta tinha seu lugar. Arranjadas de forma organizada e inteligente. Um artífice diligente tinha montado este galpão. Havia um ponto na parede com dois pregos grossos a sessenta centímetros um do outro — o lugar perfeito para pendurar um machado.

Havia um marcador de cena de crime na bancada ao lado de um celular.

Ele saiu do galpão.

— Então, como aconteceu? — perguntou Farrow.

— Rixa de namorados. Ela ataca com o machado porque ele traiu, roubou o dinheiro dela, sei lá. Tem um taco de beisebol no gramado. Talvez ele tenha ameaçado ela primeiro? Não importa. Ela mata ele, depois foge para a fronteira, sai pelo portão dos fundos para o beco — respondeu Statler.

Farrow e Hernandez foram até o portão. Estava aberto. A tranca, fechada com um cadeado, tinha sido arrancada da madeira. Estava no caminho ao lado de um martelo, tudo delineado com marcadores de cena de crime.

— O que você acha? — perguntou Farrow.

— Não é o Sr. Olhos Azuis, mas não compro essa de violência doméstica. Ainda não — disse Hernandez.

— Nem eu. Mas aqueles lá não olham além do que está na frente do nariz deles num caso. E trabalham devagar. Olha só os dois — falou Farrow.

Inclinando-se para um lado, Hernandez observou os dois homens. Estavam segurando cadernos dobrados e usando-os como apoio enquanto preenchiam um documento cada um.

— Estão preenchendo formulários de hora extra. É a prioridade deles — disse ela.

— Isso aqui está muito longe de uma disputa doméstica. De repente a gente pode dar uma conduzida neles.

Os dois voltaram até Statler e Waldorf, que estavam agora terminando os formulários. Prontos para ir embora.

— Algum sinal de distúrbio na casa? — perguntou Farrow.

— Nadinha — disse Donnelly.

— Justo. Me avisa se a análise forense voltar com alguma coisa. Não parece nosso cara, mas ainda não posso descartar. Só que tem umas coisas me fazendo pensar que não foi violência doméstica — falou Farrow.

— Que coisas? — quis saber Carter.

— A porta quebrada no galpão de ferramentas, a tranca quebrada no portão dos fundos. Se a mulher, vamos supor por enquanto que seja uma mulher, brigou com o parceiro, por que quebrar as trancas? Por que não usar a chave? Ou sair pela porta da frente? E por que quebrar a janela?

— Vai saber. As pessoas não pensam direito quando acabaram de enfiar um machado no peito do namorado. Dedos cruzados para a gente saber exatamente o que aconteceu amanhã de manhã — disse Donnelly.

— De manhã? É véspera de Ação de Graças. Está contando com um milagre? — perguntou Hernandez.

— Não, mocinha — respondeu Donnelly. — Quando os paramédicos levaram a vítima, ele ainda tinha batimentos cardíacos. Esse cara não está morto. Se sobreviver, pode contar para a gente o que aconteceu.

29

Amanda

O mundo tinha girado para Amanda.

De novo.

Ela estava sentada em seu sofá. Agora eram 10h30. Precisava dormir, sentia seu corpo ficando letárgico, mas a mente estava acelerada demais até para pensar em entrar embaixo dos lençóis.

Não era assim que a vida devia ser. Quando criança, a única coisa que queria era pintar. Capturar um momento, uma sensação numa tela, dava-lhe o maior prazer. Ela tinha torcido para, um dia, conseguir ganhar a vida com isso. Na casa dos trinta, havia desejado um marido e uma família para si. E, por um tempo, tivera essa segurança. Tinha um trabalho que pagava as contas — e sua arte para as noites, que um dia talvez pagasse as contas.

Ao trazer Jess bebê do hospital três dias antes do Natal, ela soubera que era assim que a vida devia ser. Tinha achado seu caminho. Seu lugar feliz. Luis havia decorado a árvore, faxinado o apartamento, feito um ninho para sua nova filha e a mulher que ele amava, e Amanda nunca se sentira tão cheia de esperança.

Durante aqueles seis anos incríveis, sua vida foi cheia de possibilidade e paz.

Wallace Crone tinha tirado tudo dela. Destruído a vida que ela tinha e a vida que viria a ter. Seu passado e seu futuro, acabados. Ela não conseguia trabalhar. Não conseguia pintar. Não conseguia chorar. Não conseguia nem ficar de luto pelo marido e pela filha. Só havia raiva e dor.

Ela sabia que precisava ligar a TV. Sabia que o noticiário local daria a notícia sobre o homem que ela havia assassinado. E, mesmo assim, não conseguia.

E se dessem o nome dele? E se dessem um nome à sua culpa? Se o tornassem um ser humano real, em vez de um homem anônimo que tinha lutado pela própria vida?

Imagens invadiram sua mente. Não solicitadas e indesejadas. O braço de Quinn perfurado pela chave de fenda e o som feito pela lâmina ao ser enfiada no peito dele e ficar lá. O luar refletido na pequena poça de sangue que se formava no peito. Eram novos demônios que ela sabia que assombrariam suas lembranças.

Ela disse a si mesma que não tinha escolha. Ele a teria matado.

Esse pensamento não dissipou a raiva que sentia de Naomi, que a colocara naquela situação.

Então algo aconteceu. Algo que não acontecia havia muito tempo. Amanda chorou.

Não estava chorando por si mesma, mas pelo homem que tinha matado.

Pensou em ligar para Farrow. Contar a ele o que havia feito. Naomi era membro do grupo de terapia, claro, mas ninguém mais sabia que elas tinham conversado em particular. Exceto por algumas mensagens irrelevantes e uma impressão de um site falso, não havia evidência de que qualquer conversa delas jamais acontecera. E certamente não havia nada para corroborar uma história sobre troca de assassinatos — qualquer um podia ter criado um site falso. Se ela contasse a verdade a Farrow, as coisas só teriam um caminho para seguir — uma passagem para a prisão perpétua sem fiança. Naomi tinha desaparecido. Os policiais não acreditariam em Amanda. Nem um júri.

Tinha sido levada a fazer aquilo. O plano de Naomi era manipular Amanda para assassinar esse homem. Acontece que ela não necessitara de muita persuasão. Agora, precisava saber por que aquilo tinha acontecido. Por que aquele homem era um alvo? Ela precisava encarar a situação. Precisava ligar a TV. O único jeito de descobrir algo sobre Naomi era descobrir algo sobre o homem que ela tinha assassinado.

Amanda secou os olhos, foi para a sala e ligou a TV.

O noticiário nos Estados Unidos era um rio. Sempre fluindo, mudando constantemente e apresentado como se a vida do telespectador dependesse de ouvir aquelas notícias naquele exato momento. Os apresentadores falavam de um discurso que o presidente faria mais tarde. A imprensa amava pintá-lo como um idiota e, com sinceridade, ele frequentemente dava uma mãozinha.

Não demorou para a emissora chamar uma afiliada local em Nova York. Hoje era a Quarta do Apagão, e a polícia estaria ocupada com vários bêbados indo passar o feriado em casa e saindo para curtir antes do Dia de Ação de Graças amanhã. Amanda colocou o indicador na boca e mordeu. Só o suficiente para doer. Precisava estar com a mente afiada. A reportagem principal era sobre um esfaqueamento fatal no Upper East Side, e depois...

— *Mais notícias. Um homem de 55 anos de Greenwich Village está em condição crítica num hospital próximo, depois de sofrer ferimentos com risco de vida durante uma brutal invasão domiciliar...*

Ela sacudiu a cabeça. Não era essa a reportagem. Amanda fechou os olhos e expirou devagar enquanto esperava que o noticiário cobrisse o assassinato.

— *Vizinhos chamaram a polícia em torno de 20h30 de ontem quando ouviram o que parecia ser uma comoção vinda do pátio dos fundos da residência da vítima...*

Os olhos de Amanda se abriram rápido. Fixos no rosto do apresentador do jornal.

— *A polícia e os paramédicos acharam o dono da casa deitado em seu gramado com um machado fincado no peito. Sua condição no hospital continua crítica. Outra notícia: o Departamento de Bombeiros de Nova York...*

Pensamentos voaram pela cabeça de Amanda enquanto o sol da tarde fazia raios de luz dançarem nas paredes. Ele estava vivo. E, por isso, ela se sentia a salvo. A salvo da vergonha e da culpa de ter tirado uma vida, mesmo que em legítima defesa. Mas, se ele sobrevivesse, poderia descrever sua agressora. Identificá-la.

Ela sabia que, se o homem se recuperasse, uma das primeiras coisas que aconteceriam seria uma entrevista com os policiais no leito do hospital. Talvez hoje mesmo ou amanhã.

Os policiais tinham a foto dela. E seu DNA. Tudo isso guardado após sua prisão por quebrar a medida protetiva de Crone. Na luta com o homem, ela talvez tivesse deixado um pouco de DNA. Era possível. Tudo tinha se tornado tão brutal e caótico, e ela tinha cortado o joelho. Eles talvez nem precisassem de DNA. Só precisariam que o homem apontasse para ela numa fila de seis fotos. Não demoraria para eles irem atrás dela.

Talvez 48 horas. Talvez 72, sendo feriado. Três dias. No máximo. Era o tempo que levaria para os policiais a encontrarem.

Naomi tinha usado Amanda. Usado a dor dela. E, por isso, ela queria respostas. Queria vingança. Não conseguia esquecer. Ia deixar Crone de lado por enquanto, encontrar Naomi. Estava cansada de ser vítima. Não ia deixar Naomi se safar dessa.

Precisava revidar.

Precisava encontrar Naomi antes de ser encontrada pelos policiais.

Podia não ajudar muito, mas, se ela contasse à polícia que tinha sido manipulada — pressionada a fazer aquilo —, talvez fizesse diferença. Isso e o fato de que ela tentara se afastar e ele não deixara. Ela tinha sido obrigada a lutar.

Amanda trocou o curativo do joelho, tomou mais analgésicos, pegou o casaco e saiu.

Matar Wallace Crone teria que esperar.

O tempo estava correndo.

E ela precisava descobrir a verdade.

30
Ruth

Ela acordou com o nascer do sol.

Não tinha cortina blecaute na janela do quarto. Só véus finos. O sol em seu rosto a despertou gentilmente. Ruth se virou, estendeu um braço e encontrou o lado de Scott na cama vazio e frio.

Ela se sentou. Olhou ao redor.

Estava no apartamento de outra pessoa, o Airbnb que Scott tinha reservado em Hartford. Eles tinham chegado tarde e Ruth, cansada e emotiva, fora direto para a cama. Da última vez que vira Scott na noite anterior, ele estava deitado a seu lado, ainda vestido. Só fazendo companhia até ela dormir. Scott havia dito que queria desfazer as malas e ia ver TV mais tarde. Ela percebia que ele estava tenso demais para dormir.

O relógio dela dizia 6h20. Amanhã seria Dia de Ação de Graças. Eles já haviam se desculpado com os pais de Scott, e Ruth era a justificativa de por que não podiam estar juntos na Flórida. Ele dissera aos dois que haviam decidido ficar em casa no feriado, que não tinham planos de Ação de Graças neste ano. Não parecia que Ruth tinha muito para agradecer.

Ela se perguntou se Scott tinha ido para a cama na noite anterior. O pensamento a deixou inquieta. Ela se levantou, bocejou, se alongou e sentiu o repuxo familiar das cicatrizes. Era sempre a primeira coisa pela manhã. Irritadas pelo calor e o algodão, elas coçavam e ardiam depois de ela ter passado um tempo deitada numa cama quente.

Ruth estava com uma das camisetas de Scott, que também funcionava como camisola. Abriu as cortinas e olhou a rua lá embaixo. O apartamento ficava no último andar de um prédio de três andares. O prédio era o que Scott chamava de "seis perfeito", o antigo estilo de apartamentos de classe média construído havia mais de cem anos: duas unidades em cada andar, com fachadas arqueadas de três andares de cada lado da construção oblonga. Quando se casaram, os pais de Scott moravam num seis perfeito. Esses apartamentos históricos em Park Terrace tinham vista para o parque, daí o nome, mas atrás deles havia uma área da cidade desmoronando em degradação. Esta parte de Hartford se chamava Frog Hollow. O rio Park antes fluía perto das casas, e a terra era parte charco e parte pântano até Samuel Colt começar a fabricar armas lá, e com isso vieram outros negócios — os primeiros a produzirem bicicletas e máquinas de costura no país.

Frog Hollow cresceu em torno daquelas fábricas e, conforme elas fecharam as portas, o bairro também acabou.

Ainda assim, Ruth achava a vista agradável. Quase pacífica.

Encontrou Scott na cozinha vendo o noticiário numa pequena televisão de tela plana que ficava na bancada, embaixo dos armários.

— Estou morrendo de fome — disse Ruth ao abraçá-lo.

Ele não disse nada. Scott se sentia como uma mola rígida demais. Duro, gelado e pronto para explodir. A tensão que irradiava dele a sacudiu como um choque de estática.

Ela se encolheu e perguntou:

— Você está bem?

— Estou. Vou sair daqui a um minutinho para fazer umas compras.

A voz dele soava morta. Monótona.

Seu olhar não saía da TV. O presidente estava voltando de sua viagem de golfe para fazer algum tipo de anúncio, provavelmente algo idiota, a julgar pela atitude, pensou Ruth.

Ela voltou para o quarto, encontrou sua mala, jogou-a na cama e abriu a tampa. Escolheu jeans, suéter, calcinha e sutiã. Tomou um banho, se vestiu e secou o cabelo. Quando voltou à cozinha vinte minutos depois, Scott ainda não tinha se mexido. O canal de notícias continuava especulando sobre o discurso iminente do presidente.

Então a âncora interrompeu uma entrevista, cortando-os para ocupar a tela toda.

— *Notícia de última hora agora sobre nossa matéria principal: assassinato no Upper East Side. Fontes na polícia de Nova York confirmaram a nosso repórter que um conselheiro sênior do prefeito de Nova York foi encontrado morto em seu quarto de hotel no Paramount ontem à noite...*

Ela ficou boquiaberta, os olhos presos na tela.

Sua mente estava fazendo cálculos. Conexões.

Um homem assassinado no hotel deles *ontem à noite*.

Scott tinha saído para seguir um homem. O homem que ela tinha identificado como seu agressor. Ela havia dormido por umas horas e não sabia por quanto tempo ele ficara fora. Na volta, ele estava usando roupas baratas. Do tipo que jamais usaria. E eles tinham precisado deixar de repente o hotel — onde estavam hospedados desde que ela saíra do hospital. Ele tinha voltado ao quarto naquela noite não só com as novas roupas, mas com uma nova mochila. Aquela mochila não havia chegado a este apartamento. Ela soube na balsa que tinha caído pela lateral do barco, nas águas escuras do canal. Era por isso que eles haviam feito uma rota tortuosa, incluindo uma longa travessia de balsa até Hartford em vez de pegar um trem direto da Grand Central. Ela chutou que ele tinha roupas cobertas de sangue e precisava se livrar delas.

— *...a vítima foi brutalmente assassinada...* — disse a repórter parada na frente do Paramount Hotel.

A voz de Ruth mal passava de um sussurro:

— O que você fez ontem à noite?

O choque e o medo o atingiram imediatamente. Não por causa da notícia de que um homem tinha sido morto, pensou Ruth. Não, Scott estava preocupado de ela ter somado dois mais dois. Ela via em seu rosto a ficha caindo. Ele olhou de relance a TV e a manchete no GC.

Scott não falou nada. Só ficou olhando a tela como se fosse o farol de um trem de carga noturno vindo na direção dele com um estrondo e ele estivesse preso no dormente, incapaz de se mexer — completamente paralisado.

Ruth não tinha como conter os pensamentos — eles escorriam por sua boca, recebendo voz como se tivessem vontade própria.

— A notícia diz que um homem foi assassinado no nosso hotel ontem à noite. Você trocou de roupa quando saiu. Ficou muito tempo fora. E eu sei que você jogou aquela mochila nova no rio... Você... você...

Ela não terminou a frase. Era pesada demais para falar em voz alta. Não precisava. Scott abaixou a cabeça, segurou a bancada da cozinha ao sentir os joelhos cedendo. Ficou em posição fetal no chão. Era quase como se seu corpo tivesse de repente assumido o peso físico do que ele havia feito.

— Eu não queria matar ele — falou. — Eu perdi a cabeça e bati no homem. E aí ele revidou. Não tive escolha. Achei que ele fosse me matar, e depois ir atrás de você. Eu não tinha...

Suas últimas palavras morreram quando ele colocou a mão em concha na frente da boca e apertou os olhos. As lágrimas rolaram por cima dos dedos.

A respiração de Ruth ficou acelerada; seu peito apertou.

— Os policiais estão procurando a gente? — perguntou ela.

Scott fungou.

— Não sei. Acho que não. Eu limpei bem a cena...

Ela endireitou as costas ao soprar o ar de seus pulmões. Parecia quente. Tóxico. Quando ela inspirou outra vez, pareceu frio. Como inalar a névoa da manhã que flutuava numa montanha tranquila.

Ela se aproximou de Scott, se ajoelhou e levantou o queixo dele com o indicador. Seus ombros já não doíam de tensão. Ao tirar a mão do rosto dele, ela parou, olhou seus próprios dedos como se pertencessem a outra pessoa — estavam imóveis. Sem tremores. Os pensamentos dela, sempre cobertos de medo, de repente estavam calmos — claros.

— Você matou o Travers. Você matou o homem que me atacou — disse ela.

As lágrimas falaram por Scott. Um longo fio de saliva se estendia entre os lábios dele, sem nunca se romper, e permaneceu lá a cada palavra.

— Desculpa. Eu fodi tudo.

Ela se aproximou, secou os lábios dele com o polegar e o beijou.

— Você *salvou* a gente. Você me *salvou*. Ele não pode vir atrás da gente. Eu não preciso ter medo. Ele está morto e eu te *amo*. Eu te amo mais do que jamais vou conseguir expressar.

31
Amanda

Havia duas formas de encontrar Naomi.

Nenhuma delas era fácil. A primeira era a mais óbvia. Se Naomi queria o homem que chamava de Quinn morto, então devia haver uma conexão. Talvez uma conexão íntima. E, por causa disso, não podia ser ela a matá-lo.

Antes de atacar Amanda, ele havia perguntado quem a mandara. Naomi tinha histórico com aquele homem. A polícia automaticamente a consideraria suspeita. Então, talvez parte do que Naomi havia dito a ela era verdade. Amanda achava que fazia sentido. Para descobrir a conexão, ela precisava primeiro descobrir a identidade real do homem. Isso a deixaria um passo mais perto de Naomi.

Ela buscou no celular todos os alertas de notícias que conseguiu encontrar sobre o assunto. Nenhum deles revelava a identidade do homem na UTI que tivera um machado removido do peito. Também não adiantava ir ao hospital. Talvez houvesse um policial postado na ala para proteger o homem caso quem o agrediu voltasse para terminar o trabalho e, se chegasse perto do hospital, ela se colocaria em risco de ser presa antes da hora. Sua prisão viria. Ela tinha certeza. Quando o homem acordasse, ia fornecer uma descrição à polícia e então, claro, eles provavelmente achariam o DNA dela em algum lugar daquela cena caótica. A questão não era *se* ela ia ser presa por tentativa de homicídio — era *quando*. E, uma vez que esse momento chegasse, ela queria estar pronta com a verdade. Que alguém havia planejado aquilo e a forçado a entrar naquela situação. Além do mais, ela tinha tentado ir embora, mas sido atacada pelo homem. Era legítima defesa. Isso devia importar um pouco, mas não importaria nada se ela não tivesse provas para acompanhar.

E, ainda assim, ela não podia chegar perto demais do homem que precisava investigar. Pelo menos, não no hospital.

Não. Não podia rastreá-lo assim.

Era perigoso demais.

Havia uma alternativa. Uma segunda forma de encontrar Naomi que não envolvia o homem que ela chamara de Quinn.

Por meio de Matt e do grupo de terapia. Naomi devia ter mostrado a identidade a Matt, será? Como Amanda fez. Ele saberia quem ela era de verdade. Teria arquivos. Registros.

Amanda estava sentada numa mesa de canto numa delicatéssen na esquina da Lexington com a rua 33, com o queijo quente comido pela metade e esfriando à sua frente enquanto vigiava a porta. Checando o horário no celular, ela calculou que Matt estava quase meia hora atrasado. Não o suficiente para ela desconfiar, se bem que, se ele não aparecesse nos próximos cinco minutos, ela ia se mandar. Eram quase 13h30. A cidade estava mais lotada do que nunca. Trânsito de feriado. Amanhã, os carros deixariam a cidade, que seria ocupada pelo desfile de Ação de Graças da Macy's.

Nenhuma nova mensagem de Matt. A última dizia que ele iria encontrá-la. Amanda tinha escrito para ele dizendo que estava muito para baixo e tendo pensamentos sombrios, e perguntado se ele tinha uma hora para conversar. Ele respondeu que sim, apesar de ser incomum e ele normalmente não ver ninguém fora dos horários do grupo. Disse que ia abrir uma exceção. Só dessa vez.

Amanda levantou os olhos do celular quando Matt entrou na delicatéssen. Ele estava com um cachecol grosso e comprido, que tinha enrolado em torno do pescoço umas dez vezes, uma jaqueta jeans forrada de lã e calça jeans. Carregava um guarda-chuva, apesar de não estar chovendo. Matt era o tipo de cara que estava preparado para a maioria das situações.

Ela acenou, e ele acenou de volta enquanto caminhava pela fileira de mesas até o canto.

— Como vai você? — perguntou ele.

— Não muito bem. Obrigada por me encontrar — respondeu ela.

Ele se esticou para tirar a jaqueta e desenrolar o cachecol. Estava quente dentro da delicatéssen e frio lá fora. Os óculos dele ficaram embaçados por causa do calor. Ele os tirou e apoiou na mesa.

— Tem gente que tem dificuldade de se abrir em grupo. Eu entendo. Mas você precisa tentar. Tenho que fazer um relatório para sua agente da condicional depois de oito sessões. Seria bom dizer que você participou.

Amanda assentiu e disse:

— Foi por isso que entrei em contato com você. Quero me abrir, mas estou tendo uns problemas com a Wendy. Ela e eu temos conversado fora do grupo. Ela, bom, às vezes é meio assustadora. Talvez seja só ela falando merda, mas não acho que posso voltar ao grupo se ela estiver lá.

Nesse momento, a garçonete chegou. Matt pediu um sanduíche de atum no pão de centeio, e Amanda aceitou um refil do café.

— Olha, eu não encorajo contato social entre membros do grupo. É receita para o desastre. Já vi isso antes.

— Desculpa. Eu realmente não quis ultrapassar o limite. É que não sabia que ele existia.

Ele assentiu e acenou os dedos delicados na direção dela.

— Fica tranquila. A Wendy tem um gênio difícil. É só isso. No começo, pode intimidar, mas eu te garanto que é um ambiente seguro. Quero que você se sinta confortável de compartilhar seus pensamentos e sentimentos.

Amanda fez que sim e sorriu para ele, que sorriu de volta.

— Então, tem algo em particular sobre o que você queira conversar? — perguntou ele. — Parecia que você estava se sentindo bem mal.

— É, é que eu me sinto boba. Eu sei que o grupo podia ser bom para mim, mas é a Wendy... — Amanda pausou e pensou por um momento antes de terminar a frase.

Matt limpou os óculos na blusa, os colocou de novo e se debruçou à frente. Uniu os dedos, com os cotovelos na mesa e a cabeça levemente inclinada para o lado.

— E? — disse ele.

Não havia escolha. Ela não tinha tempo para enrolar. Amanda foi direto ao ponto.

— A Wendy me falou que o nome real dela era Naomi.

Ela analisou o rosto de Matt, avaliando sua reação. Ele levantou as sobrancelhas só por meio segundo. Estava um pouco surpreso, mas será que era porque Wendy tinha dado seu nome verdadeiro ou porque tinha dado um falso? Amanda não conseguia saber direito.

Ela continuou:

— Só que eu não acho que seja o nome real dela também. Não gosto de ser feita de trouxa. Minha filhinha e meu marido foram tirados de mim. Qualquer um que use isso para me explorar não devia estar num grupo com outras pessoas, porque pode causar danos de verdade. Eu não confio nela.

Ele se recostou e levantou as mãos, como se em rendição.

— Olha, não sei exatamente o que aconteceu entre vocês duas. Qualquer coisa que aconteça fora do grupo não é da minha conta. Não posso controlar isso, mas, se começar a afetar o que acontece nas minhas sessões, aí vou ter que tomar alguma atitude.

— Então, o que você pode fazer?

— Você consegue me contar o que aconteceu?

— É meio pessoal, sabe? Só preciso saber que ela está sendo sincera. Se não, eu talvez precise de outro grupo. Você poderia falar com ela?

— Claro. Vou ligar e ver o que ela tem a dizer — falou Matt.

— Quando? — perguntou Amanda.

Matt pausou e disse:

— Quando eu vou ligar para ela? — Ele sorriu, deu uma risada nervosa e continuou: — Acho que vou ligar depois que terminarmos de conversar.

— Tipo imediatamente depois? Não dá para você ligar agora?

— Eu não tenho os... Quer dizer, meus arquivos estão no porta-malas do meu carro — disse ele, gesticulando por cima do ombro com o polegar. — Eu conduzo grupos por toda a cidade, então, é mais fácil guardar os registros no carro. Eu ligo para ela quando acabarmos aqui. Prometo.

A garçonete chegou com o sanduíche e Matt desdobrou o guardanapo, largou-o na mesa, olhou ao redor e falou:

— Só vou ao banheiro. Volto em um segundo.

Amanda deu um gole de café enquanto pensava no que fazer em seguida. Ela sabia o que tinha que ser. Ficava mais do que um pouco desconfortável, mas não havia escolha.

O tempo estava passando.

O banheiro ficava no subsolo, como em muitos restaurantes da cidade. Matt desapareceu por uma porta marcada *banheiros*, e Amanda se levantou, foi até o lado dele da mesa e pegou a jaqueta. Ouviu o tilintar de chaves, enfiou a mão no bolso dele e encontrou um molho grande com vários chaveiros interligados. Presa no molho, uma chave de BMW.

À sua frente, tinha um cara de terno com um iPad apoiado na mesa.

— Com licença, preciso sair para fazer uma ligação. Será que você poderia dar uma olhada na nossa mesa por um momento? Meu amigo está no banheiro.

— Sem problema — disse o homem.

Amanda o agradeceu, correu até a porta e logo estava na rua, caminhando o mais rápido que podia na direção da qual Matt se aproximara da delicatéssen. Não tinha estacionamentos por lá, pelo menos que ela conseguisse pensar. Uma fila de carros estacionados se estendia pelo meio-fio. O último no fim do quarteirão era uma BMW prata. Ela apertou a chave. As luzes se acenderam. Amanda abriu o porta-malas.

Lá dentro, encontrou três caixas contendo fileiras organizadas de arquivos. Estavam etiquetadas de acordo com o tipo de aconselhamento — Casais — Vício — Trauma Parental.

Amanda puxou a última caixa e começou a olhar. Dentro, viu seu arquivo — Jane —, fino e recente. Seus dedos passaram pelo topo de cada um, os separando rápido para conseguir ver os nomes.

Lá estava — Wendy. Ela o pegou e abriu.

Pulou as anotações de Matt. Não o considerava um terapeuta de verdade, e seus insights não seriam grande coisa. Ela lembrava que, quando entrou no grupo, Matt havia tirado cópia de sua carteira de motorista para o arquivo. Virou as páginas. Achou a de Wendy.

Naomi Cotton. Tinha uma data de nascimento e um endereço.

O mesmo endereço do apartamento abandonado.

Merda. Ela tirou uma foto com o celular.

Olhou o resto do arquivo, decepcionada, ainda torcendo para conseguir achar algo que valesse a pena.

Aparentemente, Naomi tinha entrado no grupo duas semanas antes de Amanda. Havia um número de telefone no arquivo, escrito à mão na lateral, mas era o mesmo do celular descartável. Aquele que Naomi sem dúvida tinha jogado fora.

Ela estava torcendo para o nome verdadeiro de Naomi estar ali. Tinha certeza de que Naomi Cotton era um nome falso e que esta era uma identidade falsa. Se fosse, era boa. Muito boa.

Ela fechou o arquivo, guardou de volta na caixa e bateu a tampa do porta-malas. Quando voltou à mesa, Matt já estava lá. O joelho dela queimava pelo esforço. Ela colocou a chave no bolso do próprio casaco, se sentou e fez um "obrigada" silencioso com a boca para o cara de terno.

— Está tudo bem? — perguntou Matt.

— Tudo, sim, desculpa. Precisei ligar para o banco. Problemas com meu cartão. Não está funcionando desde...

Matt assentiu e disse:

— Fica tranquila. Eu pago dessa vez.

Depois disso, eles conversaram pouco. Amanda fazendo comentários educados enquanto Matt levava a conversa para as propriedades curativas de exercício físico, meditação e ioga. Ele pagou a conta, se levantou e pegou o casaco. Logo que a peça se moveu, Amanda jogou a chave dele embaixo da mesa.

Matt olhou para baixo, viu e pegou o molho de chaves sem questionar, provavelmente achando que tinha acabado de cair do bolso. Ela o agradeceu, e ele disse que entraria em contato com ela depois de falar com Wendy.

Amanda saiu da delicatéssen, foi para o metrô e ficou satisfeita por ter um tempo para pensar.

Não tinha tido sucesso. Mas, em certo sentido, sabia mais sobre Naomi do que antes.

Sabia que Naomi era um nome falso. Que esperava que alguém tentasse encontrá-la por meio do grupo. Que só tinha começado a frequentar as sessões depois de Amanda ter sido condenada a liberdade condicional e designada àquele grupo em particular. E Amanda sabia que Naomi era inteligente, talvez tivesse dinheiro para pagar por uma identidade falsa boa daquele jeito, e era cuidadosa. Também tinha contatos criminosos para conseguir essa identidade.

Naomi talvez fosse mais perigosa do que Amanda pensara.

Ela virou a esquina, desceu para a rede metroviária de Manhattan. Às vezes gostava de ficar andando de metrô. Isso a ajudava a pensar. Ela passou o cartão de transporte, escolheu o trem que ia para o centro, entrou e achou um lugar para sentar.

Quando as portas se fecharam, Amanda já sabia o que ia fazer.

Era a última jogada que lhe sobrava. A única questão era se ainda dava tempo.

Será que Quinn já estava acordado? Talvez agora mesmo dando uma descrição de Amanda para os policiais? Ela precisava descobrir a verdade antes de ir parar atrás das grades. Tinha que descobrir quem era Naomi e por que aquilo tinha acontecido. Amanda quase matara um homem por ela. Será que era um homem bom? Um ex-marido? Um agiota? Um chantagista?

Talvez um parente?

A única certeza de Amanda era que ela precisava saber por que tinha sido manipulada para atacar o homem que Naomi chamava de Quinn. Ela precisaria contar uma história no tribunal. Mas, mais do que isso, queria saber por si mesma. Pensar que ela talvez tivesse atacado uma pessoa totalmente inocente a deixava com vontade de vomitar. Ela precisava saber. Para o bem ou para o mal.

Precisava correr esse risco.

E precisava ser hoje à noite.

32
Ruth

Scott levou uma hora para se acalmar.

Ruth ficou sentada na cozinha com ele. Seu marido balançava para a frente e para trás no chão, abraçando o corpo. Agora, tinha parado de chorar.

— Como eu posso ter feito isso? — disse ele, pela terceira ou quarta vez.

E, dessa vez, Ruth teve que responder.

— Você fez a coisa certa.

Ele olhou para ela, a pele sob seus olhos vermelha e inchada pelas lágrimas. Queria acreditar em Ruth. Precisava. Ela sentia o desespero dele para tirar daquilo algum significado, alguma justificativa para essa coisa terrível.

— Os policiais não podiam fazer nada. Teriam soltado ele. Ele teria ficado livre para matar mais mulheres. Ele estava caçando a gente, Scott. O que mais dava para fazer? Era sobrevivência.

Ele assentiu. Fungou. Soltou um gemido baixo.

— Ele tentou me matar. O que você fez foi certo. Nunca se esqueça disso.

Ela o ajudou a se levantar e eles se abraçaram por muito tempo. Descansando o queixo no ombro dele, lembrou-se de algo de muito tempo atrás. Marcos emocionais na vida criavam lembranças poderosas que viviam em grande estilo dentro de um cheiro, uma palavra ou um sentimento.

A mãe de Ruth tinha sido diagnosticada com câncer de estômago no último ano da filha no ensino médio. Muita coisa aconteceu naquele ano, e Ruth tinha perdido a maior parte. Seus pais haviam se divorciado anos antes, e o pai se mudara para a Holanda com a nova esposa. A mãe de Ruth, Beth, precisava de apoio, então, Ruth a acompanhou à clínica para fazer quimioterapia por meses. Ficava acordada até tarde segurando o cabelo da mãe enquanto ela vomitava na privada; passava em seu corpo emaciado um lenço gelado a noite toda; garantia que ela tomasse os remédios; fazia jantares leves e às vezes até dava sorvete em sua boca quando ela não conseguia ingerir mais nada.

Na manhã do baile de formatura, a mãe de Ruth amarrou um lenço roxo-vivo na cabeça e foi dirigindo com a filha até a clínica. Era um grande dia para ambas. A data tinha ficado marcada no calendário por um bom tempo, por dois motivos — o baile, claro, e por acaso era o mesmo dia em que chegariam os resultados da tomografia de Beth. Na clínica, Ruth se sentou numa cadeira de madeira coberta de couro bege, num corredor antisséptico, balançando as pernas e sorrindo para as enfermeiras e pacientes que passavam. A mãe estava no consultório, conversando com o médico. Ruth passou a maior parte daquela meia hora olhando o sino na parede ao lado do posto de enfermagem. Era velho. Enquanto tudo no hospital parecia novo, aquele sino de latão estava coberto de uma camada escura de gordura e sujeira incrustada no metal. Descolorido e deslocado no corredor de paredes e pisos brancos. Do suporte que segurava o sino, pendia um badalo na ponta de uma corda.

Se a mãe recebesse notícias ruins, Ruth já tinha decidido que não podia deixá-la sozinha naquela noite. Ia simplesmente faltar ao baile. A mãe era mais importante, e o tempo das duas juntas era precioso.

Beth saiu do consultório do oncologista. Ruth ainda não conseguia enxergar o rosto dela. Não conseguia avaliar quais eram os resultados, porque ainda não dava para ler a expressão dela. E então Beth se virou com um olhar vazio. Ruth segurou mais forte os braços da cadeira. Beth não olhou para ela, só andou calmamente na direção do sino, pegou o badalo e bateu com tanta força que arrancou a sujeira do latão.

Correndo até lá, Ruth abraçou a mãe, e elas ficaram assim enquanto o som do sino ressoava, e todas as enfermeiras, pacientes e médicos aplaudiam e gritavam. Pacientes de câncer soavam o sino quando recebiam o *tudo em ordem*. Era o melhor som que Ruth já tinha ouvido na vida, e a sensação era indescritível. Não era só alívio — era o amor ficando mais forte, uma libertação abençoada da doença e da morte iminente. Elas se abraçaram e choraram por algo mais que alegria.

Abraçando Scott com força na cozinha daquele pequeno apartamento em Hartford, ela sentiu de novo aquela euforia e alívio. Só que, dessa vez, era mais poderoso. Ela achou que, se fechasse os olhos forte o bastante e escutasse, escutasse *com atenção*, talvez ouvisse um sino repicando suavemente a distância. Não haveria mais dias longos e sombrios sendo assombrada por um assassino.

Ruth estava em remissão.

Segurando o rosto dele com as duas mãos, ela disse:

— Eu sei que é difícil. Mas ele mesmo causou isso. Era ele ou eu. Você fez a coisa certa, então, chega de lágrimas.

Ele assentiu e pigarreou.

Ruth disse:

— Por que você não faz um café? Eu vou até o mercado comprar café da manhã.

Ele a olhou, perplexo. E, aí, franziu as sobrancelhas, em dúvida.

— Você vai me abandonar?

— Deixa de ser bobo. Vou sair sozinha. Que nem eu fazia antes. Não tem mais motivo para sentir medo. Você devolveu a minha vida. Eu vou viver.

33
Amanda

Três horas pondo gelo no joelho lhe deram tempo para pensar.

Tempo para planejar tudo.

Ela ficou sentada na frente da TV. Porta da frente trancada. Cadeira embaixo da maçaneta. Celular carregando ao lado.

Havia vários boletins de notícias mencionando a invasão domiciliar pela pessoa maníaca do machado, e coletivas de imprensa sobre outros crimes violentos. E então, de tarde, mostraram a foto dele.

Não dava uma ocupação, só a idade e o nome.

Frank Quinn.

Então, era o nome real dele. Mas não tinha nada sobre o homem na internet. Ela tinha checado.

O canal usou uma foto de Quinn que Amanda não tinha visto antes em nenhuma das reportagens falsas de Naomi. Ele tinha cabelo castanho. Feições fortes, masculinas — maxilar largo, maçãs do rosto angulosas. Olhos azuis-acinzentados.

Amanda precisava de mais que isso.

Teria que fazer do jeito difícil. Isso significava sair à noite. E sabendo muito bem que podia nunca mais voltar. Não havia outro jeito de conseguir a informação de que precisava para rastrear Naomi. Esse homem, Quinn, era sua única ligação. Ela precisava entrar na casa dele e descobrir tudo o que podia sobre ele.

Última chance de encontrar Naomi.

E precisava ser hoje à noite, antes de os policiais chutarem a porta dela.

Ela colocou a calça de novo, com o joelho mais relaxado, além de mais gelado. O gelo tinha diminuído o inchaço dos esforços da manhã. Ainda doía pra caralho, mas nada comparado com a dor que Naomi sentiria se Amanda um dia pusesse as mãos nela.

Comeu um pouco, dormiu um sono leve e esperou a escuridão.

Colocou as botas Doc Martens — pretas, é lógico —, um moletom de capuz escuro e uma jaqueta de couro preta. Seu cabelo estava escondido embaixo de uma touca. Além disso, ela fez uma bolsinha contendo uma lanterna, uma chave de fenda plana com cabo longo, um canivete e um par novo de luvas de látex descartáveis.

No metrô para Greenwich Village, ela pensou no homem que a seguira na noite anterior. Sob a luz ofuscante da traição de Naomi, não tinha tido tempo para pensar nele. Será que ele estava esperando no carro dela, ainda estacionado a alguns quarteirões da casa de Quinn? Será que tinha falado com a polícia? Será que tinha contado que havia alguém na área, agindo de forma suspeita na noite do assassinato e que aquele era o carro dela?

Quanto mais pensava, mais Amanda se convencia de que os policiais podiam já estar procurando por ela. Precisava achar Naomi o mais rápido possível.

Seus pensamentos se voltaram para o trabalho da noite. Ela já tinha estado nos fundos da propriedade. Sabia o que esperar e havia planejado isso. Não ia ser fácil. Mas precisava ser feito. Suas primeiras 24 horas já tinham acabado.

Ela saiu da estação, caminhou até a rua onde havia estacionado na noite anterior. Seu carro estava visível a distância, sem nenhum outro veículo em volta. Ela procurou o Escalade escuro e o homem grande que a seguira, mas a rua estava tranquila e as calçadas, vazias até onde ela conseguia ver. Ainda assim, havia bolsões de escuridão entre os postes de iluminação, e ela ficava tensa cada vez que tinha que sair da luz, fechando os dedos em torno do canivete no bolso do casaco, antecipando um par de mãos grandes agarrando-a por trás e arrastando-a mais para a sombra — para nunca mais sair.

Mesmo assim, seguiu em frente, porque não havia escolha. Passou pela casa que pertencia a Quinn, agora deitado num hospital próximo, ainda em estado crítico. Nenhum policial em frente à propriedade. A porta principal estava coberta de faixas azuis e brancas de cena de crime da polícia de Nova York, e tinha um aviso grudado — sem dúvida um aviso de que a entrada estava proibida. A casa parecia mergulhada na escuridão. Nenhuma luz em nenhum dos cômodos que davam para a rua. Nem sinal do Escalade.

Ela continuou andando, contornando o quarteirão. Nenhuma viatura em nenhum lugar. Nenhum policial na rua. Havia alguns carros estacionados dos dois lados da calçada como na noite anterior, mas nenhum deles era uma viatura da polícia de Nova York, nenhum estava ocupado e nenhum era um Escalade. Ela pensou que os vizinhos deviam estar bem alertas por causa do ataque, então, precisava tomar mais cuidado do que antes. A dor no joelho continuava lá, mas era tolerável. Inclusive, os pequenos solavancos incômodos de dor que vinham a cada passo ajudavam a mantê-la atenta.

Amanda virou a esquina e caminhou até o beco que levava ao muro dos fundos e ao quintal da casa. O mesmo muro que tinha saltado na véspera.

Só que agora ela não podia entrar no beco.

Estava isolado com mais fita policial, cruzada na entrada de modo que não havia como ultrapassar sem rasgar pelo menos duas ou três.

Ela expirou, deu meia-volta, checou a rua. Tinha duas pessoas, quase duzentos metros à frente, caminhando de costas para Amanda. Ela tinha ido muito longe para desistir agora. Era importante demais. A única escolha era continuar. Ela colocou as luvas, pegou o canivete e cortou as fitas próximas ao chão. Quando se soltaram, ela se arrastou à frente com os cotovelos, tentando poupar o joelho machucado. Levantou-se do outro lado da fita policial. Não tinha como colocar de volta. Ela não havia trazido nada. Só podia torcer para ninguém notar ou para, se notasse, achar que a fita só tinha se soltado, nada mais.

Era um risco. Um sinal de que nem tudo estava seguro.

A lanterna dela iluminou um facho estreito. Ela ligou e desligou. Só para garantir que o beco escuro estivesse livre. Que não tinha ninguém esperando num canto escuro para agarrá-la ao passar.

Estava livre.

Ela seguiu, tateando um lado do muro com os dedos enquanto avançava. Então chegou ao muro dos fundos que tinha escalado na noite anterior.

Delicadamente, empurrou o portão dos fundos. Não tinham colocado uma nova tranca. Abriu uns quinze centímetros e bateu em algo do outro lado. Isso lhe dizia muito. O fato de que tinha havido um ataque na propriedade 24 horas atrás e a tranca do portão dos fundos não fora consertada queria dizer que não morava mais ninguém na casa. Se morasse, eles teriam parafusado, por segurança.

Provavelmente, os policiais só tinham posto algo na frente do portão para impedi-lo de abrir. Isso e isolar o beco era o máximo que eles podiam fazer.

Ela empurrou com mais força. O portão cedeu em cima, o que significava que a obstrução estava no chão, bem embaixo, na base. Ela se apoiou na madeira e usou todo o seu peso, fazendo pressão contínua só com a perna boa.

Houve um som de algo raspando. Metal em concreto. Não foi alto. Mas mesmo assim era audível. Era pesado, mas logo ela tinha uma abertura suficiente para passar de fininho.

Um banco de jardim no caminho de entrada. Era isso. Ela se abaixou e foi na direção da casa. Não vinha luz nenhuma das janelas dos fundos.

Amanda ficou surpresa de ver que a casa estava basicamente igual a como ela deixara na noite anterior. A porta do galpão de ferramentas continuava aberta, pendurada nas dobradiças e balançando de leve com a brisa suave. Havia uma mancha escura na grama, mais ou menos do tamanho de uma mesa pequena e circular. A janela dos fundos continuava quebrada. Alguns cacos de vidro permaneciam no quintal. Amanda tinha achado que a polícia pelo menos teria mandado alguém vir substituir a janela ou colocar tábuas na frente.

Talvez não fosse problema deles.

Ela se pegou olhando o galpão de ferramentas, quando devia estar concentrada na casa e nos possíveis pontos de entrada.

Havia algo naquele galpão que suscitava uma dúvida permanente lá no fundo. Ela não sabia bem o que era. Achou que talvez fosse para fazer algo ali, mas tivesse esquecido...

Esquecido.

Amanda correu até lá e espiou dentro.

O telefone descartável que Naomi lhe dera para atrair Quinn para o galpão. Tinha sumido.

Amanda soube na hora que tinha se esquecido de pegar o celular antes de ir embora. Agora estava com a polícia.

Ela pensou no dia anterior. Até onde conseguia lembrar, não havia tocado no aparelho sem luvas. Naomi tinha dado os celulares ainda na embalagem. Era um erro largar um deles. Ela ainda estava com o segundo em seu apartamento, num saco com as roupas que tinha usado na noite anterior. Assim que chegasse em casa, precisava se livrar daquele saco no lixo.

Amanda soltou um palavrão baixinho e sacudiu a cabeça. Precisava se concentrar de novo no trabalho. Senão, talvez cometesse outro erro.

Testou a porta dos fundos da casa e viu que estava trancada. Havia quatro painéis de vidro na metade superior da madeira pintada. A janela quebrada da cozinha era alta demais para ela atravessar. Ainda tinha pedaços afiados de vidro. Seria barulhento demais quebrá-los para entrar. Era ou tentar abrir a porta com a chave de fenda, ou ir para casa. Ela colocou a ponta plana no batente, pouco abaixo da fechadura, empurrou e remexeu, arranhando a tinta e a madeira, tentando deslizá-la entre a porta e a parede.

Sem sorte. Precisaria de um martelo e um cinzel para abrir. E faria barulho demais. Ela não podia arriscar alertar os vizinhos.

Amanda nunca tinha invadido uma casa antes. Nunca imaginara que seria tão difícil. Ficou imóvel por uns segundos, pensando no problema. Ajoelhou-se com cuidado, mordendo o lábio quando o peso caiu sobre o joelho esquerdo. Pegou a lanterna, colocou a mão em concha por cima e segurou bem perto da fechadura. Olhou pelo buraco e viu que a chave estava inserida do outro lado da porta.

Ficou de pé e apagou a lanterna. Quinn provavelmente tinha deixado a chave ali ao sair na noite anterior. Os policiais, que precisavam deixar a propriedade segura de alguma forma, muito provavelmente teriam só fechado a porta, trancado e mantido a chave na fechadura.

Se ela conseguisse quebrar a vidraça inferior direita, podia enfiar a mão e destrancar a porta com a chave.

Mas fazer isso alertaria os vizinhos.

Amanda voltou ao galpão de ferramentas, entrou, olhou ao redor. Estava escuro demais para discernir as coisas com clareza, e ela não podia arriscar usar a lanterna.

Em vez disso, usou as mãos para tatear.

Havia um banquinho sob a bancada de trabalho, com uma almofadinha amarrada em cima. Sem tempo a perder, cortou as tiras com o canivete, então achou um rolo de fita adesiva numa prateleira.

Perfeito.

Amanda voltou à porta dos fundos. Colocou faixas de fita adesiva na vidraça, cobrindo-a. Aí, uma única faixa saindo do centro, descendo bem apertada por cima da moldura e se estendendo até embaixo da fechadura. Demorando-se, ela apoiou a almofada na vidraça protegida e bateu nela com a chave de fenda, de modo que a cabeça estivesse atingindo as pontas do vidro através da almofada. Fazia som de gelo sendo triturado numa coqueteleira, mas abafado de algum jeito, como se estivesse acontecendo em outro cômodo lá perto. Não alto o bastante para ser ouvido por qualquer vizinho, a não ser que a pessoa estivesse no quintal.

Afastou esse pensamento. Moveu a almofada. Bateu.

Quando tinha manobrado a almofada por todas as pontas da vidraça, jogou-a de volta no galpão de ferramentas e empurrou o vidro. Caiu do outro lado da porta, mas a fita que ela havia grudado no centro garantiu que não caísse no chão. O vidro quebrado continuava preso à fita, em um pedaço só. Tomando cuidado de desviar dos caquinhos que circundavam a beira da moldura, ela dobrou o braço através da porta e a destrancou.

A porta se abriu. Sem fazer som. Sem ranger. Sem disparar alarmes.

Ela estava dentro.

Finalmente.

Deu a si mesma dez minutos para vasculhar a propriedade. Estava procurando papéis. Uma identidade. Correspondências. Extratos de cartão de crédito. Qualquer coisa que desse uma pista de onde ela poderia encontrar Naomi. Tinha certeza de que Naomi conhecia Quinn — toda aquela informação que ela dera a Amanda sobre o layout dos fundos da casa. Ou ela o estava observando havia muito tempo, ou já tinha estado lá.

Ninguém quer tanto um homem morto como alguém que o conhece bem.

Amanda não fechou por completo a porta, caso precisasse sair às pressas. Passou rápido pela casa de sua vítima, a lanterna iluminando o caminho. Tomou o cuidado de não deixar que o facho de luz batesse nas janelas. As cortinas estavam todas fechadas, mas ela não sabia quão grossas eram e não queria anunciar sua presença.

Nada de interessante nas gavetas da cozinha. Alguns quadros na parede, como na sala de estar. Nenhuma fotografia, porém, nem em cima da lareira — nenhuma imagem de Quinn, sua família ou entes queridos. A sala de jantar era um pequeno escritório, com um notebook na mesa e uma estante de livros combinando com a da sala de estar. Nas gavetas da mesa não havia nenhum papel ou mesmo um notebook. A casa estava limpa e era minimalista, com linhas retas e paleta preto e branco.

Antes de subir, Amanda viu um aparador no corredor. Ela abriu a gaveta e teve sorte.

Algumas contas e outras correspondências sortidas.

Todas no nome de Frank Quinn.

Não havia fotos dele na casa. Havia uma fina camada de poeira no aparador, mas tinha sido mexida. Uma linha fina de cerca de vinte centímetros, com outra menor atrás. Provavelmente um porta-retratos. *Uma foto de Quinn*, pensou ela. Muito provavelmente a foto que haviam usado na TV.

Entre a correspondência, achou um cartão de aniversário. Estava no fim da pilha e antigamente tinha sido branco, mas havia amarelado com o tempo. A imagem da frente era uma única vela de aniversário acesa. Ela abriu e achou mais poeira dentro.

Feliz aniversário para o melhor filho do mundo.
　Eu te amo muito, Frankie.
　Deus abençoe.
Bjs.,
Mamãe

Ela engoliu em seco, notando o ardor de emoção que subia pela garganta. Quinn podia ter feito muita coisa com Naomi para ela tramar seu assassinato. Será que ele tinha sido um amante infiel? Um golpista que arrancara o dinheiro dela? Talvez até alguém que a tinha machucado fisicamente ou matado alguém próximo a ela? Ou talvez fosse inocente, e Naomi não estivesse agindo por vingança, mas por malícia. Neste momento, Amanda não sabia. Só sabia que Quinn era filho de alguém.

Sabia que haveria um preço a pagar pelo que tinha feito. Tanto emocional quanto legal. Quem acreditaria que ela havia agido em legítima defesa depois de invadir o quintal do homem e ser achada por ele segurando seu machado?

Amanda guardou a correspondência e o cartão de volta na gaveta e a fechou devagar. Cerrou os olhos e tentou reiniciar, como se estivesse guardando a culpa naquela gaveta para lidar com ela depois.

No momento, havia um trabalho a ser feito.

Ela não conseguia achar nada na internet sobre Frank Quinn. Não desde que os sites falsos tinham sido derrubados. Ele com certeza não era professor, e ela não achava qualquer ligação entre aquele nome e uma escola, e, por enquanto, nada para revelar quem ele realmente era nem sua conexão com Naomi.

Amanda subiu a escada pé ante pé.

Uma única escova de dentes no banheiro.

Havia três quartos, um deles vazio exceto por uma cama de casal. O segundo era essencialmente um closet. Dois guarda-roupas, uma sapateira e uma cômoda. Só roupas: ternos e camisas, além de uma prateleira de livros.

O quarto principal tinha uma cama de casal e uma mesa de cabeceira. Havia livros empilhados ao lado da cama, a maioria sobre história e alguns de espionagem e redes de espiões. Não ficção. Isso acendeu brevemente sua curiosidade, mas não era relevante, e ela sabia.

A mesa de cabeceira tinha uma única gaveta, bem funda. Quando abriu, ela encontrou um cofre de metal lá dentro. Era pequeno, o tipo de caixa que um escritório talvez usasse para guardar dinheiro trocado ou documentos importantes. Era pintada de cinza, e a fechadura e o material de que era feito pareciam robustos.

Ela pegou as chaves na mesa de cabeceira, passou por elas até achar uma pequena que parecia que ia se encaixar. Amanda enfiou a chave na fechadura... e aí ouviu um baque.

Algo pesado batendo. Então, vozes. E passos no corredor. O baque tinha vindo da porta batendo e fechando.

Tinha gente no andar de baixo da casa. Ela desligou a lanterna.

Amanda segurou a respiração, olhou pelo quarto. A cama. O único lugar em que podia se esconder. Ela se ajoelhou, devagar, tomando o cuidado de não fazer barulho, e rastejou lá para baixo do móvel, levando o cofre junto.

34
Farrow

— O que estamos fazendo aqui? Achei que tivéssemos concordado que não era o Sr. Olhos Azuis — disse Hernandez, fechando a porta de entrada da casa de Quinn.

Farrow tinha pegado as chaves com Statler e Waldorf. Eles não se importavam que ele desse mais uma olhada. Especialmente porque a vítima ainda não tinha acordado do coma e identificado um culpado. Statler havia dito que, para ele, tanto fazia, podiam até pegar o caso — um não resolvido a menos na pilha deles já era uma vitória.

— Eu sei que não é nosso cara. Mas também não é violência doméstica — falou Farrow.

— Tá, e desde quando isso é problema nosso? Statler e Waldorf vão jogar a merda em cima da gente?

— Não, eu não concordei em pegar o caso. Por enquanto.

— E por que a gente pegaria? Não é como se não tivéssemos um rol completo de casos. A tenente não vai gostar nada, nada.

— Pode deixar ela comigo. Olha, você já me conhece.

— É exatamente por isso que estamos tendo esta conversa. A gente não *precisa* de mais um caso.

— Se você fosse parente do Quinn, ia querer os Muppets investigando este caso?

— É problema do departamento. Não nosso, *são Judas*.

Farrow se apoiou na parede por um momento, achou o interruptor e acendeu a luz. Por um segundo, os dois ficaram cegos. Na Igreja Católica, são Judas era o santo padroeiro de casos irremediáveis, e fora assim que Farrow ganhara o apelido, além de uma reputação considerável: porque fechava casos que ninguém mais conseguia fechar, não importava quanto tempo demorasse. Ele pegava casos de outros policiais que tinham chegado a um impasse e os resolvia.

— Não estou falando para a gente pegar todos os não resolvidos de Manhattan. Você sabe disso. Mas tem aspectos deste caso que não fazem sentido. Vai, admite. E Statler e Waldorf não estão nem aí.

— O caso não é nosso, o problema também não — disse ela.

— Fala sério, as trancas do portão dos fundos e do galpão de ferramentas estão quebradas. Isso é um invasor, não uma briga doméstica. É o tipo de merda que...

— *Que não vai me deixar dormir à noite* — completou Hernandez, imitando a voz de Farrow.

Ele ficou de pé, alongou as costas e falou:

— Eu sou tão previsível assim?

— Já ouvi essa frase. Ano passado, aliás, com o assassinato no caixa eletrônico, e seis meses antes disso, com o tiroteio no Central Park, e no ano anterior...

— Já entendi. Mas a gente fechou esses casos, né?

— Tá bom, qualquer coisa para te ajudar a descansar um pouco — disse ela com sarcasmo. — Vamos dar uma olhada. Mas deixamos o caso com Statler e Waldorf por enquanto. Dá suas anotações para eles. Quem sabe mudam a abordagem.

— E se não mudarem?

— Aí a gente entra. Eles vão ficar mais do que felizes de entregar.

Juntos, eles passaram pelo corredor e foram até a sala de estar, acendendo as luzes pelo caminho. Farrow pelo menos tinha recebido um nome para a vítima — Frank Quinn. Ele estava listado como proprietário. Havia uma TV de tela plana grande no canto, alguns livros dispostos numa prateleira e um único sofá. Farrow seguiu Hernandez até o escritório, olhou mais de perto a estante enquanto a parceira vasculhava as gavetas da escrivaninha.

— Nada — disse ela. — O cara é meio minimalista. Maníaco por limpeza. Com que ele trabalha?

— Statler não conseguiu achar nenhum familiar. Nenhum registro de casamento ou divórcio, nenhum resultado para certidões de nascimento exceto a do próprio Quinn, então, ele começou a buscar registros de emprego. Segundo a declaração de imposto, ele é consultor autônomo e tem uma porrada de dinheiro no banco. Nem ideia de que tipo de consultoria esse cara faz.

— Qualquer que seja, deve pagar bem. Esta casa é uma loucura.

Eles saíram do escritório e Hernandez checou a gaveta do aparador no corredor.

— Bom, achei umas correspondências endereçadas a Frank Quinn. Nada de interessante — disse ela, jogando os papéis de volta na gaveta e fechando.

— Quintal de novo? — perguntou Hernandez.

Farrow olhou pela escada e suspirou.

— Vamos checar o andar de cima antes. Não quero sujar a casa toda de lama. Damos uma olhada nos quartos, aí vamos para o quintal.

35
Amanda

Ela ouviu a voz masculina no corredor lá de baixo. Ele estava debatendo algo com uma mulher — algo casual. A maior parte ela não conseguia entender. Uma discussão amigável, talvez.

— *Vamos checar o andar de cima antes. Não quero sujar a casa toda de lama. Damos uma olhada nos quartos, aí vamos para o quintal.*

A voz do homem soava familiar, mas ela não conseguia saber muito bem por quê.

Perguntou-se quem poderia ser, chegando numa cena de crime tarde da noite. Seu único chute seria a polícia — ou talvez um locador.

Passos pesados na escada arrepiaram os pelos da nuca dela. Eles agora estavam subindo, e um degrau perto do topo rangeu com o peso dos dois. A luz do corredor foi acesa. A porta do quarto principal estava aberta, mas ela não conseguia ver o corredor, só o triângulo de luz iluminando o carpete.

Mais passos.

Os dois agora estavam no andar de cima. Ela escutou o rangido de uma porta, um estalo quando a luz se acendeu, acompanhado do barulho de um ventilador.

Banheiro. Só podia ser.

Não havia agora conversa entre os dois. O som de um armário fechando. Provavelmente o do banheiro. Ela tinha notado o móvel ao colocar a cabeça lá dentro antes, mas não se dera ao trabalho de checar depois de ter visto a única escova de dentes na pia.

— Ele toma muito remédio, esse cara. Comprimidos pesados para dormir, pelo jeito — disse a voz masculina.

Agora ela sabia onde tinha ouvido antes essa voz de barítono. Era grave e profunda, mas tinha algo suave nela. Algo gentil.

O investigador Farrow. Claro que era ele que estava investigando este crime. Por isso estava na casa.

Merda.

Isso queria dizer que estavam vasculhando o lugar. Esse pensamento foi acompanhado de uma sensação de balde de água fria sendo jogado em suas costas. Amanda olhou a caixa de metal à sua frente. Tinha levado junto ao rastejar para baixo da cama. As chaves ainda estavam penduradas. Ela se perguntou se tinha deixado a gaveta da mesa de cabeceira aberta.

Se tivesse, eles passariam um bom tempo neste quarto. Olhariam embaixo da cama, Farrow e sua parceira. E o tempo de Amanda se esgotaria.

Pensou em deslizar para fora da cama, abrir a janela e pular. O quarto ficava na frente da casa. Ela estava no segundo andar. A queda até a calçada lá embaixo seria longa. Seu joelho machucado não aguentaria de jeito nenhum. Significaria só que ela seria presa e acusada com um joelho estourado.

Fechou os olhos com força, tentando pensar em uma saída. Não tinha como sair para o corredor sem ser notada. Ela não conseguiria chegar até a escada.

Era a janela ou só ficar onde estava e rezar.

Outra porta rangendo. Outro estalo de interruptor de luz. Mais perto agora. Eles estavam no quarto de hóspedes. Não tinha muita coisa lá.

Amanda soltou o ar devagar, sentindo o estômago apertar. Espalmou as mãos e apoiou a cabeça no carpete. Virada de lado. Para poder ver quando alguém entrasse. Agora havia uma camada grossa de poeira perto de seu nariz e de sua boca. Em geral, ela não era sensível a poeira, mas tinha muita e fez sua garganta coçar. Apertando os lábios com mais força, ela engoliu. Se tossisse ou espirrasse, já era.

Dois sapatos de couro marrom grandes entraram no quarto. Estavam sujos da rua. Salpicados de água lamacenta aqui e ali. Farrow nunca parecia prestar muita atenção a suas vestimentas, e ela chutou que só limpava os sapatos quando não conseguia mais ver o couro. A coberta da cama caía um pouco abaixo do colchão, deixando uma abertura de uns vinte centímetros pela qual podia observar aqueles sapatos inquisidores.

Os sapatos ficaram parados por muito tempo, afundados no carpete. Farrow era um homem grande.

Então eles se viraram e foram na direção da mesa de cabeceira.

De súbito, ela ficou hiperconsciente de seu corpo inteiro. As pernas, dobradas e imóveis, começaram a doer, querendo se mexer. Ela sabia que estava imaginando, mas o latejamento embotado no joelho não era imaginário. Estava doendo, e ela não podia fazer nada exceto aceitar a dor.

Não se mover.

Não respirar.

Aceitar a dor.

Escutou o atrito suave de madeira envernizada com madeira. Ele estava abrindo a gaveta ou fechando.

Aqueles sapatos não se mexeram. Ele estava pensando.

Ela imaginou o cofre chamando Farrow, sussurrando sua localização. Implorando que ele se abaixasse e desse uma olhada embaixo da cama.

O peito dela começou a doer. Segurar a respiração não ia funcionar. Aos poucos, soltou o ar dos pulmões e começou a respirar o mais superficialmente possível. Sentia a pressão se acumulando a cada respiração leve que levantava seu corpo do chão e o abaixava ao exalar. Ela sabia que estava tremendo, e as respirações tinham som de fole. Abriu a boca, torcendo para isso suavizar o som.

Os sapatos voltaram.

Os pés de Farrow apontaram bem para ela.

Era agora.

Ele ia se abaixar, levantar a coberta e olhar embaixo da cama. Todo policial olhava embaixo da cama, né?

Ela viu a perna de sua calça de alfaiataria azul subindo, os calcanhares se levantando do chão quando ele se agachou. O frasco de analgésicos chacoalhando no bolso do paletó.

Amanda segurou a respiração.

Quatro dedos grandes apareceram, segurando a barra dos lençóis.

36
Farrow

—Ei, vem dar uma olhada nisso aqui — chamou Hernandez, do outro quarto.

Farrow soltou os lençóis, endireitando-se com um gemido.

Seus comprimidos o chamavam.

Mas ainda não. Ele precisava pensar.

Olhou de novo a gaveta entreaberta da mesa de cabeceira. Não tinha nada nela. Nenhum motivo para acreditar que o que quer que estivesse lá antes tivesse qualquer importância. Mas é que não estava fechada por completo, e o resto da casa era impecável.

Pela decoração — cinza-escuro, cinza-claro e preto dispostos em paleta nas paredes brancas —, não parecia muito que uma mulher morava ali. Tudo tinha um ar masculino. Até as pinturas escuras e abstratas expostas.

— O que você encontrou? — perguntou Farrow, saindo do quarto principal.

Hernandez estava no cômodo ao lado.

— Olha só isso — disse ela, apontando para outra estante de livros.

Farrow passou os olhos pelos títulos. Muitos eram sobre contraespionagem, biografias de ex-agentes da CIA e da KGB, e manuais de espionagem e guerra cibernética.

— Tinha uma pilha de livros assim na mesa de cabeceira. Acha que ele não é flor que se cheire? — perguntou Farrow.

— Sei lá. Talvez ele só curta essas coisas?

— Talvez — disse Farrow.

— Não tem nada aqui. Quer olhar de novo lá fora? Ou terminamos?

Farrow suspirou, olhou de novo os livros e pegou um da prateleira. Supostamente, era escrito por um ex-membro do serviço secreto britânico.

O sumário passava pelos vários estágios da falsidade ideológica, como evitá-la e como cometê-la.

— Pode ser que ele seja golpista. Se não acordar logo, acho bom chamarmos alguém aqui para dar uma olhada no computador dele — falou Farrow.

— Não tem como uma mulher morar aqui. Talvez o cara tenha namorada, mas eles não moram juntos. Concordo, não é briga doméstica. Não sei o que é. Será que ele é um criminoso e foi um assassinato encomendado?

— Não sei, não. Não parece trabalho profissional. Matadores de aluguel não matam as vítimas com o machado delas.

Farrow fechou o livro, guardou-o de volta na estante e disse:

— Vamos dar mais uma olhada lá embaixo e nos mandar daqui. Cozinha primeiro. Aí o quintal.

37
Amanda

Ela ouviu, com lágrimas nos olhos, Farrow e sua parceira descendo e entrando na cozinha.

A respiração saindo de seu corpo pareceu um alívio prematuro. Chegou um pouco mais à frente, arrastando o corpo com os braços e se empurrando com uma perna só.

Ainda precisava sair antes de notarem que a porta dos fundos tinha sido quebrada de novo. Virou a chave na fechadura da caixa de metal até a tampa abrir delicadamente com um estalo. Então a empurrou para fora da cama e rastejou para sair. Abriu a tampa.

Lá dentro havia cinco rolos gordos de dinheiro, cada um da grossura de uma lata de refrigerante. Ela ofegou ao ver tanto dinheiro. Pegou um dos rolos sem pensar e o colocou no bolso do casaco. Depois, mais dois. Sobravam dois. Ela não achava que o cara fosse precisar. Ele tinha uma casa grande e devia ser rico para poder pagar por ela. Não ia sentir falta. Ela precisaria de dinheiro porque, agora que tinha saído de mãos vazias de sua pequena excursão noturna, não tinha mais nada a fazer exceto fugir. Abandonar seu apartamento, deixar a cidade para trás e simplesmente se mandar. Além do mais, quem tem rolos de dinheiro num cofre? Será que Quinn era golpista, como Farrow havia dito?

Alguém que talvez um dia precisasse desse dinheiro para fugir, ou será que era uma coisinha que Quinn estava escondendo da receita federal? De todo modo, agora ela estava precisando.

Eles a pegariam em algum momento. Ela sabia. Farrow era um cara inteligente, mesmo que não tivesse tempo de engraxar os sapatos.

Quando ela ficou de pé, o joelho gritou. Precisaria de alguns passos para que voltasse ao normal.

Na ponta dos pés, foi até o topo da escada.

Aqueles degraus rangiam. Pelo menos um deles. Ela tinha escutado quando Farrow e Hernandez estavam subindo. Seu coração batia tão forte e rápido que ela o sentia latejando no ouvido.

Não demoraria muito para eles revistarem a cozinha. Se é que iam se dar ao trabalho. Talvez fossem direto até o quintal. Iam ver a vidraça quebrada. Iam saber que ela estivera, ou que talvez ainda estivesse, na casa.

Qual degrau tinha rangido? Ela os fitou, sem ar.

Não tinha como saber só de olhar. Não conseguia lembrar. E não tinha tempo a perder. Amanda jogou a perna direita por cima do corrimão e o segurou com as mãos enluvadas. Devagar e silenciosamente, ela escorregou. Quando chegou na metade, viu Farrow de relance, com seu grande sobretudo preto, indo na direção da porta dos fundos. Ela desceu do corrimão, foi na ponta dos pés até a porta e segurou a maçaneta.

Começou a girá-la.

38
Farrow

Hernandez estava parada na porta dos fundos, encarando-a. Farrow levou um momento para perceber o que ela estava olhando, aí viu que a porta estava alguns centímetros aberta.

— Será que Statler e Waldorf deixaram essa porta assim? — perguntou ele.

Hernandez o chamou para se aproximar, balançando a cabeça.

Uma das vidraças logo acima da fechadura não estava no lugar. Se bem que não tinha desaparecido. Continuava basicamente intacta, quebrada, sim, mas colada com fita adesiva preta e pendurada da moldura por outro pedaço de fita.

Farrow trocou um olhar com Hernandez, e eles sacaram a arma juntos. Hernandez foi a primeira a sair pela porta dos fundos, abaixada, checando os cantos do quintal. Farrow a seguiu, de olho na retaguarda da parceira, então ambos se aproximaram do galpão de ferramentas. Ela de um lado, Farrow vigiando o outro.

Ninguém no quintal.

— A casa... a gente deixou de ver alguma coisa? — perguntou ela.

Farrow abaixou o olhar. Passou os olhos pelos próprios pés enquanto pensava em seus movimentos lá em cima.

— A gente chegou embaixo das camas?

— Merda — disse Hernandez.

Farrow já estava se movendo. Ele chegou na cozinha primeiro, andando desajeitado, com passos pesados, as costas protestando pela velocidade, arma levantada, pronto para mirar e disparar se necessário. Pelo corredor, subindo a escada, a Glock apontada para cima, observou o corrimão em busca de qualquer sinal de uma cabeça ou arma espiando dali, ignorando a tensão causada pelo movimento.

Farrow cobriu Hernandez enquanto ela se ajoelhava no quarto de hóspedes e olhava embaixo da cama. Ninguém e nada lá.

Quarto principal.

Idem.

Exceto por uma caixa de metal. Como um cofre de documentos, do outro lado da cama. Estava aberta, com um molho de chaves ao lado. Farrow não tinha vindo até esse lado da cama, mais perto da janela, então, não tinha como ter certeza se estava lá antes ou não.

Ele abriu a tampa e viu dois rolos grossos de dinheiro presos firmemente com um elástico. A nota de cima era de cinquenta. Devia ter milhares de dólares em cada um.

— Caralho, isso estava aqui antes? — perguntou Hernandez.

— Talvez. Se alguém invadiu para saquear a casa, por que não levar isto? É ganhar na loteria. A não ser que também não tenha visto.

Ele foi até a janela, abriu as cortinas, olhou pela rua.

Havia uma única figura a distância. Se afastando. Ritmo rápido. Uma mulher, ele chutou, pelo tamanho e a forma como caminhava.

Ela estava mancando. Mas, a julgar por como estava se movendo, precisava chegar em algum lugar — ou fugir — rápido.

— Mulher na rua, fugindo mancando. Vamos! — disse Farrow.

39
Amanda

Cada passo era uma agonia.

Ficar presa embaixo daquela cama tinha causado espasmos em seu joelho. Agora que precisava se mover rápido, ela estava sentindo mesmo. E, ainda assim, tinha conseguido sair daquela casa. Perguntou-se quanto mais duraria sua sorte. Ela era extremamente sortuda de não estar algemada.

Estava quase no fim do quarteirão. Mais um antes de chegar ao carro.

— Ei, você! Pare! Polícia!

A voz gritando atrás dela a forçou a se virar.

A parceira de Farrow, Hernandez, estava correndo na direção dela. Farrow saiu pela porta da frente em seguida. Ele se movia com velocidade, mas rígido, como se tivesse uma tábua amarrada em uma das pernas.

Cem metros entre Hernandez e ela. E diminuindo rápido.

Amanda estava usando o capuz do moletom e longe demais para ser reconhecida. Ela virou e correu.

A dor era inacreditável, como se, a cada passo com aquele joelho ruim, uma flecha quente fosse enfiada em sua carne. Amanda gritava a cada passo. Mas continuou se movendo.

Não era uma corrida, não de verdade. Um solavanco trôpego, mecânico, e depois outro, e outro.

E então o joelho cedeu e Amanda ficou estirada na calçada. Conseguiu colocar a perna boa embaixo do corpo e se obrigar a ficar de pé.

Hernandez estava a quinze metros.

Não conseguiria chegar até o carro.

Um Escalade preto parou no meio-fio a seu lado. Ela apoiou todo o peso em uma perna só. Não conseguia nem colocar o outro pé no chão.

A porta do passageiro do Escalade se abriu.

Um homem grande usando uma jaqueta azul e camisa branca estava sentado ao volante. O mesmo que observava a casa ontem à noite. O mesmo que a seguira até o metrô.

— Você acabou de vir da casa do Frank Quinn. Estamos procurando a mesma mulher. Eu posso te ajudar. Entra, rápido!

Amanda ficou boquiaberta. O homem estava com a mão estendida, chamando-a para o carro.

— Rápido! — disse ele.

Hernandez estava chegando. Dez metros. Farrow estava atrás dela com sua corridinha hesitante e cambaleante.

Quem caralhos era esse cara?

— Entra agora! — falou ele.

Não havia escolha. Entrar no carro com esse desconhecido ou ser presa por tentativa de homicídio.

Amanda pulou num pé só até o carro, apertando os dentes de dor, então se jogou no banco do passageiro e fechou a porta.

O homem pisou no acelerador e o motor rugiu.

Ela se virou para olhá-lo, mas ele a estava ignorando. Observando o trânsito, garantiu que não ia bater em outro veículo ao virar no cruzamento e afundou o pé no acelerador.

— Quem é você? — perguntou ela.

— Meu nome é Billy Cameron. Você está segura. Está tudo bem. Deixa só eu tirar a gente daqui e explico tudo.

40
Farrow

Ele viu um SUV parar ao lado da figura que mancava. Não conseguia enxergar muito mais que o teto do carro por causa da fila de veículos estacionados ao longo da rua, com só alguns espaços vagos no meio.

Farrow já tinha desacelerado e estava caminhando devagar; suas costas iam colapsar. Hernandez também percebeu o veículo e conseguiu dar um último gás. Mas não chegou a tempo. Em certo momento, ele achou que ela fosse conseguir, porque, de início, a mulher manca de capuz não entrou no carro. Pareceu paralisada. Indecisa.

Então saltou para dentro e o veículo arrancou. Hernandez desacelerou, parou, se dobrou e colocou as mãos nos joelhos para recuperar o fôlego. Ficou assim por alguns segundos, depois se endireitou e voltou pela rua na direção de Farrow.

— Você pegou a placa? — perguntou ele.

Hernandez, ainda sem fôlego, fez que não com a cabeça.

— Você acha que era a pessoa que invadiu a casa? — quis saber ele.

— Pode ser — foi só o que ela conseguiu responder.

— Você viu como ela hesitou quando o carro parou? Não era um carro de fuga. Ela pensou antes de entrar.

— Farrow, vamos entregar isso de volta para Statler e Waldorf. Eles devem ter razão. Foi uma briga doméstica, e aposto que aquela era a culpada.

Farrow olhou pela rua.

— Eu te disse que o caso ainda é deles. Mas não é briga doméstica. Digamos que fosse a culpada. Por que ela voltou? Não é como se o lugar estivesse cheio de roupas dela nem nada do tipo. Ainda tinha muito dinheiro naquele cofre, então, não é roubo. Por que voltar à cena de crime? O que raios ela estava procurando?

41
Ruth

Fechando a porta de entrada atrás de si, Ruth desceu os degraus do seis perfeito e parou na entrada. Uma cerca de arame contornava o prédio. Era velha e estava caída em algumas partes, como se um gigante tivesse sentado sobre ela. Ruth passou pela abertura. O parque estava à sua frente. À esquerda, uma rua comprida. À direita, o fim da rua, não muito longe. Naquela direção, havia semáforos e mais carros. Ela tirou um momento para admirar o parque.

Gramados verdes luxuriantes, salgueiros e olmos, um bando de pássaros cantando sob o sol de início de inverno.

Os apartamentos e casas da rua estavam em estágios variados de decadência. Sofás e colchões velhos largados na frente de alguns, e sacos de lixo em pilhas altas na calçada de cada prédio. Ruth ignorou as casas, focada no parque. Ela sentia o cheiro de grama do outro lado da rua. Era sua primeira vez em Hartford, e a primeira manhã do que parecia uma nova vida. Uma brisa soprava seu cabelo castanho na bochecha, e ela sentiu um arrepio no ombro. A blusa ainda estava molhada das lágrimas de Scott.

O celular vibrou no bolso.

Uma mensagem de Scott. E uma ligação perdida dele. Ela não havia sentido a vibração da ligação. Ocupada demais admirando a vista. Absorvendo o mundo externo, sem nenhum medo desde sabe-se lá quanto tempo.

Você está bem?

Ela mandou de volta:

Estou ótima.

A resposta foi rápida:

Por favor, compra os jornais. Nada local. *New York Post*, *Times*.

A cada passo, ela se sentia mais confiante. Era uma linda manhã, e a vida parecia cheia de possibilidades. Possibilidades boas.

No cruzamento, Ruth virou à direita e logo se viu num pequeno centro comercial. Muitas das lojas tinham placas em espanhol. Havia alguns restaurantes — frutos do mar, tapas e um italiano. Lojas de celular, lavanderias, lanchonetes, barracas de frutas.

Ela entrou no primeiro supermercado que viu, pegou uma cesta e encheu de folhados de café da manhã, um pouco de cereal, ovos, leite e café. Havia uma prateleira de revistas na área logo antes do caixa, com uma seleção de jornais logo abaixo. Ela pegou um exemplar do *Post* e um do *Times*. Passou os olhos por eles, mas não achou menção a Travers. Talvez fossem dar a matéria numa edição posterior ou no dia seguinte, sem dúvida. Havia uma fila longa nos caixas. Sempre era assim na véspera de Ação de Graças.

Era quarta, 21 de novembro. A noite do incidente, como o investigador Farrow chamava, era 14 de setembro. Já mais de dois meses desde o ataque. Será que fazia mesmo tanto tempo assim?

A data já não guardava tanto medo e temor em sua mente, nem em seu coração.

Talvez, com o passar do tempo, 14 de setembro se tornasse só mais um dia. Tinha acabado, graças a Scott.

Enquanto estava na fila, ela ficou de cabeça erguida, costas retas, ombros relaxados. O simples ato de estar de pé, sem ter medo de encontrar o olhar de outros clientes, bem, era algo especial. O caixa era um homem de meia-idade com cabelo ficando grisalho. Ao chegar sua vez, Ruth colocou os itens na esteira. Ele sorriu para ela.

Ela sorriu de volta, sem conseguir evitar.

— Vai ser um dia lindo hoje — comentou ele.

— Quer saber? Já é um dia lindo — respondeu Ruth.

Ela pagou em dinheiro e foi embora com sua sacola de compras.

Saindo para o sol de fim de manhã, Ruth sentia ter atravessado um marco. Ela se sentia normal.

Sorrindo sozinha, percebeu a importância dessa afirmação. Antes do ataque, não sabia quanto tinha sorte. Todas as brigas, as pequenas rixas com Scott — nada disso significava mais nada. O futuro havia sido alterado. O dr. Mosley tinha falado que era provável que ela não conseguisse mais engravidar naturalmente. Ela não havia explorado mais o assunto. Não tinha nem pensado nisso.

Passando por um grupo de homens na calçada, pegou um olhando para ela. Ontem, isso teria feito Ruth se fechar, em pânico. Hoje, ela sorriu de volta para o jovem e seguiu andando, compras em uma das mãos, o outro braço balançando ao lado do corpo. Levantando o queixo para o céu azul, ela respirou fundo. Um sorriso irrompeu em seus lábios.

Logo à frente, ela viu uma jovem com o filho. Um menininho de quatro ou cinco anos. Estavam numa barraca de comida. A mulher contou suas notas e deu ao vendedor, que embrulhou um donut num guardanapo e entregou à criança.

Ruth sabia o que queria. Tinha um jeito de consertar tudo. Agora, havia possibilidades. Ela pesquisaria FIV ou algum outro tipo de tratamento. Iria atrás da opinião de um especialista. E, se nada funcionasse, eles ainda poderiam adotar.

Ainda havia a chance de uma vida boa. E, dessa vez, Ruth sabia no fundo do coração que ia valorizar cada segundinho. Ela tinha recebido um indulto. Tinha sido libertada de sua prisão de medo. E tudo graças ao homem que amava.

Tinha um Starbucks à frente, com a porta aberta. Ao passar, ela sentiu cheiro de café. Talvez fosse gostoso caminhar de volta até o apartamento tomando um café. Ela parou e entrou. Não tinha muita fila, mas parecia haver muita gente espalhada pelo salão, só esperando. Os atendentes eram lentos. Ela pediu uma bebida e seguiu para o fim do balcão. Parou mais afastada, apoiando as costas na parede. O homem que pediu depois dela ficou a seu lado.

Só um cara comum. Esperando seu café.

Nenhum problema de estar ao lado dele. Nenhum medo. Ruth sentiu as lágrimas vindo.

— *Latte* desnatado grande para Ruth? — disse uma voz.

Ela pegou o café, agradeceu ao barista e saiu rápido da loja. A bebida era gostosa e ela foi andando de volta ao apartamento, passando por homens, mulheres e crianças na rua. Sem ataques de pânico. O vento em seu cabelo e em sua pele era uma delícia.

Aquele *latte* era o melhor que ela já tinha tomado.

Ruth chegou ao apartamento com uma leveza nos passos. Algo parecido com quem ela era antes. Fechou a porta sem fazer barulho e atravessou a sala de estar até a cozinha.

A TV continuava ligada, mas nada de Scott. Ela imaginou que ele estivesse no banheiro. Colocou a sacola de compras no balcão da cozinha e ouviu a descarga no fim do corredor. A porta do banheiro se abriu, e ela escutou os passos de Scott no chão sólido de madeira, passando pela sala na direção da cozinha.

Uma notícia sobre Nova York passava na TV. Um homem tinha sido atacado em sua própria casa na noite anterior, e houvera uma série de esfaqueamentos, mas aí eles seguiram para a matéria principal.

Uma manchete atravessou a parte inferior da tela.

PATRICK TRAVERS ASSASSINADO EM QUARTO DE HOTEL EM NOVA YORK.

Scott entrou, o cabelo ainda molhado do banho e roupas limpas. O canal mostrou uma foto de Patrick Travers, e todo o oxigênio saiu do corpo de Ruth. Ver o rosto dele gelava sua espinha. E, apesar disso, não tinha o mesmo poder. Ele estava morto e nunca mais poderia machucá-la.

O âncora começou a ler mais sobre a história.

— *Podemos confirmar que o indivíduo encontrado morto em seu quarto no Paramount Hotel ontem à noite foi identificado como Patrick Travers. Aos 43 anos, ele era conselheiro de campanha do prefeito Anthony Toscano. Pelo que sabemos, o gabinete do prefeito está preparando um comunicado, que traremos aqui quando tivermos. A polícia está tratando o incidente como homicídio e emitiu um chamado por testemunhas. Qualquer um que tenha estado no hotel ontem à noite e possa ter visto algo deve entrar em contato imediatamente. A notícia do assassinato de Travers é a mais recente numa longa série de incidentes que assola a campanha de reeleição de Anthony Toscano. Os telespectadores talvez lembrem que, há duas semanas, o* New York Times *revelou que o prefeito Toscano estava sendo investigado por en-*

tregar contratos lucrativos da prefeitura a empresas supostamente ligadas ao crime organizado e, em particular, integral ou parcialmente pertencentes a Jimmy "the Hat" Fellini. Após a reportagem do New York Times, *o prefeito Toscano emitiu um comunicado negando qualquer relação pessoal com a família Fellini. Alguns dias depois dessa negação, estas fotos emergiram nas redes sociais...*

A tela mudou. O âncora foi substituído por uma foto de três homens num bar de praia. Cada um segurando um drinque, de camiseta e short. Dois deles estavam com colar de flores. Um era Travers. Mais fotos. Os mesmos três homens, à noite sob uma palmeira, com o mar atrás.

A imagem voltou ao âncora, com uma foto no canto da tela acima do ombro dele: Patrick Travers de braço dado com o prefeito e outro homem. Dessa vez, estavam na praia.

— *Estas imagens foram tiradas num resort de luxo no Havaí, onde Patrick Travers, o prefeito Toscano e Jimmy Fellini foram fotografados socializando...*

Scott disse:

— A polícia vai achar que o assassinato de Travers foi tramado pela máfia. Não vão nem procurar a gente. Meu Deus, vai dar tudo certo, Ruth. Vai ficar tudo bem.

O âncora continuou:

— *O prefeito emitiu um comunicado em 8 de novembro deste ano dizendo que não tinha relação com Fellini, mas estas fotos, que surgiram depois, contradizem essa afirmação. As imagens, cuja autenticidade nós confirmamos, mostram claramente Fellini recebendo o prefeito e Travers num resort particular durante a estada de uma semana, sendo que a última foto foi tirada uma noite antes de Travers e o prefeito Toscano voarem do Havaí de volta para casa, no dia 15 de setembro deste ano...*

O copo de café de Ruth escorregou por entre os dedos, bateu no chão e se esparramou por seus sapatos.

Quando ela tinha sido atacada em casa, no dia 14 de setembro, Travers não estava em Nova York. Ele estava no Havaí com o prefeito e um chefão da máfia.

Ela tinha apontado a pessoa errada. Scott tinha assassinado um homem *inocente*.

Ruth sentiu as mãos fortes de Scott segurando seus braços.

42
Scott

Ele girou Ruth, o estômago se revirando e uma sensação de vazio no peito, como se tivesse tomado um soco forte no plexo solar e não conseguisse respirar.

Havia medo e choque no olhar dela.

Ele sentia o corpo da mulher tremendo sob seus dedos. Lágrimas já se formavam nos olhos dela. Ela abriu a boca, mas as palavras não vieram. Então, como se algo estivesse borbulhando no interior do corpo de Ruth, algo que ela não conseguia controlar, algo tóxico, ele a soltou e deu um passo para trás.

Não foi rápido o bastante. Ela o empurrou com força ao se dobrar com um grito que saía bem de dentro. O grito era uma única palavra que emergiu com tanta violência que ele tapou os ouvidos. Era um som que ele nunca mais queria ouvir. Dentro dele, havia luto, anseio e dor. O olhar dela vagou com medo pelo cômodo. Scott sabia que ela não conseguia vê-lo. Sua mente tinha ido para outro lugar e ela continuava gritando:

— *Nãaaaaaaaaaaaoooooooo!*

— Ruth, Ruth, para! — berrou ele.

Quando os últimos ecos de seu grito morreram nas paredes, ela se endireitou. Seus olhos estavam ensandecidos, cheios de terror.

Ele foi na direção dela, a agarrou e abraçou com o máximo de força que conseguia enquanto ela chorava de soluçar em seu peito.

E Scott sentiu o peso do que havia feito lhe atingir de novo. Ele não tinha matado um assassino. Não tinha matado um predador. Aquilo não ia salvar a vida de Ruth. Tudo tinha sido em vão. Ele matara o homem errado.

Seus braços se apertaram em torno de Ruth, os punhos fechados, o maxilar começando a doer de tanto ranger os dentes. Ele pensou ser capaz de sentir a angústia fluindo de volta para a esposa. Ela estava sacudindo a cabeça, segurando-o, desejando que não fosse verdade. Por um momento naquela manhã, ele a vira livrar-se da ansiedade e sair sem medo. Ela estava voltando a ser a mulher com quem ele se casara, mas agora tudo tinha acabado.

E, por mais que quisesse consolá-la, ele sentia a raiva crescendo. Não de Ruth exatamente, mas de si mesmo.

Ele a soltou de repente, se virou e começou a bater com os punhos nos armários da cozinha. Os da esquerda e os da direita. Uma das portas se quebrou em duas partes, cortando-o, e foi bom. A dor era boa. Ele a merecia, a acolhia, e começou a bater com ainda mais força.

Deu mais um soco, enfiando os nós dos dedos ensanguentados na lateral do armário. Ofegando e sangrando, subitamente se dobrou, com ânsia. Parou na pia e vomitou. Abriu a torneira. Jogou água no rosto e tentou recuperar o fôlego, as mãos apoiadas uma de cada lado da pia caso viesse outra onda de náusea. Pensou no cadáver que largara para trás, o gargalo da garrafa quebrada enterrado no rosto. Era uma imagem que permaneceria com ele como uma cicatriz, mas ele tinha certeza de que continuaria vermelha e em carne viva, jamais se fechando.

— Você me disse que era ele — falou Scott.

Quando Ruth recuperou a voz, estava baixa e suave:

— Eu achei que fosse. Tinha certeza. Era quase exatamente igual a ele.

— Quase? — repetiu ele, virando-se na direção dela.

— Era ele. Na minha cabeça, era ele.

— Meu Deus, Ruth.

— Olha, ele provavelmente era um bandido mesmo. Você viu o jornal. Você fez a coisa certa.

— Quê? Como você pode falar uma coisa dessas?

— Porque quando eu achei que ele estava morto, meu Jesus amado, foi tão bom. Sair hoje de manhã foi a melhor coisa que já me aconteceu. Eu não tinha mais medo. Sabe como é ficar apavorada o tempo todo? Isso está me matando, Scott. O medo está me matando de verdade. E acreditar que ele estava morto me deu uma nova vida. E agora acabou. E o medo voltou. Mais forte do que nunca...

A TV continuava ligada, apesar de os dois a estarem ignorando havia um tempo. O programa interrompeu uma reportagem sobre o Oriente Médio para revelar uns homens de uniforme policial num palanque.

— *Vamos interromper essa reportagem para entrar ao vivo agora na coletiva de imprensa da polícia de Nova York sobre o assassinato de Patrick Travers. Pelo que entendemos, a polícia identificou um suspeito...*

43
Amanda

O homem que se apresentou como Billy virou o volante com tudo para a direita para dobrar mais uma esquina, levando-os para a Segunda Avenida.

— Você está bem? — perguntou ele.

O peito de Amanda estava ofegante. Ela não sabia o que raios estava acontecendo e não tinha certeza se queria saber. O que quer que fosse, ela estava de guarda alta. O homem a olhou de soslaio, logo voltando os olhos para a rua.

— Está tudo bem. Não acho que os policiais estejam seguindo a gente — disse ele.

A mente dela estava tão cheia de perguntas que nem sabia por onde começar.

— Quem é você? — perguntou.

— Meu nome é Billy, como eu disse. Você está segura. Eu sou um amigo. Você ainda não sabe, mas sou exatamente como você. Estou procurando alguém. Alguém que tentou me enganar. Uma mulher. Cabelo loiro, bem magra. Um e setenta, talvez 1,73. Fim dos quarenta, começo dos cinquenta. Fuma que nem o homem do Marlboro e bebe demais. Parece a pessoa que você está procurando?

Amanda tentou engolir, sentiu uma queimação na garganta. Um fio de suor escorreu por seus lábios secos e ardeu como sal num corte. Ela ainda estava com dificuldade de respirar e percebeu que tinha se apertado contra a porta do passageiro, ficando o mais longe possível do motorista. Ela não sabia quem era esse homem e não queria se aproximar demais.

— Entendo que seja um *sim* — disse ele.

— Você é policial? — perguntou ela.

— Eu pareço policial? — ele devolveu a pergunta com um sorriso.

O sorriso pareceu sincero. Amanda tirou um momento para analisá-lo. Ele usava casaco esportivo azul, jeans e camisa social branca. Tinha um anel no dedo mindinho. Dourado, chamativo, mas não ostensivo. Sua pele tinha um leve bronzeado, os dentes eram brancos e limpos. Ele era cheiroso. Usava o cabelo castanho curto, com gel para ficar meio bagunçado. Amanda achou que era bem bonito para um homem mais velho, mas não de um jeito malandro. Não era o tipo de cara que ela curtia. Billy tinha olhos castanhos suaves, e havia uma delicadeza neles. O carro estava limpo e era um modelo caro, cheio de aparatos. Tinha interior de couro e cheiro de que havia acabado de sair da concessionária. Billy parecia um nova-iorquino rico que tinha caído do céu do nada para ajudá-la. De certa forma, ele meio que parecia mesmo um policial — certamente pela postura. Ereta. Costas bem retas. Não curvado atrás do volante com um pulso mole em cima. Ele segurava o volante com as duas mãos — na posição nove e quinze —, como um instrutor de direção.

— Policiais não se vestem que nem você — disse ela.

— É, acho que não. Sou capitão aposentado. Fuzileiros Navais dos Estados Unidos. Estou procurando uma mulher que conheci na internet. Estou chutando que é a mesma que você quer encontrar.

Amanda se endireitou e balançou a cabeça. Ao se mexer, sentiu a pontada de dor do joelho e fez uma careta.

— Você precisa dar uma olhada nesse joelho — falou ele.

— Deixa meu joelho para lá. Eu preciso saber que merda está acontecendo.

Ela tateou o bolso do casaco, pôs a mão no cabo da faca.

— A mulher que você está procurando mentiu. Você confiou nela e ela te traiu. E agora você quer respostas. Bom, a gente tem muita coisa em comum. Sugiro que a gente encontre uma lanchonete. Algum lugar lotado. Bem público mesmo. Algum lugar em que você se sinta segura. Aí, conversamos. Você não me conhece e não tem motivo para confiar em mim. Eu entendo. Sei que é tudo superesquisito no momento. Para mim também, mas preciso encontrar essa mulher antes que ela machuque mais alguém.

Billy não disse mais nada. Apertou um botão no painel do console central, fazendo o rádio ganhar vida. Amanda segurou a faca com força, sem nunca tirar os olhos de Billy.

Eles seguiram dirigindo, só com o som do rádio no carro, em volume baixo. Uma música country.

Amanda conseguiu controlar a respiração, mas manteve a mão firme na faca enquanto Billy estacionava na frente de uma lanchonete na esquina da Segunda Avenida com a rua 51.

44
Ruth

Uma coletiva de imprensa começava na TV. Três policiais. Todos homens. Dois investigadores que nem Ruth nem Scott reconheciam. O terceiro estava uniformizado. Estavam num palco, com uma mesa à frente, olhando para a multidão. Havia três cadeiras e três microfones na mesa. Um dos investigadores ficou à esquerda do palco. O de uniforme e o outro investigador, um homem baixinho de terno bege, se sentaram à mesa, cada um na frente de um microfone. O policial que ficou de pé acompanhou uma mulher até a mesa. Ela se sentou no meio. Uma morena com expressão assombrada. As câmeras da coletiva dispararam flashes nela. A pele sob seus olhos estava vermelha e inchada. Ela abaixou a cabeça, protegendo o rosto com o cabelo, tentando impedir que as câmeras a cegassem.

O de uniforme começou a falar:

— *Obrigado por estarem aqui, senhoras e senhores. Outro assassinato absurdo em nossa cidade e precisamos da ajuda de todos os nova-iorquinos, e de qualquer um que estivesse hospedado ontem à noite no Paramount Hotel, para se apresentarem e falarem com nossos oficiais. Estamos montando uma linha direta gratuita dedicada a coletar o máximo de informações possível para ajudar a resolver esse crime. Meu colega da assessoria de imprensa vai divulgar esse número no fim desta coletiva. À minha direita, está o investigador John Starkey e, à minha esquerda, está Michelle Travers, viúva de Patrick, que deseja fazer um apelo pessoal por testemunhas neste caso. Primeiro, o investigador Starkey vai explicar onde estamos por enquanto nesta investigação em curso. John...*

Starkey pigarreou, inclinou-se à frente e falou no microfone:

— *Obrigado, capitão Roberts. Feriados podem ser momentos difíceis para as famílias, e tem uma que não terá um filho e um marido à mesa de Ação de Graças amanhã. Este é um crime hediondo, e vamos pegar os culpados. Podemos dizer que, aproximadamente às 22h30 de ontem, fomos contatados pela equipe do Paramount Hotel. Uma camareira notou uma substância, alguma coisa química, vazando de baixo da porta do quarto de um hóspede. Ela bateu, não foi atendida, entrou no quarto e descobriu um corpo no chão, coberto pelo que parecia ser água sanitária. Rapidamente percebeu que a pessoa estava morta. Podemos dizer que a vítima neste caso era o sr. Patrick Travers. Um conselheiro do gabinete do prefeito. Ele tinha 43 anos.*

A taxa de homicídios em Nova York não é nada em comparação ao que era antes, mas, na maioria das semanas, havia tiroteios, esfaqueamentos, roubos, algo que resultava na perda de vidas. As vítimas em geral não recebiam uma coletiva de imprensa. Mas, se você matasse alguém do gabinete do prefeito, podia esperar que a força total da lei fosse manobrada na sua direção a toda velocidade.

— Merda — disse Scott, passando as mãos pelo cabelo.

Ele então cruzou os dedos atrás do pescoço, deixou os cotovelos se unirem e soltou mais uns palavrões.

Ruth voltou-se para a TV.

O investigador falava numa voz rouca e grave — uma voz que não era estranha a destilados e longas noites geladas.

— *Temos algumas imagens de câmera de segurança de ontem à noite e queremos muito falar com este homem. Se você o reconhecer ou souber quem ele é, por favor, ligue para a delegacia ou use o número gratuito, que vamos divulgar no final desta coletiva...*

A imagem mudou, e Scott foi na direção da tela.

Imagens de uma câmera de segurança mostravam um corredor no hotel com um homem no frame. Era Scott, só que de costas. A outra imagem que apareceu era de frente, mas ele estava com o rosto virado, não visível para a câmera.

Ruth reconheceria o marido em qualquer lugar, mas se perguntou se mais alguém seria capaz de identificar Scott pela gravação. *Provavelmente não*, pensou.

— *Se você reconhecer este indivíduo, por favor, entre em contato imediatamente com a polícia de Nova York. Este é nosso suspeito principal. Todos os caminhos de investigação continuam abertos, incluindo possíveis ligações com o crime organizado. Agora, eu gostaria de pedir que Michelle dissesse algumas palavras* — concluiu o investigador.

A câmera mudou e se aproximou da companheira enlutada. Ela estava de cabeça baixa, o cabelo cobrindo a maior parte do rosto. Só os olhos permaneciam visíveis. Tinha aquela expressão de uma vida descarrilhada. O luto é uma ferida. Ruth conhecia aquele olhar.

— *Alguém levou meu marido ontem à noite. Este é o dia mais difícil da minha vida. Quero que a pessoa que fez isso seja julgada. Patrick trabalhava todo dia por esta cidade. E agora... agora ele se foi. Por favor, ajudem a levar esse assassino aos tribunais.*

Ela falava, apesar do óbvio esforço em sua voz, com uma dignidade tranquila.

A câmera aproximou-se mais, traçando cada linha do rosto de Michelle — os rastros de lágrimas em sua maquiagem, o inchaço nos olhos, a mecha de cabelo trêmula que caía na frente do rosto.

Era um truque deliberado e cruel para despertar empatia por Travers. Para fazer as pessoas reagirem e cooperarem com a investigação. Falar do marido causava sofrimento na mulher.

Ruth balançou a cabeça.

— Eles querem que a gente tenha pena dela — disse Ruth.

Scott lançou um olhar questionador à esposa.

— Eu não sinto nada por ela — continuou. — É errado? Simplesmente não sinto. Agora, ela sabe como é. Agora, ela sabe como eu me sinto. Agora, ela sabe como é o gosto da dor...

— Do que você está falando? Eu matei o marido dessa coitada. Não foi ele que atacou você...

— Não importa — disse Ruth em meio a um rosnado. — Todos deveriam sofrer. Por que preciso passar por isso? Por que eu?

Scott ficou boquiaberto.

— Quando achamos que ele fosse o invasor, você ficou aliviada por ele estar morto e não poder mais te machucar, não poder mais machucar ninguém...

Mas ele não conseguiu finalizar o pensamento.

— Pode ser — disse ela, interrompendo. — Pode ser que eu quisesse que ele sofresse do mesmo jeito que eu? Ele e a família dele. É justo.

— Mas não foi ele que te machucou, Ruth. Você não vê isso?

Uma dor de cabeça começou na nuca dela, se espalhou, subiu pelo crânio. Queria o homem que a machucou morto. Era só o que ela desejava. Não ligava para mais nada. E se Scott tinha cometido um erro e matado o homem errado, e daí? A vida é dor, e medo, e ela queria que todo mundo soubesse como era ser ela, porque senão simplesmente não era justo. Era tudo parte disso. Talvez uma parte grande. Ajudava. E, sabendo que outros sofriam como ela sofria, Ruth não tinha mais tanto medo quanto antes.

Scott balançou a cabeça, e ambos olharam de novo para a tela.

— *Obrigado, Michelle* — disse Starkey. — *Agora, vou passar para Dan Puccini, da assessoria de imprensa, que vai dar o número e todos os detalhes de contato da delegacia. Ele vai responder às perguntas que vocês tiverem neste momento. Obrigado.*

Starkey e Michelle se levantaram, o investigador segurou o braço dela ao saírem do palco. O luto parecia pesar nela. Ruth não conseguia tirar os olhos da nova viúva. Era quase como estar olhando num espelho. Viu na mulher sua própria dor e, por algum motivo que não conseguia compreender, sentiu-se melhor. Era quase como se a dor de Ruth fosse uma grande pedra obsidiana, escura e alienígena, que ela carregava por aí dentro de si. E ver mais alguém com essa dor, sabendo que tinha tido um papel nisso, fazia a pedra sinistra no peito de Ruth diminuir. Como se ela tivesse passado um pouco do veneno de seu organismo para outra pessoa.

Uma cãibra quente explodiu do lado direito da cabeça dela e ficou lá por uns segundos. Ela tinha esses flashes com frequência, fazendo seu crânio vibrar. *O início de uma enxaqueca*, pensou.

Outro policial subiu no púlpito. Estava de terno. Gerente de mídias da polícia de Nova York. Dan Puccini. Alto, de cabelo escuro, maxilar forte, como se esculpido na face de uma rocha.

Olhos azuis.

Ruth se aproximou para olhar melhor. Seus olhos se arregalaram. Seu corpo endureceu. Aquela pedra negra em seu peito inchou, o sangue correu até a superfície da pele e um flash lancinante explodiu de novo em sua cabeça, como se alguém tivesse incendiado seu cérebro. E, naquele momento, ela o viu. O monstro. O rosto dele a olhando. Refletido num caco de vidro quebrado no chão da cozinha. Fora passageiro. Mas estava ali. Como uma luz queimada em sua retina, de modo que ela o via de olhos abertos e fechados.

Dan Puccini levantou os olhos do púlpito, e a câmera se fechou no rosto dele. Seus olhos se prenderam nos de Ruth, e ela viu os lábios dele se moverem sem fazer som, balbuciando aquelas palavras.

— *Oi, querida...*

Ela levantou a mão, apontou o dedo para a tela e forçou a voz a atravessar a dor para dizer:

— É *ele*.

45
Amanda

Amanda foi a primeira a entrar na lanchonete. Billy segurou a porta. Ela estava com a mão fechada em punho em torno da pequena faca em seu bolso. Não fazia ideia de quem era aquele homem e, até estar satisfeita, estaria pronta para enfiar o negócio no pescoço dele. Local público ou não.

Os dois encontraram uma cabine ao lado da janela e se sentaram um de frente para o outro. A lanchonete era estilo retrô americano. Assentos de vinil vermelho fáceis de limpar, mesas brilhantes com bordas nervuradas de cromo e um balcão comprido com altas banquetas fixas espaçadas. O tipo de lugar que turistas adoram e nova-iorquinos odeiam.

Billy trazia consigo um pequeno notebook, que colocou no assento a seu lado.

O garçom anotou o pedido de Billy — chá de camomila. Amanda pediu um copo d'água e um café. Havia cabines por toda a parede, e uma estação de rádio local tocava *rockabilly* acima da cabeça deles. Tinha gente o bastante ali para que uma conversa em volume baixo fosse basicamente privada. Ou tão privada quanto qualquer conversa pode ser no coração de Manhattan.

O garçom trouxe o café de Amanda e água para os dois. Levou mais um minuto para voltar com o chá de Billy. Nesse meio-tempo, não falaram nada. Billy ficou olhando pela janela, bem alerta sempre que ouvia uma sirene. Nesta cidade, na véspera de Ação de Graças, as pessoas estavam curtindo, o que significava bem mais sirenes que o normal. Ele também tirou um tempo para observar a lanchonete. Deu uma olhada em cada cliente. Garantiu que estivessem suficientemente distantes, ou pelo menos fazendo outra coisa, para que pudessem conversar em segurança.

Amanda colocou açúcar em sua caneca. Tinha parado antes de Jess nascer, mas de vez em quando precisava de uma dose. Especialmente quando o café estava parado numa térmica por tempo suficiente para criar uma película. Ela não queria estar ali. Seus pensamentos voltaram para o carro, ainda estacionado a alguns quarteirões da casa de Quinn, e como ela desejava ter estacionado mais perto.

— Tá, você merece algumas respostas a suas perguntas. Quero te dar essas respostas, porque preciso da sua ajuda. Eu sei que estamos procurando a mesma mulher. Temos um objetivo em comum. Se, no fim desta conversa, você quiser ir embora, tudo bem. Sem ressentimentos. Pode ser? — perguntou ele.

Havia um tom de ordem em sua voz, mas só de vez em quando. Como se ele estivesse ciente disso e usasse com moderação.

Amanda fez que sim. Queria morder a língua por enquanto.

— Ótimo. Vou falar primeiro. Aí, preciso que me conte o que aconteceu com você. Eu já sei um pouco, ou consigo adivinhar, mas você tem detalhes específicos que talvez me ajudem. Ajudem *a gente*, quer dizer.

Amanda não disse nada.

— Minha esposa foi achada morta no escritório dela dois anos atrás. O nome dela era Lucille, ou Luce, que era como eu a chamava. Éramos casados havia quinze anos. Tínhamos ficado juntos por dez anos antes disso, mas ela sempre dizia que nunca se casaria com um fuzileiro. Não queria ser uma dessas esposas se perguntando se algum dia receberia uma bandeira dobrada enquanto colocavam meu caixão embaixo da terra. A gente se casou no ano em que me aposentei. Foi por isso que saí do serviço, aliás. Nesse ponto, já não importava se eu recebia salário ou não. A Luce sempre foi ótima com computador e dinheiro. Ela trabalhava com grupos de capital de investimento na cidade inteira. Sabia tudo. Confesso que eu não sacava nada da maioria dessas coisas, mas não tinha importância. A Luce ganhava bem sozinha. Tudo era ótimo, até um dia ela receber uma ligação de um cara falando de investir num app. Eu não sabia o que era um app, mas ela sim. Era algum tipo de serviço de entrega de comida. Ela saiu do trabalho e investiu a maior parte das nossas economias. Seis meses depois, o sócio dela, Jerry Gould, quis vender para uma das grandes empresas de tecnologia.

A Luce disse que não, que, se eles esperassem, podiam ganhar dez vezes mais em outros doze meses.

"Eu nunca gostei do Jerry. Ele era viciado em jogo. Vivia quebrado. O comportamento dele ficou mais errático e ele entrou em dívida com as pessoas erradas. O tipo de gente que quebra sua perna se você deixa de fazer um pagamento. A Luce disse a ele que ia ajudar com o dinheiro, mas que ele precisava ver um terapeuta e resolver a vida."

Uma viatura passou voando pela janela, com as sirenes ligadas. Billy fez uma pausa, tomou um gole de chá e esperou até o barulho diminuir e o zumbido de conversas ser retomado na lanchonete.

— Ele pegou o dinheiro e, uma semana depois, pediu mais. Luce negou. Na noite seguinte, os policiais acharam o corpo dela no escritório. O lugar tinha sido saqueado. Ela levou dois tiros no peito. Dois na cabeça. Tentaram me falar que era um roubo profissional que deu errado. Dá para acreditar nessa merda? Não era um roubo profissional, era um assassinato profissional. Jerry vendeu a empresa por seis milhões de dólares antes mesmo de a Luce ser enterrada. Ele nunca foi me ver para dar os pêsames, não foi nem ao funeral. Não dividiu um centavo daquele dinheiro comigo, como deveria. Eu era o marido sobrevivente dela e tinha direito às ações. Não queria, de todo modo. Era dinheiro sujo. Eu sabia que tinha sido ele, mas os policiais falaram que ele tinha um álibi bom e que não tinham provas suficientes para acusá-lo.

Billy pausou e pegou sua xícara.

— Sinto muito — disse Amanda.

Ele parou a xícara a centímetros do lábio quando ela falou. Como se aquelas palavras o tivessem pegado de surpresa. Era a coisa certa a dizer, ela tinha certeza, mas, naquelas circunstâncias, talvez ele não esperasse essa cortesia.

— Obrigado — falou ele, então pigarreou e continuou.

— Eu meio que fiquei arrasado por um tempo. Meu médico me encaminhou para um psiquiatra que me deu remédios, mas eu não tomei. Já tinha visto fuzileiros demais indo por esse caminho, e eles nunca voltavam. Terapia parecia uma opção. Terapia de grupo. Tentei por um tempo. Achei um grupo de apoio on-line que ajudou. Saber que tem gente que já passou pela mesma situação que você e saiu vivo do outro lado, bom, dá um pouco de esperança. Então comecei a conversar com uma participante nova do grupo, Felicia. Ela entrou um mês depois de mim. O assassino do marido dela tinha sido absolvido por algum detalhe técnico. Um mandado de busca falho ou algo do tipo. Ela queria ver morto o homem que matou o marido dela e, até isso acontecer, não conseguiria encontrar paz.

Amanda engoliu em seco. Tentou não demonstrar nenhuma reação. Tomou um gole grande de água. Começou a relaxar a mão que segurava a faca.

— A gente conversou pela internet, num chat separado. Em particular. E nos conhecemos. Eu sentia que estava falando com alguém que me entendia. Alguém que estava passando pelo mesmo tipo de dor, sem nenhuma resolução, nenhuma conclusão, nenhuma justiça. Depois de um mês, ela me mandou um presente. Um filme em DVD. *Pacto sinistro*. Eu nunca tinha visto. Assisti, e ela me ligou depois. Me disse que devíamos fazer o que aqueles caras fizeram no filme: trocar assassinatos. Ela ia matar o Jerry, e eu ia matar o homem que tinha assassinado o marido dela.

Ele parou de falar e olhou para Amanda. Ela sentiu que ele estava olhando através de seus olhos, bem no fundo de seu crânio. Não era desconfortável. Havia ali uma gentileza. A compreensão fácil e compartilhada de uma ferida que tinha sido infligida a cada um deles.

— Felicia e eu nos encontramos um dia depois daquela ligação. E conversamos. Nos conhecemos. E discutimos como daria para fazer isso de trocar assassinatos. Alguns dias depois, cheguei em casa do meu jogo da liga de boliche de toda sexta à noite e ela me telefonou e mandou ligar a TV. Jerry estava desaparecido e havia um apelo no jornal local. Ela falou que ele não estava desaparecido, que ela o tinha matado. E agora era minha vez.

Ele franziu a testa, pegou a colher e mexeu lentamente o chá, encarando o líquido escuro.

— Ela me deu o nome e endereço do homem que tinha matado seu marido e falou que precisava ser naquela noite, antes de os policiais acharem o corpo de Jerry Gould e me levarem como suspeito. Eu ainda tinha minha antiga arma de serviço, então, o plano dela era eu bater na porta do homem e meter duas na cabeça dele assim que abrisse.

Tirando a colher do chá, ele a pousou na mesa, fechou as duas mãos em torno da xícara para se esquentar e a levou aos lábios, mas não bebeu. Só ficou segurando ali, olhou pela janela e disse:

— Eu não consegui me forçar a bater na porta dele. Só fiquei parado na frente da casa, paralisado.

— Você não matou ele? — perguntou Amanda.

Fazendo que não com a cabeça, Billy disse:

— Eu vi batalhas em só Deus sabe quantos países. Puxar um gatilho não é nada de mais para mim. No exército, era diferente. Era combate. Havia um inimigo e eu tinha minhas ordens. Aquilo tudo parecia errado. Eu só dei meia-volta e fui embora.

"Liguei para Felicia para contar que não conseguia, mas ela não atendeu. Fui até a casa dela e estava vazia. Todas as reportagens de internet sobre ela e o julgamento do assassino do marido dela desapareceram no mesmo dia. No início, eu não sabia o que pensar. Talvez ela só estivesse cortando laços, mas eu sabia que era mais que isso. Aí, vi uma notícia sobre Jerry Gould. Ele tinha sido encontrado vivo, depois de ficar trancado num armário de zelador no prédio dele, sem serviço de celular, por dois dias. Uma faxineira o encontrou na segunda de manhã. Ele estava desidratado, mas, fora isso, vivo e saudável. Ela só tinha fingido matar o Jerry para me fazer matar alguém por ela.

Amanda não disse nada. Não queria entregar nada que pudesse causar problemas para ela. Tudo aquilo podia ser uma armadilha. Talvez esse cara trabalhasse com Naomi. Ela estava se forçando a pensar assim — garantindo que não fosse enganada pela segunda vez. E, embora fosse bom ser cética, ela sabia, lá no fundo, que esse homem estava falando a verdade.

— Você procurou a polícia? — perguntou ela.

Ele fez que não.

— Não entendo muito de lei criminal, mas sei que, se procurasse a polícia e mostrasse nosso histórico de mensagens, a primeira coisa que fariam seria me prender por conspiração para praticar homicídio. Não importaria se eles nunca encontrassem Felicia. O último contato que eu tive com ela foi quando me deu o nome e o endereço do homem que queria matar. Foi há um mês. Eu estou enlouquecendo lentamente tentando encontrá-la.

— E encontrou?

— Nada. Tudo parecia ser um beco sem saída. Mas uma coisa eu sabia. Ela queria aquele homem morto e tinha tentado me enganar para matá-lo. Por qualquer que fosse o motivo, ele era um alvo...

A voz dele se perdeu, e seu rosto se suavizou ao olhar para Amanda.

Ela tinha uma pergunta que queria fazer, mas estava com medo. Já sabia a resposta, mas não era suficiente. Precisava ser dita em voz alta. Tinha que enfrentar aquele medo, e de frente, independentemente do custo.

— Qual era o nome do homem que ela te mandou matar? — questionou Amanda, a voz seca e rachada.

— Frank Quinn — respondeu Billy, suavemente —, mas você já sabe disso.

Ela fez que sim.

— Eu não podia contar a ele. Era arriscado demais. Ele me denunciaria para a polícia e eu estaria ferrado. Fiz a segunda melhor coisa. Fiquei de tocaia na casa dele. Até que recebi um alerta no meu e-mail. Eu estava pesquisando qualquer coisa que pudesse achar na internet sobre Frank Quinn, então, pus um alerta para me contar se fosse publicada qualquer coisa sobre ele. Cliquei no link e achei novas notícias falsas sobre Quinn. Mas, dessa vez, ele era acusado de matar uma garota chamada Rebecca Cotton. Havia reportagens inventadas sobre aquele assassinato e a mãe dela, Naomi Cotton. Eu soube na hora que Felicia, ou Naomi, como ela provavelmente estava se apresentando, estava tentando enganar outra pessoa. Eu sabia que alguém viria atrás de Quinn. Duas noites atrás, estava sentado no meu carro vendo a internet no meu computador enquanto observava a casa dele e encontrei algo — disse ele, colocando o notebook na mesa e abrindo.

Ele pressionou algumas teclas, e Amanda viu o brilho da tela refletido nos óculos enquanto ele ligava o dispositivo. Ele percorreu o *track pad* com o dedo, digitou, rolou e então segurou a tela.

— Eu estava procurando por ela on-line. Não tem nada sobre Felicia Silver, só as coisas falsas de Naomi Cotton; todos os sites sobre Felicia e o assassinato do marido dela tinham desaparecido. Tudo o que ela me contou era mentira, menos uma coisa.

— O quê?

— Ela gostava do filme *Pacto sinistro*. É baseado num livro. Eu não sabia disso também, na época. Então, pesquisei páginas de fãs, fóruns, reportagens. Qualquer coisa que talvez me desse uma pista sobre Felicia. Foi quando achei isto... — disse ele, e virou a tela.

Amanda se inclinou à frente e viu uma reportagem do *New York Post*. A manchete dizia *Assassino alega ter um cúmplice imitador*.

Era de um ano atrás.

Hoje, um tribunal de Manhattan ouviu uma história extraordinária de Richard Kowalski, um bibliotecário de 39 anos do Harlem, que se declarou culpado do assassinato de Saul Benson. O advogado do sr. Kowalski alegou que seu cliente entrou num pacto assassino com uma mulher chamada Deborah Mallory, que conheceu num grupo de apoio on-line. A vítima, o sr. Benson, não era conhecida do réu antes do assassinato. O réu alega que ele e Mallory copiaram a trama de assassinato do filme Pacto sinistro *— Mallory assassinaria o chefe do réu, e o réu em troca assassinaria o sr. Benson para Mallory. A promotoria confirmou que a polícia não tinha informações sobre o paradeiro, nem provas da existência de uma pessoa chamada Deborah Mallory que correspondesse à descrição fornecida pelo réu, e que só ele alega que essa mulher existe. A audiência continuará amanhã.*

Amanda engoliu em seco. Ela soltou a faca no bolso e pôs as duas mãos na mesa.

— Os policiais acharam o DNA de Kowalski na cena do assassinato, o apartamento da vítima. Quando o pegaram, não conseguiram encontrar nenhuma conexão entre Kowalski e a vítima. Não trabalhavam juntos, não tinham amigos em comum, não se conheciam... provavelmente nunca haviam se encontrado antes da noite do ataque. Acho que era a Felicia. Acho que ela já fez isso antes.

— Meu Deus — disse Amanda. — O que aconteceu com Kowalski?

— Eles nunca encontraram Deborah Mallory e Kowalski está morto. Durou um mês em Sing Sing antes de alguém enfiar um canivete no pulmão dele.

Amanda se inclinou à frente para pegar seu copo, mas suas mãos tremiam demais. Ela as colocou no colo, tentou se concentrar. Podia ter o exato mesmo destino de Kowalski se não encontrasse Naomi. Disso ela sabia, mas não estava completamente convencida de que Naomi, Felicia e Deborah Mallory eram a mesma pessoa.

— Como você sabe que é a Felicia? — perguntou ela.

— Seria uma puta coincidência se duas mulheres estivessem andando pela cidade usando nomes falsos, encontrando homens e mulheres em grupos de apoio on-line e os convencendo a trocar assassinatos.

O que Billy dizia fazia sentido. Fazia muito sentido numa situação que era fodida demais para começo de conversa.

— Eu estava aguardando mais um coitado idiota aparecer e tentar matar o Quinn. Não estava esperando uma mulher. Sem ofensa. Quando vi você lá naquela noite, achei que talvez fosse a Felicia. Vocês têm a mesma altura, mesma estrutura corporal e você estava toda coberta de sangue. Foi por isso que te segui — disse ele.

Amanda afastou o pensamento. Tinha preocupações maiores.

— Se for mesmo Felícia, então que raios ela está fazendo? Só matando pessoas aleatoriamente? — perguntou.

— Não sei. Até onde consigo ver, não tem conexão entre Quinn e Benson, o homem que Kowalski matou. Contratei um detetive particular para me ajudar com algumas peças desse quebra-cabeça. Ele não sabe a história toda, só para a minha própria proteção, você entende. Ele ajuda com acesso a bases de dados, informações de cartão de crédito, histórico detalhado, esse tipo de coisa. As vítimas não eram amigas, até onde a gente consegue saber. Quinn é meio que um mistério. Ele administra várias empresas, e cada uma delas parece falir. Mas nenhuma tem conexão com a outra vítima.

Amanda pensou nos rolos de dinheiro do cofre de Quinn, agora seguros em sua mochila.

— O que você quer comigo? — perguntou Amanda.

— Preciso que me conte sobre a mulher que está procurando. Foi por isso que você voltou para a casa, certo? Para descobrir quem Quinn era de verdade e torcer para que isso te levasse a ela. Foi uma jogada inteligente. É a coisa lógica a se fazer, o que eu teria feito. Você quer saber qual é a conexão entre Quinn e a mulher que te mandou matá-lo. Eu não sou detetive e não posso contar a história toda para o detetive particular, porque ele me denunciaria para a polícia. Eu podia ter sido você. Podia ter puxado o gatilho contra Quinn. Nós dois fomos enganados, mas podemos nos ajudar mutuamente. Me conte tudo o que sabe sobre ela. E quem sabe a gente consiga achá-la juntos.

O que Billy havia contado parecia a verdade. Ninguém mais teria como saber desses detalhes a não ser que fosse uma das vítimas de Naomi. E, ainda assim, ela acabara de conhecer esse homem. Por mais gentil e triste que ele parecesse, ela ainda não confiava muito nele. Talvez fosse justo, não? Ou talvez fosse porque ela tinha acabado de ser traída.

— Por que eu confiaria em você? — perguntou Amanda.

— Porque eu não precisava te resgatar na rua. Podia ter te deixado para os policiais. E você sabe que estou falando a verdade. Você e eu passamos por poucas e boas com essa mulher. Ela usou seu luto e sua dor e te obrigou a fazer uma coisa terrível. Podia ter sido eu. Não vou contar aos policiais o que você fez. Prometo. Não foi a primeira vez que ela manipulou alguém para cometer um assassinato, e acho que vai fazer de novo. Precisa parar.

— Eu não consegui — contou Amanda. — Dei para trás no último segundo. Mas eu tinha machucado o joelho e não consegui fugir rápido o suficiente. Quinn me atacou e eu me defendi.

Billy assentiu e disse:

— Eu acredito. Mas você jamais devia ter sido posta naquela situação. Me ajude a fazê-la parar.

Amanda tomou um pouco de café, olhou ao redor e viu uma placa no balcão que dizia: *Nunca fechamos*.

Ela estendeu a mão sobre mesa.

— Meu nome é Amanda White.

Ele a apertou, educado.

— Muito prazer.

Ela chegou mais para perto da janela e falou:

— Vem para esse lado para podermos olhar a tela juntos. Vou te ajudar, mas, se a encontrarmos, vou precisar falar com ela.

— Claro.

— O que você vai fazer se a gente encontrar ela?

— Não sei exatamente. Ela precisa de ajuda. Precisamos encontrá-la antes de ela convencer mais alguém a cometer um assassinato. Depois disso, vamos descobrir o que fazer. Tudo bem?

— Por enquanto, sim. Me mostra tudo o que você achou sobre o outro assassinato — disse Amanda, tirando a jaqueta. — E você paga o café.

46
Scott

Scott ficou encarando Ruth.

Com o dedo trêmulo, ela apontava a tela da TV. Para um policial. Seus lábios formando aquelas palavras. A respiração irregular dando vida a elas, mas só como um sussurro.

— *É ele.*

— Ruth, do que você está falando?

— É o homem que me atacou — disse ela.

O homem para quem ela estava apontando era um policial — Puccini, dizia no GC abaixo.

Ruth virou-se para o marido, o medo lavando sua pele de suor e fazendo seu corpo tremer. Ela agora olhava para ele em descrença.

— Você não ouviu o que ele falou? — perguntou ela.

Scott balançou a cabeça.

— Algo sobre a linha direta?

— Não! — gritou ela, e apertou o punho. — Ele olhou bem para a câmera e falou: *Oi, querida*. É ele. Ele quer que eu saiba que ainda está vivo, que não o pegamos. Ele vai vir atrás de mim, você não vê?

Scott tinha ouvido e sentido cada palavra da coletiva de imprensa, cada uma. Porque cada palavra era uma evisceração, um prego enfiado em seu crânio: *ele tinha matado um homem inocente*.

— Ele não disse isso — respondeu Scott, a voz baixa, de repente com medo.

— Eu ouvi. Eu vi ele falando — disse ela.

A respiração de Ruth ficou descontrolada, o peito subindo e descendo.

— Precisamos matá-lo.

De início, ele não entendeu. Ruth estava claramente tendo algum surto. Ela estava imaginando coisas, alucinando. Suas feridas eram mais profundas e mais terríveis do que ele pensara. Naqueles primeiros dias do ataque, o foco tinha sido a saúde física dela — a recuperação dos danos internos. Depois o medo, e a agorafobia, e os pesadelos, e depois isso...

— Ruth, não é ele — disse Scott.

O rosto dela se contorceu, repelido pelo tom de Scott. Aquilo só aumentou a raiva dela.

— É *ele*. Você matou o homem errado. Precisa fazer de novo. Você precisa matar ele!

Scott foi na direção dela, de braços abertos, como se para abraçá-la.

Ele sabia o que tinha que fazer. Agora, só havia uma escolha. Ruth precisava de ajuda. Precisava de mais do que ele podia dar. Especialistas. Cuidado. Ele não podia fazer aquilo sozinho. Envolveu-a em seus braços e colocou a cabeça dela em seu peito. Ela o segurou com força e ele chorou por ela e por si mesmo. Scott olhou para a TV. A coletiva tinha terminado. Eles estavam de volta ao estúdio e, acima do ombro direito do âncora, passavam imagens de Patrick Travers e depois de sua viúva chorosa — arrasada, enlutada e em terrível sofrimento.

O peso do que ele tinha feito naquele quarto de hotel era como um tijolo no peito dele. Scott não conseguia suportar. Ele soube, então, que, se deixasse, aquilo o engoliria vivo, como um câncer.

— Precisamos fazer isso, Scott — pediu Ruth. — A gente precisa matar ele. Não consigo respirar sabendo que ele está solto. E vai vir atrás de mim. Ele vai vir atrás de nós dois.

Os pensamentos dele voltaram àquele dia na escola em que estava deitado no piso do chuveiro, e botas e punhos choviam em cima dele de todos os lados, certeiros e duros, cortando a pele, machucando as costelas, rasgando os lábios, de novo e de novo e de novo, como se nunca fosse parar. Ele conseguia ouvir as vozes dos valentões, rindo e gritando, e, acima de tudo, o rugido da água no piso. Cada vez mais alto em sua cabeça.

— Isso precisa parar. Tudo precisa parar — disse ele, e empurrou Ruth.

Scott puxou o celular do bolso e foi da cozinha para a sala.

O apartamento ficava no terceiro andar. Ele abriu com força a janela, tirou um momento para fechar os olhos e escutar. Os carros na rua lá embaixo, o som do canto de pássaros nas árvores e o leve cheiro de grama cortada no parque do outro lado da rua e mais alguma coisa. Algo doce no ar. Musgo ou flores. E, com essa doçura, havia também o leve odor de decomposição.

O coração dele não parava de bater com força. Ele não conseguia engolir. A boca estava seca demais. Tudo de bom em sua vida havia desaparecido. E a culpa era só dele. Vergonha era uma sensação estranha. Sentia nojo de si, de sua fraqueza e de seus erros, e não conseguia suportar mais uma porcaria de segundo. Quando há culpa e vergonha suficientes, elas criam um incêndio. O fogo consome a carne, como gasolina queimando.

Ele ficou lá parado — imolado de vergonha.

Precisava fazer a queimação parar.

Scott ligou para a emergência e disse à operadora que queria falar com a polícia.

— O que você está fazendo? — perguntou Ruth, parando atrás dele.

Ele levantou a mão, num gesto para mandá-la manter a distância.

— Meu nome é Scott Gelman, eu matei Patrick Travers no quarto dele no Paramount Hotel ontem à noite. Estou na Parkview, 211, Hartford. E-eu não estou armado. Minha esposa também está aqui. Eu a fiz de refém. Ela não sabia sobre o assassinato. Ela é inocente. E está doente. Por favor, vocês precisam ajudá-la...

Scott jogou o telefone no sofá. Olhou longamente para Ruth, boquiaberta, sacudindo a cabeça, incapaz de processar o que ele acabara de fazer.

— Sinto muito. Fodi tudo. Eu te amo — disse Scott.

Então deu as costas para Ruth e ficou de frente para a janela aberta. Pôs um pé no parapeito, passou a cabeça por baixo do vidro, aí balançou a outra perna para fora. Ficou sentado, com as pernas penduradas na borda. A descida era longa.

Ele conseguia ouvir Ruth vindo em sua direção, os pés no piso de madeira. Pensou em sua vida e em todas as coisas que terminariam. Seus pais ficariam de coração partido, mas agora nada podia ser feito. Ele havia matado um homem inocente, o coração deles seria partido independentemente de qualquer coisa. Só o que ele podia fazer era poupá-los da vergonha de um julgamento.

Scott fechou os olhos, se lançou do parapeito e sentiu o vento no cabelo pela última vez.

47
Amanda

Ela pediu para ver o histórico de mensagens entre Billy e Felicia. Ele tinha tirado *prints* da conversa, então, Amanda passou por uma série de imagens no notebook de Billy.

Para alguém olhando de fora, a maioria não parecia mais que uma conversa entre duas pessoas solitárias e feridas. Algumas frases de Felicia chamavam a atenção.

A dor muda. Fica embotada. Está sempre lá, mas nem sempre rasga seu coração...

Os dois primeiros anos são os mais difíceis...

Quando te contei que fica mais fácil... eu menti. Eu me sinto exatamente do mesmo jeito que no dia que encontraram o corpo dele...

Só estamos conversando, certo? Só eu e você, hipoteticamente...

Você recebeu o filme que eu te mandei? Pacto sinistro?

Era sutil, mas Amanda via os padrões. Tinha ouvido as mesmas coisas de Naomi, na mesma ordem. A manipulação estava toda lá — ensaiada, certeira, mas mesmo assim muito leve. Felicia nunca pressionava. Naomi também não, mas ali estavam todos os pontos que haviam tocado na dor de Amanda, torcendo-a, explorando-a, apontando-a para um caminho escuro. Amanda, no caso, já havia percorrido metade do caminho. Ela não precisara de nenhuma persuasão. E isso agora doía mais do que nunca.

Billy voltou à mesa com uma pasta parda que tinha ido pegar no carro. Afastando as xícaras de café de Amanda, ele a abriu, tirou cerca de cem páginas e deixou a pilha na mesa.

— Ela sabe mesmo manipular alguém — disse Amanda.

Billy suspirou e pressionou os lábios com força. Assentiu. Tinha permitido que sua própria dor fosse usada contra ele, assim como Amanda.

Naomi, ou no caso dele, Felicia, não tinha colocado o assassinato na cabeça deles — já estava lá. A única coisa que ela fez foi usar.

Amanda passou pelo resto das mensagens. Havia sem dúvida conteúdo suficiente para incriminar Billy numa acusação de conspiração para praticar homicídio.

— O fato de você não ter cometido o assassinato pode ser uma defesa se os policiais virem estas mensagens? — perguntou Amanda.

— Talvez sim, talvez não. Eu pesquisei. Eu tinha dado passos ativos para o assassinato. Tinha carregado minha arma, dirigido até a casa dele, sondado. É suficiente para me condenar, mesmo que eu argumente que dei para trás. Não quero arriscar.

Amanda entendia isso. Pensou que, se os policiais chegassem até ela antes de conseguir encontrar Naomi, talvez Billy pudesse confirmar sua história, mas será que ele arriscaria se isso o deixasse vulnerável a uma acusação criminal? Provavelmente não.

Ela pegou a pilha de papel da mesa, começou a folhear. Havia um endereço de Felicia, mas era diferente do usado por Naomi. Telefone diferente também. O telefone e endereço IP do chat privado tinham sido ligados ao endereço de Felicia, que, claro, fora abandonado.

O resto das páginas eram reportagens de internet e clippings de jornal sobre o assassinato de Saul Benson, a prisão e o julgamento de Richard Kowalski por esse assassinato, no qual ele culpava uma mulher chamada Deborah Mallory por manipulá-lo para matar Benson por ela. Amanda demorou-se na leitura. Garantiu que as impressões da internet fossem genuínas encontrando as reportagens on-line e checando que os endereços dos sites estavam corretos. Tudo parecia legítimo e, depois de um tempo, ela parou de checar. Billy estava sendo sincero.

Billy pegou mais café para ela e mais chá para si. Eles estavam na lanchonete havia quase duas horas.

Amanda achou uma reportagem do *New York Post* sobre o ataque a Quinn. Sem foto, só os detalhes básicos em três colunas. Ela colocou de lado. Embaixo, havia uma foto colorida de Quinn, mas uma foto que ela nunca vira antes. Não era uma das que ela supusera que Naomi houvesse tirado, e também não era a usada pelos jornais da TV.

Ele estava usando um terno azul-claro, camisa social branca e gravata amarela, descendo os degraus do que parecia um tribunal.

— Onde você conseguiu essa foto de Quinn? — perguntou ela.

— Hein?

Ela pegou a foto — obviamente impressa de um site de notícias e aumentada. Virando a imagem, ela falou:

— Esta foto. Eu o pesquisei na internet. Nunca achei uma foto assim do Quinn.

Ele pegou a foto e ficou olhando.

— Esse não é o Quinn, é o Saul Benson. A vítima de Kowalski.

Amanda sentiu um arrepio lavando a nuca. Sob a foto de Benson, havia uma reportagem com a mesma foto no canto. Billy devia ter aumentado aquela foto e imprimido separadamente. Ela olhou a manchete, a data e achou a página do *New York Times*.

Clicou na imagem para aumentar.

— O que você está fazendo?

— Uma busca por imagens. Tenho uma teoria.

Ela selecionou a foto de Benson, a vítima de Kowalski, digitou os termos de busca para acompanhar — homicídio, assassinato, polícia — e clicou em buscar.

Milhares de imagens. A maioria de modelos masculinos. Ela refinou a localização da busca para Estados Unidos e tentou de novo.

A primeira página não tinha nada. Idem para a segunda. Na terceira página, Billy disse:

— Para. — E apontou para a tela. — Esse é o Quinn? Ou talvez o Benson?

Amanda clicou na imagem. Uma notícia.

— Não é nenhum dos dois — disse ela.

Amanda rolou o artigo para baixo e, no meio, tinha outra imagem. Uma mulher. Amanda sentiu o estômago revirando.

— É a Naomi — falou.

Billy olhou mais de perto.

— Sim, essa é a Felicia — disse ele. — Você a encontrou.

48
Ruth

Tudo aconteceu como se em câmera lenta.

A mão direita dela se estendendo para ele.

Seus passos no piso de madeira.

Quase lá.

Inclinando-se à frente.

As costas da camisa xadrez emolduradas pela janela. Quase dava para tocar.

Esticando. A centímetros de agarrá-lo.

A boca dela aberta num grito silencioso que de repente irrompeu da garganta quando...

A camisa dele desapareceu ao cair do parapeito da janela, revelando um perfeito céu azul acima de árvores verdes a distância.

A mão esquerda de Ruth agarrou a moldura da janela, e ela se debruçou para fora, tentando pegar o colarinho da camisa dele.

Não tinha chegado a tempo.

Ruth fechou os olhos logo antes de ele bater nos degraus de concreto. Mas ela ouviu. O baque da carne, o estalar dos ossos.

Forçou-se a abrir os olhos.

Ele estava imóvel. Deitado sobre o lado esquerdo do corpo. Mão direita embaixo da bochecha, como se para acolchoá-la enquanto dormia. As pernas sangravam, um tornozelo apontava na direção errada.

Ela pensou por um momento que, de algum modo, ele tinha sobrevivido à queda de três andares, que, por algum milagre, ainda estaria vivo, mas então viu a poça de sangue se formando na calçada sob a cabeça dele. Crescendo, como se alguém o estivesse despejando no chão com um regador.

Ruth deu as costas para a janela, cobriu a boca com as mãos e saiu correndo. Do apartamento, pelas escadas, lá para fora.

Ajoelhou-se ao lado dele, chamando seu nome enquanto ouvia as sirenes se aproximando.

Os olhos de Scott estavam fechados. Ele parecia tão em paz. Ela lhe sussurrou que ele ia ficar bem.

Acariciou a testa dele, sem prestar atenção ao tremor em seus dedos.

Então, mãos a agarraram, puxando-a para longe. Ela só viu de relance os policiais que, então, a colocaram no chão. Eles falaram com ela. Perguntaram qual era seu nome. Ela não conseguia responder. Não conseguia falar. Seus lábios se mexiam. Ela se escutava falando, mas sabia que eles não a escutavam. Sentia como se estivesse atrás de um vidro.

O que aconteceu depois pareceu estranho. O tempo parecia se mover muito rápido. Ela estava no banco de trás de uma viatura, vendo os paramédicos levarem Scott. Bateu na porta, mas ela não abriu. Ela estava trancada lá dentro.

Depois, estava numa delegacia. Havia uma toalha em torno de seus ombros e uma xícara de café à sua frente, numa mesa cinza barata. Não conseguia parar de tremer. Mas agora ouvia o zumbido e as vozes de um departamento policial movimentado. Havia um homem numa cela próxima, chutando as portas de aço. Policiais estavam mandando que ele calasse a boca. Havia outros rostos de pessoas assustadas espalhados em bancos de madeira. Ela olhou o relógio, mas não conseguia focar o suficiente para saber que horas eram.

Ruth levantou os olhos para a TV na parede.

A CNN estava passando para a multidão que esperava para falar com um policial. Uma mulher com um filho no colo começou a chorar, e então o bebê começou a chorar.

Ruth olhou para a TV. O presidente George W. Bush estava fazendo um discurso sobre seu encontro com um embaixador estrangeiro. Parabenizando a si mesmo e desejando a todos os americanos que o feriado de amanhã — Dia de Ação de Graças de 2007 — fosse o mais próspero de todos.

49
Amanda

Enquanto eles liam a reportagem, um alerta de notícia pulou na tela de Billy.

> New York Times — *Enquanto o presidente Trump se prepara para o tradicional discurso de Ação de Graças de amanhã, comentaristas se perguntam se ele poderia perdoar mais que apenas o peru neste feriado de 2018.*

Amanda deslizou o pop-up para longe e continuou lendo.
Ao terminar, recostou-se. Billy inflou as bochechas.
Secando o rosto, Amanda tentou pensar. Mas estava cansada demais. Tinha recebido muita informação hoje. Ela leu a reportagem de novo. Uma última vez. Era de janeiro de 2008, sobre um julgamento de assassinato. Amanda tinha sido atraída à matéria pela foto do homem assassinado. Billy já lhe contara que não havia ligação entre Quinn e Benson, as vítimas que eram alvo de Naomi — quer dizer, até olhar as fotos deles. Podiam ser irmãos separados no nascimento, de tão impressionante que era a semelhança. Quando Amanda achou a foto de um outro homem, uma vítima de assassinato que parecia quase um terceiro gêmeo de Benson e Quinn, ela tinha clicado no link e, na metade daquele artigo, visto a foto de Naomi. E, aí, tudo passara a fazer sentido.

> *Hoje, no prédio do Tribunal Criminal de Manhattan, começa o julgamento do assassinato do gerente de campanha para a prefeitura Patrick Travers. A ré é Ruth Gelman, de 41 anos, ex-corretora de Manhattan. Gelman é acusada de homicídio qualificado e*

conspiração para praticar homicídio. O promotor público David O. Rush abriu o caso para a acusação, alegando tratar-se de um assassinato justiceiro equivocado. Alega-se que Gelman foi, alguns meses antes do assassinato de Patrick Travers, vítima de um ataque brutal em sua própria residência, ao qual teve sorte de sobreviver. Acredita-se que ela tenha sido vítima de um suposto serial killer apelidado pelo New York Post *de invasor, mas conhecido em círculos policiais como Sr. Olhos Azuis.*

Rush explicou ao júri que Gelman identificou Patrick Travers como seu agressor e que, junto com o marido, Scott Gelman, tramou e executou um plano para assassinar Travers em seu quarto de hotel, acreditando que fosse a pessoa que atacara Gelman. Evidências reunidas durante uma investigação separada do Ministério Público descartaram Travers como agressor de Gelman, já que ele estava em outro estado no momento do ataque. Rush disse ainda que a ré alega ter estado fora de si no momento do assassinato. Ele pediu que o júri encarasse sugestões do tipo com ceticismo. O julgamento continua amanhã...

Amanda abriu uma nova aba, pesquisou pelo nome Ruth Gelman e passou os olhos pelas matérias. De forma paciente e silenciosa, Amanda e Billy leram todas.

Meia hora depois, ela disse:

— Pode me levar de volta ao meu carro? Preciso ir para casa processar isso tudo.

— Claro — disse Billy.

De volta ao Escalade de Billy, a caminho do carro de Amanda, Billy quebrou o silêncio.

— Deixa eu ver se entendi, porque no momento ainda estou meio confuso. Ruth Gelman é considerada inocente por motivos de insanidade temporária; ela passa sete anos no hospital e é solta. E depois? Começa a perseguir homens de olhos azuis? Isso não faz sentido nenhum.

— Você mesmo disse: Benson e Quinn não têm nada em comum. Não no papel. Provavelmente nunca se conheceram e não tinha nada para conectá-los. Fora uma coisa: são quase idênticos. Eu sabia que não podia ser só coincidência. E não são só os olhos. Travers, Saul Benson, Quinn... Todos são tão parecidos que podiam ser parentes. Mesma cor de cabelo, mesmas maçãs do rosto, mesmo queixo, mesmo tipo de nariz, lábios e, sim, todos têm olhos azuis. Eu confundi Benson com Quinn quando vi a foto no seu arquivo e soube que não podia ser só coincidência. Ela acha que encontrou o agressor e manipula alguém vulnerável, como nós, para matar o cara. Como manipulou o marido para matar Travers.

Amanda tinha lido uma reportagem sobre o ataque a Ruth. Ela estava sozinha quando um homem invadiu sua casa e quase a matou a facadas. Tinha sido em 14 de setembro de 2007. Ruth havia mudado de aparência desde então. Na época, Amanda morava em Manhattan, estudava à noite e trabalhava na casa de repouso durante o dia. Os caminhos delas podiam ter se cruzado a qualquer momento — na fila do café, entrando no metrô, passando uma pela outra numa escada, ou talvez não. Talvez nunca tenham chegado perto uma da outra até umas semanas atrás.

Billy virou à direita da Sexta Avenida na Bleeker Street, pegando o caminho mais longo pelas ruas sinuosas de Greenwich Village, certificando-se de não estar sendo seguido, para poder passar pelo carro de Amanda e garantir que não havia policiais por perto.

— Espera aí — disse Billy. — Com certeza ela deve saber que Travers era inocente. E, depois de ter matado Benson, por que ir atrás de Quinn? Ela deve saber que matou gente inocente. Não podem ser todos o... como é que a polícia chamava?

— Sr. Olhos Azuis — completou Amanda. — É, ela deve saber. Em algum nível, ela tem que saber. Talvez ela não ligue, Billy. Às vezes as pessoas ficam destruídas demais. O trauma muda você. Perder alguém que se ama de forma violenta provoca uma reação. Tem duas reações comuns: ou não querer que ninguém nunca sofra como você, ou querer que todo mundo sofra como você.

Billy olhou de canto para Amanda.

— Não quero que ninguém passe pela dor que eu senti — disse ele.

— Nem eu. É por isso que eu quero o homem que matou minha filha. Para ele nunca mais poder fazer isso com outra criança. Nenhum pai ou mãe devia ter que passar por isso. E eu não sou a única. O homem que matou a Jess assassinou outra garotinha chamada Emily Driver, há mais ou menos doze anos. O policial responsável pelo caso da Jess está caçando esse monstro há muito tempo — disse ela.

— Sinto muito. Eu não perguntei sobre a sua perda. Não queria te forçar. Tem gente que acha difícil demais falar do assunto.

— Não tem problema. Estou me acostumando. Contei tudo sobre o homem que matou minha filha para Naomi.

— E ela te disse que tinha matado esse homem para você?

Amanda fez que sim.

— É, o nome dele é Wallace Crone. Ele é…

— Filho de Henry Crone?

— Você conhece ele?

— Não, eu sei quem é o Henry Crone. Li sobre ele nos jornais. Não tem como absorver esse tanto de notícia sobre Nova York sem se deparar com esse nome. É um cara de Wall Street, né? Bilionário?

— Isso, é um cara poderoso. E não poupou dinheiro para proteger o filho. Wallace Crone matou minha filha, Jess. Ela tinha seis anos. Então meu marido tirou a própria vida. Ele estava com a Jess no parque. Virou por tipo um segundo e…

A garganta dela se fechou. Aquela sensação de sufocamento. Uma constrição pegajosa bem no fundo da garganta. Se ela deixasse esse luto crescer, ele se acomodaria no estômago dela, deixando-a enjoada e incapaz de pensar. Ela fechou os olhos e mordeu o lábio. Tentou resistir.

— Sinto muitíssimo — disse Billy, e estendeu o braço, colocando a grande mão em cima da de Amanda.

Ela olhou para ele e viu a pena e a mágoa em seus olhos. Era um gesto gentil, e Amanda, que frequentemente ficava desconfortável com contatos próximos, o acolheu com um sorriso triste.

— Ninguém devia ter que enterrar uma filha. Você sofreu demais.

Eles chegaram ao cruzamento. À direita, a casa de Quinn. Uma viatura estacionada na frente. À esquerda, uma rua tranquila, com o carro de Amanda estacionado na metade. Nenhum policial à vista. Ficaram sentados em silêncio por um tempo. O semáforo ficou verde e Billy virou à esquerda. Encostou e estacionou junto ao carro de Amanda.

Ela soltou o cinto de segurança e disse:

— Bom, não posso dizer que foi divertido.

— Vou mandar tudo o que descobrimos sobre Ruth Gelman para meu detetive. Tomara que amanhã a gente tenha o endereço dela — disse ele. — Quando eu conseguir, te ligo.

— Obrigada — falou Amanda, abrindo a porta. Ela parou, hesitou e continuou: — Eu nunca teria encontrado ela sem você. Obrigada. E obrigada por me ajudar e não...

— Não te julgar? Eu podia ter *sido* você, Amanda. Em alguns sentidos, fui mesmo. Eu estava na sua exata posição, só que voltei atrás antes de Quinn me ver e me atacar. Se isso tivesse acontecido, eu estaria onde você está agora. Quero te ajudar. Quero ajudar nós dois a sairmos disso. Agora, só temos que encontrá-la e fazê-la parar.

Amanda ficou vendo Billy se afastar enquanto abria a porta do lado do motorista de seu carro e entrava. A noite tinha sido longa.

Ela tivera sorte de encontrar Billy. Ele parecia um homem doce e generoso. Gentil, mas também havia uma dureza nele. E uma tristeza. Ela percebera de vez em quando, nos cantos dos olhos castanho-claros ou pendurada no fim de uma de suas frases como um eco seco. Se ela não tivesse conhecido Billy, não teria encontrado Ruth Gelman. Talvez a sorte dela estivesse mudando. Engatando a primeira no carro, pisou no acelerador e saiu pela rua.

Um bocejo a surpreendeu, e seu joelho gritava de dor toda vez que ela mudava de marcha. O que Amanda mais queria era deitar na cama e dormir. E, ainda assim, sabia que seria difícil pegar no sono hoje. Era difícil na maioria das noites. Tinha coisa demais flutuando na cabeça — lidar com o que ela havia feito com Quinn, saber que ele era um homem inocente. Wallace Crone por enquanto estava em segundo plano em sua mente. Ruth Gelman estava em primeiro. Ela suspeitava que a busca deles por Ruth só estava começando. E Amanda estava ficando sem tempo.

50

Ruth

21h55, 22 de novembro de 2018
Véspera de Ação de Graças

Ruth estava parada no sinal vermelho da Atlantic Avenue num Mercedes preto, com um cigarro aceso entre os dedos da mão esquerda, a janela aberta alguns centímetros para a fumaça sair. Checou a tintura do cabelo no espelho. Quatro horas num salão e quatrocentos dólares depois, ela agora era ruiva.

Uma música de Ed Sheeran tocava no rádio. Ruth gostava de ficar atualizada com as músicas novas e curtia a batida dessa. Os dedos de sua mão direita acompanhavam o ritmo batucando no volante. Ela deu um trago no cigarro, esperou uma atualização do noticiário.

Seus pensamentos foram para Amanda. Como ela estaria se sentindo agora? Traída, enganada, irada? Tudo isso. E nada importava. Amanda não procuraria a polícia para se entregar e, mesmo que fizesse isso, não havia evidências para corroborar sua história. Naomi tinha desaparecido. Nunca nem existira.

Ela deu mais um trago no cigarro. O semáforo ainda estava vermelho contra o céu noturno. A notícia veio logo no início do jornal.

Quinn continuava vivo, mas em estado crítico. Com sorte, ele morreria em breve. Ela teve de novo aquela sensação — alívio. Tinha renascido, livre do medo.

A primeira vez que sentira essa sensação fora há onze anos. Naquela hora que tinha passado caminhando por Park Terrace, em Frog Hollow, Hartford, depois de Scott contar que havia matado Travers. Ela lembrava do cheiro da grama. Ir fazer compras. Comprar aquele café. Só caminhar pelas ruas sem medo. E a luz. Em sua memória, aquele momento tinha acontecido no amanhecer, o que alguns chamavam de hora mágica ou dourada. O período logo antes do nascer do sol, quando o céu e a luz são uma mescla de bronze queimado e dourado. Dá a cada superfície um toque de Midas. Poças de água da chuva na calçada viram poças de ouro. Placas de PARE parecem tesouros de 24 quilates tirados da tumba de um faraó.

E, a distância, ela conseguia ouvir um sino de latão tocando suavemente.

Não tinha sido bem assim naquele dia tantos anos atrás. Ela sabia disso. Não importava. Não de verdade. O calor, o puro alívio e a sensação de conforto que ela sentira naquela manhã tinham vazado em sua memória — pintando-a de ouro reluzente.

As coisas ruins que tinham acontecido mais tarde naquele dia não eram tão claras em sua mente. Haviam se borrado e embotado com o tempo e as medicações pesadas.

Ela avaliou a rua à frente. Um posto de gasolina, logo após o cruzamento com a Brooklyn Avenue. Ela iria até lá, colocaria gasolina e compraria Lucky Strikes. Uma coisa pequena. Algo que as pessoas fazem todo dia. E ela faria hoje, sem medo. O Sr. Olhos Azuis, como ela tinha passado a conhecê-lo, havia ido embora. Estava deitado, lutando pela vida, numa cama de hospital em Nova York. Não estaria esperando, escondido no banco de trás do carro dela quando ela voltasse do posto. Não estaria esperando por ela depois, enquanto ficava acordada na cama. O rosto dele não assombraria seus sonhos.

Ela podia viver e dormir de novo naquela névoa dourada.

Uma buzina soou atrás dela.

Ruth olhou no retrovisor. O motorista do carro de trás estava gesticulando para Ruth seguir em frente.

O sinal estava verde.

Ela engatou a marcha e saiu andando devagar, virando no posto. Saiu do carro e, enquanto enchia o tanque, ficou olhando ao redor. Um bairro degradado do Brooklyn. Os trilhos de trem elevados passavam pelo centro da Atlantic Avenue, levando pessoas a Manhattan e trazendo outras.

Ela entrou no posto, comprou quatro maços de Lucky e pagou tudo em dinheiro. Foi bom. As coisinhas pequenas sempre eram. Viver uma vida comum sem medo era algo maravilhoso para ela e sempre seria. De volta ao carro, checou o destino no GPS. Já estava perto.

Quinze minutos depois, Ruth parou o carro no estacionamento de longa permanência, pegou a bolsa e a mala do porta-malas e foi de Uber até o novo apartamento. A empresa de mudança tinha ido ontem e, quando ela entrou no apartamento, os móveis já estavam dispostos, as caixas, abertas, os talheres, pratos e canecas, guardados, e a cama, feita. Era um serviço caro, mas ela podia pagar.

A venda da casa lhe dera muito dinheiro. Ela precisava. Nova York era um lugar caro de se viver e não era como se pudesse trabalhar.

Não com todo o resto que estava rolando.

Ela tomou banho e foi para a cama, sentindo que os lençóis limpos de algodão eram frescos e acolhedores. Amanhã era Dia de Ação de Graças. Tinha decidido ir ao desfile. Seria seguro.

Ruth fechou os olhos e tentou esvaziar a mente. Pensamentos tendiam a anuviar sua paz. A certeza da incapacitação de Quinn permitia que uma sensação de calma fluísse por seu corpo. Ela não precisava pensar — só sentir.

Pensar não ajudava. O centro de tudo era o sentimento. *Aquele* sentimento.

Às vezes, no escuro, ela ouvia correntes chacoalhando. Sabia que não era real. Era imaginário. Uma caixinha na mente de Ruth. Resultado de sua terapia de dessensibilização e reprocessamento por movimentos oculares com o dr. Marin. Ele tinha dito que esse era o melhor jeito de lidar com traumas — EMDR no Centro Psiquiátrico Forense Kirby.

O dr. Marin tinha quase sessenta anos quando se conheceram. Usava barba e uma faixa de cabelo branco felpudo cercando a cabeça, nunca invadindo o domo brilhante no topo. Eles se encontraram numa sala estéril de tratamento. Mesa e cadeiras pregadas no chão, e Marin de jaleco branco, um pouco amarelado nos punhos pelo tempo, sentado à frente dela com os dedos unidos em cima da barriga. A voz dele era gentil. Tranquilizadora.

— Me dá sua mão — falou ele.

Ruth estendeu a mão por cima da mesa. Delicadamente, Marin a pegou e começou a dar batidinhas no dorso do punho dela.

— Quero que você imagine uma caixa. Uma caixa que dá para abrir e fechar — disse, enquanto batia suavemente no punho dela com o indicador. — É forte essa caixa. Muito forte. Se você colocar algo lá dentro e trancar, ninguém pode abrir, só você. É sua caixa. Veja, com clareza, em sua mente.

Ela fechou os olhos.

Tap, tap.

Ele pediu que ela descrevesse a caixa, e foi o que ela fez.

— Vamos colocar coisas nessa caixa, Ruth. Ela é sua. Para as suas coisas. Vamos falar do que colocamos lá dentro. Podemos colocar qualquer coisa. Uma pessoa, um lugar, um sonho… — Ele parou, bateu de novo e disse: — Até um rosto.

Ruth então o viu. Refletido no vidro quebrado. O homem que a machucara. A voz dele soou na cabeça dela…

Olá, querida…

Ela se encolheu, e Marin segurou sua mão com mais força.

— Podemos pôr uma voz na caixa? — perguntou Ruth.

— Sim. O que você quiser. Primeiro, tornamos a caixa forte. Mais forte que tudo. Então, quando você estiver pronta, vamos olhar as coisas que mais nos assustam. Vamos torná-las menores. Encolhê-las. E vamos colocar todas na sua caixa. E, nesse momento, você vai estar a salvo delas. Não vão mais poder te machucar. E nunca mais vão poder sair daquela caixa.

Tap, tap.

Ruth ficou deitada na cama em seu novo apartamento, a voz de Marin na cabeça enquanto dava batidinhas no próprio punho e pensava na caixa.

Havia correntes pesadas em torno do velho baú de carvalho na mente de Ruth. Ela via as bordas de bronze dos cantos do baú e a fechadura grossa mantendo o conteúdo em segurança. A fechadura e as correntes pesadas de âncora não eram para deixar ninguém de fora. Tinham um propósito diferente — estavam lá para garantir que o que estava no baú não escapasse. De vez em quando, no escuro, ou no lugar dos pesadelos entre a vigília e o sono, ela ouvia as correntes rangendo, chacoalhando, com as coisas dentro da caixa fazendo esforço para sair.

Podia ouvi-las agora. O barulho estava ficando mais alto.

Ruth se sentou na cama, bateu no punho direito com o indicador esquerdo. Ritmicamente. Lentamente. A cada dois segundos.

Enquanto batia, olhava o metrônomo na mesa lateral. Permitia que os olhos seguissem a agulha grossa. Para trás e para a frente.

Tic, tac.

Ela bateu no punho seguindo esse ritmo. Sabia o que tinha na caixa, querendo sair.

O homem de olhos azuis estava lá dentro.

Todos os homens de olhos azuis estavam lá dentro.

Ela bateu. Respirou. E colocou mais correntes em torno do baú de carvalho.

Vinte minutos depois, as correntes tinham parado de chacoalhar. Ruth deu um gole de água e sacudiu a cabeça.

Ela não devia estar se sentindo assim. Era diferente da última vez. A sensação de calma e poder que normalmente se seguia à morte não estava lá hoje. O calor da paz tinha diminuído. Ela já conseguia sentir uma presença lá fora. Em algum lugar da cidade, o Sr. Olhos Azuis estava vivo e a caçando. Ela o sentia. Aqueles olhos azuis procurando por ela. Um arrepio roçou seu pescoço e seus ombros, fazendo-a tremer.

Ruth saiu da cama e verificou as janelas. Uma delas estava aberta. Ela a fechou e analisou a rua lá embaixo. Ninguém ali. Foi até a bolsa. Esvaziou-a na cama.

Cinco celulares. Todos conectados a carregadores portáteis. Todos com mensagens para ela. Algumas em SMS, outras no WhatsApp.

As mensagens não eram para Ruth, claro. Não de verdade.

Eram para Jenny, Rachel, Simone, Amy e Sarah. Suas identidades atuais. Cinco no total. A maioria era membro de dois ou três grupos de apoio. Todas as identidades se pareciam com Ruth, todas estavam de luto, amargas e com raiva por causa de um amor perdido que lhes fora cruelmente tirado por um assassino. Para ajudar a organizar suas várias identidades, Ruth havia grudado etiquetas de nome na parte de trás dos celulares. Senão, ia se perder. Jenny, por exemplo, estava em dois grupos de apoio on-line para pais enlutados. Rachel tinha uma reunião do grupo de trauma nas quintas à tarde no Harlem. Simone, no Queens, às terças.

Os grupos de Amy eram mais distantes, em East Flatbush e Staten Island. Sarah era a mais ocupada — quatro grupos on-line e dois presenciais, em Wakefield, no Bronx, e em Bedford Stuyvesant, no Brooklyn. Havia quase 8,5 milhões de pessoas em Nova York, e a densidade demográfica variava entre cerca de oito mil e 23 mil pessoas por quilômetro quadrado. Um esconderijo perfeito para Ruth. Ela era uma agulha ruiva num palheiro de oito milhões. Com todos os grupos, procurava o mesmo tipo de pessoa. Uma mãe ou pai, um marido, uma esposa, um amante — que tinha perdido alguém amado para alguém que não pagara o preço. Às vezes, era difícil encontrar. Outras vezes, as pessoas já estavam nos grupos — só esperando por ela. Ruth só precisava fazer com que se mostrassem.

Injustiça e luto eram suas armas, moldadas a partir do amor, do arrependimento e, às vezes, até da culpa. Alguns de seus alvos já estavam preparados. Prontos. Esperando. Ela só tinha que contar a história do pacto sinistro de dois estranhos num trem.

Decidiu, naquela manhã, que voltaria a Manhattan. Às ruas que conhecia tão bem. Amanhã era o desfile. Ela podia assistir e tentar curtir. A paz que vinha depois da morte era frágil e preciosa. Precisava agarrá-la, desfrutar dela. Enquanto podia. Já estava minguando.

Ruth respondeu às mensagens nos celulares, desligou todos e foi dormir.

51
Farrow

Estava ficando tarde na delegacia. Duas da manhã. Início do Dia de Ação de Graças.

O turno da noite tinha acabado duas horas atrás, e a única luz no escritório de roubos e homicídios vinha da luminária de Farrow. O pessoal desse turno estava na rua fazendo a ronda, indo atrás de pistas ou atendendo chamados. Farrow gostava de trabalhar à noite, quando ficava tudo em silêncio. O escuro combinava com o humor dele, impulsionava seus pensamentos. A luminária jogava uma única luz no caderno à sua frente, criando uma aura de concentração. Ele deu um gole no café já frio e tomou mais algumas notas.

O caso de Quinn estava começando a ficar bem mais intrigante. Havia peças demais que não se encaixavam.

A maioria dos assassinatos era simples. As vítimas quase sempre conheciam o agressor, e não era preciso ser um gênio para descobrir o culpado. Em geral é ofuscantemente óbvio. As exceções eram os roubos e os serial killers — como o Sr. Olhos Azuis. Mas eram raros e escassos.

Drogas, álcool, dinheiro, sexo. A maioria dos assassinatos tinha a ver só com isso.

Ele apoiou a caneta no lábio inferior enquanto a mente vagava. Talvez um desses motivos estivesse presente aqui e ele não soubesse. Dinheiro não parecia ser um dos fatores, porque quem quer que fosse a mulher manca que estivera na casa, ela não tinha levado os dois rolos de dinheiro.

— O que você ainda está fazendo aqui? — perguntou uma voz.

Ele a reconheceu na mesma hora. Hernandez. Ela já devia estar em casa, cozinhando uma de suas famosas paellas com uma taça de algo gelado e branco numa das mãos. Ele tinha ido algumas vezes jantar e tomar algumas garrafas de Sauvignon Blanc lá. Em geral quando Hernandez estava com um homem novo. Era como um teste tácito. Se o namorado se desse bem com Farrow, tinha chance. Além do mais, ajudava a acalmar o namorado em relação ao fato de ela ter um parceiro homem. Às vezes aquelas noites iam bem, com Farrow saindo de madrugada de táxi. Outras vezes, o namorado era expulso cedo e Farrow ia embora pouco depois. Ele não ligava. O vinho e a paella sempre eram bons.

— Eu podia te fazer a mesma pergunta — disse Farrow.

Hernandez se aproximou da mesa dele e baixou os olhos para o caderno.

— Eu devia ter adivinhado. Esse caso do Quinn está te incomodando mesmo — falou ela.

Ele tirou os óculos de leitura e os largou em cima da página.

— Peguei o caso de Statler e Waldorf — respondeu ele.

— Caceta, eu sabia que você ia fazer isso. Na verdade, não ligo. Quero achar aquela mulher. Odeio perder alguém na rua.

— Por isso que você ainda está aqui?

Pegando os óculos de leitura, ele os limpou com a ponta mais grossa da gravata, segurou-os contra a luz e os colocou de volta. Hernandez pôs as mãos na cintura, jogou a cabeça para trás e suspirou.

— Isso me incomoda. Você sabe. Então, como posso ajudar? — perguntou.

— Não, fica tranquila. Pode ir. Você tem uma vida, Karen. Não é neste escritório. Eu liguei mais cedo para o laboratório. Disseram que vão ter alguns resultados de DNA da cena daqui a algumas horas. — Ele checou o relógio e disse: — Deve ser a qualquer momento. Não tem muito o que fazer até lá.

— Me dá alguma coisa — pediu ela, estendendo a mão.

Com um sorriso irrompendo nos lábios, Farrow vasculhou as folhas soltas em sua mesa, encontrou a que estava procurando e entregou a ela.

— É uma lista de tarefas de merda — disse ela.

— Exatamente. Tem bastante coisa para cobrir, mas sabe…

Revirando os olhos, Hernandez completou:

— Tarefas de merda resolvem casos.

Ela sabia que não adiantava nada discutir com Farrow quando ele não queria largar o osso. A única coisa a fazer era aceitar. Farrow então se levantou, alongou as costas, soltou um grunhido quando a dor o atingiu. Ele esticou as mãos para cima e se inclinou para trás até ouvir um estalo satisfatório.

Pegou o celular, que estava na mesa. Antes de chegar a tocá-lo, a tela do aparelho se acendeu e começou a vibrar. Chamada.

Ele atendeu:

— Farrow.

E escutou. Por mais trinta minutos, não falou nada. Então agradeceu a pessoa do outro lado da linha e desligou. Colocou o celular no bolso, mas não se sentou. Em vez disso, vestiu a jaqueta amassada. A jaqueta ou a ligação eram pesadas, porque ele se debruçou, apoiou a mão no encosto da cadeira e abaixou a cabeça.

— O que foi? Aonde você vai? — perguntou Hernandez.

— Era o laboratório. Eles receberam os resultados. Vou buscar Amanda White.

52
Amanda

O amanhecer era uma promessa vermelha no céu enquanto Amanda tomava de uma vez um copo d'água naquela manhã de Ação de Graças. Estava usando short, tênis e uma camisetinha.

A noite tinha ido até tarde. Abrindo a porta do apartamento às três da manhã, ela fora direto para a cama. Tinha tido um sono agitado, a mente acelerada. Sentia-se cansada e com dor no joelho. Sentada à mesa da cozinha, Amanda contou o dinheiro que havia pegado da casa de Quinn na véspera. No total eram quase 75 mil. Suficiente para resolver seus problemas imediatos.

Abrindo o armário, encontrou uma caixa de cereal, mas não tinha leite. Amanda não estava com fome, mas sabia que precisava comer. Precisava ter algo no estômago antes de tomar mais analgésicos para o joelho. Tinha inchado de novo, e ela grudou um saco de gelo na perna.

Amanda encheu a tigela de cereal com água da torneira, sentou-se e comeu o que conseguiu enquanto trabalhava no computador. Na noite anterior, só havia passado os olhos pela maioria das reportagens. Chegou uma hora em que estava cansada demais para absorvê-las. Sua cabeça agora estava um pouco mais clara, e ela se demorou olhando cada uma e fazendo anotações num bloco. Leu de novo a matéria sobre o ataque original — quando Ruth quase fora assassinada na própria casa por um serial killer chamado Sr. Olhos Azuis. A matéria apresentava o retrato falado do criminoso. Olhando aquele esboço junto às fotos de Travers, Quinn e Benson — homens que Ruth havia planejado serem assassinados —, definitivamente havia uma semelhança. Agora, à luz do dia, sentindo-se um pouco mais calma e em um ambiente familiar, Amanda olhou com mais atenção as imagens de Travers, Quinn e Benson.

A distância, seria difícil distinguir entre eles. Mas, de perto, havia diferenças. Quinn era mais velho que os outros dois, com rugas mais fundas em torno dos olhos. Benson tinha a testa mais alta e uma pequena cicatriz na bochecha. Travers era mais pálido que ambos.

Ela fez mais uma busca com as imagens, rolou por páginas irrelevantes até chegar a outra imagem de um homem impressionantemente parecido com Travers, Benson e Quinn. Ele tinha sido assassinado em casa. Esfaqueado. Sem motivo aparente, sem suspeitos. Nada levado da propriedade. Ocorrera dois anos atrás. Não tinha como saber que era trabalho de Ruth, mas podia muito bem ser. O nome dele era Sean Gardner. Morava no East Harlem. Ela salvou a matéria e adicionou a imagem do homem à sua busca.

E achou mais um.

Paul Beriano. Alvejado na cabeça duas vezes na porta de casa no Queens. Sem motivo. Nada levado dele nem da casa. Um assassinato encomendado, mas Beriano não tinha conexão com o crime organizado. Era motorista de Uber.

Beriano fora assassinado havia três meses.

Adicionando a imagem dele à busca, ela tentou de novo.

Dois outros assassinatos sem motivo. Crimes mais antigos. Mais dois homens com uma semelhança impressionante às outras vítimas. Um se chamava Paul Anderson e era designer de interiores. O outro era a vítima mais antiga que Amanda conseguia identificar — Dan Puccini, o gerente da assessoria de imprensa da polícia de Nova York. Anderson morreu um ano depois de Puccini. Com todas as imagens das vítimas juntas, lado a lado, parecia um belo desfile de identidades.

Seis homens assassinados em partes diferentes de Nova York desde a liberação de Ruth do Centro Psiquiátrico Kirby. Devia ter seis delegacias diferentes trabalhando nesses crimes e nada para conectar as vítimas exceto o rosto delas. Dan Puccini fora assassinado seis meses após Ruth ser solta. O próximo foi cerca de um ano depois, com Anderson, e a partir daí os assassinatos se aceleraram. Nove meses depois, oito meses depois, seis meses e então só três meses antes de Quinn.

Não dava para saber se todas eram vítimas de Ruth. Ela sabia que tinha pelo menos duas — Quinn e Benson —, além da original, Patrick

Travers. E, ainda assim, não havia como provar ou confirmar nenhum deles exceto Travers, porque ela provavelmente fizera outra pessoa executar cada um desses assassinatos. Cada vítima tinha mais uma vítima por trás — a pessoa enlutada e quase enlouquecida que estava por um fio quando Ruth entrou na vida delas com um plano por justiça.

Amanda cobriu a boca e xingou baixinho. Tinha sido um dos ceifadores de Ruth Gelman — enganada a matar por ela.

De início, tendo lido a matéria sobre o ataque a Ruth, sentira pena dela. Agora, sentia medo. Olhando a estante de livros, pegou um volume grosso que tinha lido alguns meses antes. Era sobre serial killers, escrito por um psicólogo forense. Amanda havia lido tentando ter algum insight sobre Wallace Crone. Talvez conseguisse aprender algo para usar contra ele. No fim, não aprendeu, mas sabia mais sobre como algumas dessas aberrações se criavam, como matavam e, mais importante, como eram pegas.

Tinha aprendido que a maioria deles não é insana, que foi a primeira coisa a surpreendê-la. Alguns são desorganizados. Alguns são altamente organizados. E podem se esconder à vista de todos, como qualquer outro membro normal da sociedade.

Folheando o livro, encontrou uma das páginas em que tinha dobrado a margem para marcar algo como potencialmente importante.

> *Serial killers são mais vulneráveis a serem apreendidos por forças de segurança quando estão no ápice de um padrão de aceleramento de crise, que examinaremos a seguir. Mas esses padrões de aceleramento de crise não estão presentes em todos os assassinos em série. As opiniões de especialistas se dividem, mas alguns psicólogos importantes, especialistas em segurança e criminologistas acreditam haver outro tipo de assassino que não segue padrões. Eles são altamente organizados, não têm trauma psicológico inato, alucinações nem qualquer tipo de psicose. Não se enquadram em nenhuma das categorias do DSM atual ou dos passados e, portanto, não têm doença mental clínica de nenhum tipo. Em resumo, matam quem desejarem, sempre que desejarem, aleatoriamente. São os grandes tubarões-brancos da espécie humana...*

Amanda estremeceu, pulou dois parágrafos e começou a ler de novo.

Muitas vezes, com serial killers, chega um momento de crise em que eles estão mais vulneráveis a serem apreendidos pelas forças de segurança. Esses crimes em geral seguem um padrão. Particularmente com criminosos que experimentam alguma forma de psicose, sejam alucinações visuais ou auditivas. O padrão é cíclico para assassinato em série. Primeiro, o criminoso fantasia com o assassinato, às vezes por longos períodos. Depois, uma vítima é selecionada e perseguida. De novo, a duração envolvida pode variar, e esse período de perseguição pode ser de meses ou anos. Isso vai crescendo até o momento em que eles agem e realmente se realizam com o crime.

A memória e a experiência do assassinato viram uma realização da fantasia, e isso, no começo, é suficiente. Alguns assassinos nunca seguem em frente depois disso, mas alguns, sim. Conforme a experiência aguçada do assassinato diminui, o ciclo recomeça. O que emerge é uma espiral contínua de assassinato em que, conforme o padrão continua, o ciclo se acelera. E, embora cada assassinato forneça uma sensação de prazer e clímax para o serial killer, também é traumatizante, embora ele não vivencie dessa forma — na verdade, aprofunda e intensifica a psicose, ajudando a criar o estado de crise. Isso foi observado em inúmeros casos, Jeffrey Dahmer, por exemplo. Houve uma pausa de nove anos entre a primeira e a segunda vítima. Aí, acelerou para um ano e ficou ainda mais rápido. Na época de sua prisão, ele tinha matado quatro homens no espaço de três semanas e estava num estado de crise traumática...

Amanda largou o livro. Não estava nem perto de ser psicóloga, mas, como quer que se olhasse, Ruth estava fazendo aquilo com mais frequência.

Ela pegou o telefone para ligar para Billy e entrou no quarto para ver se tinha algo para usar.

Foi aí que lembrou que ainda tinha um saco de lixo preto cheio de roupas no banheiro. Estavam manchadas de sangue. Sangue de Quinn. E, entre elas, estava o segundo celular descartável. Ela precisava se livrar daquilo. Vestindo um moletom, pegou o saco e seus cigarros.

Desceu de elevador, atravessou o pequeno lobby e saiu para a rua. Puxando o maço do bolso, acendeu um cigarro e fumou enquanto caminhava. Quatro quarteirões acima e à direita, havia um beco com lixeiras.

Era uma manhã tranquila, com pouca gente nas ruas. Mais tarde, ficaria um pouco mais movimentado por causa do desfile, imaginou ela. Com alguma sorte, ninguém a veria abandonar o saco. Ela chegou ao beco, mas o portão estava fechado. Trancado.

Havia um beco ao lado do prédio dela também. Não era ideal, mas ia ter que servir. Ela não podia andar pelas ruas com o saco. Câmeras demais.

Amanda se virou de novo na direção de seu prédio, aí parou a seis metros da entrada.

O investigador Farrow saiu de lá. Pegou o celular e começou a passar o dedo pela tela. Amanda recuou devagar. Tinha uma lavanderia 24 horas à direita. Esses lugares nunca fecham, nem no Dia de Ação de Graças. Ela empurrou a porta, que se abriu. Entrou. Tinha duas pessoas lá, um pouco distantes da porta na direção dos fundos, olhando o celular. Amanda ficou ao lado da janela, mantendo Farrow à vista. Então o celular dela começou a vibrar no bolso.

Ela pegou e olhou a tela.

Farrow estava ligando.

Ele estava no meio da rua, com o celular na orelha.

Amanda segurou o próprio celular. Sabia que os policiais viriam atrás dela depois que a conectassem ao assassinato de Quinn — provavelmente com seu DNA. Só não tinha esperado que acontecesse tão cedo. Tinha certeza de que teria pelo menos mais um dia, quem sabe dois. Farrow e Hernandez estavam trabalhando no caso de Quinn. Sabia disso muito bem. Ele estava lá para prendê-la. Se quisesse ver como ela estava, faria por telefone. Ele nunca vinha ao apartamento sem avisar.

O polegar dela pairou acima do círculo verde com a foto de um telefone antigo no centro. Levantou os olhos para ele, tentando interpretar sua linguagem corporal. Ele estava de costas para ela, então não dava para ver a expressão.

A lavanderia era um pouco barulhenta. Algumas das grandes secadoras industriais estavam ligadas, e o rádio tocava por cima. Se ela atendesse, Farrow talvez ouvisse as secadoras. Talvez se virasse e a visse.

Ela deixou a ligação cair na caixa postal. Mais seguro assim.

Farrow falou. Ela não conseguiu ouvir o quê, mas viu o maxilar dele se mexendo. Ele olhou o celular, encerrou a ligação e o guardou de volta na jaqueta. Atravessou a rua até o carro, entrou.

Não saiu dirigindo.

Amanda ficou abaixada na janela, encolhendo-se para caso ele a visse. Estava segurando um saco de roupas ensanguentadas do caso de tentativa de homicídio que ele estava investigando. Não podia vê-la de forma nenhuma.

Ela se perguntou se conseguiria sair de fininho pela porta da frente e voltar a seu apartamento sem ele notar. Chegando mais perto da entrada, ficou de olho nele sentado ao volante do carro. Ele estava virado para a frente.

Segurando a maçaneta, começou a abaixá-la.

Farrow girou a cabeça de volta na direção do prédio dela, e Amanda se abaixou, escondendo-se atrás de uma máquina de moedas. Ela esperou, com medo de se mexer. Olhando de relance para trás, viu as duas pessoas da lavanderia ainda no celular, sem notar nada.

Deu um passo para trás, sentou-se ereta na ponta do banco que dividia o cômodo. Conseguia ver um pouco acima da máquina de moedas e do pequeno balcão na frente da janela. O topo do carro de Farrow estava visível. Ela se arrastou um pouco para fora do banco e checou para ver se ele ainda estava ao volante.

E estava, graças a Deus.

Dez minutos depois, ele ainda não tinha ido embora. Estava esperando por ela. Vigiando a entrada.

Amanda soube então que seu tempo tinha acabado. Precisava desaparecer e encontrar Naomi assim que possível. Mas o dinheiro que tinha pegado do cofre de Quinn estava no apartamento. Com seu computador.

Precisava de tudo aquilo.

Amanda se virou para ver se a lavanderia tinha uma saída pelos fundos. Enquanto isso, pegou o celular, entrou na caixa postal e colocou o aparelho na orelha.

53
Ruth

As multidões começaram a se reunir ao longo da rota do desfile em Manhattan às cinco da manhã. Às 6h30, as ruas estavam lotadas de famílias, em cinco filas, esperando o desfile começar às nove. Ruth não queria ficar parada no frio por tanto tempo. Tinha reservado uma mesa na janela da Stella 34 Trattoria.

Ela chegou às 8h30 e entrou na Macy's da rua 35. Os elevadores expressos a levaram direto ao restaurante, onde ela ficou sentada com café e doces enquanto o desfile começava. O restaurante estava cheio de crianças, algumas com vestidos chiques — alguns dos pais também. Havia pinturas faciais e uma atmosfera de feriado que causava uma sensação calorosa em Ruth.

Suas primeiras lembranças do Dia de Ação de Graças eram acordar cedo para ver o desfile na TV. Sua família raramente ia para a cidade no dia do desfile. A mãe não gostava de multidões e o pai reclamava de estacionar. Após os pais se divorciarem, Ruth ficou sem ir ao desfile até ser adulta. Logo que se mudou para Manhattan, fez questão de ir ao Stella 34 para assistir. Era caro — quatrocentos dólares pela mesa, que na época ela não tinha —, mas ficar tão perto da vista e dos sons e dos carros alegóricos e das bandas e das líderes de torcida… era mágico e compensava viver de miojo por um mês depois.

O maravilhamento no rosto das crianças a seu redor era mais tranquilizador do que ela queria admitir. Saber que nunca traria seu próprio filho ao desfile não importava naquele momento. Importaria depois, mas não agora. Ela olhava a animação nos olhos das crianças apontando para os gigantes infláveis de seus personagens de desenho animado favoritos. Mas, mais que qualquer outra coisa, Ruth simplesmente amava o espetáculo todo.

O destaque, para as crianças e os adultos também, era o maioral. O Papai Noel da Macy's fechando o desfile. Fazia lembrá-la de se sentar no colo do pai assistindo a *De ilusão também se vive*.

Nostalgia era bom para a alma.

Enquanto o desfile ia terminando, Ruth foi para a lojinha de presentes e viu globos de neve à venda. Um chamou sua atenção. Uma família em miniatura, todos de roupa de inverno, parados num morro coberto de neve. Uma mãe, um pai e dois filhos. Ela o sacudiu e viu as partículas brancas de plástico dançarem no líquido e então lentamente caírem sobre o morro. Era um souvenir simples, sem caixinha de música na base, mas mesmo assim ela não conseguiu resistir. A vendedora o pôs numa caixinha frágil e Ruth foi para o elevador. Era a primeira da fila.

Entrando bem quando as portas se abriram, ela foi para o fundo da cabine, virou-se e se apoiou no espelho do painel atrás de si. Duas crianças entraram. Uma estava vestida de abelha, um menininho de uns quatro ou cinco anos com cachos loiros compridos de bebê. A irmã era um pouco mais velha. Era uma fada princesa com um vestido cor-de-rosa brilhante e, nas costas, asas finas de plástico cobertas de glitter. A fada princesa segurou a mão da mãe — uma mulher de cabelo castanho-escuro, cor de avelã. Ela estava usando um casaco de cashmere azul-marinho caro e um perfume igualmente caro. O pai era alto, cabelo preto bem curto, maxilar quadrado e olhos azuis muito luminosos, quase reluzentes. A família irradiava o dinheiro herdado e o privilégio que eram o sonho de todos os que vinham à cidade. O garoto ficou perto do pai, que sorriu para Ruth ao entrar, depois deu as costas para ela e virou-se para a porta. Os batimentos cardíacos dela aceleraram. A grande cicatriz em sua barriga começou a coçar e arder, como se alguém estivesse passando um maçarico em cima.

A loja de departamentos Macy's ficava em um prédio antigo. Um clássico de Nova York. Com a idade, vinha personalidade e uma exigência cada vez maior de manutenção. As portas sacudiam e rangiam na hora de fechar, e o elevador descia com um som metálico. O barulho a fez se encolher, porque ressoou dolorido em sua cabeça. Por um momento, Ruth ficou sem saber se o que estava fazendo o ruído era o elevador, já que, em sua mente, o velho baú vibrava — a madeira rangia e o baú todo se sacudia, fazendo estrondo no chão. Algo lá dentro estava tentando sair. As correntes grossas ao redor gritavam com o esforço enquanto a tampa ameaçava quebrar cada elo.

Instintivamente, Ruth cobriu as orelhas.

Levou meio segundo para registrar que tinha soltado o globo de neve. Percebeu pouco antes de ele explodir no chão do elevador. Soou como um tiro. Ruth ouviu alguma outra coisa mesclada a esse barulho — metal sendo dilacerado, madeira estilhaçando e o gemido de dobradiças pesadas de bronze girando.

As duas crianças pularam, e a menina soltou um gritinho de surpresa e abraçou a mãe, enterrando o rosto no casaco dela. O globo tinha estourado para fora da caixa. Fragmentos de vidro molhado e curvo estavam sobre a poça de líquido que jorrara de dentro.

Ruth se abaixou para pegar a caixa. Nesse gesto, deve ter pisado num caco, porque ouviu um som. *Aquele* som. O mesmo que tinha ouvido no quarto de sua casa em Manhattan naquela noite há tantos anos — o *crunch* de vidro sob os pés.

Ela viu seu reflexo no arco de vidro quebrado. A imagem distorcida pela curvatura, mas ainda fortemente iluminada pela luz do teto do elevador.

Aquele som de novo.

Crunch.

Sentiu a pele queimar de medo. Seus dedos começaram a tremer ao se estenderem para baixo.

Crunch.

E aí ela paralisou. A garganta se fechou. O corpo parou como se alguém tivesse dado um curto-circuito em seu cérebro. Ela não conseguia se mexer. Não conseguia respirar.

A única coisa que conseguia era ver. Os olhos presos no chão.

Porque havia outro rosto refletido naquele caco de vidro elíptico.

Um homem de cabelo escuro e olhos azuis iridescentes. Olhando para ela.

A cabeça de Ruth ficou zonza, e ela não estava mais no elevador da Macy's. Estava em casa, em Nova York, em seu corredor. Scott estava curtindo com os amigos, e ela estava olhando o reflexo de seu agressor na vidraça quebrada que se agarrava à moldura da porta dos fundos.

Ruth inclinou a cabeça. Não queria olhar. Mas não conseguia resistir. Quando levantou os olhos, ela os viu.

Todos eles.

Olhando para ela. Todos juntos. O menininho, a menina, a mãe e *ele*. Com sorrisos frios. Os olhos estavam firmes na raiva. Órbitas gêmeas de chama azul em cada um dos rostos. Todos eles, olhando *direto* para ela. E, então, ela os ouviu.

Eles falavam em uníssono. Um coro retumbante de vozes sibilantes.

— *Olá, querida...* — disseram.

O elevador parou de repente com um baque estrondoso, derrubando Ruth. Quando ela levantou a cabeça, o pai, a mãe e o menino tinham dado as costas, olhando para as portas, esperando pacientemente que se abrissem. A mãe estava segurando firme a mão da filha. Sussurrou para ela se virar — que não era para ficar olhando.

Mas a menininha não se virou. A fada princesa ficou encarando Ruth por cima do ombro, com grandes e inocentes olhos azuis. Aqueles olhos eram tão grandes e tão gentis. Suas asas reluziam na luz. Os lábios da menina se abriram num sorriso.

— Feliz Dia de Ação de Graças — disse a fada princesa com doçura.

Ruth, de joelhos, estava perto o suficiente para sentir cheiro de chocolate quente no hálito da menina.

Outro guincho quando as portas se abriram. Ruth apoiou a palma ao lado da cabeça. Sentia uma dor terrível pulsando no crânio. Saiu do elevador, seguindo a família que costurava pelo primeiro andar até sair na rua 35. A dor de cabeça começou a melhorar, e ela dava batidinhas no punho enquanto andava, mantendo a família à vista e tentando segurar o pânico.

Ela manteve a distância ao longo da rua 35 — dois quarteirões —, vendo as asas da fada princesa tremulando ao vento que fustigava nas esquinas. Então eles viraram à direita na Quinta Avenida e dobraram de volta, subindo a rua 34, evitando as multidões e os bloqueios que começavam a ser desmontados depois do desfile. Entraram na George Towers. O concierge segurou as portas de vidro da entrada para eles. Passaram pela recepção e foram direto para os elevadores. Ruth ficou parada no recuo da entrada, pegou seu maço de cigarros da bolsa e fingiu mexer nele e no isqueiro. O concierge a ignorou. Esperou ao lado dos elevadores, que eram velhos e hoje em dia considerados absolutamente chiques na cidade. Um portão de ferro preto precisava ser aberto quando o elevador chegava, e então fechado de novo pelo concierge antes de subir. *Como algo de um filme do Hitchcock*, pensou Ruth.

A família entrou no elevador, o concierge fechou o portão e desejou-lhes um bom dia. Ruth abriu a porta de vidro e entrou. O concierge perguntou se podia ajudá-la.

— Meu isqueiro acabou de falhar. Vocês por acaso têm um isqueiro ou uma caixinha de fósforos?

— Sinto muito, senhora — disse ele.

— Obrigada mesmo assim — respondeu ela, virando-se para as portas. Pegou o celular, enrolando para ganhar tempo. Segurou-o na orelha e disse: — Alô.

Ela sabia que estava sendo observada pelo concierge. Deu mais um passo na direção da saída. Devagar. Havia um mostrador de andar em cima do elevador, com design art déco e um ponteiro de relógio, como uma flecha, que ia da esquerda para a direita, dos andares um ao dez. Ela observou a flecha em seu arco, viu-a parar no décimo andar, a cobertura, e deu mais um passo.

— Senhora, esta é uma propriedade privada. Apenas para moradores — disse o concierge.

— Aham — disse ela ao telefone, levantando a mão como se pedisse desculpas.

Ruth caminhou até a saída, virou-se de novo uma última vez para falar "obrigada" sem som para o concierge e checou o visor acima do elevador.

Continuava no dez. Era o andar deles. O elevador não se mexia havia mais de um minuto. Sem dúvida era o destino da família.

Ela olhou de relance para a direita. Para as caixas de correio incrustradas de ouro. Estavam em ordem numérica.

1001, 1002, 1003.

Três apartamentos no décimo andar. Uma placa de identificação de bronze para cada uma.

1001 R. Walker

1002 R. Roman

1003 Granger

Ruth saiu do prédio, guardou o celular de volta no bolso e atravessou a multidão de volta até seu carro na garagem da rua 29.

Os Granger. Não demoraria para ela descobrir mais sobre eles on-line. Instagram, LinkedIn, Facebook, Twitter. Ela podia ter todas as fotos de que precisava para criar suas páginas de internet com notícias falsas em algumas horas.

Este seria mais complicado que qualquer outro antes. Ela precisaria de alguém especial. No elevador da Macy's, eles tinham olhado para ela. Eles a reconheceram — e tinham todos falado aquelas palavras — juntos. Todos eles *sabiam*. O que a atacara, o pai, devia ter contado. Estavam rindo dela.

Ruth segurou a barriga cheia de cicatrizes.

O homem que fez isso com ela precisava ser punido. Ele devia sofrer. Devia ver os filhos morrendo. Depois a esposa devia ser morta na sua frente, logo antes de ele ser assassinado.

Por sorte, ela tinha o parceiro perfeito para os Granger. Alguém em quem vinha investindo nos últimos dois meses.

O nome dele era Gary Childers.

Quando voltou ao carro, revirou a bolsa e achou o celular descartável marcado "Gary" atrás. Ligou-o e passou pelas mensagens.

Gary estava falando com ela havia dois meses. Na verdade, estava falando com uma mulher que achava chamar-se Amy. Um de seus codinomes atuais. Gary tinha perdido a família toda — esposa e filha adolescente — quando a casa deles foi incendiada em Jersey. Um menino local de uma família problemática, de dezessete anos e cheio de veneno, conhecido da polícia, havia saído na noite anterior disparando fogos de artifício por todo o bairro. Gary o pegara e mandara parar de ser babaca, senão ia chamar a polícia.

Na noite seguinte, Gary estava trabalhando no turno da noite. Era segurança de um armazém num parque industrial lá perto. Ele contou a Amy que viu fogo a distância. Conseguiu ver as chamas queimando por cima dos telhados de casas a 2,5 quilômetros dali, iluminando o céu. Quando, no meio de seu turno, recebeu a ligação da polícia de Nova York, desabou.

Segundo os pais do menino, ele tinha passado a noite em casa. A noite toda.

O departamento de bombeiros disse que o incêndio fora causado deliberadamente. A porta da frente havia sido pregada para não abrir e a varanda dos fundos, ensopada de gasolina. A chama tinha sido acesa com um tipo de fogo de artifício que cuspia faíscas loucamente.

Ruth passou pelas mensagens de Gary. Achou o que estava procurando.

Não consigo superar. Não está certo. Não existe justiça. Eu quero matar aquela porra daquele garoto. Antes de explodir o cérebro dele, quero matar o pai, e a mãe, e o irmãozinho, e quero que ele veja. Aí vou acabar com ele.

E, abaixo daquela mensagem, a resposta de Amy:

Eu entendo exatamente como você se sente.

De todos os homens e mulheres que tinham matado por Ruth, talvez Gary fosse o mais perigoso. O mais seriamente desequilibrado.

Heróis vingadores não matam crianças. Ela precisava de alguém especial, como Gary. Para matar uma fada princesa, uma abelha e a mamãe e o papai também, ela precisava de um monstro.

Gary era esse monstro.

Ela ligou o carro, fazendo o painel acender. O ronronar do motor a acalmou. Ela bateu na coxa. Tentou controlar a respiração. Conectou o celular ao Bluetooth do carro e ligou para ele.

— Amy? — disse ele, com a voz grossa e lenta.

— A própria — respondeu Ruth. — Quis ligar para ver como você está.

Ele suspirou.

— Não estou bem, para ser sincero. Sempre fica mais difícil quando vão chegando as festas.

Ela percebeu pela voz que ele tinha bebido.

— Você não está com sua arma aí, né? — perguntou.

— Bem aqui do meu lado, na mesa da cozinha.

— Está carregada?

— Ainda não.

— Me faz um favor, Gary. Não carrega. Não hoje. Ainda não. Eu sei que é difícil. É difícil pra caralho, mas, se colocar essa arma na boca, você vai estar decepcionando a sua família. Não desiste de mim. Eu preciso de você. Andei pensando em Kirk e no meu pequeno Sammy. Teria sido nosso quinto Dia de Ação de Graças em família. Se aquele motorista bêbado não tivesse acabado com tudo…

— Eu também andei pensando na minha família. Não é justo, Amy. Não devia ser assim.

— Eu entendo exatamente como você se sente.

— Você sempre entendeu — disse ele.

— Gary, o que eu vou falar talvez pareça meio louco…

— Ah, fica tranquila. Sou totalmente a favor de loucuras hoje em dia.

Ela fingiu rir, e aí disse:

— Bom, andei pensando. Me diz uma coisa, você já viu o filme *Pacto sinistro*?

54
Amanda

A mensagem de Farrow a fez querer vomitar.

Ela escutou enquanto o observava se afastar de carro. Talvez ele voltasse. Aliás, era certeza.

— *Oi, Amanda, é o investigador Farrow. Eu fui na sua casa ontem à noite e de novo agora de manhã, mas você não atendeu o interfone. Precisamos conversar com urgência. Você me acha neste número. Precisamos que você venha até a delegacia. Me liga.*

O tom era formal. Não era o mesmo policial que a abraçara enquanto ela chorava e cujo coração tinha se partido com a morte da família dela. Farrow havia cuidado dela. Ficado em contato. Garantido que ela não fosse para a cadeia quando devia ter sido presa na frente do prédio de Crone. Se certificado de que ela fosse à terapia de grupo e não violasse a condicional.

Não parecia mais amigável.

Ela viu Farrow se afastando de carro, mas o alívio não durou muito.

Amanda saiu da lavanderia, contornou a lateral do prédio até a fila de lixeiras, levantou a tampa da que parecia quase cheia e jogou o saco de roupas.

Seu joelho estava começando a reclamar de novo quando ela entrou no apartamento, satisfeita e aliviada por ele não ter derrubado a porta. Policiais precisam de mandado para isso, não? Talvez fosse o que Farrow estava indo fazer. Ele talvez estivesse a caminho de pegar um mandado e aí voltaria.

Ela pôs umas coisas numa mala. O notebook, o dinheiro, algumas roupas, o unicórnio Sparkles e a aliança de casamento de Luis. Não podia deixar isso para trás. Nunca. Ao entrar no banheiro para pegar a escova de dentes e os itens de higiene, ficou paralisada. Com as mãos cheias. Prestando atenção.

Achou ter ouvido alguém batendo na porta.

Enfiou rapidamente tudo de que precisava na bolsa de academia, fechou o zíper e aí...

Toc, toc.

Meu Deus.

Ele não podia ter voltado tão rápido, pensou ela. Se saiu para pegar um mandado, não tinha como ter sido tão ágil.

Toc, toc. E, desta vez, a batida veio acompanhada de uma voz.

— *Amanda White?*

Ela se moveu em silêncio até a porta aberta. Estava fechada, mas não trancada nem com o trinco fechado. Levantou cuidadosamente o rosto até o olho mágico no meio da porta.

Do outro lado estava um homem com um terno marrom-claro. Camisa branca. Gravata amarela. Baixo, atarracado e ficando careca, com uma bolsa de ombro pendurada no braço. Um homem de quase sessenta anos, talvez. A faixa de cabelo que permanecia em torno da coroa do crânio estava quase completamente branca, só com algumas mechas escuras aqui e ali. Os botões da camisa se esticavam na barriguinha redonda.

Um policial. Um investigador. Tinha vindo prendê-la.

O homem levantou os olhos, e um sorriso de quem sabia algo fez suas bochechas alegres se curvarem.

— Eu sei que você está aí. Estou te vendo bloqueando a luz do olho mágico. Você precisa abrir a porta. Não tem como sair desta, sra. White.

Ela se abaixou, por instinto. Parecia que ele conseguia ver através do olho mágico — como se estivesse olhando-a bem nos olhos.

Toc, toc.

— Anda. Não vamos dar escândalo na frente dos vizinhos. Abre — disse ele.

Ela soltou um palavrão. Era tarde demais. O tempo dela havia acabado. Sem Naomi, teria que enfrentar as acusações sozinha. E sofreria pelo que fizera com Quinn. Seus ombros se curvaram e ela estendeu a mão para a maçaneta.

Girou-a e abriu a porta.

O homem ainda estava com aquele sorriso nojento ao falar:

— Amanda White?

Ela fez que sim, com o estômago apertado e bile na garganta.

Ele pôs as mãos às costas em busca de algo. *Algemas*, pensou ela. Amanda estendeu as mãos e fechou os olhos.

Esperou pela sensação de aço frio se fechando em torno dos punhos. Havia fracassado. E era hora de enfrentar o que tinha feito.

Ela sentiu algo em suas mãos. Papel. Não algemas. Abriu os olhos. Um envelope A4 marrom.

— Você foi intimada, moça — disse o homem, antes de se virar para o elevador.

Cada centímetro de respiração deixou o corpo de Amanda. Era quase como se ela estivesse antes se tensionando para se preparar para um golpe físico. Seus ombros abaixaram, a dor na mandíbula passou, o corpo relaxou.

Ela deu um passo para trás, fechou a porta e rasgou o envelope.

Era o processo de Crone. Os advogados dele haviam registrado no tribunal. Amanda não tinha respondido a nenhuma das cartas deles. Agora, eles a estavam processando por danos morais. Tinham esperado até a manhã de Ação de Graças para entregar a citação — sabendo que seria especialmente perturbador recebê-la hoje.

Ela quase riu.

Amanda jogou os papéis no chão, pegou a bolsa e saiu do apartamento, fechando a porta. Pensou que nunca mais ia ver aquele lugar. Todas as suas lembranças agora estavam atrás de uma porta fechada. Logo, sua vida se passaria atrás da porta de aço de uma cela de prisão.

Parte de Amanda aceitava esse destino. Mas ela não ia de jeito nenhum cumprir a pena sozinha. Voltou à rua e se certificou de que o veículo de Farrow não estivesse por lá, só caso ele tivesse dado a volta no quarteirão. Não seria sábio usar o celular para fazer a ligação seguinte. Não era bom criar um mapa para os policiais. Em vez disso, encontrou um orelhão do outro lado da rua e o usou para ligar para Billy.

— Oi, eu sei que você ia me ligar quando tivesse alguma coisa, mas preciso te ver. O que quer que a gente esteja fazendo para encontrar Ruth, precisamos fazer mais rápido. Acho que os policiais estão atrás de mim. Estou indo embora do meu apartamento; não posso ficar aqui.

— Ah, não, meu Deus. Amanda, sinto muito. Olha, me fala onde você está que eu vou te buscar.

— Preciso de um lugar para ficar — disse ela.

— Pode ficar comigo. Não tem problema. Só vou responder o e-mail do meu detetive particular. Aconteceu muita coisa hoje de manhã. Boas e ruins — contou Billy. — Ele entrou em contato para dizer que não existe nada, em lugar nenhum, sobre Ruth Gelman.

— Como assim?

— Ela não tem conta corrente, não tem cartão de crédito, não tem registro de endereço recente, não tem contrato com as empresas de serviços públicos normais, nem celular no nome dela...

— Jesus Cristo, achei que estivéssemos chegando a algum lugar — falou Amanda.

— Ela está usando identidades falsas para não poder ser rastreada. Larga uma e passa para outra. A não ser que a gente saiba qual ela está usando agora, não tem como encontrá-la.

Amanda apertou o maxilar, rangendo os dentes.

— Mas acho que tem uma pessoa que talvez consiga nos ajudar a encontrá-la — continuou Billy.

— Quem?

— Estive conversando com o dr. Marin, do Centro Psiquiátrico Kirby. Foi ele que tratou a Ruth quando ela estava internada lá. Eu contei que tinha conhecido Ruth e acreditava que ela estivesse tendo alucinações, ilusões e acusando homens de serem o agressor dela.

Inteligente, pensou Amanda.

— O que ele disse?

— Ele quer avaliá-la e, se ela for um perigo para si mesma ou para os outros, pode interná-la de novo. Então, pelo menos sabemos o que fazer quando a encontrarmos. Mas, mais do que isso, Marin vai ajudar a marcar uma visita a alguém amanhã. Alguém que talvez saiba como Ruth conseguiu essas identidades falsas.

— Quem é, e por que não podemos falar hoje com ele?

— Ele está preso. Marin vai ajudar a organizar as coisas para uma visita urgente, mas não dá para ser hoje. Vai ter que ficar para amanhã. O homem com quem precisamos falar é Scott Gelman. O marido da Ruth.

55
Farrow

Depois de sair do prédio de Amanda, Farrow dirigiu de volta até a delegacia. O turno do Dia de Ação de Graças variava. Às vezes era cheio — em geral, brigas domésticas. Às vezes, tranquilo. Hoje era um dos dias tranquilos. Teria paz para pensar.

Ligou para o hospital, e disseram que Quinn não tinha melhorado. O sangramento e o trauma no peito haviam causado uma parada cardíaca. Ele estava deteriorando e continuava inconsciente.

Farrow olhou a pilha de arquivos debaixo da mesa. Todos não resolvidos. A maioria dos policiais mantinha os arquivos de trabalho nos armários. Quando não dava para fechar um caso, depois de um tempo, ele ia para a geladeira. Era para ser guardado, marcado como não resolvido e relegado a uma caixa no porão. Se aparecessem novas informações, ele podia ser descongelado e reaberto. Poucos eram ressuscitados — quase nenhum.

A pilha sob sua mesa devia ter uma camada de gelo por cima. Em vez disso, havia sido salva do porão gelado e ganhado permissão de acumular um pouco de poeira. Farrow não suportava guardá-la. Tinha poucos não resolvidos para um policial veterano. Parte disso talvez fosse sorte, mas parte se devia à sua teimosia e tenacidade.

No topo da pilha, havia um envelope pardo. Na verdade, três, unidos por um barbante roxo. Em algum ponto, provavelmente há mais de cinco anos, algum palhaço da divisão de homicídios tinha desenhado um par de olhos azuis de marca-texto em cima do arquivo. Aqueles olhos fitaram Farrow por baixo da mesa.

O Sr. Olhos Azuis não tinha ressurgido desde o ataque a Ruth Gelman, há mais de dez anos. Farrow frequentemente se perguntava o que havia acontecido com ele. Será que estava preso por alguma outra coisa? Será que estava morto?

Farrow não sabia o que havia acontecido para fazer os assassinatos pararem. A possibilidade que ele mais temia era esta: e se não tivessem parado e ele simplesmente estivesse deixando as vítimas passarem, sem as conectar aos dois primeiros assassinatos e ao ataque fracassado a Ruth Gelman? Ele sabia que o Sr. Olhos Azuis tinha sido interrompido durante o ataque a Ruth — tinha ouvido sirenes e fugido da cena antes de acabar com a vítima. Será que ficara assustado demais para repetir?

Ou talvez tivesse melhorado depois disso e se esforçado para esconder melhor as vítimas e mudar seu modus operandi.

Era por isso que Farrow emitira uma ordem permanente a todas as centrais. Em qualquer homicídio ou tentativa de homicídio envolvendo invasão domiciliar na área de Manhattan, Hernandez e Farrow recebiam uma ligação de cortesia. Às vezes, ficava claro antes mesmo de eles chegarem à cena que não havia conexão — às vezes, recebiam uma ligação incorreta, como a de Quinn, em que a vítima era homem; às vezes, não ficava exatamente claro se tinha ou não relação com o Sr. Olhos Azuis. Das ligações que ele e Hernandez tinham atendido nos últimos dez anos, talvez duas pudessem ter sido o Sr. Olhos Azuis, talvez nenhuma. Hernandez vivia reclamando — achava que era perda de tempo e uma oportunidade de Farrow pegar mais casos de que eles não precisavam.

Ele sabia que pegava esses casos adicionais porque era capaz de fechá-los. E, fazendo isso, conseguia alguma libertação. Algum alívio dos arquivos frios que ficavam a seus pés como fantasmas.

Ele olhou os olhos azuis na capa por um tempo e balançou a cabeça. Outro caso antigo estava esquentando, e por algum motivo ele queria começar a aquecer o Sr. Olhos Azuis, derretendo aquele marca-texto no arquivo.

Farrow suspirou, esfregou as têmporas e voltou ao trabalho. Passou o turno com a cabeça enterrada em relatórios, comunicados, e aí foi para casa. Comeu um sanduíche de peru, em homenagem ao Dia de Ação de Graças, viu um jogo na TV e foi para a cama.

* * *

A dor nas costas acordou Farrow na manhã seguinte pouco depois das quatro. Devagar, virou-se de lado, apertando os dentes de dor. A bexiga o chamava ao banheiro, mas isso teria que esperar. Com muito esforço, Farrow balançou o corpo para se deitar de barriga para baixo.

Ele ofegou, ritmicamente, enchendo os pulmões antes do movimento seguinte. Respirar doía. Deitar-se doía. Tudo doía. Balançando os pés para fora da cama, ele tocou o chão com os dedos. Depois começou a se impulsionar para ficar de pé. Endireitar-se era um processo lento, que ele tinha que fazer em etapas. Quatro minutos depois, ele estava de pé ao lado da cama, e a dor era administrável. Até a mesa de cabeceira, seu copo de água e um frasco de oxicodona, eram dois passos. Esses passos foram hesitantes e lentos, como se cada um causasse um golpe de taco de beisebol nas costas.

Primeiro, deu um gole para molhar a garganta, depois outro para engolir os comprimidos.

Levariam meia hora para fazer efeito. Mais ou menos o tempo que levaria para ele descer e fazer café. Tirariam o agudo da dor e qualquer efeito embotador da mente teria passado até o horário de seu turno. Entrou no banho, deixou a água o mais quente que suportava e permitiu que o jato batesse nas costas. Ajudava a relaxar. Depois disso, vestiu uma camisa azul limpa e um terno azul-marinho. Tinha um dispositivo encomendado de um canal de compras que o ajudava a calçar as meias. Os sapatos não tinham cadarço, então ele conseguia deslizar os pés para dentro. Desconectou o telefone do carregador e guardou no bolso da calça. Deixando o paletó e a gravata no corredor ao pé da escada, foi para a cozinha e começou a moer os grãos de café.

Tinha acabado de abaixar o êmbolo da prensa francesa quando seu celular tocou.

O telefone mostrava que eram 5h50. Nunca era bom sinal quando tocava àquela hora.

— Eu te acordei? — perguntou Hernandez.

— Não, eu já estava de pé fazendo meus exercícios de *hot yoga*.

— Não consigo te imaginar de Lycra. Que bom para mim.

— Você está acordada cedo. Foi bom o feriado ontem?

— Um tédio do cão. Assisti ao desfile na TV, comi peru seco e fiquei enchendo o saco dos técnicos forenses.

— Já encontraram alguma coisa no computador do Quinn?

— Ainda estão procurando. Aparentemente, ele tem um mecanismo de segurança avançadíssimo.

— O imposto de renda só diz que ele é consultor. Será que é algum tipo de especialista em segurança?

— Pode ser, vamos descobrir já, já. Mas consegui algo sobre o celular que estava no galpão de ferramentas — contou Hernandez.

— Espero que seja algo bom.

— É descartável. O número de série foi rastreado a um pedido de uma loja pequena no centro. Achei a dona em casa ontem. Os registros dela são bons. Ela havia pedido cinco desses. Tem três em estoque. Dois foram comprados na semana passada.

— Ela lembra dos compradores?

— Não temos tanta sorte, mas ela contou que não foram dois compradores, foi um. Ambos os celulares estão registrados como tendo sido vendidos numa transação única. Você vai trabalhar hoje? — perguntou Hernandez.

— Vou tentar encontrar a Amanda. Não consegui na véspera de Ação de Graças e, quando fui até o apartamento dela ontem de manhã, ninguém atendeu. Deixei um recado na caixa postal. Pedi para ela ir à delegacia.

— E você acha que ela vai obedecer?

— Acho que sim. Eu não falei sobre o que era. Não é exatamente o tipo de coisa que dá para explicar num recado. Ela vai. Ela confia em mim.

— Como você acha que ela vai reagir?

— Se bem conheço a Amanda, vai resistir. Olha, fica em cima dos técnicos de informática. Quinn é um mistério, e acho que aquele computador tem respostas. Talvez até um motivo.

Ele desligou, empurrou o êmbolo até o fim e se serviu de uma xícara de café.

Não era do feitio de Amanda não retornar suas ligações, mas ontem tinha sido Dia de Ação de Graças. Feriados eram especialmente difíceis para os enlutados.

Tentou ligar de novo, mas caiu direto na caixa postal. Não deixou outra mensagem. Convivia há tempo demais com gente perdida e arrasada.

Sabia que valia a pena ser sensível. E sabia que Amanda estava encrencada.

Nos primeiros dias depois do funeral de Luis e Jess, Amanda ligava para Farrow dia sim, dia não. Quando tinha alguma novidade ou qualquer coisa digna de nota a relatar, ele telefonava imediatamente para ela. Farrow nunca havia se casado. Não tinha filhos. Percebera desde cedo que o emprego e uma vida familiar feliz não eram coisas tranquilas de conciliar. Alguns policiais conseguiam. Iam para casa no horário, se desligavam daquela merda e ficavam com os filhos, a esposa ou o marido. Não era algo que Farrow conseguia fazer. O emprego exigia demais. Consumia cada momento desperto. E até seus sonhos. Ele às vezes via o rosto delas no escuro — as que ele tinha encontrado. As vítimas mortas. Chamando-o à noite. Tentando chegar até ele. Não para machucá-lo. Sempre queriam tocar a mão dele. Segurá-lo.

Então, ele ficava com elas. Mantinha-as por perto.

Tinha uma dívida com os mortos. E garantia que ela fosse paga.

Foi o segundo policial a chegar na cena quando encontraram o corpo de Jess. Era uma noite que ele jamais esqueceria. Uma garotinha numa caçamba cercada de sacos de lixo pretos. As mãozinhas. Os dedos dos pés. Frios. Mortos. Nada naturais.

Aquela imagem arrancou algo dele naquele dia e substituiu por um fogo. Algo muito humano dentro de Farrow ficou vivo. Queimava nele. Acendia-se sempre que ele se sentava à mesa na frente de Wallace Crone na sala de interrogatório da delegacia. Ele sabia que o homem tinha matado aquela menininha. Tinha certeza. E, embora Crone constantemente negasse, em seus olhos negros, Farrow via a verdade. Via não apenas que Crone tinha matado a menina, mas que tinha gostado.

Nunca se esqueceria daquele interrogatório.

Crone havia sido interrogado pela polícia em múltiplas ocasiões. Aquela vez não foi diferente. Ele estava na sala de interrogatório com o advogado, que mandou que não dissesse nada. Claro, Crone era narcisista demais para levar o conselho a sério. Não respondeu todas as perguntas, mas não se importou de enervá-los.

— Onde você estava no dia em que Jess White foi sequestrada? — perguntou Hernandez.

Ele não respondeu. Só olhou para o ombro de seu terno sob medida e limpou um fragmento minúsculo de poeira, depois sorriu.

— Temos um homem na imagem das câmeras de segurança tirando Jess do parque, e esse homem se parece muito com você. É por isso que está aqui.

Crone só deu de ombros e disse:

— Não era eu.

— Você não liga de uma criança ter sido sequestrada, abusada e assassinada? — perguntou Hernandez.

Era uma pergunta aberta — apelava ao lado da personalidade de Crone que se considerava uma vítima da polícia.

A resposta dele àquela pergunta, naquela sala, naquele dia, ainda fazia o coração de Farrow acelerar.

— Quando você diz abusada, quer dizer que eles transaram? Isso não é abuso. Algumas meninas são mais maduras do que vocês imaginam. Eu trato elas como as mulheres que elas são. Você conhece meu histórico, minha ficha criminal. Eu gosto de meninas novas, policial Hernandez. Gosto de dormir com elas. Você não entenderia, mas não tem nada de errado nisso. Elas gostam. Eu gosto. Não vejo problema. Não conheço essa menina, mas, pelo que você me contou, parece mesmo que alguém se divertiu com ela.

Hernandez olhara para Farrow então. Eles estavam sentados lado a lado. Ela estava boquiaberta.

— Eu sabia que você não ia entender. A sociedade criou uma falsa narrativa. Se olhar a Bíblia, isso acontecia sempre — disse Crone.

Nenhum dos dois conseguia falar. Farrow rangeu os dentes.

— Você é bem bonitinha — continuou Crone, ainda encarando Hernandez. — Mas é velha demais para mim. Você tem filhas?

O advogado, então, mandou que ele ficasse quieto, e Crone se recostou na cadeira, cruzou os braços e abriu mais um sorriso arrogante.

Até hoje, meses depois, Farrow ainda não sabia como ele ou Hernandez conseguiram segurar a onda naquela sala, não estender as mãos sobre mesa e estrangular Crone até a morte. Deus sabe que ele merecia.

Além de uma dívida com os mortos, Farrow devia algo aos que ficavam. Amanda tinha sido mais atingida do que a maioria. Farrow vira seu coração se partindo, e mesmo assim o que o impressionava era que ela nunca desistia. Continuava lutando. Mesmo quando não havia esperança.

Ele passara muitas madrugadas sentado no sofá dela, ouvindo-a falar sobre Jess, Luis e a vida que tinham, e todas as coisas que agora não teriam mais. Era combustível para Farrow. A dor ajudava-o a ficar afiado. Pronto. No limite.

Quando a equipe forense ligara para dar a notícia dos resultados de DNA, ele tinha sentido o coração perder o ritmo.

Amanda não merecia o que ia acontecer. Ele tinha que estar lá, pessoalmente, para segurar a mão dela mais uma vez.

56
Amanda

Amanda acordou numa cama quente num quarto que não conhecia.
Papel de parede floral, cheiro de lavanda no travesseiro. A manhã entrava pelas frestas das cortinas, criando retângulos de luz nos lençóis brancos. O unicórnio de brinquedo de Jess estava no travesseiro ao lado dela.
Era o quarto de hóspedes de Billy, na casinha dele no Queens. Ela ouviu música lá embaixo. Música country.
Amanda tomou banho e escolheu algumas roupas limpas. O cheiro de bacon frito subiu até o quarto enquanto ela secava o cabelo com uma toalha. Vestiu um jeans e um suéter branco antes de descer.
A música que tinha ouvido soou mais familiar quando ela chegou ao corredor. Dolly Parton. Até que ela gostava.
A casa era pequena, mas bem cuidada. A caminho da cozinha, passou pela porta aberta do escritório dele e parou. Entrou. Piso de carvalho e painéis de madeira escura. Aquarelas de paisagens celtas penduradas sob luminárias de bronze que jogavam uma luz quente nas pinturas. Na escrivaninha de Billy, havia cadernos e um mapa de Nova York com círculos vermelhos de canetinha espalhados. Amanda tentou contar rapidamente quantos eram. Uma dúzia, talvez mais.
Na noite anterior, ela lhe contara sobre outras possíveis vítimas, e Billy tomara notas. Devia tê-las mapeado hoje de manhã.
— Está com fome? — perguntou uma voz.
Amanda saiu do escritório e entrou na cozinha.
— Agora estou. Senti o cheiro do bacon a um quilômetro de distância.
A cozinha era maior do que ela esperava. Ela chutou que a casa tinha sido expandida nos fundos. Billy vestia um avental por cima da blusa

cinza e da calça de moletom azul. Estava com uma frigideira numa das mãos e uma espátula na outra. Colocou dois ovos fritos num prato ao lado de tiras de bacon crocante.

Amanda o achou mais animado. Como se ter alguém por perto, alguém de quem cuidar, tivesse melhorado seu humor. Ele levou dois pratos de bacon e ovos para a mesa e os colocou ao lado de um bule de café e uma travessa cheia de torradas quentinhas.

— Obrigada — disse Amanda.

Enquanto comia, ela o viu lavar as mãos, tirar o avental e o pendurar com cuidado num gancho atrás da porta. Ele foi até a mesa e serviu café para os dois.

— Está bom?

— Incrível — respondeu Amanda enquanto mastigava o bacon.

— Eu não cozinho muito bem, infelizmente. A Lucille, bom, ela era quem mais cozinhava em casa.

— Olha, pelo menos no café da manhã você é bom.

— Como está o joelho?

— Bem melhor. As bolsas de água quente e o gel estão funcionando.

— Mais alguma ligação da polícia? — perguntou ele.

Ela fez que não.

— Que bom. Se o telefone tocar, não atende. Temos uma reunião importante hoje de manhã. O que acha de ir até Sing Sing? Já esteve lá antes?

— Não. Como é?

— Fui há uns anos visitar um antigo colega do exército. Não vou mentir: é assustador. Passei a maior parte da vida em bases navais sujas e navios da Marinha. Morar com 1.300 soldados não é um piquenique. Mas aquele lugar, bom, não é como o exército. Quando você passa pela segurança, entra na área de visitantes e ouve todas aquelas portas de ferro se fechando atrás... dá um nervoso. E eu não sou de me assustar fácil.

Amanda deu um gole de café, largou a xícara na mesa e disse:

— Com certeza vai ficar tudo bem. Só precisamos pensar no que vamos fazer.

Billy passou manteiga em sua torrada e respondeu:

— Não vai ser nada fácil.

— O que te faz pensar que ele vai conversar com a gente, para começar? — perguntou Amanda.

Ele levou um pedaço da torrada à boca, pausou e olhou Amanda.

— Talvez não converse. Vai precisar confiar na gente. O dr. Marin conhece Scott. Visitou ele para falar da Ruth, entender melhor o que aconteceu com ela para poder fornecer o tratamento adequado. Ele mesmo me contou. Então, se a visita vier com uma apresentação de Marin, acho que é meio caminho andado. Ele é nossa última chance. Se alguém souber encontrá-la, vai ser Scott.

— E se ele se recusar a ajudar?

Billy deu uma mordida na torrada, mastigou pensativo, engoliu e disse:

— Aí, provavelmente nunca vamos encontrá-la. Precisamos de um plano. Ele ainda é marido dela. Seu primeiro instinto vai ser protegê-la.

— Podemos usar isso. Aproveitar — disse Amanda. — Ele tem que confiar que estamos querendo o melhor para ela.

Ela pausou, tirou um momento para olhar para Billy e perguntou:

— Nós queremos o melhor para ela?

— Só posso falar por mim. Ela fez coisas terríveis, mas talvez seja por causa das coisas terríveis que aconteceram com ela, né? Ruth está doente. Precisa de ajuda. É assim que eu vejo. E você?

Amanda soltou o garfo, tomou um pouco de café e pensou.

— Eu não sou assistente social nem policial — disse. — Parte de mim tem pena dela, apesar do que ela fez. Quando eu for presa, vou precisar dela. Não quero machucá-la. Não mais. Quero impedir que ela machuque outras pessoas. Scott precisa acreditar que estamos tentando ajudá-la.

— Muita coisa vai depender de quem ele é hoje. Antes disso, era um jovem advogado e cidadão honesto. Ele tem consciência. Lembra o que a reportagem dizia? Scott ligou para a polícia, confessou o assassinato de Travers e então pulou da janela. Se algo daquele homem ainda existir, temos uma chance.

— O que te faz pensar que ele mudou? — perguntou Amanda.

— O traumatismo craniano e dez anos em Sing Sing. Se tem duas coisas capazes de mudar alguém, essas estão no topo da lista.

* * *

Amanda e Billy estavam sentados num banquinho de ferro na frente de uma cabine também de ferro na Unidade Prisional de Sing Sing. Um painel grosso de acrílico os separava da área dos prisioneiros. Era uma cabine numa fileira de vinte. Todas ocupadas. Os outros visitantes já estavam falando ao telefone com os prisioneiros que tinham ido ver.

O banquinho do outro lado do vidro continuava vazio.

O telefone no canto da cabine deles ainda estava no gancho. Havia guardas grandes e com olhares ferozes por todo lado. A forma como Billy descrevera Sing Sing não fazia justiça ao lugar. Amanda tinha deixado o celular e seus pertences num armário na entrada de visitantes, sido revistada, passado por um detector de metal e até farejada por cães em busca de drogas. Levou consigo três folhas de papel. Sem caneta. E foi avisada para não tentar passar nada ao prisioneiro.

Zero chance disso, sendo que ele estava do outro lado de uma divisória de vidro.

Havia tensão nos corredores cinza. Quase um som. Como se um fio de aço estivesse sendo esticado e pudesse romper a qualquer momento. E toda vez que ouvia uma porta de metal batendo atrás de si, ela dava um pulo. Quando isso acontecia, meio segundo depois, sentia a mão forte de Billy na dela. Só um toque leve, e então ele soltava. Só saber que ele estava com ela já era reconfortante.

Amanda podia ir para um lugar assim, talvez logo. Só que, dessa vez, seria como prisioneira. Trancada por tentativa de homicídio.

Não se ela pudesse evitar.

Um homem magro de uniforme prisional laranja, com um bigode grisalho, caminhou na direção da cabine deles, vindo do outro lado do vidro. Parou diante do banco de seu lado da divisória, olhando Amanda e Billy antes de se sentar. Ela não estava com medo dele, que parecia não combinar com o resto dos prisioneiros, todos aparentemente grandes e imponentes, com olhos afiados e dissimulados.

Ele se sentou e pegou o telefone.

Amanda pegou o de seu lado.

— Scott? — perguntou.

Ele fez que sim. Não falou nada. Agora, estava perto dela. A menos de um metro de distância, atrás do vidro, e ela percebia alguma semelhança com a foto que vira nos sites de notícias. Havia mudanças, claro. O bigode e uma longa cicatriz fina que começava do lado esquerdo da testa e desaparecia na linha do cabelo para trás da orelha.

Ao tentar tirar a própria vida pulando de uma janela, ele tinha fraturado o crânio.

— Obrigada por me ver — disse ela. — Meu nome é Amanda White. Este é meu amigo Billy Cameron. Conhecemos sua esposa, Ruth. É por isso que estamos aqui. Estamos preocupados com ela e queremos saber se você consegue nos ajudar a ajudá-la.

— Vocês são repórteres? Policiais? — perguntou ele.

Isso a fez lembrar da primeira conversa que tivera com Ruth. Na época, era a Wendy e havia contado uma história convincente sobre estar desconfiada de repórteres se metendo em sua vida.

— Nenhuma das duas coisas. Somos só amigos. Nós dois conhecemos Ruth num grupo de apoio. Não sabemos onde ela está e estamos muito preocupados.

Scott estreitou os olhos. Pareceu confuso.

— Como assim não sabem onde ela está? Ela está no Kirby, não?

Amanda e Billy trocaram um olhar.

— Scott, o dr. Marin não contou que Ruth foi liberada? — perguntou Amanda.

— N-não, não contou. Ele veio me ver, anos atrás, logo depois de eu começar a cumprir pena. Não tive mais notícias dele. A mensagem que recebi ontem do oficial era de que Marin queria que eu conversasse com algumas pessoas sobre a Ruth e que era importante. E só. Só... isso — disse Scott, a voz começando a falhar.

Ele queria dizer mais. Seus lábios se moveram, o peito inflou, mas não saíram palavras. Ele fungou, olhou para os outros prisioneiros ao redor e secou o canto do olho. Amanda imaginou que não quisesse que o resto da prisão o visse demonstrar qualquer emoção. Em Sing Sing, fraqueza pode fazer você ser morto. Uma única lágrima naquele lugar era como uma gota de sangue num tanque de tubarões.

Ele se endireitou na cadeira e pigarreou.

Amanda então percebeu o peso da traição que acabara de cair em cima de Scott.

— Há quanto... quanto tempo ela saiu? — perguntou ele.

— Alguns anos — disse Amanda. — Ela não veio te visitar?

— Hum, não, não veio. Tudo bem. Talvez tivesse restrições, sabe? Talvez parte da condicional dela fosse que não podia ter contato comigo.

Amanda sabia que não havia restrições de condicional. A esposa dele tinha sido liberada porque já não era considerada insana. Olhando para Scott encurvado, vazio naquela cadeira, Amanda pensou que podia estar olhando para si mesma dali a dez anos. Em tantos sentidos, Scott era Amanda — eles tinham cometido os mesmos erros.

— Não sei se tinha restrições. Pode ser — disse Amanda. — Olha, Scott, não temos muito tempo. Vou te contar a verdade. Muito do que vou dizer pode parecer bizarro, e eu não curto muito me abrir com desconhecidos, mas no momento não tenho escolha. Eu conheci Ruth numa reunião de um grupo de apoio. Era para vítimas de trauma. Eu perdi minha filha e meu marido em abril. Ruth e eu nos conhecemos. Ficamos próximas. Pelo menos eu achei. Ela sumiu do grupo.

— Sumiu? Tipo só parou de ir?

Amanda respirou fundo e pausou. Precisava ser sincera com Scott para conseguir o que precisava dele. Era o único jeito, mas vinha com um risco. Um risco que ela precisava correr.

— Não, ela me pediu para matar alguém. Idem com o Billy. Ele a conheceu em um grupo on-line alguns meses antes que eu, e ela pediu que ele matasse a mesma pessoa.

Scott cruzou um braço na frente do peito, aí colocou o outro em cima, como se montando uma barricada.

— Eu não recebo muitos visitantes aqui, srta. White. Meus pais estão velhos demais. Mas não sei quem são vocês. Vocês não me parecem policiais...

— Não somos policiais. E não somos repórteres. Estamos preocupados...

— Se estão tão preocupados com Ruth, por que não procurar a polícia? Com certeza vão conseguir achá-la.

Amanda olhou para Billy e afastou o telefone da boca.

— Você está indo superbem — disse Billy. — Continua.

Ela suspirou e disse:

— Não queremos que Ruth tenha problemas. Essa é a verdade. Sabemos o que aconteceu com ela. Sabemos tudo do ataque. No começo, ela pareceu normal, aí começou a agir de um jeito maluco. Ela tentou convencer a gente a matar alguém, Scott. Não queremos que mais ninguém se machuque e não queremos que Ruth fique encrencada com a polícia. Ela está doente e precisa de ajuda.

Scott riu, uma explosão rápida que morreu na mesma velocidade. Não tinha alegria ali, só incredulidade.

— Ela não veio me ver desde que saiu. Mesmo que eu quisesse ajudar, e não sei se quero, não estou exatamente atualizado sobre o paradeiro dela.

— Por que você não ajudaria? Não se trata da gente; se trata de ajudar a Ruth.

Scott olhou ao redor. Parecia ser um padrão. Ele não conseguia se acomodar, não conseguia focar por muito tempo sem tirar um tempo para checar o entorno. A falta de foco podia ter algo a ver com a lesão cerebral, mas Amanda achava que era outra coisa. Não dava para sobreviver num lugar daqueles sem se cuidar. Em breve, seria instintivo.

— Eu não conheço você. Não conheço seu amigo aí. O dr. Marin me passou uma mensagem de que eu devia conversar com vocês, mas, no momento, não vejo por quê. Não confio em vocês. Em nenhum dos dois. Sem ofensa.

— Não estou pedindo para você acreditar cegamente no que estamos falando.

Amanda pegou o primeiro papel da pequena pilha à sua frente e colocou contra o vidro. Era uma impressão da internet.

— Reconhece esse cara? — perguntou ela.

Scott se inclinou à frente por um momento, analisou a foto e se afastou como se a imagem o tivesse queimado.

— Tira isso da minha frente. Eu sei por que estou aqui, moça. Não precisa me mostrar uma foto do cara que eu matei. Eu vejo o rosto dele toda noite antes de dormir.

— Esse não é o Patrick Travers, Scott. Olha de novo.

Ele piscou. Ficou incerto por um momento. Chegou mais perto da foto, apertou os olhos.

— Quem é?

— Lê a reportagem — disse ela. — O homem da foto está morto. O nome dele era Saul Benson. Ele foi assassinado por um cara chamado Kowalski. Kowalski alegou que uma mulher chamada Deborah Mallory o convenceu de um plano para trocar assassinatos, como no filme *Pacto sinistro*. Só que Deborah não matou ninguém por Kowalski, só fingiu. Ele acreditou que o cara estivesse morto e matou o sr. Benson para Deborah, logo antes de ela desaparecer. Benson se parece para caramba com Patrick Travers, né?

Ela pausou e prestou atenção aos olhos de Scott. Ele estava debruçado à frente, lendo a reportagem. Quando terminou, recostou-se e disse:

— Isso não prova nada...

— E este homem? — continuou Amanda, mostrando outra foto contra o vidro. — Parece familiar? Também não é o Patrick Travers. É o homem que ela queria que a gente matasse. Alguém caiu numa arapuca de atacar esse homem em casa há poucos dias. — Amanda conseguiu manter a voz estável e não deixar que vacilasse de emoção. — Provavelmente nunca vamos saber quem foi, mas não podemos deixar acontecer de novo.

Ela viu os olhos de Scott se movendo pela imagem e, nisso, a expressão dele mudou. Ele estava fazendo conexões — finalmente.

— E esta.

Pá, outra foto.

Era a primeira vítima que Amanda encontrara. Dan...

— Puccini — disse Scott, com o olhar preso na foto.

— Você o conhecia? — perguntou Amanda.

Ele fez que não, mas parecia ter visto um fantasma.

— Está vendo um padrão aqui, Scott? Se não, leia as manchetes acima das fotos — disse Amanda.

Cada uma delas tinha uma manchete sobre o ataque.

— Faça os cálculos. Você acredita em mim agora?

Ele se recostou na cadeira e inflou as bochechas. Seus olhos estavam úmidos, brilhantes de lágrimas. Rapidamente, ele esfregou o rosto com as duas mãos, mascarando a reação emocional.

Amanda tinha que fazer sua jogada agora.

— A última coisa que eu quero é que outra pessoa se machuque. Que outra esposa ou mãe sinta o luto que eu sinto. Ruth é perigosa e precisa de ajuda. A gente precisa encontrar ela e conseguir essa ajuda antes de ela descobrir outro homem que acha que tem que ser morto. Olha para mim e me diz que estou mentindo.

Ele não teve escolha além de segurar o olhar dela.

— Estou mentindo?

Ele pausou e molhou os lábios.

— Não quero que ela passe o resto da vida na prisão ou em algum hospital. Ela não machucou ninguém. Não intencionalmente.

— Isso era antes. Agora é diferente. *Ela* está diferente. Acho que foi machucada demais, Scott. Sabe o que aconteceu com Ruth em casa naquela noite, a noite em que ela foi atacada? Eu acho que aqueles ferimentos foram bem mais profundos do que qualquer um imagina. Me ajuda. Me ajuda a encontrá-la e eu vou conseguir ajuda para ela. Ruth não precisa passar o resto da vida no hospital. Só até melhorar. Só até ficar boa de novo.

Ele engoliu em seco, colocou a cabeça para trás e olhou o teto.

— *Pacto sinistro* era o livro favorito dela — comentou Scott. — Ela tinha uma cópia antiga de capa mole desse romance. Levava para todo canto. Da última vez que vi, estava usando como aparador de porta enquanto ia até uma máquina de vendas no nosso hotel.

— Você acredita em mim? — perguntou Amanda.

Ele fez que sim.

— Acredito. Mas ainda não vejo nem como nem por que te ajudar.

— Não faça isso por mim. Faça por você mesmo — disse Amanda. — Antes de tudo isso, você era um homem bom. Advogado. Tinha uma vida e um futuro, e eu sei que, se pudesse, voltaria atrás e mudaria as coisas. Eu sei que você daria tudo para voltar atrás e mudar o que aconteceu com Patrick Travers. Mas pode fazer algo quase tão bom quanto. Pode garantir que não existam mais Patrick Travers ou Dan Puccinis deitados numa maca gelada no necrotério.

Em prisões por todos os Estados Unidos, há algo raro de encontrar. É passageiro e leva muito tempo para aparecer, se é que chega a acontecer. Para alguns detentos, seria mais provável encontrar um diamante cor-

-de-rosa escondido no meio do purê de batatas. Quando aparece, deve ser agarrada com as duas mãos — redenção.

Scott viu sua chance e não podia deixar passar.

— Tá bom — disse. — Mas preciso que vocês dois deixem o número de celular na minha lista de contatos. Se alguma coisa acontecer com Ruth, se ela for machucada de qualquer...

— Estamos tentando ajudar ela. Não machucar — disse Amanda.

— Se ela se machucar, eu vou saber que foram vocês dois. E vou chamar a polícia e em quem mais eu conseguir pensar para ir atrás de vocês.

— Justo. Eu te ligo quando a gente encontrar a Ruth. E te aviso que ela está bem. Prometo.

Ele assentiu.

— O principal problema que temos é localizar a Ruth. Ela tem vivido com identidades falsas. Se mudando pela cidade. Antes de tudo isso acontecer, ela era corretora de imóveis. Família normal de classe média. Não era criminosa. Não tinha conexões com esse mundo. Então, onde ela arrumou vários documentos falsos para construir todas essas identidades diferentes?

— Ela não conhece ninguém. Mas eu conhecia. Um antigo amigo de escola. Jack. Ela nunca gostou dele. Jack vivia enfiado em algum tipo de golpe. É a única pessoa que ela poderia ter procurado que teria esse tipo de conexão.

— Onde eu encontro o Jack?

— Não encontra. Ele não vai falar com você.

— Então, o que fazemos?

— Deixem os números na minha lista de contatos permitidos, como eu pedi. Eu ligo para o Jack. Se ele tiver alguma coisa, ligo para vocês.

57
Ruth

Ruth parou na entrada de uma casa independente de subúrbio nas entranhas do centro de New Jersey em torno de duas da tarde. Gary tinha retornado sua ligação na noite anterior e dito que havia assistido ao filme que ela recomendara. Eles conversaram por meia hora e Ruth falou que queria se encontrar com ele. Pessoalmente. Hoje.

Ele dera este endereço.

Depois do incêndio, a seguradora de Gary pagou um acordo que lhe permitira comprar esta casa. A porta da garagem estava aberta, e Ruth via pilhas de caixas perto da porta. Ele tinha se mudado havia um ano e dito que ainda estava desfazendo a mudança. Na maior parte dos dias, não conseguia reunir forças para comer, quanto mais decorar ou tirar das caixas os poucos itens que lhe sobraram após o incêndio.

Ela tocou a campainha, parou na porta da frente e esperou.

Ninguém atendeu. Dessa vez, ela apertou por mais tempo. Depois bateu na porta. Tinha um sedã marrom estacionado na entrada, então, ela imaginou que ele estivesse em casa.

Dois minutos se passaram, e um desconforto sorrateiro a dominou. Não era sua sensação normal de medo — era diferente. Ela tentou o celular dele.

Ele não atendeu.

Ruth foi até a garagem, levantou um pouco mais a porta e entrou engatinhando. Já em pé, chamou o nome dele e ficou prestando atenção.

Ela ouviu vozes no fundo. E música. Uma TV bem alta. O babaca provavelmente não a ouvira batendo à porta por causa do volume. A garagem estava cheia de caixas. Algumas abertas, algumas vazias, mas a maioria ainda selada. Viu uma porta no fundo. Testou a maçaneta.

Estava aberta. Ela chamou ao entrar numa área de serviço que dava para a cozinha.

— Gary?

Sem resposta. A porcaria da TV agora estava tão alta que era quase insuportável. Ela seguiu o som até a sala de estar.

Gary Childers estava sentado no sofá na frente da TV. A ESPN explodia no que devia ser o volume máximo. Ela agarrou o controle remoto, apertou o botão de mudo e se virou.

Gary não tinha se mexido.

Seus olhos mortos encaravam a tela. Ele estava sem o topo da cabeça. Ruth cambaleou para trás e derrubou o controle.

Tinha uma arma no chão ao lado dos pés dele, junto com uma garrafa vazia de uísque. Ele tinha ligado a TV altíssima para mascarar o som do tiro. Gary tinha falado de acabar com tudo muitas vezes. Colocar o cano do revólver na boca e puxar o gatilho. Ruth o convencera a não fazer isso mais de uma vez, sabendo quanto ele poderia lhe ser útil. Ela soltou um palavrão, agora com raiva. Gary era o único de seus alvos atuais dos grupos capaz de fazer o trabalho.

Com o silêncio repentino do cômodo, Ruth conseguiu ouvir seu coração batendo, um ritmo que ficava cada vez mais rápido. Foi quando ela percebeu que não era o coração.

O baú em sua mente estava chacoalhando, as correntes rangendo de novo. Às vezes, coisas saíam de lá mesmo com ela tentando mantê-lo fechado. O som e as imagens inundavam sua mente. Ela apertou as laterais da cabeça com as mãos, mas a avalanche foi tão grande que a derrubou de joelhos.

Estava piorando.

A paz de que ela desfrutava depois da morte estava ficando cada vez mais curta, e o baú, maior e mais irado e mais alto, independentemente de com quantas correntes ela o prendesse, de quão fundo tentasse enterrá-lo.

Sabia que as coisas tinham que mudar. Precisava se envolver mais. Saber que seu alvo estava morto não era suficiente. Ela sabia que tinha que dar um jeito de tornar mais real — de modo que soubesse que, dessa vez, ele estava morto.

Todos eram ele. Aquela família. Todos sabiam — eram todos parte disso. O filho de um monstro ainda é um monstro. Todos tinham aquela expressão — todos tinham aqueles olhos.

Ruth tinha pensado em pedir para Gary tirar fotos depois de matar os Granger. Algo que ela pudesse olhar, e segurar, e usar para estender aquela hora dourada para um dia, uma semana, um mês.

Era difícil aceitar a perda de Gary Childers. Ela podia manipular as pessoas certas a matar, mas isso era diferente. Ninguém, exceto Gary, destruiria uma família toda. Um homem, uma mulher. E duas crianças. Simplesmente não eram capazes. Gary teria feito com alegria.

Ela precisava do alívio. O medo estava voltando, enraizando-se. Ela levantou a cabeça da posição ajoelhada e viu a arma jogada no carpete, com manchas de sangue ao redor.

Seria fácil pegá-la. Levá-la consigo. Qualquer idiota consegue puxar um gatilho.

Pensar nisso trouxe uma onda de emoção. Seu peito vibrou, e seus dedos tremeram ao se estenderem na direção da arma.

Ela hesitou, a mão pairando acima da coronha do revólver.

— *Pegue* — disse uma voz.

Seu olhar foi para a tela da TV. Havia uma imagem no canto inferior esquerdo, indicando que o volume tinha sido colocado no mudo.

— *Pegue* — repetiu a voz.

Ela reconheceu a voz. Havia um som lento e molhado na palavra. Ruth levantou os olhos, mesmo sentindo uma forte vontade de não fazer aquilo. Um desejo, de algum lugar bem no fundo, de continuar olhando o carpete. Algo antigo e primitivo em seu cérebro a alertava a não olhar.

Não conseguiu evitar.

Gary estava olhando para ela. Seus olhos eram bolas pretas de sinuca — inchados, cheios de sangue e bastante mortos. Seus lábios se moviam, jorrando sangue da boca ao dizer:

— *Pegue. Mate todos eles.*

Ruth pegou a arma aos pés de Gary, colocou-a na cintura do jeans. Pegou também o controle remoto e limpou com cuidado a maçaneta da porta da garagem ao sair por ali.

Entrou no carro, engatou a ré e saiu dirigindo rápido.

58
Amanda

Na meia hora desde que tinham deixado Scott, nem Amanda, nem Billy haviam falado. Havia uma pressão dentro da cadeia, e Amanda sentia que qualquer palavra que escapasse de seus lábios ficaria lá, suspensa no ar pesado para todos escutarem para sempre. Billy também devia ter sentido.

Foi só depois de saírem do complexo e estarem andando pelo estacionamento que Amanda começou a sentir a pressão se aliviar. Eles chegaram ao Escalade de Billy, entraram e, quando as portas se fecharam, ela soltou um longo suspiro. Billy ligou o carro. O rádio tocava Dolly Parton.

Billy amava Dolly Parton.

— Você foi ótima — disse Billy.

— Não fique cheio de esperanças por enquanto. Vamos esperar para ver se ele traz alguma coisa. Você tinha razão: é muito assustador entrar lá.

— É, mas é bom ir embora.

Amanda olhou seu celular. Tinha outra ligação perdida de Farrow, mas nada mais. Ela precisara desligá-lo ao guardá-lo no armário do centro de visitantes. Billy saiu com o carro do estacionamento, entrou na Correctional Facility Road e logo encontrou a Saw Mill River Parkway, que flui para a Henry Hudson Parkway, que abraça o rio até voltar a Manhattan e à rua 79.

Só de conseguir sair daquela prisão deu a Amanda uma sensação de conquista. Rezou para nunca mais ter que voltar. Se precisasse passar o resto da vida num lugar assim, ela sabia que não conseguiria sobreviver. Seu joelho bom ficava batucando o salto no chão do carro com uma energia nervosa. Cada segundo ali tinha sido difícil, e sair, estar olhando o rio e vendo Nova York voar pela janela, ajudava.

Billy falou um pouco, apontando alguns marcos ou boas lanchonetes do outro lado do rio, em New Jersey. O tempo todo, Dolly implorava para Jolene não pegar seu homem, e aí ganhava seu sustento das nove às cinco. Ocasionalmente, Billy cantava junto, baixinho, quase sussurrando. Era desafinado, mas não importava. Sua diversão era suficiente. Amanda se viu relaxando no banco de couro e, por um tempo, esqueceu que estava sendo procurada pela polícia, que tinha sido manipulada a quase matar um homem, que estava sendo processada, que seu marido e sua filhinha tinham morrido e que o homem responsável nunca pagaria pelo que tinha feito.

Foi um curto período de alívio. Trinta minutos, até chegarem de volta ao centro. E, durante esse tempo, ela ficou contente de estar num carro com um homem bom, disposto a ajudá-la. Não estava sozinha com seus problemas, e ainda havia música e vida, apesar de tudo.

— Obrigada — falou Amanda.

— Pelo quê? — perguntou Billy.

— Por ser um homem bom.

— Eu não sou tão bom. Vou fazer rocambole para o jantar hoje. Acho que seria melhor não fazer julgamentos até lá. Pode ser que depois disso você queira me denunciar à polícia.

— Não pode ser tão ruim assim, vai.

— É um crime contra os rocamboles. Mas eu tento.

O celular de Amanda tocou. A tela mostrou um número que ela não reconhecia. Por um segundo, pensou que Farrow talvez estivesse usando um telefone que ela não conhecesse. Para o caso de ela estar evitando as ligações dele. Mas não podia se arriscar a perder uma ligação do amigo de Scott. Ela atendeu.

— Amanda White? — perguntou uma voz.

Era de homem. E não era Farrow.

— Sim, é a Amanda. É o Jack?

— Eu não falo em celulares, moça. Vai até um orelhão. Me liga neste número nos próximos dez minutos.

Billy tinha ouvido a conversa e já estava parando numa vaga. Eles saíram do carro, olharam para cima e para baixo da rua.

— Ali — disse Billy, apontando para uma fileira de orelhões na esquina.

Hoje em dia, eles eram bem mais escassos. Amanda foi até lá, e Billy começou a caçar moedas nos bolsos. Ele levou consigo um jornal do banco traseiro, caso ela precisasse fazer anotações. Colocou uma pilha de moedas em cima da cabine do telefone. Amanda inseriu a moeda e discou.

— Alô, Jack?

— Olha, moça, não sei quem você é, então prefiro que não use nomes, tá?

— Tá bom, claro. Desculpa.

— Olha, se os policiais perguntarem de mim, não diga nada. Eu estava ajudando a esposa do meu amigo, que me procurou atrás de documentos. Ela passou por um inferno. O marido também. Qualquer coisa que eu pudesse fazer para ela recomeçar? Bom, é claro que eu ia fazer, caceta. Não cobrei nada dela, foi um favor para uma amiga. Então, não precisa mencionar meu nome se os policiais ficarem sabendo de alguma coisa, certo?

— Certo.

— Estou fazendo esta ligação para o mesmo amigo. Estou fazendo isto por ele, não por você. Olha, eu dei uns telefonemas e tenho uma lista de identidades para te dar. Vou ler em voz alta. Os nomes e datas de nascimento. Tem uma caneta?

Amanda fez sinal para Billy de que precisava anotar alguma coisa. Billy procurou uma caneta no bolso da camisa e deu para ela, junto com o jornal dobrado.

Ela ouviu com atenção, escreveu alguns nomes e datas de nascimento, checando a ortografia de alguns dos nomes. Anotou dez.

— É só o que eu tenho. São os mais recentes. Não ligue mais neste número.

A linha ficou muda.

— O que fazemos agora? — perguntou Amanda.

— Vou entregar isto ao detetive particular. Ele tem acesso a instituições de verificação de crédito, bases de dados e todo tipo de registro online que eu não conheço.

— Isso é legal?

— É uma pergunta que eu nunca fiz, e não quero saber a resposta. Já é difícil o bastante dormir.

— Justo — disse Amanda.

Billy fez a ligação de seu celular, leu os nomes e datas de aniversário, e soletrou alguns dos sobrenomes.

Ele desligou e disse:

— Meu cara pediu três horas. Pedi para ele correr, mas é o melhor que ele consegue.

Amanda checou o horário em seu celular. Eram quase quatro da tarde. Billy olhou ao redor, apontou para uma pizzaria do outro lado da rua.

— Vou te dar uma folga hoje. Vamos comer uma pizza enquanto esperamos. A gente remarca o rocambole.

59
Ruth

Ela ficou andando louca pelo apartamento, xingando, chutando mesas e ofegando.

Ruth tinha fodido tudo.

Tinha deixado o celular de Gary para trás. Lá teria as mensagens e os registros de ligações. Ela precisaria largar permanentemente esta identidade. E tinha acabado de montá-la. Não dava para continuar. Ela teria que ir hoje à noite à George Towers. E aí se mandar da cidade até as coisas esfriarem.

Isso significava que havia pouco tempo para planejar.

Ela podia entrar no lobby do prédio e blefar para subir. Tinha várias formas de fazer isso. Uma cesta gourmet de frutas e queijos seria a mais fácil. Tinha comprado uma numa loja artesanal meia hora antes. Era uma cesta de vime com um aro grande como alça, com pilhas altas de frutas exóticas e queijos embrulhados em musseline. A cesta toda estava coberta de celofane e uma fita grossa de seda, vermelha, amarrada em laço, finalizava a apresentação. Uma entrega de um presente de luxo que precisava ser assinada — pessoalmente. Gente rica é preguiçosa e, em vez de descer até o lobby para assinar e carregar um pacote pesado para o elevador, iam deixá-la subir, entregar e assinar o recebimento. O fato de ela ser uma mulher pequena e magrela com uma cesta de presente cara deixaria o concierge tranquilo. Se ela fosse um homem de mais de 1,80, o concierge talvez pensasse duas vezes em deixá-la subir sozinha até o décimo andar.

Uma vez no décimo andar, as coisas seriam mais fáceis. Ela podia atirar em Granger enquanto ele estava parado na porta, depois na esposa. As crianças por último.

De volta ao elevador, cuidar do concierge na saída.

Era possível. Uma bagunça, mas o melhor que ela conseguia pensar na hora.

Escolheu uma roupa escura. Vestiu, olhou o relógio.

Quase oito da noite. Precisava sair logo.

Antes de ir a qualquer lugar, sabia que precisava dar uma olhada na arma. Ruth se sentou à pequena mesa de jantar no apartamento e colocou o revólver bem à sua frente. Revirou a arma nas mãos, examinando-a. Havia um botãozinho de um dos lados, logo acima da empunhadura. Ela apertou e o pente saiu da armação. Havia nele ranhuras para permitir que a carga fosse checada visualmente. Estava quase cheio. Ela recarregou a arma e colocou uma bala na agulha.

Armas não eram complicadas.

Ruth ficou de pé, colocou a arma no bolso do casaco e procurou as chaves do carro.

Foi aí que sentiu a pressão na cabeça. Passar pelos estágios de planejar uma morte — uma que ela teria que executar desta vez — tinha sido uma ótima distração. A sensação de euforia nervosa havia aquietado o velho baú e todas as vozes que ele continha.

De repente, sentiu-se meio tonta por, em todo este tempo, nunca ter pensado em fazer aquilo sozinha. Em pessoa. Ver a luz morrer naqueles olhos azuis. Havia eletricidade em suas veias. Ela se sentia mais viva do que em anos. E, mais do que isso, não estava com medo. Sentia-se poderosa.

Parecia certo.

Ruth viu as chaves do carro na bancada da cozinha, pegou-as e foi até a porta da frente. Destrancou, saiu para o corredor com a cesta de presente e bateu a porta.

60

Amanda

Eram quase 7h30.

Eles tinham terminado a pizza, tomado café, sorvete, e Billy a distraíra com seu conhecimento quase enciclopédico sobre Dolly Parton.

— Tenho uma confissão a fazer — disse ele.

— O quê? Você não gosta de rocambole? — perguntou Amanda.

Ele deu um sorriso que desapareceu rápido enquanto falava.

— Não, é sobre a Dolly. Eu nunca fui fã. Não no começo. Eu curtia os Eagles. Era a Luce, quer dizer, minha Lucille, que era fã da Dolly. Tocava os discos dela em casa quase sem parar. Depois de ela ser assassinada, ficou tudo tão silencioso. Eu colocava os discos da Luce. Nunca gostei deles antes de verdade. Mas agora não consigo ficar sem. Me lembram dela parada na pia, lavando louça, cantando "Your Cheatin' Heart".

Ele então riu, e foi sincero e afetuoso.

— Me fala da sua filha — pediu ele.

Amanda em geral resistia a falar de Jess. Mas não naquele momento. Parecia diferente, por algum motivo. A onda de dor que normalmente acompanhava suas lembranças não bateu com tanta força daquela vez.

— Ela amava unicórnios. Tinha uma coleção de pelúcias, sabe, ursinhos, pinguins, esse tipo de coisa. Mas nunca dormia com eles. Colocava eles na prateleira e ficava olhando à noite. Ela só dormia com um brinquedo. Um unicórnio branco e felpudo que chamava de Sparkles. Jess não conseguia dormir sem ele. Depois de Luis tirar a própria vida, eu fiquei doente. Ele se culpava por Jess ter sido levada. Eu estava no hospital quando os pais do Luis enterraram os dois. Eles se esqueceram de colocar Sparkles no caixão com Jess. Isso ainda me incomoda. Ela era... Eu a amava mais que tudo no mundo, entende?

Ela olhou os passantes pela janela da pizzaria.

— Como você se sentiu quando achou que Crone estava morto? — perguntou ele.

— Aliviada. Como se um câncer tivesse sido tirado de mim. Sabe, quando acharam a Jess, ela estava numa lixeira. Sem roupas. Era como se tivesse sido usada, assassinada e depois só jogada fora. Não consigo tirar isso da cabeça.

— Vão pegar ele um dia, Amanda. Homens assim nunca mudam. Eles...

Ele parou de falar. Seu telefone tinha começado a tocar.

— Alô? — disse.

Amanda não conseguia ouvir o outro lado da ligação. Em vez disso, debruçou-se à frente, os cotovelos na mesa, encarando Billy com olhos cheios de expectativa.

Ele fez anotações em seu jornal, virou para a lista de nomes que Amanda tinha escrito e circulou um deles.

Ela não queria ficar com muita esperança, mas sabia que estavam perto. Só podiam estar. Era tudo o que importava por enquanto. Billy agradeceu o homem do outro lado da linha e desligou.

— Vamos. Uma daquelas identidades fez uma verificação de crédito semana passada. Era de uma empresa de aluguel. Meu detetive ligou e contou uma história sobre estar checando o motivo da pesquisa de crédito, garantindo que era necessária e a pessoa tinha consentido etc. A verificação foi porque a pessoa estava alugando um apartamento no Brooklyn. Eu tenho o endereço. Também encontraram um registro de uma Mercedes S Class preta no Detran. Está num endereço diferente, mas foi há dois anos. O aluguel no Brooklyn é nossa melhor aposta. É o mais recente e combina com a linha do tempo da mudança dela depois do ataque ao Quinn.

— Vamos atrás dela — disse Amanda.

61
Ruth

Ruth tinha estacionado a Mercedes na frente do prédio. Não queria carregar a cesta pesada longe demais. Colocou-a no banco de trás. Entrou, ligou o carro e saiu para a rua. A George Towers ficava a só quinze ou vinte minutos. Não ia demorar. Ruth cuidou para que o carro ficasse abaixo do limite de velocidade e deu seta todas as vezes que ia virar. A última coisa de que precisava era ser parada. Tentaria estacionar o mais perto possível. Seria importante para fugir rápido. Seus pensamentos foram para Gary, e ela se perguntou se ele realmente teria conseguido fazer isso. A disposição e o desejo estavam lá, mas não era só isso o necessário.

Com as sessões de grupos on-line, Ruth fazia questão de nunca encontrar pessoalmente seus cúmplices. Assim era mais seguro. Ela tinha aberto uma exceção para Gary porque ele era especial. Já era homicida. Alguns são assim. Outros só acham que conseguem matar alguém, e Ruth tinha ficado especialista em identificá-los. Alguns, como Amanda, só precisavam ser apontados na direção certa. Gary, porém, mataria qualquer um e qualquer coisa. Ela sabia que, se ele estivesse fazendo esse trabalho, provavelmente depois viraria a arma para si. Era um preço que ela estava disposta a pagar.

Uma vaga surgiu quando um caminhão deixou a rua 33. Ela pensou em parar, mas continuou, torcendo para achar um lugar mais perto. Havia um a menos de dez metros da entrada da George Towers. Ela estacionou, desligou o motor e ficou sentada ao volante. A adrenalina era intensa. Ela inspirou algumas vezes e soltou, acalmando o organismo, antes de sair do carro e pegar a cesta no banco de trás.

Colocou um boné, óculos escuros, abriu as portas de vidro da George Towers e entrou no lobby ornamentado. Atrás do balcão, o concierge levantou os olhos da tela e disse:

— Posso ajudar?

Era um concierge diferente do homem que ela vira antes. Este tinha uns 45 quilos a mais — e nenhum era de músculo. Seu uniforme se esticava apertado no peito, o que fazia sua etiqueta de identificação aparecer orgulhosa. Dizia "Raymond". Ele tinha barba e bigode fino, não tipo lápis, mas quase. Dava a Raymond uma aparência cômica.

— Claro, tenho uma entrega especial para os Granger — disse Ruth.

— Pode deixar comigo — falou Raymond.

— Precisa ser assinada pelo destinatário, infelizmente. Tenho que entregar pessoalmente.

Raymond ficou de pé e olhou Ruth de cima a baixo.

— É contra nossa política. Vou ter que ligar para o sr. Granger — disse.

— Não precisa. Eu com certeza não me importo de levar até ele — falou ela.

Raymond pegou o telefone e passou os olhos por uma lista de números em sua mesa.

— Posso apoiar isto por um segundo? Está meio pesado — disse Ruth, colocando a cesta no balcão.

Inclinado para ver os números, Raymond olhou para o telefone e começou a discar. Não viu Ruth contornar o balcão e se aproximar dele por trás. Ela levantou a coronha da arma bem alta, o braço estendido na direção do teto, e abaixou no topo da cabeça de Raymond. Um baque oco e metálico. Raymond caiu em cima do balcão, gemendo.

Ela bateu de novo nele, e de novo, até o sangue espirrar pela lista de números e pelo aparelho e Raymond escorregar do balcão para o piso.

Movendo-se rápido, Ruth rasgou o celofane da cesta, desamarrou o laço e envolveu o pescoço de Raymond com a fita de seda, amarrando com um nó simples. Segurou as duas pontas da fita, colocou o pé nas costas de Raymond e puxou.

Seus braços grossos se debateram, e ele tentou ficar de joelhos, mas Ruth pressionou suas costas com mais força — colocando todo o seu peso em cima dele. Os braços do homem pararam de se mover. Ruth soltou a fita, colocou a arma no bolso da jaqueta e pegou a cesta.

Ela olhou o elevador. Era vintage, com uma porta pantográfica. Não confiava em elevadores antigos. Ruth pegou a escada, carregando a cesta pela alça. Dez andares. Degraus de concreto num vão de escada de blocos de cimento. Não dava para evitar um som de eco a cada passo. O ritmo de seus pés nas escadas parecia um tambor. A batida das botas se mesclava com o som retumbante de algo dentro do velho baú começando a martelar a tampa de dentro para fora. O coração dela batia mais rápido quanto mais alto ela chegava. Três batidas independentes — impulsionando-a mais e mais para cima. Quanto mais perto do último andar, mais altas ficavam.

E então ela ouviu outra coisa. Olhou ao redor, pensou por um segundo que talvez estivesse vindo de um apartamento num dos andares mais próximos.

Mas soube, depois de um momento, que o som estava vindo do baú.

A voz de um homem. Gentil e delicada. Ele estava sussurrando.

— *Para. Para. Para.*

— É *ele*, Scott. Eu sei — disse Ruth em voz alta. — Você não pode me proteger. Cala essa boca.

Em sua mente, ela cobriu o baú com um tecido pesado, e a voz de Scott silenciou.

Quando chegou ao décimo andar, ela abriu a porta do corredor, e os sons em sua cabeça de repente se aquietaram. O suor pingava de suas bochechas.

Ela sacou a arma.

O apartamento 1003 ficava logo à frente.

62
Amanda

Billy e Amanda se levantaram da mesa e saíram do restaurante. Enquanto caminhavam até o carro, Billy fez uma ligação.

— Dr. Marin, é Billy Cameron. Achei a Ruth. Ela está no Brooklyn. Vou te mandar o endereço por mensagem. O senhor consegue me encontrar lá agora? Como falei, acho que ela é um perigo para si mesma e para os outros. Por favor, doutor…

Eles entraram no carro de Billy. Ele pôs a chave na ignição e desligou o telefone.

— O médico vai encontrar a gente lá. Se ela tiver tido uma recaída, precisa detê-la, oficialmente, antes de ela ser readmitida no Kirby, então, vai pedir para a polícia acompanhá-lo.

— Ele vai levar os policiais? — perguntou Amanda.

— Ele precisa. Não tem escolha. Faz parte dos regulamentos. É o que ele diz. Mas tudo bem, eu não ligo. Só precisamos garantir que ele a veja.

— O que você acha que ela vai fazer quando vir o médico?

— Quem é que sabe? Ela pode não chamar atenção na sociedade normal, mas sabemos que é homicida. Só espero que o médico também veja. Olha, pode ser perigoso. Acho que seria melhor eu te deixar em algum lugar.

— Você está de brincadeira? Eu preciso disso. Posso ser presa a qualquer momento e, se for passar a vida toda na cadeia, vou garantir que a polícia saiba da parte dela nessa história. Eu não tenho escolha. Vou com você.

Billy pisou no acelerador, virou o carro para sair do estacionamento e entrou no trânsito. Carros atrás tiveram que frear, e alguns buzinaram. Billy pisou forte e entregou o jornal a Amanda.

— Põe esse endereço no GPS e aperta o cinto.

Amanda colocou o cinto, passou as mãos pelo rosto.

Sabia que era sua única chance de pegar a mulher. Não tinha como evitar Farrow para sempre. E agora ela tinha uma história para contar a ele. Uma história capaz de explicar suas ações. Dar sentido a elas. No fim, só tinha se defendido, mas isso era só metade da narrativa. Ela ainda precisava contar a verdade sobre por que estava lá para começo de conversa. Se alguém ia acreditar nela, era Farrow.

Com dedos trêmulos, ela digitou o endereço na tela de GPS do painel, que emitiu um bipe antes de mostrar a rota.

— Diz que vamos chegar em vinte minutos, logo antes das oito — falou Amanda.

— Só espero que a gente chegue antes de ela fazer alguma idiotice. Ela pode estar planejando outra vítima agora mesmo — falou Billy.

O som do motor aumentou quando ele pisou mais forte no acelerador e começou a cortar os outros carros no trânsito.

63
Farrow

Hernandez estava apoiada na parede, olhando pelo vidro o quarto particular no hospital Mount Sinai.

Farrow estava ao seu lado, observando as enfermeiras removendo tubos, agulhas e monitores do corpo recém-falecido de Frank Quinn.

— Agora é um homicídio — comentou Hernandez.

— É o que parece — disse Farrow.

Eles tinham recebido uma ligação do hospital dizendo que Quinn sofrera mais um grande revés. Um de seus pulmões tinha colapsado e o segundo não aguentaria muito mais. Tinha uma chance, ainda que pequena, de ele acordar antes de morrer.

No fim, Quinn nunca acordou. E morrera cinco minutos atrás.

Hernandez deu as costas e Farrow a seguiu. Não tinham mais nada a fazer no hospital.

— Você já conseguiu falar com Amanda White?

— Ainda não.

— Meu Deus, você recebeu aqueles resultados do laboratório...

— Eu sei quando os recebi. Vou encontrá-la. E os técnicos que estão trabalhando nos computadores do Quinn?

— Da última vez que tive notícias, tinham quebrado os protocolos de segurança. Devemos ter resultados a qualquer momento.

O celular de Farrow vibrou no bolso. O identificador de chamadas dizia que era um homem com quem ele não falava havia muito tempo.

— Dr. Marin, como vai? — disse Farrow.

— Eu vou bem, mas preciso de sua ajuda com uma situação imediatamente. É Ruth Gelman. Alguém que a conhece entrou em contato comigo e está preocupado de ela ter tido algum tipo de surto nervoso ou recaída. Estou a caminho de um endereço no Brooklyn. Talvez precise interná-la.

— Internar? É tão ruim assim?

— Pelo jeito, é. Alucinações paranoicas, exatamente como as que ela tinha quando chegou ao Kirby. Tecnicamente, eu lhe dei alta. Terei que internar compulsoriamente se ela não estiver disposta a aceitar o tratamento ou se estiver incapaz de tomar essa decisão. Eu podia ter ligado para a delegacia local, mas sei que você a visitou quando ela estava aqui. Ela confia em você. Não faria mal ter mais um rosto familiar quando aparecermos no apartamento dela. Você pode?

— Me dá o endereço — pediu Farrow.

64
Amanda

Eram 19h55 quando Amanda e Billy estacionaram na frente do endereço em Brooklyn Heights.

— É aqui. Cobertura do oitavo andar — disse Billy.

Enquanto ele falava, a porta da frente se abriu e uma mulher de boné e roupa escura saiu do prédio carregando uma cesta de presente.

— É ela? — perguntou Amanda.

— Não sei. Não consigo ver daqui — disse Billy.

A mulher carregou a cesta até um carro preto, abriu a porta e colocou a cesta no banco de trás.

— Ela está entrando numa Mercedes preta. Olha a placa. Eu escrevi a que eles encontraram — falou Billy.

Amanda usou a lanterna do celular para encontrar o jornal a seus pés. Leu o número da placa que Billy tinha escrito.

— É isso. É ela — disse ele, abrindo a porta do motorista.

Ele pausou, um pé para fora do carro. As luzes do interior da Mercedes à frente se acenderam e o carro saiu para a rua.

Billy fechou a porta.

— Caramba — disse. — Não perca esse carro de vista.

Ele deixou a Mercedes sair e a seguiu. Quando chegaram ao cruzamento, ficou para trás, mantendo uma distância respeitosa.

Ele pegou o celular e chamou o último número para o qual tinha ligado. O telefone estava conectado por Bluetooth ao computador do painel. Dr. Marin atendeu.

— Dr. Marin, é o Billy. Achamos a Ruth, mas ela não está naquele endereço que te dei. Está numa Mercedes preta. Estamos indo atrás dela. Quando ela parar, te mando o endereço por mensagem.

— Tá bom, também preciso fazer uma ligação. Me avisa quando você tiver um endereço e vou para lá. Tome cuidado ao se aproximar dela. Se precisar, faça com que ela continue falando até eu chegar.

Billy desligou, agarrando o volante enquanto voavam pelas ruas noturnas de Nova York atrás do carro preto elegante.

Por vinte minutos, eles seguiram o veículo em silêncio, até ele parar e estacionar. Billy colocou o Escalade no fim da fila de carros estacionados. Estava perto demais de uma esquina, mas Amanda chutou que ele não se importaria de levar uma multa.

— Ela está saindo — disse Amanda, e observaram Ruth levar a cesta para um prédio.

Billy ligou para o dr. Marin. De início, o telefone tocou e ele não atendeu. Billy discou de novo e, dessa vez, foi atendido. Deu o novo endereço do GPS a dr. Marin. Tudo pareceu levar muito tempo, mas Amanda sabia que eram só alguns minutos. Ela queria entrar lá e encontrar Ruth. Billy desligou. Eles saíram do carro e se aproximaram da entrada do prédio.

Amanda olhou pelas portas de vidro, mas não viu ninguém no lobby. Tinha um balcão de portaria, mas nem sinal de porteiro. Puxou a porta, que se abriu para um lobby de mármore bem iluminado.

Havia um único elevador. Velho, com uma porta pantográfica manual. Ela não gostava desse tipo de elevador. Seu primeiro apartamento na cidade tinha um exatamente assim, e ela odiava conseguir ver os andares passando pelo portão enquanto subia e descia.

— Meu Deus do céu — disse Billy.

Amanda se virou, mas não o viu em lugar nenhum. Então a cabeça dele apareceu de trás do balcão da recepção.

— Me ajuda — pediu ele.

Amanda correu até lá, viu um homem enorme deitado no chão, uma fita vermelha amarrada no pescoço. As mãos de Billy estavam na garganta do homem, puxando a fita, tentando soltá-la. Ele conseguiu, então virou o homem e colocou a cabeça em seu peito. Uniu as mãos e as apoiou no esterno do porteiro, que tossiu e cuspiu antes de Billy precisar fazer a primeira compressão.

— Você está bem? — perguntou Billy.

— Ela... ela... subiu. O sr. Granger... — disse o porteiro.

— Que andar? — quis saber Billy.

— Décimo — disse o homem.

— Amanda, espera o dr. Marin e a polícia aqui, e chama um paramédico — pediu Billy.

Amanda pegou o celular, começou a discar, parou e disse:

— Quê? Não, eu preciso ver ela.

— Ainda não. Olha, ela é perigosa. Amanda, eu passei a gostar muito de você. Não quero que te aconteça nada. Eu nunca me perdoaria.

— Está tudo bem. Eu só vou com você, prometo...

— Não — disse Billy. — Por favor. Me deixa subir lá. Fica com o porteiro caso ela volte. Espera o dr. Marin e os policiais aqui. Tá? Diz para eles onde eu estou e aí você pode subir com eles, tudo bem?

Amanda fez que sim e discou o número da emergência.

Billy ajudou o porteiro a se sentar de volta na cadeira. Ele estava com dificuldade de respirar.

— Senhor, meu nome é Billy Cameron. Eu vou subir para parar a mulher que te atacou. Pode, por favor, ligar para as pessoas do décimo andar e mandar não abrirem a porta de jeito nenhum? Tá bom?

Ele fez que sim, e Billy disse para Amanda:

— Pode ajudar ele com isso?

Ela assentiu.

A chamada de Amanda à emergência foi atendida, e ela pediu paramédicos e a polícia. O porteiro deu o endereço como George Towers.

Billy abriu o portão do elevador, entrou, fechou e apertou o botão do décimo andar. Devagar, a cabine começou a subir e, com isso, o clangor alto do mecanismo gemeu ao ganhar vida. Não havia portas. Ela ainda o via pelo portão sanfonado. O elevador subiu e, conforme o rosto dele era gradualmente obscurecido, depois o torso, as mãos e as pernas, e a luz da cabine desaparecia por completo, Amanda de repente teve muito medo de ser a última vez que veria Billy vivo.

Ela ouviu o guarda falando. Ele tinha recuperado fôlego o suficiente para ligar para os moradores e mandar que não abrissem a porta — estava acontecendo uma crise.

Ela saiu na rua e chegou para ver se passava algum policial.

Amanda não rezava havia muito tempo, mas murmurou uma jura a Deus naquela porta, pedindo proteção para seu amigo.

Outro som chamou sua atenção.

Um Lexus prata parou do outro lado da rua e o motor, que estava rodando alto, desligou. Um homem saiu rápido. Tinha sessenta e poucos anos, era careca, mas com uma barba grisalha cheia e delicados óculos sem aro empoleirados precariamente no nariz. Na mão esquerda, carregava o que parecia ser uma maleta médica de couro. Olhou pela rua.

— O senhor é o dr. Marin? — chamou Amanda.

Ele acenou para ela, atravessando a rua bem quando outro carro parou. Era um Ford antigo com um amassado no para-choque de cromo. As janelas tinham película e ela chutou que fosse a polícia. Então percebeu onde tinha visto aquele carro pela última vez.

Estacionado na frente do prédio dela.

Farrow e Hernandez saíram. Hernandez primeiro, depois Farrow, com mais rigidez.

O estômago de Amanda se revirou. Ela queria vomitar. Estava tão perto. Ruth estava lá em cima, e Amanda nem tivera chance de conversar com ela.

E era tarde demais.

Tarde demais, cacete.

Farrow e Hernandez cumprimentaram o dr. Marin como se esperassem o ver ali, e de repente Amanda ficou sem saber o que exatamente estava acontecendo.

— Amanda? O que você está fazendo aqui? — perguntou Farrow.

— Vocês dois se conhecem? — perguntou o dr. Marin.

— É, hum, sim — disse Amanda. — Estou com Billy Cameron. Nós dois conhecemos a Ruth por causa de nosso grupo de terapia de trauma. Ele acabou de subir de elevador. Ela atacou o porteiro. Acho que ele está bem, mas ainda está abalado.

— Ah, meu Deus, em que andar eles estão? — quis saber Marin.

— Décimo — respondeu Amanda.

Marin, Farrow e Hernandez entraram correndo. Amanda assentiu, de repente incapaz de dizer mais nada, e seguiu com eles. Farrow deu uma olhada no porteiro, que estava segurando a garganta, ainda com a respiração pesada. Hernandez abriu com tudo a porta da escada e começou a subir os degraus.

Farrow a chamou.

— Não fala com ela até eu chegar. Me espera. Eu vou de elevador com o dr. Marin. — Ele apertou o botão para chamar o elevador. — Eu andei te procurando, Amanda. Você está bem? Fui até seu apartamento. Estou te ligando há dias.

— Eu sei, desculpa. Estou bem, considerando a situação. Temos muita coisa para conversar. Eu tenho algo a…

— Olha, idealmente, faríamos isto em outro momento, mas, agora que você está aqui, deixa eu falar rápido. O motivo pelo que eu queria falar com você é te dar uma atualização sobre Wallace Crone.

Amanda tinha respirado fundo. Pronta para desabafar. Pronta para contar a ele que tinha machucado alguém. Ela tinha ido a uma casa para matar um homem, mas voltado atrás. Só que ele a atacara e ela agira em legítima defesa. Fora manipulada pela mulher lá em cima. Mas segurou a respiração quando Farrow mencionou o nome de Crone.

Ela não disse nada. Sua mente de repente estava em branco.

— A gente pegou ele há uns dias com uma dica anônima. Ele é registrado como criminoso sexual, então não pode chegar a menos de trinta metros de uma escola. Recebemos uma ligação dizendo que ele estava falando com crianças na frente de uma escola de ensino fundamental e tinha convencido uma a entrar no carro. Checamos com a escola e não tinha relato de crianças desaparecidas nem de uma criança entrando num veículo estranho. Mesmo assim, seguramos ele o dia todo e o interrogamos sem parar. E pedimos para o laboratório pegar amostras do carro. Só que não tinha digitais nem outro DNA presente no banco do passageiro que ele não pudesse explicar. Acabei de receber a notícia do laboratório na outra noite. Achei que pelo menos devia te ligar e contar.

Os pensamentos de Amanda voltaram, recalibrados, e ainda assim emaranhados demais para permitir que ela expressasse qualquer um deles. Ela soltou todo o ar de uma vez.

Era por isso que Crone não pegara o metrô para o trabalho aquele dia. Por isso que não apareceu na consulta psiquiátrica. Ruth tinha ligado para os policiais, feito com que ele fosse preso e ficasse fora de circulação, e então dito a Amanda que o matara.

— Amanda? Você está bem?

— Ah, sim. Estou.

— Que bom. Desculpa por ter levado tanto tempo para falar com você. Sei que você sempre quer ser atualizada primeiro. Eu respeito isso. Olha, podemos conversar mais tarde. Este elevador não vai descer tão cedo. Vamos de escada. Espera aqui.

Amanda ficou de lado para deixar Farrow e o dr. Marin passarem por ela e abrirem a porta da escada.

Foi quando ouviu algo. Em alto e bom som.

Todos ouviram.

Era inconfundível.

O som de um tiro.

65
Ruth

Ela tentou a porta do apartamento 1003.

Trancada.

Colocando a cesta no chão, segurou a arma dentro do bolso e estava prestes a bater quando ouviu algo.

O elevador. Tinha alguém subindo. Talvez para este andar, talvez não. Mas ela não queria correr o risco de ser vista entrando no apartamento de Granger.

Conforme o elevador subia, o barulho do mecanismo ficava mais alto. Não parou.

Ruth viu o facho de luz da cabine do elevador bater no carpete. O facho ficava mais amplo conforme a cabine subia, o suficiente para tornar visível o padrão de sombras criado pelo portão do elevador. A luz cresceu no chão e subiu pelas paredes. Ruth voltou na direção do elevador.

Havia um homem na cabine. Ela viu o topo da cabeça dele pelo portão, depois seu rosto. Ele estava imóvel no centro do elevador. Algo em seu rosto chamou a atenção dela. Era difícil olhá-lo direito. Bem quando ela pensou tê-lo reconhecido, parte do rosto do homem ficou de novo obscurecida pelo portão de ferro cruzado.

O elevador chegou ao andar dela e parou com um solavanco repentino.

Ruth olhou pelo portão. O homem parecia familiar, mas, por algum motivo, deslocado. Ela conhecia o rosto dele, mas não conseguia saber de onde.

— Você não se lembra de mim, Ruth? — disse ele.

Ela conhecia a voz também.

— Meu nome é Billy — falou ele.

Ela chegou mais perto. O homem que disse se chamar Billy colocou a mão direita na maçaneta do portão, mas não o abriu.

— Você me conhece como BillyCam2003, lembra?

Ruth segurou a arma no bolso com mais força. Billy era um de seus alvos on-line de um fórum de luto. De seu perfil como Felicia. Inicialmente, um bom candidato para Quinn. Ele tinha dito que o mataria, mas primeiro queria conhecer Ruth.

Ela nunca se encontrava com seus alvos on-line.

Melhor mantê-los a distância. Não tinha tantos grupos de apoio assim na cidade, e ela já estava se arriscando o suficiente mantendo identidades diversas em grupos de apoio reais — então, nunca se encontrava com a galera da internet. E Billy tinha insistido que queria um encontro. Como era insistente demais, ela tinha dado para trás, queimado o perfil de Felicia e encontrado Amanda White para o trabalho em vez dele.

Mas ele não a tinha chamado de Felicia agora. Tinha chamado de Ruth.

— Eu andei te procurando por muito tempo. Tudo isso teria sido mais fácil se você tivesse logo concordado em me encontrar quando estava atrás do Frank Quinn — disse ele.

Ela nunca nem tinha falado com ele ao telefone. Mas conhecia aquela voz.

O homem sorriu para ela.

Então levou o polegar e o indicador da mão esquerda aos olhos. Tinham cor de açúcar mascavo. Ela achou que ele fosse fechar os olhos e os esfregar para ver melhor, mas não.

Ele os manteve abertos. O polegar e o indicador tocaram o globo ocular e gentilmente beliscaram, arrancando as lentes de contato.

Seus olhos castanhos desapareceram. No lugar, um par de olhos azuis mortos a encarou através do portão.

Os lábios de Ruth começaram a tremer, depois foi a vez de seu corpo, e um grito que começou no estômago irrompeu pelo peito quando ela apontou para ele e gritou...

— É você! É *você*!

A voz dele ecoou pelo poço do elevador, entrando no corredor e se afundando no coração congelado dela.

— Isso mesmo, Ruth. Sou eu. Oi, *querida*.

Ela puxou a arma do bolso, apontou o cano pela abertura do portão e mirou bem no peito dele.

Puxou o gatilho, mas estava meio segundo atrasada.

O homem abriu com força o portão, que bateu no cano da arma, arrancando-a das mãos dela, mas, ao fazer isso, ela disparou, criando uma explosão de farpas em torno do homem quando a bala bateu no painel à sua direita.

Ruth caiu de costas, boquiaberta, sem conseguir respirar, sem conseguir gritar, usando os calcanhares e cotovelos para se afastar na direção da escada enquanto o homem saía do elevador e caminhava devagar na direção dela.

— Eu devia ter matado você naquela noite anos atrás. Não gosto de pontas soltas. Por sua causa, tive que ir embora de Nova York. Continuei meu trabalho em outro lugar, claro. Mas não era conveniente. Ambientes novos trazem outros riscos. Um tubarão velho que nem eu prefere se alimentar em águas que conhece. E agora olha só você. Olha o que você virou.

Ela se afastou, incapaz de respirar ou falar.

— Eu li que seu marido tinha matado Patrick Travers naquele hotel e, quando vi a foto de Travers e li sobre seu caso, soube o que tinha acontecido. Você achou que eu era o Travers, não foi? Matou um homem inocente que era igualzinho a mim. Você foi para o hospital Kirby e eu achei que tivesse me livrado de você. Mas vi no noticiário um dia uma foto de um homem que era igualzinho a mim e igualzinho ao Travers. O nome dele era Saul Benson, e o homem que o matou disse que tinha sido enganado para fazer isso. Ele tinha concordado em trocar assassinatos com uma mulher chamada Deborah Mallory, que havia conhecido num grupo de apoio. Procurei na internet e achei mais homens mortos na casa deles, sem motivo. E *todos* eram parecidos comigo. Quase *exatamente* iguais a mim. Eu soube que tinha que te encontrar. Você estava me caçando, Ruth. E isso não é algo que eu possa tolerar. Eu não sou presa de ninguém.

Ele ainda estava indo na direção dela. Ruth olhou atrás dele e viu a arma no chão. Não conseguia chegar até lá.

— Eu sabia que era você. Você cometeu o mesmo erro. Que nem com o Travers, tudo de novo. Procurei na internet, fui até a alguns grupos de apoio atrás de você. No fim, a gente se encontrou on-line. Você devia ter ido me ver de uma vez. Eu podia ter terminado com isso há semanas. Quando conversamos na internet, eu percebi que você não estava cometendo erros, Ruth. Você estava gostando da matança. E estava matando de novo, e de novo e de novo, não para me encontrar, mas pelo prazer. Você sabe como é a sensação de acabar com uma vida. Sentiu o gostinho. Mesmo assim, eu não podia deixar. Você um dia poderia vir atrás de mim sem querer. É uma pena que tudo isso tenha que acabar. Ah, que belo monstro você é...

Ruth ouviu passos na escada, subindo rápido. Gritando. Vozes diferentes, todas chamando seu nome. E uma voz feminina, chamando Billy.

O homem pegou novas lentes de contato de um estojo e, com uma precisão ensaiada, levantou a cabeça e colocou uma em cada olho, piscando para elas se acomodarem.

Ele então a olhou de cima a baixo, bem quando ela sentiu a mão de alguém agarrando seu ombro por trás.

— Ruth, Ruth, calma, está tudo bem. É o dr. Marin.

Ela abriu a boca para gritar, mas o som não veio. Sacudiu a cabeça, levantou a mão, apontou para Billy e gritou de novo:

— *É ele! É ele! É ele!*

Ela ouviu a voz do dr. Marin.

— Meu Deus, você tinha razão, Billy. Ela está tendo exatamente o mesmo comportamento paranoico do dia em que foi internada...

Bem naquele momento, ela sentiu algo afiado entrando na parte de cima do braço. Virando-se, viu o dr. Marin puxar uma agulha do ombro dela.

Sentiu-se cansada e não conseguia falar, então viu o investigador Farrow e sua parceira, e Amanda. E pensou que estava enlouquecendo, caindo na escuridão, e viu o baú, e as correntes explodiram, e ela berrou de novo e sentiu que estava caindo.

Seus dedos arranharam o chão, as unhas quebraram, e o homem chamado Billy parou de novo acima dela. Sua voz foi a última coisa que ela ouviu enquanto a escuridão a tomava.

— Você vai voltar para o hospital, Ruth. Vai ficar tudo bem. Eles vão cuidar bem de você. Fica tranquila. Eu vou lá te visitar com certeza...

66

Amanda

Dois Meses Depois

Amanda saiu do elevador de seu prédio para o lobby. Eram quase sete da manhã, e ela só tinha alguns minutos para chegar à estação de metrô da rua 96.

Abotoou o blazer e, ao passar pela caixa de correio, notou que a pequena aba da lateral estava levantada. Era cedo demais para o carteiro. Ela parou e abriu a caixa com sua chave. Lá dentro, havia uma carta num pequeno envelope pardo. Sem endereço. Só o nome dela.

Ela o colocou no bolso do paletó e abriu a porta da frente para a manhã fria de janeiro. O gelo tinha compactado na calçada. Ao dar o primeiro passo do lado de fora, seu pé direito escorregou e ela sentiu que estava deslizando, inclinando-se. Ia cair na neve derretida suja e arruinar o terno.

E, então, não estava mais caindo.

Uma mão forte havia segurado seu cotovelo, e seus calcanhares escorregaram alguma vezes antes de ela recuperar o equilíbrio. Ela levantou o olhar e viu o homem que a segurara.

Era Farrow.

— Caramba, Amanda, você não devia ter permissão de sair sozinha — disse ele, sorrindo.

— Meu Deus, desculpa. Oi, quer dizer, obrigada.

— Eu estava vindo te ver. Ouvi falar que você conseguiu um emprego novo.

— É, estou trabalhando numa galeria de arte nova. Sou gerente, se é que dá para acreditar. Posso até expor minhas próprias obras de vez em quando.

— Que ótimo. Olha, só queria dar uma palavrinha rápida. Você tem tempo?

Amanda olhou o relógio.

— Eu preciso chegar ao metrô em tipo dez minutos.

— Vamos tomar um café e eu te levo de carro para o trabalho.

— Você consegue chegar daqui até Tribeca mais rápido que o metrô?

— Se eu ligar a sirene, sim — disse ele, sorrindo. — Fica tranquila. Não vou deixar você chegar atrasada.

Amanda assentiu e eles caminharam um quarteirão até um Starbucks. Farrow pagou por dois cafés e eles se sentaram em bancos altos na janela. Farrow disse que eram melhores para as costas do que cadeiras baixas e duras.

— Eu queria ver como você está — disse Farrow.

Amanda tomou um gole de café. Queimou até o fim da garganta, mas, numa manhã daquelas, ela precisava do calor.

— Estou bem. Paguei os aluguéis atrasados, consegui um novo emprego. As coisas estão melhorando. Fora o processo do Crone. Aquele babaca ainda está me processando.

Farrow a analisou de perto por um momento e disse:

— Na verdade, tem umas coisas que eu queria esclarecer, pode ser?

Ela engoliu, deu mais um gole no café e perguntou:

— Que tipo de coisa?

— Bom, tivemos um resultado estranho numa busca de DNA. Você conheceu um homem chamado Frank Quinn?

Ela fez que não.

— Ele foi assassinado perto do Dia de Ação de Graças. A gente acha que a pessoa entrou na propriedade dele pelo beco. Uma das nossas equipes forenses encontrou uma mancha de sangue no muro dos fundos do Quinn. Também tinha umas fibras de um jeans preto. Só conseguimos uma amostra parcial de DNA. O sangue seco estava degradado. Contaminado de chuva e sabe-se lá mais o quê. Não é suficiente para certeza científica, não é suficiente para um tribunal, mas o DNA daquele sangue tinha uma correspondência parcial com o seu. Para mim, parece que alguém talvez tenha se cortado subindo o muro. Será que *você* não teria uma explicação?

— Não faço ideia. Nunca ouvi falar do cara.

— É que, na noite que encontramos Ruth depois de ela ter atacado aquele guarda e estar tentando entrar no apartamento do sr. Granger, quando eu cheguei com o dr. Marin, vi que você estava mancando um pouco subindo a escada.

— Eu caí naquela manhã. Gelo na calçada. Você não estava lá para me salvar — disse ela.

— O cara, Quinn, lavava dinheiro para a máfia. Tinha pilhas gordas de dinheiro ali e estava movendo somas enormes por meio de contas digitais diferentes. Era um bandido, Amanda. Além do mais, era muito parecido com Patrick Travers, primeira vítima da Ruth. E também com o cara que Ruth estava perseguindo na noite que a pegamos.

Amanda não disse nada. Segurou a respiração e observou Farrow dando um gole de café e olhando pela janela para as pessoas que passavam na rua. Ele passou um tempo sem dizer nada, e Amanda discretamente soltou a respiração, segurou o copo de café com as duas mãos para que não tremessem.

— Sabe como é o apelido que me deram na delegacia? — perguntou ele, ainda sem a olhar diretamente.

— São Judas. Hernandez me contou uma vez — disse Amanda, tentando manter a voz estável, lutando contra a sensação de enjoo que começava em seu estômago.

— Santo padroeiro dos casos perdidos — explicou Farrow, olhando pela janela com a expressão vazia. — Sabe como eu fecho a maioria dos meus casos de homicídio? Não sou mais esperto que nenhum outro policial. É que eu não desisto. Nunca. Sinto que devo algo às vítimas. E carrego isso comigo. É pesado. Um fardo. Mas eu aceito e continuo até desvendar o caso. Hernandez acha que sou obsessivo. Diz que de vez em quando tenho que largar mão.

Com o coração batendo forte no peito, Amanda não disse nada.

Olhando para a rua, Farrow continuou:

— Acho que talvez eu tenha que deixar esse caso do Quinn sem solução. Ele provavelmente foi pego desviando fundos. A máfia não gosta nada de ser enganada. Seu DNA naquela parede? Como eu disse, era uma correspondência parcial. Pode ter sido um erro do laboratório. Sei lá...

Ele sacudiu a cabeça, virou-se para ela e perguntou:

— Como está seu joelho?

Ele sabe que fui eu, pensou Amanda. Ele simplesmente sabe.

— Está bem agora — respondeu, enfim.

— Que bom, porque essas calçadas são perigosas — falou ele, olhando pela janela, e então a encarando com um olhar sem expressão. — Se você escorregar e cair de novo, eu não vou estar lá para te segurar.

Amanda respondeu:

— Vou ficar em casa no futuro.

Ele analisou o rosto dela, garantindo que estivesse falando a verdade, e assentiu.

— Vamos, vou te levar para o trabalho. Tem mais uma notícia. A imprensa ainda não ficou sabendo e eu queria ser o primeiro a te contar.

Farrow se levantou devagar.

— Me contar o quê? — perguntou Amanda, de repente nervosa de novo.

— Crone está morto.

— Está o quê?

— Um lixeiro o encontrou às quatro da manhã. Ele foi despido e torturado, aí alguém o jogou numa lixeira.

— Meu Deus do céu — disse ela, o coração acelerado.

— Tinha um cheiro químico forte no corpo. Talvez clorofórmio. Parece que ele foi drogado antes de alguém acabar com ele.

Amanda não disse nada. Não conseguia processar. Ainda não.

— Só para eu saber, e não estou nem por um segundo sugerindo que esteja envolvida, mas, como o processo dele contra você está tão morto quanto ele, pode me dizer onde estava ontem à noite? — perguntou Farrow.

— Eu estava no show da Dolly Parton. Um amigo me mandou ingressos.

— Que amigo?

— Billy. Você o conheceu na noite em que encontramos a Ruth.

— E Billy estava com você no show?

— Ah, não, ele não pôde ir. Eu fui com uma nova amiga do trabalho, Abbey.

— Muito bem. Não posso dizer que seja uma perda para a cidade. Hernandez descobriu há meia hora e já organizou uma festa. Vamos, eu te dou aquela carona.

Eles caminharam um quarteirão e meio até o carro de Farrow. A cada passo, Amanda ficava mais leve. O ar ainda estava gelado, mas já não abrasivo. Parecia... limpo. Novo. O sol irrompeu por uma castanheira na esquina e, por um momento, Amanda e Farrow foram banhados de luz solar. Ela então ficou laranja, vermelha e dourada como se estivesse pegando fogo.

Amanda entrou na viatura. Farrow estendeu a mão para o lado dela e abriu o porta-luvas. Lá dentro, tinha caixas de CDs, a maioria abertas, algumas quebradas e rachadas. Ele achou uma ainda fechada, abriu e colocou o CD no tocador do painel. Entregou a caixa a Amanda enquanto a música começava.

Dolly Parton's Greatest Hits.

— Você gosta da Dolly? — perguntou ela.

— Quem não gosta? — respondeu Farrow.

Eles ouviram "Islands in the Stream" e ficaram em silêncio enquanto Farrow dirigia pela cidade na direção sul.

— Você viu a Ruth depois daquela noite? — perguntou ela.

— Não, acho que vou ver no julgamento dela. Chamaram você como testemunha?

— Não, pelo menos por enquanto. Eu li no jornal. Ela realmente era perigosa, se tudo isso for verdade.

— Para mim, parece bem simples — disse Farrow. — A arma que estava com ela naquela noite era registrada no nome de um ex-segurança chamado Gary Childers. As digitais dela estavam na porta da garagem dele e, pelo que vi das mensagens entre os dois, ela estava indo visitá-lo. Coitado. Ela deu um tiro na cara do homem com a própria arma dele enquanto ele via TV.

— Ela nunca mais vai sair, né?

— Não — respondeu Farrow —, com certeza não.

Eles então ficaram em silêncio. Amanda olhou a lista de músicas na contracapa do CD e passou para uma de suas favoritas.

"It's All Wrong, But It's All Right."

Eles ouviram e cantarolaram juntos, e Amanda deu as instruções para chegar à galeria. Ele parou no meio-fio.

— Obrigada pela carona — disse. — Obrigada por tudo. Você esteve ao meu lado mais que qualquer outra pessoa. E nunca desistiu de Jess e Luis. Nunca vou esquecer o que você fez por mim.

— Eu fiz o que qualquer policial faria — falou ele.

— Não, você fez muito mais. E nunca desistiu de mim também.

— Acho que você está indo muito bem agora. Continue assim. Estou ficando velho e minhas costas não vão aguentar para sempre. Acho que nunca vamos saber mesmo quem matou Quinn nem Crone. Pelo jeito, Hernandez tem razão. Preciso largar mão de alguns casos. Se cuida e curte o novo trabalho — disse ele, antes de sair com o carro.

Quando ele tinha virado a esquina, Amanda colocou a mão no bolso da jaqueta e pegou a carta que encontrara na caixa de correio. Abriu e leu.

Querida Amanda.

Espero que tenha gostado do show. Me desculpa por não ter conseguido ir, mas, como você sem dúvida vai ficar sabendo, eu tinha outro compromisso. Queria agradecer por toda a sua ajuda para encontrar Ruth e também devolver o favor. Desculpa por ter mentido para você. Eu nunca tive esposa, quanto mais uma que tenha sido assassinada. Tenho esperança de que você possa me perdoar.

Eu já sabia a identidade verdadeira de Ruth antes mesmo de te conhecer, mas não queria chamar atenção para mim, você entende. Precisava de um amortecedor entre mim e a polícia. E de uma pessoa em quem Scott confiasse. Alguém para ajudar a cobrir algumas coisas. Foi melhor ter alguém junto comigo na jornada. Eu gostaria que você queimasse esta carta, se não se importar, depois de ler. Mas quero que você saiba que, antes de morrer, Crone admitiu que matou sua filhinha. Achei que você merecia esse desfecho. Provavelmente nunca mais vamos nos encontrar.

Boa sorte e desfrute do resto da sua vida, querida.

Um beijo.

Amanda saiu do trabalho às 17h30, chegou em casa, pegou uma coisa e saiu de novo na mesma hora. Entrou no metrô, fez baldeação para a linha N na Atlantic Avenue e seguiu nela até a estação Stilwell Avenue, em Coney Island.

Ela amava locais à beira-mar no inverno. Sempre havia pouca gente ou ninguém, e uma imobilidade fria. Como se o lugar estivesse dormindo. Esperando o sol. Estava escuro quando ela pisou no calçadão. Escorregadio também. Com cuidado, ela foi até a praia e tirou os sapatos. A areia estava gelada ao toque. Jess amava esta praia. Eles tinham ido depois de Jess ganhar Sparkles no parque de diversões. Luis tinha feito castelos de areia para a filha e todos tomaram sorvete juntos. Não havia luzes da roda gigante atrás dela agora ao andar na direção do som do mar — o Atlântico lambendo a praia. Tanto praia quanto mar estavam pretos como carvão na noite.

Amanda sentou-se de pernas cruzadas e, usando as mãos, abriu um pequeno buraco na areia. O vento estava aumentando, e ela precisou proteger a chama de seu Zippo ao acender a carta de Billy e colocá-la no fundo da areia. Amanda pegou Sparkles da bolsa e o colocou em cima da carta que queimava. A chama inflamou o brinquedo quase imediatamente, transformando a areia cinza-ardósia em dourada.

Ela ficou um tempo sentada na praia, esquentando as mãos na minúscula fogueira, sabendo que finalmente havia cruzado aquele enorme mar negro.

Não havia mais ninguém na praia.

Amanda não tinha medo.

E não se sentia sozinha.

O vento jogava o mar nela, mas ele não conseguia tocá-la. Não conseguia tocar o fogo também. O enchimento dentro do brinquedo mudava a cor das chamas de tempos em tempos. Os odores emitidos também mudavam. Por um segundo, mas só um segundo, ela achou ter sentido o cheiro tênue de laranja. O vento trazia sons a seus ouvidos. Ondas curvando-se em morros ondulantes e então quebrando na água.

E mais alguma coisa.

Ela não conseguia saber se era o vento sussurrando no calçadão ou pela areia, mas pensou ter ouvido, no ar, uma voz de criança. Brincando. Rindo. Feliz.

Em paz.

Agradecimentos

Meus primeiros agradecimentos vão para minha primeira leitora, primeira editora e primeira dama — minha esposa, Tracy. Ela é a melhor em todos os sentidos. Tenho sorte de tê-la. E você também tem, porque ela vê meus erros e, com suas sugestões, torna todos os meus livros bem melhores.

Um enorme obrigado a meu agente, Jon Wood. Um editor incrível e verdadeiro amigo. Ele é o motivo de você ter tido a oportunidade de ler este livro. Aliás, ele é o motivo de eu ter começado neste negócio quando, em outro cargo profissional, publicou meu primeiro romance, *A defesa*. Se o vir ou tiver o prazer de encontrá-lo, pague um drinque para ele ou dê uma xícara de chá e um biscoito gostoso (dependendo das circunstâncias de seu encontro e da qualidade do biscoito disponível). Só o que posso dizer é: ele merece todas as bebidas e todos os biscoitos que você tiver. Um enorme agradecimento a Safae El-Ouahabi, por todas as suas brilhantes habilidades. E meu enorme agradecimento à equipe toda da RCW Literary Agency. Um grupo incrível de profissionais esforçados que venderam meus livros maravilhosamente pelo mundo todo. Muito obrigado.

Agradeço ao incomparável Toby Jones, editor extraordinário, e o camarada mais bacana que você vai conhecer. Toby, Mari, Jennifer, Joe, Lucy, Patrick, Becky, Isabel e todos no meu novo lar, Headline Books, agradeço muitíssimo por me publicar com tanta paixão, criatividade e profissionalismo. Rezo a Deus que a gente venda muitos livros.

Um obrigado especial a David Shelley. Por sua gentileza.

Meus agradecimentos à minha família, meu pai, meus amigos e apoiadores. E a meus cachorros, Lolly e Muffin, que são editores terríveis, mais muito bons em dormir tranquilos aos meus pés e buscar bolas, respectivamente.

Um último e mais importante agradecimento: a você.

Sim, você, de novo.

Se leu este livro, então, quero agradecer por fazer isso. Espero de verdade que você tenha gostado. Mesmo que não tenha gostado muito, fico enormemente feliz por ter tirado um tempo para ler. E quero que saiba que penso muito em você. Quero que tenha ficado entretido enquanto lia e esquecido seus problemas. Pelo menos por um tempinho. Pois é disso que se trata a leitura.

Espero que todos os nossos sofrimentos passem, e desejo a todos nós paz e luz.

Este livro foi impresso pela Vozes, em 2025, para a HarperCollins Brasil.
O papel do miolo é Avena 80g/m² e o da capa é Cartão 250g/m².